DER WAGEMUTIGE HERZOG

DIE UNBERÜHRBAREN

BOOK ZWEI

DARCY BURKE

Translated by
ANNA GROSSMAN

Zealous Quill Press

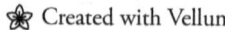 Created with Vellum

DER WAGEMUTIGE HERZOG

Miss Lucinda Parnell ist das Geld ausgegangen. Nach einem bedauerlichen Misserfolg auf dem Heiratsmarkt würde sie der Gesellschaft gern so schnell wie irgend möglich den Rücken kehren. In ihrer Verzweiflung, das notwendige Kapital zu beschaffen, um sich mit ihrer Großmutter aufs Land zurückziehen zu können, tarnt sich Lucy als Mann, der in Londons Spielhöllen sein Glück sucht. Aber der Earl of Dartford, ein Unberührbarer, mit dem zu sprechen sie sich niemals hätte vorstellen können, ganz zu schweigen davon, Zeit mit ihm zu verbringen, kommt ihr im Handumdrehen auf die Schliche. Als er darauf besteht, als ihr Beschützer zu fungieren, fürchtet Lucy, dass ihre Chance, eine unabhängige Frau zu bleiben, von vornherein zum Scheitern verurteilt ist.

Nachdem er seine ganze Familie verloren hatte, errichtete Andrew Wentworth, Earl of Dartford, eine Schutzmauer, um sich jegliche Bindungen vom Leibe zu halten. Er glaubt, dass er Miss Parnell beschützen kann, ohne seinen Selbstschutz zu gefährden, aber sie ist aufregend und unwiderstehlich. Ihre sich vertiefende Beziehung macht ihn noch entschlossener in seinem Bestreben, sie von sich zu weisen. Mit allen Mitteln möchte er verhindern, den Schmerz des Verlustes noch einmal durchleben zu müssen. Liebe ist das einzige Risiko, das er nicht bereit ist, einzugehen.

Für Steve
Danke, dass du seit mehr als fünfundzwanzig Jahren mein
Herzog in allen Lebenslagen bist.

KAPITEL EINS

London, 1816

»ℋÖLLENFEUER, DA HAT HEUTE ABEND aber einer verdammt viel Glück«, bemerkte Andrew Wentworth, der vierte Earl of Dartford, gegenüber einem seiner Begleiter. Andrew kannte den Gentleman nicht, der gerade seine Gewinne einsammelte, aber er sorgte für Aufsehen.

Sein Freund, Edgar Charles, nickte. »Ich habe ihn noch nie zuvor gesehen. Du?«

Andrew schüttelte den Kopf. Der Gentleman sah jung aus, sein frisches Gesicht war umrahmt von dunklen Koteletten, die den oberen Rand seines Kiefers bedeckten.

Der Croupier, einer der ehrenhaftesten seiner Zunft in Londons Spielhöllen, nickte dem jungen Mann zu, als er ihm seine Gewinne ausbezahlte.

Die behandschuhten Finger des Burschen, schlank und

lang – beinahe graziös – fegten die Scheine über den Tisch und hoben sie auf. Er verstaute den Gewinn in seinem Mantel, vermutlich in einer in das Futter eingenähten Tasche. Jeder im Raum hier wüsste somit genau, wo er das Geld finden würde, wenn er ihn draußen ausrauben wollte.

Andrew blickte auf die heutigen Besucher – junge Männer und Lebemänner, ein paar Arbeiter. Er glaubte kaum, dass jemand den Mann ansprechen würde, aber er bezweifelte die Fähigkeit des Mannes, sich im Notfall zu verteidigen. Er war von kleinerem Wuchs und ein wenig dicklich. Seine Beine waren jedoch lang, sodass er wohl vor Schwierigkeiten davonlaufen konnte, wenn es notwendig sein würde.

Charles deutete auf den Tisch. »Noch ein Spiel?«

Andrew war mehr an diesem mysteriösen Gentleman interessiert als an der Fortsetzung seines eigenen Spiels. Noch dazu war Glücksspiel nicht seine Lieblingsbeschäftigung, wie es bei Charles der Fall war.

Der Croupier rief zur nächsten Runde und der unbekannte Gentleman nahm erneut teil und platzierte seine Einsätze auf die verschiedenen Karten. Es war ein Glücksspiel, aber der Mann sah aus, als hätte er eine Strategie. Das allein reichte aus, um Andrews Neugierde zu wecken. Er beobachtete den Fortgang der Runde. Sofort begann Charles, haushoch zu verlieren. Der unbekannte Gentleman hatte jedoch weiterhin unglaubliches Glück.

Am Ende der Runde beklagte Charles sein Unglück. »Rettet mich vor mir selbst«, sagte er zu Andrew und dem Rest ihrer Gruppe.

Es war eine alltägliche Bitte ihres Freundes und einer der Gründe, warum sie als Gruppe in den Spielhöllen unterwegs waren. Jeder von ihnen hatte sein Laster und verließ sich auf die anderen, ihn in Schach zu halten. Jeder, außer Andrew.

Sein einziges Laster war, seine Vorliebe auszugehen, etwas zu *tun* ... alles, außer allein zu Hause zu bleiben.

War das wirklich ein Laster?

Natürlich war es das nicht. Andrew fand, man könnte es jedoch als Zwang bezeichnen.

Der stämmige junge Gentleman schien ohne Begleitung zu sein, was seltsam war, und das nicht nur, weil es Andrew nie in den Sinn käme, einen Abend auf diese Art zu verbringen. Wieder nahm er seine Gewinne entgegen, aber Andrew bemerkte, dass er sie in einer anderen Tasche seines Mantels versteckte.

Horace, der Croupier, sah zu dem jungen Mann auf. »Sind Sie fertig?«

Der Mann nickte. »Ja, Sir, danke.« Seine Stimme war überraschend tief und ein wenig rau.

Horace grinste und enthüllte einen goldenen Zahn. »Kommen Sie bald wieder und geben Sie mir die Chance, mein Geld zurückzugewinnen.«

Der Mund des Fremden verzog sich zu einem schwachen Lächeln, aber er versteckte es schnell wieder. Allerdings nicht, bevor eine Ahnung wie ein Blitz über Andrews Wirbelsäule schoss. Da war etwas an ihm ...

Der Bursche drehte sich um und verließ den Salon. Charles beklagte immer noch seine Verluste, aber ihre Freunde hatten sich um ihn versammelt. Es war Zeit zu gehen. In dem Wissen, dass sie direkt hinter ihm sein würden, machte sich Andrew schnell auf den Weg.

Er ging zur Eingangshalle, wo der kräftige Lakai soeben den unbekannten Herrn hinausführte. Andrew nickte dem Lakaien zu, als er nach draußen ging und dem Mann die kurze Treppe hinunter zum Bürgersteig folgte. Der Mann bewegte sich in einem flinken Tempo, anders als Andrew es bei seinem Umfang erwartet hätte.

»Guten Abend«, sagte Andrew. »Ich bin Dartford.«

Der Mann drehte sich um, aber seine Gesichtszüge wurden von der Krempe seines Hutes und der Tatsache, dass die Straßenlaterne hinter ihm war, beschattet. »Guten Abend.« Seine tiefe, fast stahlharte Stimme überraschte Andrew noch mehr als schon im Salon. Da war etwas … seltsam.

Neugierde brannte in Andrew. »Es wäre höflich von Ihnen, sich mir so vorzustellen, wie ich es getan habe.«

»Ah, natürlich.« Er hustete. »Smith.«

Andrew bewegte sich so, dass sich der Mann drehen musste, was ihn in den Lichtkegel der Lampe brachte. »In der Tat?«

Dieser warf Andrew einen verstohlenen Blick zu, lange dunkle Wimpern fielen über seine Augen. »Davis Smith.«

»Schön, Sie kennenzulernen. Darf ich Sie einfach Smitty nennen?«, fragte Andrew mit einem verschmitzten Lächeln. Sein Gegenüber nickte nur. »Dann komm und lerne die anderen kennen.«

Smith neigte seinen Kopf nach oben und seine Augen weiteten sich kurz. »Die Anderen?« Er senkte seinen Blick zur Straße und zerrte an seiner Hutkrempe.

Andrew nickte seiner kleinen Gruppe von Freunden zu, als sie sich ihnen auf dem Bürgersteig anschlossen. »Meine Herren, das ist meine neue Bekanntschaft, Smitty.«

Höflichkeiten wurden ausgetauscht und dann sah sich Roderick Beaumont, ein junger Viscount, dessen bevorzugtes Laster die fleischlichen Gelüste waren, in der Gruppe um. »Noch eine weitere Spielhölle oder ist es Zeit für Mrs. Longley's? Ich bin sicher, ihr wisst, wofür ich stimme.« Er grinste und es bestand kein Zweifel, dass er in seinem Lieblingsbordell enden würde – entweder jetzt oder irgendwann später.

»Longley's«, sagte Charles. »Ich kann mir heute Abend keine weitere Spielhölle leisten.«

Der Konsens der Gruppe war schnell gefunden – ihr nächstes Ziel war Longley's.

Als sich die Männer in Bewegung setzten und begannen, die Straße entlangzugehen, sah Andrew Smith an. »Du solltest mit uns mitkommen.«

»In ein Bordell?« Beim letzten Wort klang seine tiefe Stimme ein wenig schriller.

Andrew lachte. »Warum, Smitty, bist du noch jungfräulich?«

»Nein.« Die Antwort kam zu schnell, als dass man ihr Glauben schenken konnte.

»Dann solltest du unbedingt mit uns ... kommen.« Andrew beobachtete das Gesicht des jungen Mannes, um zu sehen, ob er die Doppeldeutigkeit bemerkte, aber es gab keine Anzeichen dafür.

»Ich glaube nicht. Ich muss nach Hause.« Smith wandte sich von ihm ab und begann, sich zu entfernen.

Andrew erblickte eine Gestalt, verborgen in den Schatten in der Nähe der Spielhölle, die sie gerade verlassen hatten. Er streckte die Hand aus, ergriff Smiths Arm und zog ihn zurück. Was er unter dem Ärmel fühlte, war weich, aber nicht fleischig. Und der Gentleman war nicht so schwer, wie er aussah, denn obwohl Andrew kaum Anstrengungen unternahm, stürzte der Mann gegen Andrews Seite. Sein Kopf neigte sich nach hinten und das volle Licht der Lampe überflutete seine Gesichtszüge.

Die tintenschwarzen Wimpern, die sich von den haselnussbraunen Augen abhoben und das Keuchen, das von den zu weichen Lippen kam, verrieten die Person nun völlig.

»Verdammt«, stieß Andrew aus. Er hielt seine Hand fest um den Ellenbogen der *Frau* und zerrte sie mit sich, als er der Gruppe seiner Freunde folgte.

»Ich komme nicht mit Ihnen.« Ihre Stimme war wieder leiser geworden und sie zog den Rand ihres Hutes weiter in ihr Gesicht.

»Du hast keine Wahl.«

Sie versuchte, sich aus seinem Griff zu lösen. »Sie können mich nicht zwingen.«

Andrew blieb abrupt stehen und sie wäre beinahe gestolpert. Er hielt sie aufrecht. »Soll ich dich allein losziehen lassen? Da ist ein Mann – vielleicht mehr als nur einer – der auf dich wartet, verdammt noch mal. Er wird dich wahrscheinlich ausrauben und wenn er herausfindet, dass du eine Frau bist, wird er zweifellos noch viel mehr mit dir anstellen.«

Sie keuchte erneut und als sie dieses Mal zu ihm aufblickte, war ihr Gesicht zu einer finsteren Miene verzogen. »Wie haben Sie es herausgefunden?«

»Ich bin ein sehr guter Beobachter.«

»Zum Teufel.« Sie strich mit ihren Fingerspitzen über die falschen Koteletten, die auf ihr Gesicht geklebt waren. »Ich habe mich so bemüht.«

Vermutlich wären ihre Bemühungen erfolgreich gewesen, wenn Andrew sich nicht für sie interessiert hätte. Aber er war froh, dass er es getan hatte, sonst könnte sie sich tatsächlich in einer ernsten Notlage befinden. »Nun komm schon.« Er zog sie wieder mit sich, aber sie versuchte erneut, sich dagegen zu wehren.

»Ich gehe *nicht* in ein Bordell.« Sie machte sich nicht mehr die Mühe, ihre Stimme großartig zu verstellen, aber sie war immer noch tiefer als die der meisten Frauen. Sie hatte ein dunkles raues Timbre, das Andrews Interesse weiter weckte. Die Neugierde, die er in der Hölle verspürt hatte, verstärkte sich.

»Was zum Teufel hast du in der Spielhölle gemacht?«

Sie blickte zu ihm auf und blinzelte, ihr Mund war zu einem kühnen Schmunzeln verzogen. »Gewinnen.«

Er lachte, laut und ausgelassen. Er mochte sie sofort, auch wenn sie ebenso töricht wie verlockend war. Verlockend? Selbstredend, denn jede Frau, die es wagen würde, sich allein in eine Spielhölle zu wagen, war ein Geheimnis, das Andrew aufdecken wollte.

Die kleine Gruppe von Männern hielt an der Straßenecke. Charles rief ihm zu: »Dart, kommst du?«

Andrew drängte vorwärts, aber sie verharrte auf der Stelle. Er machte Halt und sah sie an. »Wir gehen nicht ins Bordell, aber ich muss mich von meinen Freunden verabschieden. Folge mir einfach.«

Als er dieses Mal voranschritt, ging sie mit ihm. Dennoch spürte er ihre Zurückhaltung. Er ließ sie los, als sie sich seinen Freunden näherten.

Er schenkte ihnen allen ein fröhliches Grinsen. »Smitty und ich haben beschlossen ein anderes Spiel zu finden. Möglicherweise wird sein Glück auf mich abfärben.«

Beaumont schnaubte. »Als ob du das brauchen würdest. Du bist einer der glücklichsten Bastarde, die ich kenne.«

Nicht immer und nicht, wenn es darauf ankam, aber Andrew wollte das nicht näher erörtern. »Wir sehen uns morgen.«

»Ich habe eine beachtliche Wette auf dich abgeschlossen«, sagte Charles und sein dunkler Blick durchdrang ihn. »Enttäusche mich nicht.«

Andrew grinste. »Wann habe ich das letzte Mal verloren?«

Charles lächelte im Gegenzug. »Noch nie. Aber es gibt für alles ein erstes Mal.«

»Tu mir einen Gefallen.« Beaumont grub in seinen Manteltaschen herum und bedeutete Andrew, näherzukommen. »Lass deinen Freund hier eine Wette für mich abschließen. Ich will auch etwas von seinem Glück.« Er warf ein paar Guineas in Andrews Hand.

Andrew steckte die Münzen in seinen Mantel. »Jetzt tu *mir* einen Gefallen und lass nicht zu, dass die holde Mrs. Longley dich übermäßig schändet.«

Beaumont grinste von einem Ohr zum anderen und sagte: »Aber das gefällt mir.«

Andrew verdrehte die Augen, bevor er sich wieder zu Smith umdrehte, oder wie auch immer ihr Name sein mochte. Nur war sie nicht mehr da.

Er drehte den Kopf, um die Straßen auf und ab zu schauen. Sie standen an einer Kreuzung, sodass sie jeden der vier möglichen Wege genommen haben könnte. *Törichtes Frauenzimmer.*

Einer seiner Freunde zeigte in Richtung der Straße, auf der sie gerade gekommen waren. »Er ging da entlang. Sah aus, als hätte er es eilig. Wie es scheint, ist er lieber allein. Komm einfach mit uns, Dart.«

Ausgeschlossen. Er blickte zurück zur Hölle und versuchte zu erkennen, ob der Mann noch immer im Schatten lauerte oder ob er gerade jetzt der mysteriösen und überaus törichten jungen Frau nachspürte. »Danke, aber ich muss Smitty einholen. Beaumont zählt auf uns.« Er bedachte seine Freunde mit einem sorglosen Grinsen, in der Hoffnung, dass sie ihren Weg einfach fortsetzen würden.

Glücklicherweise taten sie genau das und Andrew drehte sich in die Richtung, in der sie verschwunden war. Er ging schnell, seine eiligen Schritte hallten auf dem Bürgersteig wider. Er suchte auf beiden Seiten der Straße und kam zu dem Schluss, dass sie sich irgendwo hineingeduckt haben musste oder um eine Ecke gegangen war, da er sie nicht sehen konnte.

Er bemerkte etwas, das sich über die Straße bewegte, und reckte seinen Hals, um zu sehen, ob er in der Dunkelheit etwas erkennen konnte. Dann hörte er den Hahn einer Pistole hinter sich klicken und erstarrte.

Ganz langsam drehte er sich um, seine Hände nach oben ausgestreckt. Er trug ein Messer in seinem Stiefel, wann immer sie die Spielhöllen besuchten. Er würde es im Notfall herausziehen …

Er atmete erleichtert aus, weil dies nicht nötig sein würde. Smith – die junge Frau – starrte ihn aus der Gasse an, die er versäumt hatte zu überprüfen, während er die andere Straßenseite studiert hatte.

»Hören Sie auf, mir zu folgen.« Ihre Worte kamen beinahe wie ein Knurren aus ihrem Mund. Er war beeindruckt, wie tief und heftig ihre Stimme klingen konnte.

Er neigte seinen Kopf zu der kleinen Taschenpistole in ihrer Hand. »Weißt du, wie man damit umgeht?« Er war überrascht, festzustellen, dass sie bewaffnet und von daher nicht ganz so töricht war, wie er angenommen hatte.

»Gewiss verstehe ich mich auf den Umgang damit. Dergleichen träfe auf ein Schwert zu, wenn ich eines bei mir trüge.«

Er schätzte ihre Tapferkeit, fragte sich aber, ob sie mit der Darstellung ihrer Fertigkeiten nicht übertrieb. »Also bist du in jeder Hinsicht ein Gentleman, bis auf das« – sein Blick flog über ihren Körper – »Wesentliche.«

Ihr fester Blick war noch immer auf ihn gerichtet. »Drehen Sie sich einfach um und gehen Sie Ihrer Wege. Schließen Sie sich Ihren Freunden an. Es klang ganz danach, als hätten sie einen angenehmen Abend geplant.«

Andrew ließ seine Hände zu seinen Seiten fallen und machte einen Schritt auf sie zu. Er erstarrte erneut, als sie die Waffe auf seine Brust richtete. »Ich will dir nur meinen Schutz anbieten, dich wenigstens nach Hause begleiten. Ich will dir absolut nichts Böses. Wenn dem so wäre, hätte ich deine Lage nicht schon längst ausgenutzt?«

Sie zuckte mit der Schulter. »Das wäre wohl ziemlich schwierig, da ich diejenige mit der tödlichen Waffe bin.«

Auf seinen Lippen erschien ein leichtes Lächeln. »Das ist wohl wahr.« Er versuchte eine andere Taktik. »Wohin gehst du jetzt?«

»Das geht Sie nichts an.«

»Ich möchte dir dennoch meine Hilfe anbieten – wohin auch immer du gehst. Bitte, ich weiß nicht, ob ich es mir verzeihen könnte, wenn ich dich allein in tiefster Nacht auf diesen Straßen herumlaufen lassen würde, selbst mit einer Pistole in der Hand. Du kannst mir vertrauen. Wirst du das tun?«

Ihr Blick war klug, skeptisch.

Eine Bewegung weiter die Straße hinunter zog Andrews Aufmerksamkeit auf sich. Er konnte nicht sicher sein, ob es der Mann war, den er schon zuvor gesehen hatte, derjenige, der außerhalb der Hölle lauerte, aber er wollte sie aus dieser Gegend wegbringen. »Komm.« Er packte den Arm, der nicht die Pistole hielt und drehte sie von dem Mann auf der Straße weg. »Wir müssen gehen.«

Sie entzog ihm ihren Ellbogen. »Fassen Sie mich nicht an. Ich hätte Sie erschießen können.«

»Das sei dahingestellt. Du wirst sowohl an deinen Reflexen als auch an der Distanz, die du einhalten solltest, arbeiten müssen. Du warst viel zu nah dran. Ich hätte dich jeden Moment überwältigen können.«

Sie machte ein tiefes Geräusch in ihrem Hals – irgendetwas zwischen einem dunklen Lachen und einem Husten. Er fand es seltsam verlockend. »Warum haben Sie es dann nicht getan?«

»Ich bin nicht diese Art von Mann.« Er blickte über seine Schulter und sah, dass der Mann auf sie zukam, aber nicht schnell genug, um wie ein Verfolger zu wirken. Dennoch wollte Andrew diese Straße verlassen. »Lass uns gehen. Wo gedenkst du hinzugehen?«

Sie begann, sich in Bewegung zu setzen und streckte dabei ihren Rücken durch. »Das werde ich Ihnen nicht sagen.«

Er stöhnte. »Ich hoffe sehr, du bist nicht verheiratet. Wenn dem so sein sollte, muss ich mich mit deinem Ehemann unterhalten und ihm mein tief empfundenes Beileid ob seiner Wahl einer Ehefrau aussprechen.«

»Natürlich bin ich nicht verheiratet, Sie Dummkopf.« Sie sagte das mit solcher Innbrunst und Heftigkeit, dass er sicher war, einen Nerv getroffen zu haben. Das entfachte seine Neugierde ein weiteres Mal, aber er verfolgte das Thema nicht weiter.

»Wirst du mir nunmehr sagen, wohin wir gehen? Ich würde gern aus dieser Nachbarschaft fortkommen.« Er blickte noch einmal hinter sich und sah, dass der Mann die Straße überquert hatte und sich offenkundig nicht für sie interessierte. Andrew entspannte sich leicht, aber in Anbetracht der Tatsache, dass sie ihm wieder nicht geantwortet hatte, wurde er ihrer Sturheit überdrüssig.

Er zog sie in die nächste Gasse, wo er sie sogleich entwaffnete. Er drehte sie beide so, dass sie ihm gegenüber mit dem Rücken gegen die Ziegelwand stand. Er ragte über ihr auf und runzelte die Stirn, was ein empörtes Keuchen von ihr zur Folge hatte.

»Verdammt, Frau. Ich helfe dir, ob es dir gefällt oder nicht.«

»Es gefällt mir kein bisschen.«

Er drückte die Pistole zurück in ihre behandschuhte Hand und lehnte sich nach vorne, um den leichtesten Hauch ihres Duftes wahrzunehmen. Er war weich und auffallend feminin mit blumigen Tönen. Wie hatte ihm das zuvor entgehen können? Weil er ihr nicht so nah gewesen war. »Wirst du mir vertrauen?«

Beinahe musste er lachen ob der Lächerlichkeit der Frage. Denn in diesem Moment, in dem ihr Körper ihm so nah war und das Geräusch ihres erregten Atems seine Sinne füllte, war er sich keineswegs sicher, ob er sich selbst vertrauen konnte.

~

MIT JEDEM ATEMZUG atmete Lucinda Parnell den starken, kraftvollen und unerträglich verführerischen Duft des Mannes ein. Aber andererseits erwartete sie nichts anderes vom Earl of Dartford, der sie gerade in einer Gasse gegen die Wand drückte, als wäre sie eine gewöhnliche Hure. Eine Hure, ähm, die wie ein Mann gekleidet war.

Sie übertrieb schrecklich. Ihre Freundin Aquilla würde das bestätigen.

Das Gewicht der Pistole in Lucys Hand war ein vertrauter Trost. Sie dachte darüber nach, sie ihm kräftig gegen den Kopf zu schlagen – sie war viel stärker, als irgendjemand ihr je zutrauen würde – aber er war fürwahr keine Bedrohung. Schließlich *hatte* er ihre Waffe zurückgegeben und es hatte den Anschein, als wolle er sie lediglich in Sicherheit sehen. Trotzdem brauchte sie ihn nicht. Sie brauchte niemanden.

Sie benutzte ihren hochmütigsten Ton, immer noch irritiert darüber, dass er ihre Tarnung überhaupt aufdecken konnte. »Ich weiß Ihre Sorge zu schätzen. Aber ich bin durchaus in der Lage, selbst nach Hause zu gelangen. Das ist nicht mein erster Ausflug in diese Nachbarschaft.«

Er rührte sich nicht, aber seine Augen weiteten sich kurz. »Hölle und Verdammnis, du machst Witze.«

Sie hielt seinem Blick stand, was gewissermaßen bedeutete, dass sie zu ihm aufblicken musste, da er etwas größer war als sie. Aber sie war entschlossen, ihm zu zeigen, dass sie aus hartem Holz gemacht war. Ebenso wie sie beschloss, sich nicht in dem samtigen Zobelbraun seiner Augen zu verlieren. »Das liegt mir fern.«

»Ich frequentiere dieses Gebiet des Öfteren, aber ich habe dich noch nie gesehen.«

In der Tat war das erst ihr zweiter Ausflug. Und wenn sie so erfolgreich weitermachte wie bisher, konnte sie schon in ein paar Wochen aufhören. Alles, was sie brauchte, war ein kleiner Notgroschen.

Sie hob ihr Kinn an. »Dann bin ich anscheinend recht erfolgreich mit dem, was ich mir vorgenommen habe.«

Er schnaubte. »Abgesehen davon, dass ich heute Abend deine Identität entdeckt habe – oder zumindest dein Geschlecht. Ich weiß immer noch nicht, wer du bist … *Smitty*.«

»Sie können mich weiterhin so nennen, wenn es Ihnen beliebt.«

»Ich würde dich lieber bei deinem Vornamen nennen.«

Nunmehr war es an ihr zu spotten. »Das wird nie passieren, Mylord.«

Er schüttelte den Kopf und unterbrach kurzzeitig den Augenkontakt. Als sein Blick wieder ihren fand, drückte sie sich unter seiner dunklen Intensität gegen die Wand zurück. »Zurück zur Sache. Du wirst mit dem, was auch immer du vorhast, nicht erfolgreich sein.« Sie öffnete ihren Mund, um ihm noch einmal zu widersprechen, aber er unterbrach sie. »Nein. Das wirst du nicht. Es ist mir egal, *ob* du gewinnst. Jeder halbwegs vernünftige Mensch gewinnt beim ersten Mal in einer Spielhölle. Und du hast eindeutig einen wachen, gut funktionierenden Verstand. Wer hat dir beigebracht, Faro zu spielen?«

Sie konnte nicht anders, als sich von ihm geschmeichelt zu fühlen. Sie hatte noch nie zu den Frauen gehört, die Komplimente erhielten, vor allem nicht ob ihrer Schönheit, aber das war ihr nicht wichtig. Bemerkt und geschätzt zu werden für ihre Intelligenz war ein Traum, den sie schon vor langer Zeit aufgegeben hatte. »Mein Vater.«

»Und wo ist dein Vater?«

»Er liegt kalt in seinem Grab.« Für wie lange, sieben Jahre? Meine Güte, sie hatte sich darüber kaum Gedanken gemacht. Nicht so, wie sie es bei ihrer Mutter getan hatte.

Kurz presste er seine Lippen zusammen. »Ich verstehe. Es ist kein Wunder, dass du unbeaufsichtigt durch die Gegend streifst. Was ist mit deiner Mutter, hast du Brüder?«

Sie neigte ihren Kopf zur Seite, war zunehmend ermüdet ob seiner Einmischung. »Nichts davon geht Sie etwas an. Wenn Sie es mir erlauben, würde ich gern nach Hause gehen.«

»Oh, ich erlaube es dir. Mit meiner Person als Eskorte.«

Sie schürzte ihre Lippen. »Ich brauche keine Eskorte.«

Seine Augenbrauen zogen sich zusammen, seine Gesichtszüge verfinsterten sich. »Wir sind demnach wieder zurück an diesem Punkt?«

In einer anderen Situation hätte sie sich über seine Bestürzung amüsieren können. »Wir haben ihn nie verlassen.«

Ein entschlossenes Funkeln stahl sich in seinen Blick und es gefiel ihr kein bisschen. »Du bist ein vorlautes Weib, wer auch immer du bist. Aber lass mich dir sagen, wie es nun weitergehen wird. Ich werde deine Seite nicht verlassen, bis ich dich nach Hause gebracht habe. Du bist vielleicht der Gefahr bisher entkommen, aber es ist nur eine Frage der Zeit, bis das Glück dich im Stich lässt.«

Sie blinzelte ihn an. Dann lachte sie und sein Gesichtsausdruck verwandelte sich in einen Ausdruck der Verwirrung. »Das ist amüsant, wenn es von Ihnen – dem Wagemutigen Herzog – kommt. Ihre Taten sind legendär und äußerst riskant.«

»Dem … *was*?« Ein Funke des Verstehens und vielleicht sogar der Wertschätzung stahl sich in seine dunklen Augen. »Du kennst mich.«

Sie knirschte mit den Zähnen, ärgerte sich über sich selbst, weil ihr das herausgerutscht war. »Ich weiß *von* Ihnen. Das ist etwas ganz anderes.«

»Das spielt keine Rolle. Du gehörst der feinen Gesellschaft an. Wer bist du?«

»*Das* spielt keine Rolle.« Sie hatte große Freude daran, ihn mit seinen eigenen Worten zu schlagen. »Aber da es so aussieht, als würden Sie mich nicht in Ruhe lassen, lassen Sie uns gehen.« Sie drückte gegen seine Brust, die hart und unnachgiebig war, aber auf eine nervenaufreibend *spektakuläre* Weise.

Sie erwartete beinahe, dass er sie wieder gegen die Wand drängen würde, aber er tat es nicht. Er streckte seinen Arm aus, damit sie ihm aus der Gasse vorausging.

Sie steckte ihre Pistole wieder in ihre Jacke, die mit mehreren Schichten Polsterung versehen war, um sie dicker erscheinen zu lassen, als sie wirklich war. Sie hatte an verschiedenen Stellen Taschen eingenäht, um ihre Pistole und ihr Geld zu verstauen.

»Wohin gehen wir?«, fragte er.

»Das werde ich Ihnen nicht sagen. Sie können einfach mitgehen, da Sie darauf bestehen, eine derartige Plage zu sein.« Sie plante, vor einem Haus in ihrer Nachbarschaft anzuhalten und ihn hoffentlich dazu überreden zu können, sie dort zurückzulassen.

Während sie sich zur Jermyn Street aufmachten, ging er im Gleichschritt neben ihr her. »Warum hast du mich den Wagemutigen Herzog genannt?«

Sie warf ihm einen Seitenblick zu. »Es passt zu Ihnen, nicht wahr?«

Er lachte in sich hinein und überraschte sie damit. »Ich nehme an, das tut es. Das lässt mich ziemlich verwegen klingen.«

»Als ob Dartford das nicht tut. Was für ein Name ist das überhaupt?«

»Dartford ist ein Dorf in Kent. Mein Familiensitz ist dort.«

Das wusste sie natürlich. Aus irgendeinem Grund wollte sie ihn provozieren. Er schien bereit für diese Herausforderung zu sein. Ihre Mutter hatte immer gesagt, sie hätte jüngere Geschwister haben sollen, um sie zu ärgern – und zu lieben. Aber das einzige andere Mal, als Mama ein Kind unter ihrem Herzen getragen hatte, war sie gestorben. Sie hatte Lucy zurückgelassen, die sich somit auf ihren Vater und zum Glück auf ihre Großmutter verlassen musste, da sie ihre einzige verbliebene Familie waren.

»Du hast meine Frage nicht beantwortet«, bohrte er weiter. »Wie habe ich mir einen derartigen Spitznamen verdient? Ich habe ihn noch nie jemanden sagen hören.«

»Ja, nun, er wird von einer ... ausgewählten Gruppe verwendet.« Von Lucy und ihren beiden besten Freundinnen, um ehrlich zu sein.

»Ich verstehe. Darf ich fragen, von welcher Gruppe?«

Es war nicht so, als wären sie eine formelle Vereinigung, aber das sollten sie möglicherweise sein. Ja, sie brauchten einen Namen, genau wie sie kürzlich eine Bezeichnung für Dartford und seinesgleichen – die Unberührbaren – eingeführt hatten. Tatsächlich hatten sie die Idee von ihrer erstaunlichen neuen Freundin, der Herzogin von Kendal, einer ehemaligen Jungfer, wie es Lucy bestimmt war eine zu werden, entliehen.

Lucy bog in die Jermyn Street ein und Dartford folgte

ihr. »Es bedeutet nichts«, sagte sie. »Augenscheinlich sind Sie in eine Reihe von Unternehmungen involviert – Rennen, Glücksspiel, eine Vielzahl von Sportveranstaltungen. Ich habe gehört, Sie seien ziemlich gut beim Bowls.«

»Das bin ich in der Tat.«

»Und dass Sie manchmal sehr früh am Morgen auf dem Rasen im Hyde Park spielen.« Was laut der feinen Gesellschaft eine etwas skandalöse Situation darstellte.

»Das tue ich.« Seine Lippen verzogen sich zu einem einnehmenden Lächeln und Lucy hatte das Gefühl, dass er mit diesem Lächeln jeden bezaubern konnte. Sie würde auf der Hut sein müssen.

Sie entschied, dass dies die einzige Gelegenheit war, die sie jemals haben würde, um die Bestätigung für eines der ungeheuerlichsten Gerüchte der Gesellschaft zu erhalten. Für ein paar Schritte drehte sie ihren Kopf in seine Richtung. »Stimmt es, dass Sie nackt in der Themse geschwommen sind?«

Er stolperte leicht und Lucy lächelte.

»Wir, äh, wir sollten das nicht diskutieren.« Er hüstelte.

»Wir sollten auch nicht alleine durch die Straßen laufen, aber das hält uns nicht auf. Darüber hinaus, als jemand, der sich nicht um die Regeln der Gesellschaft zu kümmern scheint, überrascht es mich, dass Sie zögern, mit Ihren Erfolgen zu prahlen.«

»Ach, ich bin auch noch ein Angeber? Der Prahlende Herzog möglicherweise?« Er sah sie schief an. »Du weißt schon, dass ich nicht mal ein Herzog bin.«

Sie schätzte es, dass er sich über sich selbst lustig machte, sagte es aber nicht. Es ließ ihn weniger wie einen Unberührbaren erscheinen, was absurd war. Sie mochten des Nachts auf einer Londoner Straße allein unterwegs sein, aber er war für sie so unerreichbar wie jeder Earl, Herzog oder andere

Adlige. »Ja, nun, es spielt für uns in den unteren Schichten keine Rolle.«

Sie erwartete eine weitere gewandte Erwiderung, aber er blieb für einige Schritte ruhig. Bis zur Ecke der Jermyn Street.

»Ich nehme an, wir werden auf der St. James's weitergehen, trotz der Tatsache, dass du eine Frau bist?«, fragte er und hielt inne.

Unter der Hutkrempe hervor blickte sie zu ihm auf. »Ich bin Davis Smith, schon vergessen?«

»Keinesfalls.«

Sie bogen auf die St. James's ab und gingen in Richtung Piccadilly.

»Warum bist du als Mann verkleidet und spielst in Höllen?« Er warf ihr einen prüfenden Blick zu. »Und bitte sag nicht, dass es mich nichts angeht. Natürlich tut es das nicht, aber ich möchte es trotzdem wissen. Möglicherweise hast du noch andere Optionen.«

Sie lachte, aber ihr Lachen klang hohl. »Ich bin eine unverheiratete Frau ohne Heiratsaussichten. Weitere Optionen sind nahezu nicht vorhanden. Ich benötige Geld und, wenn Sie nicht bereit sind, mich zu Ihrer Herzogin zu machen, *kümmern Sie sich besser um Ihre eigenen Angelegenheiten.*« Sie beschleunigte ihr Tempo und sah in beide Richtungen die St. James's auf und ab, bevor sie über die Straße flitzte.

Er überquerte sie direkt hinter ihr und schloss wieder zu ihr auf. »Wenn du darauf hoffst, mir entkommen zu können, so sollte ich nochmals anmerken, dass ich dies nicht erlauben werde. Ich dachte, ich hätte mich diesbezüglich klar ausgedrückt.«

»Wie alle Unberührbaren«, murmelte sie. »Von all den arroganten, unerträglichen …«

»Du schmeichelst mir.«

Sie verdrehte ihre Augen zum Himmel.

»Warum brauchst du Geld?«, fragte er und hielt leicht mit ihr Schritt. Als sie nichts sagte, versuchte er, eine Antwort zu finden. »Schulden? Möchtest du etwas erwerben? Du sagtest, du hast keinen Vater. Benötigst du eine Mitgift?«

Eine Mitgift. Ha! Großmama hatte ihr erst in der letzten Woche gesagt, dass es keine Mitgift mehr gab. Sie hatten sie in den letzten Jahren langsam aufgebraucht, um Lucys erfolglose Saisonen zu finanzieren.

Lucy runzelte die Stirn, während sie die Straße entlanggingen, die trotz der späten Stunde immer noch belebt war. »Ich muss die Straße überqueren.«

»Erlaube mir.« Er strich mit seiner Hand an ihrem Arm entlang, als wollte er ihn anheben, tat es aber nicht. Er musste bemerkt haben, dass es seltsam aussehen würde, wenn er einen anderen Gentleman über die Straße geleitete. »Gleich bietet sich eine Lücke. Lass uns jetzt gehen.« Er deutete an, dass sie die Straße überqueren sollten. »Schnell.« Seine Hand streifte ihren unteren Rücken und die bewusste Wahrnehmung seiner Berührung ließ ein Prickeln über ihre Wirbelsäule laufen. Sie bewegte sich schneller, sowohl, um sich seiner Berührung zu entziehen, als auch, um sicherzustellen, dass sie gefahrlos die andere Straßenseite erreichte.

Sie gingen weiter in Richtung Bolton Street und sie beabsichtigte, sich an der Ecke von ihm zu verabschieden. Als sie die Kreuzung erreichten, blieb sie stehen und drehte sich zu ihm um. »Ich hoffe, Sie werden nicht beleidigt sein, wenn ich Ihnen nicht für Ihre Eskorte danke.«

Er lachte kurz auf. »Ich wünschte, du würdest mir sagen, wer du bist. Ich würde dich möglicherweise gern auf dem nächsten Ball wiedersehen.«

Das wäre höchst unwahrscheinlich. Ihre Einladungen schwanden, obwohl die Herzogin von Kendal zu denken schien, dass sie persönlich Lucys und Aquillas Ansehen

verbessern könne. Aber selbst wenn Großmutter sich eine
weitere Saison leisten könnte, war Lucy sich nicht sicher, ob
es zu rechtfertigen wäre, weitere Kosten aufzuwenden. Sie
taugte nicht für den Heiratsmarkt. Sie war nicht schön im
herkömmlichen Sinne und sie hatte ein viel zu vorlautes
Mundwerk. ›Undamenhaft‹, so hatte es Großmama auf eine
charmante Weise formuliert. Sie wünschte, Lucy wäre anders,
aber sie verstand, dass sie nicht ändern konnte, wer sie war.
Sie spielte gern Karten und schoss und ritt und nahm an
einer Vielzahl Beschäftigungen teil, die Gentlemen vorbehalten waren. Wie sehr sie sich danach sehnte, eines frühen
Morgens den Hyde Park zu besuchen, um mit Dartford und
seinesgleichen Bowls zu spielen. Nun gut. Wenn sie sich mit
Großmama aufs Land zurückzog, konnte sie viele Dinge tun,
die ihr hier in London verwehrt blieben. Aber zuerst musste
sie sich diesen Rückzug leisten können.

Lucy richtete sich auf und nickte Dartford flüchtig zu.
»Ich bezweifle, dass wir uns wiedersehen werden, Mylord.
Und es ist wohl auch gut so.«

Er beugte sich zu ihr. »Bedeutet das, dass du keine Spielhöllen mehr aufsuchen wirst?«

»Guten Abend.« Sie drehte sich um und begann langsam
auf das kleine Haus ihrer Großmutter zuzugehen, es war das
dritte Haus auf der rechten Seite.

Nach mehreren Schritten blickte sie über ihre Schulter
zurück. Er beobachtete sie. »Wohnst du wirklich in dieser
Straße?«, rief er.

»Ja. Sie haben Ihre verfluchte Pflicht getan.«

»Nur, wenn du versprichst, diese Aktivität nicht zu
wiederholen.«

Sie wirbelte herum und starrte ihn an, wobei sie ihre
Fäuste in ihre Hüften stemmte. »Wie ich bereits erwähnt
habe, sofern Sie mich nicht zu Ihrer Herzogin machen
möchten – ein Angebot, das ich wahrscheinlich ablehnen

würde, wenn man Ihr autokratisches Verhalten bedenkt – kümmern Sie sich um Ihre eigenen Angelegenheiten.«

Er stolzierte auf sie zu. »Du scheinst eine intelligente Frau zu sein, aber wenn du diesen Weg fortsetzt, irre ich mich offensichtlich in dieser Hinsicht. Es ist nur eine Frage der Zeit, bis jemand anderes deine Tarnung durchschaut – und er wird wahrscheinlich nicht so ein Gentleman sein wie ich.«

»Dann werde ich mich bemühen, meine Verkleidung zu verbessern. Wenn Sie wirklich nützlich sein möchten, könnten Sie mir etwas Hilfestellung geben.«

Er starrte sie an. »Du willst, dass ich dir helfe, mehr wie ein Mann auszusehen?«

Sie würde das eigentlich sehr zu schätzen wissen, aber offensichtlich würde er *das* nicht tun. Stattdessen fragte sie: »Was hat mich verraten?«

Er schien ein wenig überrascht ob ihrer Frage. Dann wanderte sein Blick über sie. Die Musterung erfolgte langsam, zielgerichtet, als ob er seine Gedanken sammeln würde. Als er ihr wieder in die Augen sah, durchdrang Hitze ihren Körper und sie bedauerte ihre Frage.

»Es war nicht nur eine Sache.« War seine Stimme ein wenig tiefer geworden? Oder war ihr Hörvermögen beeinträchtigt, weil das Blut plötzlich in ihren Ohren rauschte? »Aber ich nehme an, es war das Gefühl, als ich deinen Arm nahm. Ich bemerkte, dass du gepolstert warst. Das allein wäre nicht genug gewesen. Es war etwas … anderes. Vielleicht die Art und Weise, wie du dich bewegt hast, oder die Eleganz deiner Hände.«

Sie überlegte, wie sie ihre Verkleidung verbessern könnte. Vielleicht hatte ihre Magd, Judith, ein paar Ideen. Sie war bisher sehr hilfreich gewesen und hatte die falschen Koteletten von einem Bekannten bekommen, der jemanden kannte, der in einem Theater arbeitete.

Sie sah zu ihm auf. »Danke. Ich gehe jetzt.«

»Ich wünschte immer noch, du würdest mir deinen Namen sagen.«

Nun fühlte sie sich ein wenig wie Aschenputtel, außer, dass sie ihren Prinzen mit nichts zurückließ, nicht einmal mit einem Glasschuh. Genauso, wie es sein sollte. Er war nicht ihr Prinz und sie würde nie eine Prinzessin sein.

Sie drehte sich um und hastete davon, verschwand zwischen dem Haus ihrer Großmutter und dem des Nachbarn und wusste, dass er sicherlich noch herausfinden würde, wer sie wirklich war. Selbst wenn er es täte, bezweifelte sie, dass er sie bloßstellen würde. Wenn er diese Art von Gentleman wäre, hätte er wahrscheinlich darauf bestanden, sie zu ihrem Haus zu zerren, um gegen die Haustür zu schlagen, bis Großmama aus ihrem Schlaf gerissen wurde. Nein, der Wagemutige Herzog würde ihr Geheimnis bewahren. Da war sie sich überraschend sicher.

Nachdem sie einige Minuten gewartet hatte, ging sie zurück auf die Straße, bewegte sich langsam und schaute um die Ecke, um sicherzustellen, dass er weg war. Überzeugt davon, dass er gegangen war, eilte sie zu der Treppe, die hinunter zum Eingang der Diener führte, wo Judith darauf wartete, sie hereinzulassen.

Sie klopfte leicht an den Türrahmen und ihr Dienstmädchen öffnete. Lucy drückte sich hinein und Judith schloss die Tür hinter ihr.

»War es ein ertragreicher Abend?«, fragte Judith.

Lucy zog ihren Hut ab. »Nicht so wie neulich Abend.« Weil Dartford vereitelt hatte, dass sie eine weitere Spielhölle besuchen konnte.

Judith nahm ihr Hut und Mantel ab. »Tut mir leid zu hören.«

»Jemand hat meine Verkleidung durchschaut.« Lucy versuchte, nicht daran zu denken, wie sie reagiert hatte, als

Dartford ihr erzählte, wie er hinter ihr Geheimnis gekommen war. Er hatte ihr das Gefühl gegeben ... anmutig zu sein. Und das war wahrscheinlich nicht einmal seine Absicht gewesen.

Judith sog einen scharfen Atemzug ein. »Was ist passiert?«

Lucy folgte ihr die Treppe hinauf zu den Unterkünften der Dienerschaft. »Nichts Ungewöhnliches. Ich muss in Zukunft nur sicherstellen, dass niemand zu nahe an mich herankommt.«

»Ich werde noch einmal mit meinem Bekannten reden. Vielleicht hat er eine andere Idee.«

Der Bekannte arbeitete im Haushalt auf der anderen Straßenseite und hatte sie mit der Männerkleidung, die Lucy trug, sowie der Gesichtsbehaarung, die er von seinem Freund aus dem Theater erhalten hatte, versorgt. Er hatte auch die Polsterung vorgeschlagen, die sie benutzt hatten. Diese sorgte für einige Unannehmlichkeiten, aber Lucy musste zugeben, dass sie sich durch die zusätzlichen Schichten ein wenig geschützter fühlte. Dennoch würde sie sich bemühen, von nun an alle auf Distanz zu halten. Vielleicht könnte sie einen bösen Husten entwickeln, der die Menschen davon abhalten würde, sich zu sehr zu nähern.

Lucy schaute über ihre Schulter zu Judith. »Stell nur sicher, dass er nicht weiß, warum du danach fragst.«

»Keine Sorge. Ich bin sehr diskret.« Judith schenkte ihr ein Lächeln.

Lucy vertraute Judith – sie war seit einer Dekade bei ihr. Sie waren praktisch zusammen aufgewachsen, waren eher wie Schwestern, was auch ihre Vertrautheit miteinander erklärte. Lucy vertraute sich ihr seit jeher an und verließ sich mehr auf sie, als sie sollte, angesichts ihrer Position, aber Lucy war es egal. Sie hatte so wenige Menschen von Substanz in ihrem Leben. Sie nahm, was sich ihr bot.

»Danke.«

Sie gingen in ihre Kammer, wo Judith ihr half, sich von der Verkleidung zu befreien. Das Entfernen der Gesichtsbehaarung war dabei der schlimmste Teil und als sie fertig waren, war Lucys Haut gerötet und fühlte sich ein wenig rau an.

Als Lucy ihrer Nachtjacke überzog, fragte Judith, wann sie plante, erneut in ihrer Verkleidung auszugehen.

Zunächst hatte Lucy nicht vorgehabt, in den folgenden Nächten auszugehen – sie schien sich nach jedem Ausflug erholen zu müssen – aber, da der Abend abgebrochen worden war, wollte sie doch morgen wieder ausgehen. »Morgen Abend. Ich bin enttäuscht, dass ich heute Abend nicht mehr verdient habe.«

Judith nickte. »Ich verstehe. Je früher du dein Ziel erreichst, desto besser.«

»Und umso eher ist auch deine Zukunft gesichert.« Lucy wollte Judith mitnehmen und es war auch Judiths Wunsch, mitzukommen.

Lucy hatte dieses Unterfangen nicht auf die leichte Schulter genommen. Großmutter hatte kein Geld mehr. Sie plante, sich in ein kleines Häuschen in der Nähe von Bath zurückzuziehen, sobald die Saison beendet war. Sie konnte es sich jedoch nicht mehr leisten, Lucy zu unterhalten. Es war ihre innigste Hoffnung, dass Lucy in dieser Saison endlich einen Heiratsantrag bekommen würde. Lucy hatte das als unerreichbar angesehen, was sie veranlasst hatte, diesen Plan zu entwickeln. Sie würde eine entsetzliche Ehefrau abgeben, aber sie war eine ausgezeichnete Kartenspielerin. Wenn sie nur bei einem Spiel wie Whist mitspielen könnte, was Strategie erforderte und keine reine Glückssache war wie Faro.

Und sie hatte bisher viel Glück gehabt. Bis heute Abend. Dartford ließ sie ihre Pläne infrage stellen, aber sie konnte es sich nicht leisten, das zu tun. Wenn sie bei klarem Verstand

bleiben und ihre Pistole in Bereitschaft halten würde, würde
es ihr gut gehen. Gleichwohl wäre sie erleichtert, wenn sie ihr
Ziel erreichte. »Niemand wünscht sich mehr als ich, dass alles
geregelt sein wird.«

Geregelt.

Das beschrieb Lucys Bestrebungen perfekt. Sie würde
sich mit einer beschaulichen Ehelosigkeit *begnügen*. Es war
einer Vielzahl von Alternativen vorzuziehen, einschließlich
einer erstickenden Ehe, in der ihre Freiheit eingeschränkt
und ihre ungestüme Natur zerstört würde. Nein, das war ihr
einziger Weg und sie war entschlossen, ihn erfolgreich zu
beschreiten.

KAPITEL ZWEI

ANDREW ÜBERPRÜFTE SEINEN BINDER im Spiegel. Sein Kammerdiener hatte ausgezeichnete Arbeit geleistet. Es war schade, dass Andrew ihn am Ende der Saison gehen lassen musste, aber dann würde er ihm zweieinhalb Jahre gedient haben – länger als jeder Diener, den er zuvor hatte. Das war zu lang. Die Dinge wurden zu … bequem.

»Danke, Tindall.«

Der Diener nickte. »Zu Diensten, Mylord. Die Kutsche wartet.«

Verdammt, er hatte es versäumt, seine Dienerschaft darüber zu informieren, dass er von seiner normalen Routine abweichen würde. Typischerweise traf er sich mit seinen Freunden in ihrem Club und dort einigten sie sich auf ihre jeweiligen Abendvergnügungen. Heute Abend wagte er sich jedoch allein hinaus, was er sonst nie tat. Nur würde er nicht lange allein sein. Die Frage war, wohin seine Nacht von da an gehen würde.

»Ich brauche die Kutsche heute Abend nicht. Entschuldige die Unannehmlichkeiten.« Er nahm seinen Hut und seine Handschuhe von Tindall, bevor er seine Kammer verließ, und zog sie an, während er nach unten eilte. Er hoffte, dass er nicht zu spät dran war.

Ein Lakai hielt die Tür für ihn auf, als er das Haus verließ, und er sah, dass die Kutsche bereits in den Hof zurückgefahren wurde. Seine Bediensteten waren in der Tat effizient. Aber er nahm an, dass sie besonders hart arbeiteten, aus Angst, entlassen zu werden. Er war dafür bekannt, Leute scheinbar aus einer Laune heraus gehen zu lassen. Für ihn entsprang es mitnichten einer Laune, sondern war eine kalkulierte Anstrengung, einen Haushalt zu führen, der angenehm einsam war. Manchmal fühlte er sich schlecht deswegen, aber es war notwendig. Außerdem stellte er jedem Einzelnen stets eine ausgezeichnete Referenz aus und sorgte dafür, dass sie in einer gleichen oder besseren Position landeten.

Es war ein kühler Frühlingsabend, als er den Audley Square verließ und zur Curzon Street abbog. Er bewegte sich zügig und war besorgt, dass er seine Chance verpassen würde.

Weniger als zehn Minuten später kam er an seinem Ziel in der Bolton Street an. Er verbarg sich hinter der Ecke des Hauses am Ende der Straße und nahm eine Position ein, die ihm erlaubte, die Umgebung zu überwachen. Die Leute kamen und gingen, aber nicht aus dem Haus, das er beobachtete. Er änderte seine Haltung unzählige Male und dachte mehr als einmal darüber nach, seinen Posten aufzugeben. Aber er konnte es nicht. Nach einer scheinbaren Ewigkeit fragte er sich, ob sie heute Abend einfach nicht ausgehen würde.

Er erstickte ein Gähnen und bemerkte schließlich eine Bewegung auf der anderen Straßenseite. Eine Gestalt tauchte aus dem Eingang der Dienerschaft auf. Er – nein, er war eigentlich eine sie – blickte unauffällig zu beiden Seiten, bevor er auf den Bürgersteig trat und sich auf Piccadilly zubewegte.

Andrew atmete tief durch, eilte über die Straße und fing sie an der Ecke ab. »Guten Abend, Miss Parnell. Wohin gehen wir heute Abend?«

Sie stoppte abrupt, als sie seiner gewahr wurde, und starrte ihn nun mit angespannten Kiefermuskeln an. »Sie haben auf mich gewartet.«

»Das habe ich. Ich konnte dich nicht noch einmal alleine ausgehen lassen. Ich bin sicher, du verstehst das.«

»Ich verstehe, dass Sie eine Plage sind.«

Er richtete seinen Mantel. »Das sagst du gern, aber ich sehe mich lieber als Gehilfen. Oder vielleicht sogar als einen *Führer*.«

Sie öffnete ihren Mund und schloss ihn dann wieder. Dann drehte sie sich um, ging aber nicht weg. Sie drehte sich wieder zurück, ihr Blick bot ein herrliches Feuer empörter Beleidigung. »Wie haben Sie herausgefunden, wer ich bin?«

Er hatte sich dazu verpflichtet gefühlt, ihre Identität in Erfahrung zu bringen und alles zu tun, was er konnte, um zu verhindern, dass sie sich leichtsinnig verhielt. »Ich habe beobachtet, wo du letzte Nacht hingegangen bist, festgestellt, wer an dieser Adresse wohnt und der Rest war ganz einfach.«

»Nun, gut für Sie, aber das ändert nichts.« Ihr Blick wurde misstrauisch. »Es sei denn, Sie wollen mich bloßstellen.«

»Das beabsichtige ich mitnichten. Ich bin der Wagemutige Herzog, nicht der Geschwätzige Herzog.« Er entschied, dass ihm der Spitzname gefiel, den sie ihm gegeben hatte.

Sie runzelte die Stirn. Es schien, als würde sie ihm immer noch nicht vertrauen.

»Weiß deine Großmutter, was du des Nachts unternimmst?«, fragte er.

Zum ersten Mal sah sie besorgt aus. »Nein und Sie

dürfen es ihr nicht sagen.« Sie blickte weg. »Ich möchte sie nicht beunruhigen. Sie hat auch so schon ausreichend Sorgen.«

Er rückte näher und sprach leise. »Ich werde es ihr nicht sagen, aber du musst meinen Bedingungen zustimmen.«

Sie begann wieder, ihn anzustarren, und er erkannte, dass sie seit seiner Frage nach ihrer Großmutter angespannt war. Es war viel einfacher, mit ihrer Wut umzugehen als mit ihrem Kummer. »Ich hätte wissen müssen, dass Sie mich erpressen würden, aber ich verstehe immer noch nicht, warum.«

»Ich bin ein Gentleman, Miss Parnell, und ein Gentleman erlaubt es einer Dame nicht, so weiterzumachen, wie du es tust. Ich würde es mir nie verzeihen. Wagemutige Unternehmungen sind annehmbar für mich, aber nicht für dich.«

Ihre Augen weiteten sich und ihre Lippen verzogen sich zu einem Knurren. »Ist es das, was Sie von dem denken, was ich tue? Eine Art Eskapade, die ich für ein wenig Aufregung unternehme? Wie schön muss es sein, sein Leben solch einem Unsinn zu widmen.«

Er ignorierte ihre Beleidigungen und erkannte, dass er einen weiteren wunden Punkt getroffen hatte – wie am Vorabend, als sie den Kommentar über ihren unverheirateten Zustand gemacht hatte. Er hatte heute sehr wenig über sie erfahren, nur, dass ihre Großmutter die Witwe eines Baronets war und dass Miss Parnell ein Leben als Jungfer bevorstand. Er war vielleicht nicht der Geschwätzige Herzog, aber er wusste, wie man an Informationen kam, wenn man sie brauchte.

Unerschrocken verschränkte er seine Arme über seiner Brust. »Dann sag mir, warum du gezwungen bist, das zu tun. Ich möchte wirklich helfen. Ist meine Fürsorge so schockierend?«

Sie starrte ihn an und war offensichtlich argwöhnisch. »Ja, tatsächlich. Niemand achtet auf mich. Oder zumindest hat das bisher nie jemand getan.« Sie blickte an sich selbst herab. »Ich nehme an, daher war es mir möglich, mich als Mann zu verkleiden.« Als sie ihn wieder ansah, schien sie entmutigt zu sein. »Sie sind unglaublich aufgeblasen.«

»Dann nenne mich den Arroganten Herzog. Ich wurde schon Schlimmeres genannt.« Er lockerte seine Arme. »Du hast zwei Möglichkeiten. Du kannst mir sagen, worum es geht, und mir erlauben, dir zu helfen, oder du kannst nach Hause gehen, wo wir deine Großmutter über deine Verfehlungen informieren werden.«

»Dies ist keine *Verfehlung*. Es ist eine Notwendigkeit. Ich brauche nur das Geld, Sie Schwachkopf.« Ihre Wangen waren nun von einer zarten Röte überzogen und sie hatte nie weniger wie ein Mann ausgesehen. Er sehnte sich danach, sie ohne ihre Verkleidung zu sehen. Er glaubte, dass sie sicherlich sehr nett anzuschauen war.

Er machte sich nicht die Mühe, seinen Ärger zu unterdrücken. »Ich habe das alles bereits ganz allein herausgefunden, danke. Aber das würde wohl jedem *Schwachkopf* gelingen, da du *gespielt hast*. Warum brauchst du Geld?« Er hielt seine Hand hoch. »Und bevor du daran denkst, mir wieder auszuweichen, lass mich dich daran erinnern, dass es nur eine Frage der Zeit ist, bis du Probleme bei deinem Vorhaben bekommst.« Er hatte nicht erwartet, dass sie so hartnäckig war. Er entschied, dass es Zeit für einen neuen Ansatz war. »Lass mich dir beweisen, dass du mir vertrauen kannst. Ich werde dich heute Abend zu ein paar Höllen begleiten. Du kannst nach Herzenslust spielen und ich werde für deine Sicherheit sorgen.«

Sie warf ihm einen rebellischen Blick zu. »Ich spiele nicht, um eine Laune zufriedenzustellen.«

»Du musst dich nicht verteidigen. Haben wir ein Abkommen?«

Sie neigte ihren Kopf zur Seite – es war eine äußerst feminine Bewegung.

»Tu das nicht«, sagte er. »Du siehst zu sehr wie eine Frau aus.«

Sie richtete sich sofort auf.

»Siehst du, wie hilfreich ich bin?«

Ihre Augen verengten sich. »Sie könnten mich anlügen.«

Er warf die Hände hoch. »Du bist die frustrierendste Frau, die ich je getroffen habe. Komm, lass uns einfach mit Lady Parnell reden.«

Sie trat vor ihn, als er losgehen wollte. »Nein. Sie können … heute Abend mit mir kommen.«

Er atmete auf und fühlte sich ungewöhnlich erleichtert. Er hatte wirklich nicht den Wunsch, ihre Großmutter zu besuchen und zu erklären, weshalb die Tatsache, dass er ihre Enkelin ohne Anstandsdame begleitete, *keinen* Heiratsantrag erforderte. Das war ein gewagtes Unterfangen, das er nicht anstrebte.

»Ausgezeichnet – und am Ende des Abends, nachdem ich sowohl meine Ehrlichkeit als auch meinen Wert unter Beweis gestellt habe, wirst du mir deine Geheimnisse verraten.«

Sie presste ihre Lippen zusammen. »Wir werden sehen.«

»Mach das des Öfteren.«

»Was?«

»Deinen Mund so verzogen, damit deine Lippen nicht so …« Er war im Begriff, ›zum Küssen einzuladen scheinen‹ zu sagen, aber verdammt, er hatte keine Ahnung, woher diese Worte gekommen waren. Und sie könnten gerne dorthin zurückkehren, von wo sie kamen. »Weiblich aussehen«, sagte er stattdessen. »Komm, wir fangen in der Jermyn Street an und gehen dann zu meiner Lieblingshölle in der King Street.« Beide Höllen waren fair und genossen einen

Kundenkreis, in dem sie sich als junger Kerl wohlfühlen würde.

Kerl?

Er schaute auf ihre runde, etwas pummelige Gestalt und fragte sich wieder, was unter der Verkleidung steckte. Vielleicht war sie nicht so anziehend, wie er vermutete. Vielleicht stützte er seine Erwartungen an ihre körperlichen Reize auf ihren mentalen Scharfsinn – denn trotz all ihrer Widerspenstigkeit besaß sie eine feine Intelligenz und einen scharfen Verstand. »Warum *bist* du nicht verheiratet?«, fragte er.

Sie kicherte und der Ton war tief und provokant. »Sie haben heute eindeutig über mich nachgeforscht, aber es ist Ihnen nicht gelungen alles herauszufinden, oder?« Sie starrte ihn schräg von der Seite an, während sie weitergingen.

»Lass uns hier hinübergehen«, sagte er und wartete auf eine Unterbrechung des Verkehrs, bevor er gestikulierte, dass sie ihm folgen sollte. Als sie auf der anderen Straßenseite ankamen, sagte er: »Nein, ich habe nicht alles erfahren, und da ich dein, äh, Partner sein soll, dachte ich, wir könnten Freundschaft schließen.«

Sie blieb unversehens stehen und funkelte ihn an. »Sie sind nicht mein Partner. In keinster Weise. Haben Sie das verstanden?« Es war ein verbaler Schlag, doch es war für ihn nicht das erste Mal, dass er der Empfänger eines solchen war.

»Unmissverständlich.« Sie gingen weiter zur Duke Street, als er ihr bedeutete, dass sie abbiegen mussten. Er versuchte, das Thema zu wechseln. »Wo versteckst du die Pistole?« Er musterte ihre Gestalt und versuchte, deren Position an der Polsterung zu erkennen.

»In die Innenseite meines Mantels wurde eine Tasche eingenäht.« Sie tätschelte ihr Revers. »Sagen Sie, haben Sie heute gewonnen?«

Er drängte seine Gedanken zurück in die Gegenwart. »Wie bitte?«

»Einer Ihrer Freunde sagte, er habe darauf gewettet, dass Sie heute gewinnen würden. Haben Sie gewonnen?«

Andrew erinnerte sich an das Phaeton-Rennen an diesem Morgen und lächelte. »Das habe ich.«

»Und was war das für ein Wettstreit?«

Er führte sie auf die Jermyn Street. Die Spielhölle lag direkt vor ihnen auf der linken Seite. »Sollte ich dir das wirklich erzählen? Es scheint mir, dass ich mit meinen Informationen mindestens halb so geizig sein sollte wie du mit deinen.«

Sie verdrehte die Augen. »Ich bin nicht verheiratet, weil noch niemand um meine Hand angehalten hat. Befriedigt das Ihre Neugierde?«

»Nicht im Mindesten«, murmelte er. »Wir sind da.« Er beugte sich hinunter und flüsterte in der Nähe ihres Ohres. »Es war ein Phaeton-Rennen und ich gewann mit mehreren Längen Vorsprung. Es war unglaublich berauschend.«

Sie bedachte ihn mit einem Blick, der einfach nur entzückend war. »Wie gern würde ich das ebenfalls machen.«

In diesem Moment wollte er sie mitnehmen. Beim nächsten Rennen, an dem er teilnehmen würde, könnte sie in ihrer Verkleidung mitkommen … Er riss sich selbst aus diesen unsinnigen Gedanken und hustete.

Sie schritten nebeneinander die Treppe hinauf. »Hier spielt man Faro und Hazard. Ich nahm an, das wäre akzeptabel.«

»Nicht schlecht, aber ich würde gern Whist spielen.« Sie blickte zu ihm hinüber, in ihrem Blick lag Unsicherheit. »Ich weiß, dass es hierbei Spiele gibt, in denen auf eine beliebige Anzahl von Dingen gesetzt wird – wie die Karte, die zu der Anzahl von Stichen führt, die jedes Paar in der Runde macht.«

Er sah sie überrascht an, nicht, weil sie wusste, wie man Whist spielte – das überraschte ihn überhaupt nicht. Nein, er war überrascht, dass sie überhaupt von diesen speziellen Whist-Spielen wusste. Whist wurde in den meisten Spielhöllen nicht gespielt. Tatsächlich kannte er nur ein Etablissement, wo man Whist spielen konnte, und der Zutritt dort erforderte eine Einladung. Die er freilich besaß. »Zufällig habe ich Zugang zu einem Whist-Spiel. Ich bringe dich als Nächstes dorthin, aber du musst mich mit dir zusammen spielen lassen.« Er grinste, der Abend hielt mehr bereit, als er für möglich gehalten hatte. »Aber nicht als dein *Partner*.«

Sie lächelte und er *wusste nun, dass* sie hübsch war, sogar mit den Koteletten, die ihr Gesicht verunstalteten.

»Tu das nicht«, murmelte er. »Kein Lächeln.«

»Dann provozieren Sie mich nicht«, murmelte sie zurück.

Andrew erstickte den Drang zu lachen, als der Lakai die Tür öffnete. Dieser begrüßte Andrew, der seinen Freund Davis Smith vorstellte. Sie spielten ein paar Runden Faro und Andrew gab flüsternd Ratschläge, wie sie sich verhalten sollte.

»Vollführe deine Bewegungen schroffer«, sagte er leise und lehnte sich leicht zu ihr herüber. »Und schneller. Besonders die deiner Hände. Du kannst sie nicht mit einer Polsterung tarnen, also musst du sie davon abhalten, Aufmerksamkeit zu erregen.«

Sie folgte seinem Rat und hatte am Ende der dritten Runde ihre Bewegungen völlig verändert. Sie drehte sich zu ihm um, ihre Augen funkelten vor Aufregung. Er konnte erkennen, dass sie sich amüsierte, aber ihm erging es ebenso.

»Ich bin bereit für Whist, wenn du es bist«, sagte sie.

»Lass uns gehen.« Er entschuldigte sich und dankte dem Croupier, der sie ermutigte, wiederzukommen.

Sobald sie das Etablissement verlassen hatten, lobte er sie: »Das hast du sehr gut gemacht.«

Sie fuhr mit der Hand über ihre Jacke, als ob sie die klumpigen Polster darunter glätten könnte, aber natürlich konnte sie es nicht. »Ich hatte gehofft, erfolgreicher zu sein. Ich habe mehr als sonst verloren.«

»Das passiert, besonders bei einem reinen Glücksspiel wie Faro.«

Sie blickte zu ihm hinüber, ihr Blick war ungeduldig. »Deshalb will ich Whist spielen.«

»Und das werden wir auch. Komm, wir gehen zur Cleveland Row.« Er führte sie die Duke Street hinunter. »Du hast deine Bewegungen sehr verfeinert. Du bist ein besserer Gentleman als die meisten meiner Bekannten.«

Sie lachte, das tiefe und kehlige Geräusch brachte ein Lächeln auf seine Lippen. »Ich bin mir nicht sicher, ob das ein Kompliment ist.«

»Wie wäre es dann mit diesem: Du bist eine ausgezeichnete Spielerin. Deine Einsätze sind klug – nicht übertrieben, sondern mit dem richtigen Maß an Kühnheit.«

»Danke. Mein Vater war ein unverbesserlicher Spieler. Er war unglaublich sachkundig, hatte aber nicht die Fähigkeit, aufzuhören, wenn er gewann. Oder verlor.« Sie runzelte die Stirn und schüttelte den Kopf. »Er konnte einfach nicht aufhören und er hätte uns fast in den Bankrott getrieben.«

Er hörte den Widerwillen in ihrem Tonfall, der auch von Traurigkeit durchdrungen war. Wenn sie fast bankrott war, erklärte das wahrscheinlich, warum sie jetzt Geld brauchte. Einer Frau ohne Heiratsaussichten und ohne Einkommen blieben, wie sie ihm versichert hatte, wenig Möglichkeiten. »Wie lange ist es her, dass er gestorben ist?«

Sie war einen Moment lang ruhig. »Sieben Jahre? Ja, ich denke, es ist sieben Jahre her.«

Andrew dachte ein Jahrzehnt zurück, als er neu in London war. Er erinnerte sich nicht an Lord Parnell, aber er hatte erst vor ein paar Jahren angefangen, Spielhöllen zu besuchen, als er sich mit Charles und den anderen ihrer Truppe eingelassen hatte.

»Du vermisst ihn nicht, nehme ich an?«

Sie antwortete abschätzig. »Meine Güte, nein. Meine Großmama schon, aber sie neigt dazu, sich an ihren unschuldigen Sohn zu erinnern, nicht an den charakterlosen Mann, zu dem er in seinem mittleren Alter wurde.«

Rein rational gesehen verstand Andrew, warum sie so fühlte, aber emotional ... Andrew vermisste seine Familie schrecklich und er würde alles tun, um sie zurückzubringen. Zeit, das Thema zu wechseln.

Wie der Zufall es wollte, musste er das nicht. Sie erreichten St. James's und trafen Charles und Beaumont und den Rest ihrer Gruppe.

»Da bist du ja, Dart!«, rief Beaumont. »Wir haben im Club auf dich gewartet.«

»Ich entschuldige mich. Ich habe mich mit unserem neuen Freund Smitty getroffen.« Er deutete auf Miss Parnell, die ihren Mund in den fast lippenlosen Ausdruck gepresst hatte, zu dem er ihr geraten hatte.

»Guten Abend, Smitty«, sagte Charles. Er sah Andrew an. »Wo wolltest du hin heute Abend?«

Verdammt. Andrew wollte nicht, dass sie sich ihm und Miss Parnell anschlossen. Er konnte nicht riskieren, dass einer von ihnen hinter ihr Geheimnis kam, was bedeutete, dass er die Zeit, in der sie ihren Blicken ausgesetzt war, begrenzen musste. »Wir sind einfach nur herumgelaufen und haben mögliche Optionen in Betracht gezogen. Wir waren bei Fenwick's. Ausgezeichnetes Spiel heute Abend.«

Charles' Augen leuchten auf. »Tatsächlich? Vielleicht sollten wir dorthin gehen.« Er sah die anderen an.

Miss Parnell hustete. »Großartiger Faro-Tisch. Ich habe eine ausgezeichnete Ausbeute gemacht.« Sie benutzte diese tiefe, kiesige Stimme, die beunruhigend verführerisch war.

»Dann ist es beschlossene Sache«, sagte Charles. »Vielleicht sehen wir uns später wieder.«

Andrew nickte und war erleichtert, dass sie nicht zusammen weiterziehen würden. »Wir werden die Augen nach euch offenhalten.«

Sie trennten sich und Andrew führte Lucy über die St. James's zur Cleveland Row.

»Danke«, sagte sie. »Ich wollte nicht, dass sie sich uns anschließen.«

»Ich genauso wenig.« Er blickte auf sie hinunter, als sie sich der Hölle näherten. »Siehst du, ich *habe* dein Bestes im Sinn.«

Sie warf ihm einen Blick zu, der besagte, dass sie sich diesbezüglich noch nicht entschieden hatte. Er schüttelte den Kopf und staunte über ihre Hartnäckigkeit. Sie stiegen die Stufen zur nächsten Spielhölle hinauf und wieder wurde Andrew von dem massiven Lakaien begrüßt, der genauso gut in der Lage war, jemanden aus dem Etablissement zu werfen, wie dort hinein einzuladen. »Guten Abend, Eure Lordschaft. Haben Sie heute Abend einen Gast?« Die Augen des Lakaien funkelten, während er Miss Parnell genau studierte. Zu genau.

Andrew widersetzte sich dem Drang, eine Hand beruhigend auf den unteren Teil ihres Rückens zu legen. »Das habe ich. Das ist Mr. Davis Smith«, sagte er entschieden. »Wir sind hier, um oben zu spielen.« Das war der Code für das private Whist-Spiel.

»Sie sind immer willkommen, Mylord.« Der Lakai blickte über seine Schulter und nickte dann dezent. Es schien eine Art Verständigung zu sein mit jemandem, der außerhalb ihrer Sichtweite war. »Kommen Sie herein.« Er neigte seinen Kopf zu Miss Parnell, um sie mit einzubeziehen.

Sie hatte während des Wortwechsels ein absolut gelassenes Verhalten bewahrt, nicht ein Hauch von Unbehagen war zu spüren. Wieder war er von ihr beeindruckt.

»Sie wissen, wohin Sie gehen müssen«, sagte der Lakai.

Das tat Andrew. »Danke.« Er sah sich im Flur um, aber er war leer. Mit wem auch immer der Lakai die Blicke ausgetauscht hatte, diese Person war nun weg. Andrew vermutete, dass es der Besitzer der Hölle gewesen war – Mr. Jessup. Er führte eine weitgehend faire Spielhölle, war aber bekannt für sein schonungsloses Verhalten gegenüber denen, die ihn irgendwie beleidigten, oftmals, ohne dass sie sich überhaupt eines derartigen Vergehens bewusst waren. Da das Whist-Spiel nicht von einem Bediensteten der Hölle geleitet wurde, verwaltete ein Bankier alle Einsätze und behielt einen gewissen Prozentsatz, um Jessups Ausgaben zu verrechnen.

Andrew führte Miss Parnell die Treppe hinauf. »Vergiss nicht, in deiner Rolle zu bleiben. In diesem Raum könnten Leute sein, die du schon einmal getroffen hast, je nachdem, wer heute Abend hier ist.«

Ihre Augen funkelten alarmiert. »Glauben Sie, jemand wird mich erkennen?«

»Das ist eher zweifelhaft. Bemühe dich einfach, sicherzustellen, dass sie es nicht tun. Ich werde mein Bestes geben, um die meiste Aufmerksamkeit auf mich zu ziehen.«

Sie kicherte leise. »Ich bin mir sicher, dass Sie darin herausragend sind.«

Er lachte im Gegenzug. »Ziemlich gut. Vielleicht könntest du jetzt anerkennen, dass mein Vorschlag, dich zu begleiten, eine gute Idee war.«

Sie warf ihm einen gequälten Blick zu, aber das amüsierte Funkeln in ihren Augen besagte, dass sie froh deswegen war, und das machte ihn auch froh. »Ja. Können wir jetzt spielen?«

Er hielt sich selbst davon ab, ihr seinen Arm anzubieten. »Lass uns spielen gehen.«

Als er sie zum Whist-Salon geleitete, hoffte er, dass er sie nicht beide in die Höhle des Löwen führte.

KAPITEL DREI

Z UM ERSTEN MAL in ihrem Leben war Lucy zufrieden damit, einem Gentleman zu erlauben, das ganze Reden für sie zu übernehmen. Großmama wäre so beeindruckt. Nein, sie wäre zunächst fassungslos und *dann* wäre sie beeindruckt.

Arme Großmama. Lucy fühlte sich ein wenig schlecht, weil sie sich davongeschlichen hatte, aber es war nicht so, als ob sie woanders sein müsste. Ihre Einladungen waren nicht üppig und Großmama ließ es langsamer angehen. Sie zog es vor, die meiste Zeit zu Hause zu bleiben und ging früh zu Bett. Das war der Hauptgrund, warum Lucy entschlossen war, sich mit ihr zurückzuziehen. Eine Magd, ein Mädchen für alles, würde sich um Großmutters Cottage kümmern, aber diese würde nicht sicherstellen, dass Großmama sich um sich selbst kümmerte, noch würde sie ihr vorlesen oder Erinnerungen mit ihr teilen, die Großmama zum Lächeln bringen würden.

Ja, Lucy tat das für sich selbst, aber sie tat es auch, wenn nicht sogar größtenteils, für ihre Großmutter.

Lucy blickte über den Tisch auf Dartford. Sie waren auf halbem Weg durch die erste Hand und er war ein sehr guter Spieler. Freilich hatte sie nichts anderes erwartet. Der Wagemutige Herzog schien bei den *meisten* Dingen vortrefflich zu sein.

Sie blickte auf die beiden anderen Gentlemen, die sie noch nie zuvor getroffen hatte, Gott sei es gedankt. Selbst wenn sie ihnen bereits zuvor begegnet wäre, so war es unwahrscheinlich, dass sie sie erkennen würden. Dennoch hielt Lucy ihren Kopf gesenkt und trug gerade genug zur Unterhaltung bei, um nicht unhöflich zu wirken. Dartford hielt Wort und übernahm den größten Teil der Konversation – nicht, dass es viel zu reden gegeben hätte. Es schien, dass die anderen Männer es vorzogen, sich zumeist auf ihre Karten zu konzentrieren.

Lucy verstand das. Als sie das Spielen erlernt hatte, musste sie sich ganz stark auf das Spiel konzentrieren. Jetzt war es für sie selbstverständlich, die Karten zu verfolgen und eine Strategie zu entwickeln, während sie sich mit ihren Tischgenossen unterhielt. Das kam eben dabei heraus, wenn dein Vater dir beibrachte, Karten zu spielen, sobald du zählen konntest.

Der Einsatz war frustrierend gering bei dieser Hand. Lucy sehnte sich danach, den Einsatz zu erhöhen, wartete aber auf ein Signal von Dartford. Er sprach von Pferden und der Jagd und Lucy musste sich auf die Zunge beißen, um sich nicht einzubringen, da dies zwei ihrer Vorlieben waren.

Lord Henderson, ein wohlgenährter Gentleman mittleren Alters mit einem rötlichen Gesicht und einer Beharrlichkeit, sich fortwährend zu räuspern, blinzelte Dartford zu. »Früher, als wir jung waren, hängten wir Zielkörbe an den Bäumen des Anwesens auf. Ich bin ein ausgezeichneter Schütze, wenn ich mich rühmen darf.«

»Ja, ja«, sagte das vierte Mitglied ihres Tisches, Mr. Wells.

Er war ein paar Jahre jünger als Henderson oder vielleicht erschien es nur so, weil er strammer aussah. »Du schießt mindestens einmal pro Woche bei Manton's. Aber ich wage zu behaupten, dass du nicht mehr so gut bist wie früher.« Er legte seine Karte hin und sie gewannen den Stich.

Dartford führte die nächste Runde an. »Ich habe schon lange nicht mehr bei Manton's geschossen.« Er blickte um den Tisch herum. »Ich habe gerade erst letzten Monat eine Pistole bei Purdey's erworben.«

Henderson legte seine Karte nieder, eine armselige Kreuz-Zwei. »Bah. Für mich ist es entweder eine Manton oder nichts.« Er räusperte sich erneut, wohl zum dutzendsten Mal.

»Ich hatte schon immer eine Vorliebe für Wogdon«, sagte Wells.

Lucy hatte mit der Manton-Pistole ihres Vaters geschossen, als sie jünger war und bevor er sie bei einer Wette verloren hatte. Die Waffe, die sie jetzt trug, war nicht annähernd so groß wie die Waffen, über die sie sprachen. Sie sah Dartford an. »Ich würde gern eine von Purdey's Pistolen abfeuern.«

Dartford hob eine Augenbraue, als er sie anstarrte. »Ja, ich erinnere mich daran, dass du Gefallen an Pistolen findest.«

Lucy verkniff sich ein Lächeln ob seines Kommentars.

»Ich brauche eine neue Waffe.« Wells legte die Herz-Vier nieder. »Ich werde mich wohl bei Purdey's umsehen.«

Wie sehr sich Lucy wünschte, sie könnte sich solche Dinge leisten. Aber was würde sie damit machen? Es war ja nicht so, dass sie im August zum Jagen von Moorhühnern eingeladen würde. Vielleicht könnte sie einen Zielbereich einrichten, wenn sie in ihr neues Cottage zogen. Sie lächelte innerlich ob der Vorstellung von Großmutters Entsetzen, wenn sie so etwas vorschlagen würde.

Schließlich schlug Dartford Spielbedingungen vor, die

am Tisch akzeptiert wurden. Die Einsätze waren anfangs klein, fast unbedeutend, aber am Ende der Runde war Lucy zehn Pfund reicher. Sie hoffte, dass die Einsätze steigen würden – und dass ihr das Glück auch in den nächsten Runden gute Karten bescheren würde – aber sie ließ es sich nicht anmerken. Vater hatte ihr beigebracht, wie man seine Emotionen und Reaktionen verbarg, genauso, wie er sie in allem anderen geschult hatte.

Dartford übernahm die Rolle des Gebers für die nächste Runde. Lucy verlor ein paar Einsätze und begann sich Sorgen zu machen, dass sie ihren ersten verlustreichen Abend erleiden würde.

Halb durch die Hand blinzelte Henderson Dartford zu. »Ich habe über diese Purdey-Pistolen nachgedacht. Ich würde gern sehen, welche besser schießt. Ich setze mein Geld auf Manton.«

»Wie viel Geld?«, fragte Lucy.

Dartford warf ihr einen überraschten Blick zu, der vielleicht einen Hauch Verärgerung enthielt. Sie hätte sich zurückhalten sollen, aber warum? Sie spielte die Rolle eines Gentlemans und *die* durften unumwunden ihre Gedanken äußern.

Henderson zuckte mit den Achseln, dann sah er sich am Tisch um. »Einhundert Pfund.«

Lucys Herz sank. So viel Geld besaß sie noch nicht. Fernerhin wusste sie nicht, auf welchen Waffenhersteller sie ihre Wette setzen würde.

Henderson setzte sich auf seinem Stuhl nach vorne, seine Augen strahlten. »Wir müssen das tun.«

Wells lachte in sich hinein. »Wie sollen wir ein solches Vorhaben umsetzen?«

Dartford blickte von Henderson zu Wells. »Wir benutzen einen Schraubstock, um die Pistole einzuspannen. Nur so können wir sie objektiv vergleichen. Obwohl ich nicht weiß, wo wir das bewerkstelligen sollen.«

Henderson machte einen ausgezeichneten Vorschlag. »Bei Manton's, natürlich.«

»Er würde dich die anderen Waffen abfeuern lassen?«, fragte Wells.

Henderson lachte, endete aber damit, dass er sich erneut räusperte. »Natürlich wird er das, denn seine Waffe wird gewinnen.«

»Ich setze mein Geld auf die Purdey«, sagte Dartford.

»Und ich bin für die Wogdon.« Wells drehte den Kopf, um Lucy anzusehen. »Was ist mit Ihnen, Smitty?«

Wie sehr wünschte sie sich, dass sie sich den Wetteinsatz leisten könnte!

Dartford legte seinen Kopf zur Seite. »Ja, Smitty, auf welche setzt du?«

Sie starrte ihn für einen Augenblick wütend an, bevor sie sich wieder fing. Sie knirschte mit den Zähnen und versuchte irgendwie still zu kommunizieren, dass sie nicht so viel Geld hatte. »Ich fürchte, ich bin nicht in der Lage, das zu beurteilen«, sagte sie – enttäuscht, dass sie das Experiment nicht persönlich sehen würde.

»Dann müssen Sie sie selbst abfeuern, damit Sie sich eine Meinung bilden können«, sagte Henderson. »Wenn wir hier fertig sind, gehen wir rüber zu Manton's.« Er signalisierte, dass ein Bursche, anscheinend einer der Angestellten, an den Tisch kommen sollte.

Wells blinzelte, sein Kiefer klappte auf. »Was, jetzt? Heute Abend?«

»Warum nicht?« Henderson gab dem Burschen Anweisungen, seine Kutsche auf der Straße auszumachen und seinen Lakaien zu Manton's zu schicken, um die Vorbereitungen treffen zu lassen. »Nun, lasst uns zuerst das Spiel beenden. Ich will meine hundert Pfund verdienen.«

Lucy machte mit doppelter Konzentration weiter, sie hatte die Absicht zu gewinnen. Drei Stiche später hatten sie und Dartford den Sieg errungen und sie war um knapp einhundert Pfund reicher. Ein ausgezeichnetes Ergebnis, aber immer noch nicht genug, um in die Schießwette einzusteigen. Sie starrte Dartford an und fragte sich, ob er einen Grund vorschieben würde, um sie zuerst nach Hause zu bringen. Sie konnte sich nicht vorstellen, wie er das bewerkstelligen könnte, ohne auf seine eigene Teilnahme an der Wette zu verzichten.

Henderson stand auf. »Wir können in meiner Kutsche zur Davies Street fahren.«

»Dann soll es so sein«, sagte Dartford lächelnd. Er erhob sich von seinem Stuhl und streckte seinen Rücken. »Nach Ihnen, Henderson.«

Henderson ging voran, gefolgt von Wells. Dartford ließ sich ein paar Schritte zurückfallen und schlenderte näher an Lucy heran.

»Sie lassen mich mitkommen?«, fragte sie ihn, als sie das Zimmer verließen.

»Ich bin froh zu sehen, dass du akzeptiert hast, dass ich entscheiden werde, was du tun solltest und was nicht – für deine eigene Sicherheit.«

Seine Kühnheit und Arroganz waren ärgerlich, aber sie konnte nicht leugnen, dass er nützlich war. Oder, dass sie sich in seiner Gegenwart sicherer fühlte, ja, sicherer. Beschützt sogar.

Aber es wäre nicht hilfreich, wenn er das wüsste. Sie hielt für einen Moment inne, um die Augen zu verdrehen und atmete dann übertrieben aus. »Gott sei gedankt für Ihre Anwesenheit.«

Sein dunkler Blick war direkt, fast intim. »Obacht, dieses Ausatmen klang sehr weiblich.«

Etwas an der Art und Weise, wie sie ihn ansah und wie er

›weiblich‹ sagte, ließ ihre Haut prickeln. Sie weigerte sich, in Betracht zu ziehen, dass sie ihn attraktiv finden könnte. »Fragen Sie nicht, ob ich an der Wette teilnehme. Ich habe nicht das Geld.«

»Ich könnte dir leihen, was dir noch fehlt.«

Ein verlockendes Angebot, aber sie hatte aus den Fehlern ihres Vaters gelernt: Man sollte sich niemals Geld leihen, besonders wenn die Chance bestand, dass man es nicht zurückzahlen konnte. Was die meisten Leute nicht verstanden, war, dass *immer* die Gefahr bestand, dass man es nicht zurückzahlen konnte. Nichts im Leben war sicher.

»Nein, danke«, sagte sie und ging zur Treppe.

Er ging neben ihr her. »Es sind nur ein paar Pfund.«

Sie schüttelte den Kopf. »Ich leihe mir nichts.«

»Eine bewundernswerte Eigenschaft. Wie wäre es, wenn ich es dir *gebe*?«

»Ein Gentleman gibt *mir* kein Geld …« Sie wollte gerade sagen, dass ein Gentleman *einer Dame* kein Geld gibt. Aber Damen besuchten auch keine Spielhöllen. Vielleicht war sie dumm. Sie hatte Geld zu Hause – ihre Gewinne aus ihren anderen Glücksspielnächten. So *wusste* sie, dass sie es ihm würde zurückzahlen können. Andererseits, wenn sie die Wette platzieren und verlieren würde … wäre sie um einhundert Pfund ärmer.

»Denk unterwegs darüber nach«, sagte er, als sie Henderson und Wells die Treppe hinunter folgten.

Draußen stiegen sie in Hendersons Kutsche. Er und Wells nahmen die nach vorn gerichteten Sitze ein und überließen die nach hinten gerichteten Lucy und Dartford. Auf so engem Raum saß sie viel zu nah bei ihm. Dartford war ein überdurchschnittlich großer Mann, sodass sich ihre Oberschenkel fast berührten. Lucys Beine waren nicht so gepolstert wie ihr Oberkörper. Sie wünschte, dem wäre so, und, dass sie sich seiner Anwesenheit nicht so bewusst wäre. Oder genauer gesagt, der Tatsache, dass sie sich zu ihm hingezogen *fühlte*.

Verflucht.

Während sie auf dem Weg zu Manton's waren, stritten sie darüber, welche Waffe am genauesten feuern würde. Als sie ankamen, war die Wette auf hundertfünfzig Pfund gestiegen. Lucy konnte sich nicht dazu durchringen, so viel von Dartford zu nehmen.

Manton höchstpersönlich, ein Mann im gleichen Alter wie Wells und Henderson, begrüßte sie, und Henderson musste ihm eine Gebühr zahlen, damit er zu dieser Stunde öffnete und ihnen erlaubte, die Purdey und die Wogdon abzufeuern, die Hendersons Lakai irgendwo aufgetan hatte.

Henderson hustete, als er sich von Manton abwandte und Lucy ansah. »Wenn Sie alle drei Waffen abfeuern, können Sie dann eine Entscheidung bezüglich Ihrer Wette treffen.«

Es war keine Frage. Er nahm an, dass Lucy eine Wette abschließen würde. Sie warf Dartford einen panischen Blick zu. Er reagierte mit einer subtilen Neigung seines Kopfes und einem beruhigenden Blick.

Das Gefühl, beschützt zu werden, überflutete sie erneut. Die unabhängige Frau, für die sie sich hielt, wollte dieses Gefühl hassen. Aber irgendwo, an Orten, von denen sie nicht wusste, dass es sie gab, gefiel es ihr außerordentlich.

Lucy atmete aus und versuchte, sich auf den Nervenkitzel zu konzentrieren, die Waffen abfeuern zu können. Sie war im Inneren von Manton's! Und sie würde drei der besten Pistolen abfeuern, die je hergestellt wurden.

Manton führte sie zum Schießstand. Der Raum war groß, von der Größe eines anschaulichen Ballsaals, aber von länglicher Form. Die Decken waren hoch, mit massiven Kronleuchtern, deren Kerzen derzeit nicht angezündet waren. Stattdessen waren überall im Raum Laternen platziert. Es war keine sonderlich helle Umgebung, aber für Lucy spielte das keine Rolle.

»Sie werden auf diese Scheibe schießen.« Manton zeigte auf eine Scheibe, die am anderen Ende des Raumes hing und gab ihr die erste Waffe. »Wir beginnen mit der Purdey. Er hat früher für mich gearbeitet, wissen Sie.«

Lucy nahm die Waffe in ihre Hand. Sie blickte zu Dartford, der sie aufmerksam beobachtete. Sein Blick war eine Mischung aus Sorge und Erwartung. Er dachte nicht, dass sie das schaffen würde. Sie würde jetzt wirklich ihre Emotionen verbergen müssen.

Sie nahm ihren Platz ein, richtete die Pistole nach vorn und zielte. Sie spannte den Hahn und feuerte die Waffe ab – und traf das Fadenkreuz der Zielscheibe. Ein Hochgefühl durchströmte sie.

»Ausgezeichnet«, sagte Manton, nahm ihr die Waffe ab und übergab ihr die zweite Pistole. »Mein Angestellter wird die Zielscheibe auswechseln. Die Nächste ist die Wogdon.«

Während sie auf die neue Zielscheibe warteten, trat Dartford näher an sie heran und murmelte: »War das Glück?«

Sie drehte den Kopf und flüsterte: »Können.« Ein leichtes Gefühl von Schwindel eilte durch sie hindurch. Sie hätte nie gedacht, dass sie jemals in der Lage sein würde, ihre Fähigkeiten gegenüber Menschen zu demonstrieren, die diese wirklich zu würdigen wüssten.

»Ich verstehe.« Er trat einen Schritt zurück.

»Bereit?«, fragte Manton.

Lucy zielte wieder und feuerte. Sie traf das Ziel, aber nicht so genau wie beim ersten Mal.

»Verdammt«, sagte Henderson. »Sie sind nicht schlecht.«

Stolz brannte in Lucys Brust. Sie sehnte sich danach, ihre Verkleidung abzureißen und ihnen zu zeigen, dass sie eine Frau war. Sie würde sich damit begnügen müssen, sich ihre schockierten Reaktionen vorzustellen. »Danke.«

Manton nahm ihr die Wogdon ab und starrte ihre Finger an. »Die meisten Gentlemen ziehen ihre Handschuhe aus, wenn sie hier schießen.«

Lucy rollte ihre Hand in eine Faust und ließ sie zu ihrer Seite fallen. Sie konnte sich keine angemessene Antwort vorstellen – was ein nervtötendes und eigentümliches Gefühl war – also sagte sie nichts.

»Zu guter Letzt ist hier meine.« Manton gab ihr die Pistole, die er entworfen hatte.

Sie fühlte sich vertraut an, auch wenn sie sich von der ihres Vaters unterschied. Oder vielleicht wollte sie nur, dass es sich so anfühlte. Aber warum? Es war nicht so, als ob sie ihren Vater vermissen würde. Das stimmte nicht ganz. Sie vermisste den Mann, der ihr das Kartenspielen und Schießen beigebracht hatte. Das war das einzige Mal in ihrem Leben, dass sie für ihn interessant oder wichtig gewesen war.

Sie hob die Waffe und zielte. Ohne zu zögern drückte sie den Abzug. Wieder traf sie die Zielscheibe in der Mitte.

Manton lachte. »Ich würde Ihnen nicht im Morgen-grauen gegenübertreten wollen. Warum habe ich Sie hier noch nie gesehen?« Er studierte einen Moment lang ihr Gesicht und Lucy begann sich unwohl zu fühlen. Es war eine Torheit gewesen, hierherzukommen, egal wie wunderbar es sich anfühlte.

Sie zuckte mit den Achseln und sah weg.

»Nun, kommen Sie unbedingt wieder herein. Sie brau-chen Ihre eigene Manton.«

Lucy drehte den Kopf zu Dartford um. Er sah ziemlich zufrieden aus.

»Was ist nun Ihre Wette?«, fragte Henderson.

In ihrer Aufregung über das Schießen hatte sie fast vergessen, wie sie dazu gebracht worden war, eine Wette zu platzieren, die sie sich nicht leisten konnte. »Ah …«

Dartford trat auf sie zu, sein Blick war ermutigend. »Die Purdey, richtig?«

»Eigentlich würde ich sagen, die Manton.« Und sie wählte sie nicht nur, weil der Hersteller ein paar Meter entfernt stand, noch aus nostalgischen Gründen. Ihr gefiel das Gefühl, wie sie in ihrer Hand lag, am besten. Was nichts über Genauigkeit aussagte, erkannte sie.

Manton gab die Pistole einem seiner Männer, um sie für das Experiment zu inszenieren. »Wenn Sie uns nur einen Moment Zeit lassen.«

Henderson rieb die Hände aneinander. »In Ordnung, wenn die Manton gewinnt, werden Smitty und ich jeweils hundertfünfzig Pfund mehr mit nach Hause nehmen, und wenn eine der anderen Pistolen gewinnt – was sie nicht tun werden – wird einer von euch Gentlemen dreihundert mehr mit nach Hause nehmen. Nicht schlecht.«

Kalter Schweiß rann Lucys Nacken herab. Wenn sie verlor, … sie wollte gar nicht daran denken.

Ein paar weitere Minuten verstrichen, in denen sich Lucys Nerven zum Zerreißen anspannten und ihr Inneres sich wie kochendes Wasser anfühlte, bis Manton erklärte, das Experiment könne beginnen.

Jede Pistole wurde in einen Schraubstock eingesetzt und sorgfältig auf eine Zielscheibe ausgerichtet. Manton drückte nacheinander den Abzug bei jeder einzelnen und jede traf auf die Scheibe. Sein Angestellter ging nach hinten, zog diese herunter und brachte sie dann zu Manton.

Manton legte sie auf einen nahegelegenen Tisch in der Reihenfolge, in der sie beschossen worden waren, was dieselbe war, in der Lucy die Waffen abgefeuert hatte. Die Purdey hatte in der Nähe der Kante getroffen und die Wogdon deutlich näher zur Mitte hin. Die Manton hatte jedoch in der Mitte getroffen. Sie war der klare Sieger. Was bedeutete, dass Lucy gewonnen hatte.

Ihre Anspannung verwandelte sich in Freude und diesmal konnte sie das Lächeln nicht zurückhalten, das über ihre Lippen kam. Sie bemerkte es nicht einmal, bis Dartford sie mit aufgerissenen Augen anstarrte. Er bewegte seinen Kopf von einer Seite zur anderen, langsam, fast unmerklich. Lucy drückte ihre Lippen zusammen und zog eine Grimasse.

»Gut gemacht, Smitty«, sagte Wells. Er zog das Geld aus seinem Mantel und gab es Henderson, bevor er sich an Dartford wandte. »Ich lasse Sie Smith bezahlen.«

Dartford nickte. »Natürlich.«

Henderson räusperte sich. »Sollen wir zu Jessup zurückkehren?«

»Danke, aber wir müssen woanders hin«, sagte Dartford, sehr zu Lucys Erleichterung.

»Dann ein anderes Mal. Guten Abend.« Henderson und Wells gingen zusammen hinaus.

»Komm, wir mieten uns eine Kutsche.« Dartford dankte Manton, der Lucy drängte, jederzeit zurückzukommen und zu schießen, wann immer sie wollte.

Lucy blieb unverbindlich. Sie war nur darauf erpicht zu gehen. Sie war müde davon, ihre Rolle zu spielen und ihre Kehle fühlte sich rau an, weil sie so lange eine männliche Stimme imitiert hatte.

Als sie draußen waren, stieß Dartford einen Pfiff aus. »Ich sehe, dass die Pistole, die du trägst, nicht nur zur Show ist. Du bist eine großartige Schützin, Miss Parnell. Wie erklärt sich das?«

»Durch meinen Vater.«

Dartford rief eine Mietkutsche heran und wies den Kutscher an, zur Bolton Street zu fahren. Sie stiegen hinein und saßen wieder nebeneinander.

»Die meisten Väter unterweisen ihre Töchter nicht darin, wie man mit einer Waffe schießt oder wie man spielt. Ich nehme an, er wollte einen Sohn?«

»Wahrscheinlich.« Lucy hatte vermutet, dass Gerald Parnell einfach nicht wusste, wie man eine Tochter behandelte.

Er bewegte sich auf dem Sitz und neigte sich zu ihr. »Du bist eine interessante Frau. Und reicher als zu Beginn des heutigen Abends – ich werde dir das Geld morgen überbringen lassen. Wird das deine Bedürfnisse zufriedenstellen oder wirst du mich dazu bringen, erneut mit dir in die Höllen zu gehen?«

Sie lachte leise, froh, dass sie sich nicht mehr verstellen musste. »War es so schlimm?«

»Überhaupt nicht. Tatsächlich habe ich mich amüsiert. Was ist mit dir, hast du dich auch amüsiert?«

Ausnehmend gut. »Ja.« Nicht zum ersten Mal dachte sie, dass sie als Junge hätte geboren werden sollen. »Danke für deine Hilfe. Ich, ah, ich habe noch nicht genug Geld, um aufzuhören.« Die vertrauliche Anrede war ihr ungewollt über die Lippen gerutscht. Doch obwohl er einer der Unberührbaren war, fühlte es sich für sie nun irgendwie richtig an.

Er faltete seine Arme über seiner Brust und ließ einen geplagten Seufzer heraus. »Ich nehme nicht an, dass du mir jemals sagen wirst, warum du es brauchst.«

Sie war eigentlich der Ansicht, dass er sich das Recht verdient hatte, es zu erfahren, zumal er sich als so hilfreich erwiesen hatte. Ihr Blick fand seinen im schwachen Licht der Laterne des Wagens. »Meine Großmutter möchte sich aufs Land zurückziehen und ich muss mit ihr gehen. Nur … haben wir nicht genug Geld dafür.«

»Ich verstehe. Du scheinst zumindest etwas Geld gehabt zu haben? Du musstest schließlich etwas Kapital besitzen, um dieses Glücksspielunterfangen zu beginnen und ich weiß, dass du seitdem ein wenig gewonnen hast.«

Ja, sie hatte anfangs etwa zwanzig Pfund zusammengekratzt. Aber das war schwierig gewesen. Sie hatten nicht so viel, wie Großmama sie in den letzten Jahren glauben gemacht hatte. Großmama hatte fast alles aus ihrer Mitgift aufgebraucht und so die Zinsen, von denen sie leben mussten, reduziert. Ihre Mittel reichten nicht aus, sie beide zu unterhalten, ohne äußerst sparsam zu leben. Großmama hatte deutlich gemacht, dass Lucy heiraten musste. Ungeachtet dessen, dass Lucy das nicht wirklich wollte. Aber wie auch immer, niemand hatte jemals Interesse an ihr gezeigt. Sie tat ihre Meinung zu freizügig kund, hatte eine sehr kleine Mitgift – und jetzt keine mehr – und sie schön zu nennen, wäre eine Übertreibung.

»Wir haben gerade genug, um die Saison zu beenden. Aber, wenn ich die notwendigen Mittel aufbringen kann, werde ich so schnell wie möglich ein Cottage in der Nähe von Bath suchen.« Je früher sie sich von der Nutzlosigkeit der Londoner Gesellschaft lösen und dafür sorgen konnte, dass Großmama ein neues Zuhause hatte, desto besser.

Er lehnte sich zurück und blieb still, während sie sich durch die Straßen von Mayfair schlängelten. Sie näherten sich der Bolton Street, als er sich ihr wieder zuwandte. »Hier liegt das Problem. Ich bin mir nicht sicher, ob du das noch einmal tun solltest, und sicherlich nicht mehr öfter als ein- oder zweimal, und schon gar nicht ohne meine Begleitung. Ich muss darauf bestehen, dass du dem zustimmst, sonst bleibt meine frühere Drohung bestehen.«

»Ich bin so froh, dass du es als Drohung anerkennst.«

Er lachte in sich hinein, seine Augen schimmerten in der dunklen Kutsche. »Ja, lass uns ehrlich zueinander sein und offen miteinander reden, was meinst du?«

Lucy blinzelte ihm zu. »Ich bin immer ehrlich und sage offen meine Meinung.«

»Es sei denn, du versuchst, die Leute zu täuschen, damit sie denken, dass du ein Mann bist.« Sein Sarkasmus war gleichzeitig nervig und charmant.

»Ja, so ist es. Eine notwendige Übertretung, da stimme ich dir zu.«

Seine Stirn runzelte sich. »Ich kann mir nicht vorstellen, dass es dich interessiert, ob ich zustimme.«

Er hatte sie durchschaut. Sie grinste. »Vielleicht ein wenig. Ich meine, es *interessiert* mich. Ein wenig.« Sie begann Dartford trotz ihrer erst kurzen Bekanntschaft zu mögen, trotz seiner Momente der Arroganz und Anmaßung. Sie freute sich auf ein oder zwei weitere Abenteuer mit ihm. »Du hast mein Wort, dass ich mich ohne deine Hilfe nicht hinauswagen werde. Sollen wir unsere nächste Verabredung vereinbaren?«

Seine Augen weiteten sich kurzzeitig. Er schien ein wenig überrascht darüber zu sein, dass sie sich so einfach einverstanden erklärte. »Ausgezeichnet. Sag mir wann und ich treffe dich auf die gleiche Weise wie heute Abend.«

»In vier Nächten um halb zwölf.«

Die Kutsche blieb in der Bolton Street stehen, aber nicht vor ihrem Haus. Sie stiegen aus und Dartford bezahlte den Kutscher.

Nun, da ihr Haus in Sichtweite war, sickerte Müdigkeit in Lucys Körper. Sie sehnte sich danach, die ganze Polsterung von ihrem Körper zu ziehen und ihr Gesicht sauber zu schrubben, nachdem sie die falschen Koteletten abgelegt hatte.

Dartford ging mit ihr zum Haus. »Was würde deine Großmutter sagen, wenn sie wüsste, dass du das tust?«

Lucy bekam Schuldgefühle. »Sie wäre entsetzt.«

»Was denkt sie, was du tun wirst, wenn sie sich aufs Land zurückzieht?«

Sie hatten ihr Haus erreicht. Lucy blieb stehen und drehte sich zu ihm um. »Sie erwartet, dass ich heirate.«

»Und ist das eine Möglichkeit?«, fragte er. Schatten lagen über seinem Gesicht, aber sie konnte seine Augen deutlich sehen. Sie waren dunkel, intelligent, oft voller Humor. Seine Wangenknochen waren definiert, während sein Kinn, kantig mit einer leichten Spalte, seiner Persönlichkeit Ausdruck verlieh. Er hatte ein ansprechendes Gesicht. Nein, das traf es nicht im Mindesten. Er war außergewöhnlich gutaussehend. Und ein Herzog. Genau die Art von Mann, die sich ihre Großmutter für sie als Ehemann erhofft hatte, aber auch die Art, von der Lucy in den letzten fünf Jahren konsequent ignoriert worden war. Ein Unberührbarer.

Plötzlich ärgerte sie sich erneut über ihre missliche Lage, was albern war, da sie die Idee einer Ehe aufgegeben hatte und so unterdrückte sie den Drang einen finsteren Blick aufzusetzen. Sie bereute diese Entscheidung nicht im Geringsten.

Sie deutete auf ihre Verkleidung und die aufgeklebten Koteletten in ihrem Gesicht, die augenblicklich zu jucken anfingen. »Würde ich das tun, wenn dem so wäre?«

Er zuckte mit den Schultern. »Vielleicht *ist* es möglich, aber du willst nicht heiraten, also wählst du stattdessen das hier.«

Das fasste ihre momentane Einstellung recht genau zusammen. Sie würde dieses Leben der Ehe vorziehen. »Zufällig will ich *nicht* heiraten.«

»In der Tat?« Er legte seinen Kopf zur Seite. »Wie überraschend. Wir sind uns also ähnlich, weil ich genauso wenig heiraten will. Ein entfernter Cousin wird den Titel erben müssen.«

Sie wollte fragen, warum, tat es aber nicht. Das würde ihn ermutigen, sie dasselbe zu fragen, und sie hatte nicht die Absicht, ihm das zu erklären. Außerdem war es am besten, wenn sie sich nicht zu … nahe kamen. Es handelte sich hier um eine notwendige Partnerschaft, aber sie würden keine lebenslange Freundschaft pflegen.

»Sind die bequem?« Er streckte die Hand aus und streichelte mit den Fingerspitzen die Koteletten an der rechten Seite ihres Gesichts.

Sie ignorierte den lustvollen Schauer, der ihren Hals hinunterkroch. »Nicht besonders. Eigentlich möchte ich mich ein paar Tage vom Tragen erholen.«

»Ich würde dich gern ohne sie sehen.« Sein dunkler Blick durchdrang ihre sorgfältig konstruierte Schutzmauer und seine tiefe Stimme schoss direkt in ihre Brust und erweckte die ungewollte Anziehungskraft, die sie ihm gegenüber fühlte.

Ihr Atem stockte. »Ich bezweifle, dass du das jemals tun wirst.«

Seine Mundwinkel verzogen sich zu einem leichten Lächeln. »Veralbere mich nicht. Bitte. Nicht, nachdem ich so nützlich war. Denke an all das, was du heute Abend gewonnen hast.«

Alles, was sie gewonnen hatte. Es war nicht nur Geld. Nicht für sie. Sie hatte durch ihre Fertigkeiten beim Schießen Respekt gewonnen, auch wenn sie ihnen nicht sagen konnte, dass sie eine Frau war.

Sie trat einen Schritt zurück und war entschlossen, Platz zwischen sich und diesem plötzlich gefährlichen Mann zu schaffen. »Ich weiß deine Hilfe zu schätzen, aber ich werde die Anerkennung für meine Gewinne nicht teilen. Sie gehört mir allein.«

Er verbeugte sich leicht. »Ich entschuldige mich«, murmelte er.

»Wir sehen uns in ein paar Tagen.« Sie wandte sich von ihm ab.

»Nicht, wenn ich dich schon zuvor sehe«, sagte er.

Sie blickte über ihre Schulter zurück und sah ihn lächeln. »Vergiss nicht meine hundertfünfzig Pfund.«

»Das würde ich nie. Ich werde nach dir Ausschau halten,

Miss Parnell. Guten Abend.« Er berührte die Krempe seines Hutes und ging die Straße hinunter.

Lucy eilte die Treppe zum Dienstboteneingang hinunter in die Spülküche, wo ihre Magd wartete. Sie bezweifelte, dass sie ihn sehen würde – sie war fünf Jahre in London gewesen, ohne ihn je zuvor getroffen zu haben. Und doch konnte ein kleiner Teil von ihr nicht anders, als diese Möglichkeit herbeizusehnen.

KAPITEL VIER

ZWEI TAGE SPÄTER FUHR Andrew seinen Landauer von London in Richtung Westen. Er chauffierte drei weitere Gentlemen: Charles, Beaumont und Lord Thursby.

»Schneller!«, rief Charles vom Rücksitz des Fahrzeugs, sobald sie den Verkehr der Stadt hinter sich gelassen hatten.

Andrew grinste, mehr als glücklich, seiner Aufforderung zu folgen. Er trieb die Pferde zu einer höheren Geschwindigkeit, ihre Hufe schlugen auf dem Weg nach Westbourne auf die Straße. Der Tag war kühl, aber trocken. Das Gefühl der frischen Luft an seinem Gesicht war berauschend. Es waren Momente wie diese, die sein Leben reizvoll machten. Lohnenswert sogar.

Die Erinnerung an das erste Mal, als er so schnell gefahren war, dass er fast die Kontrolle verloren hatte, tauchte vor seinem inneren Auge auf. Manchmal, wenn er fuhr und sich entspannte, kam es vor, dass all die alten Gedanken und dunklen Emotionen in ihm anschwollen, bis er den Verlust seiner Familie erneut spüren konnte. Besonders den quälendsten Verlust – der Letzte, der starb, war sein geliebter Bruder. Nach Wochen entsetzlicher Krankheit, in denen jeder von ihnen davon heimgesucht und ihm genommen worden war, hatte Andrew keine Tränen mehr. Also war er auf sein Pferd gestiegen und so schnell wie möglich geritten. Er war geritten, als könnte er den Tod einholen und Bertie zurückbringen. Aber er konnte es nicht.

Als Andrew erkannte, dass sein Griff an den Zügeln viel zu fest war, zwang er sich, die Spannung zu lösen, die sich in ihm ausgebreitet hatte. Er schob die bitteren Erinnerungen in die Tiefen seiner Seele, dorthin, wo sie eiterten und an ihm fraßen, wo er sie aber größtenteils ignorieren konnte.

Er beschleunigte den Landauer, obgleich er wusste, dass eine Kurve kam. Er wurde nicht langsamer. Er hörte ein scharfes Einatmen hinter sich. Wahrscheinlich Beaumont. Er mochte es nicht, so schnell unterwegs zu sein, im Gegensatz zum Rest von ihnen. Thursby war zusammen mit Andrew bereits Mitglied im Four Horse Club, während Charles darauf hoffte, Mitglied zu werden. Das war in der Tat der Zweck ihrer heutigen Bemühungen. Charles wollte üben, damit er endlich dazu eingeladen werden würde, ein Mitglied des Clubs zu werden.

Andrew nahm die Kurve, ohne zu verlangsamen. Der Landauer neigte sich, aber die Räder verließen nie den Boden, und die Pferde verhielten sich souverän, ja sie waren sogar begierig unter Andrews Hand.

»Zum Teufel, Mann!«, schrie Beaumont. »Versuchst du, uns alle zu töten?«

Thursby, ein geselliger Gentleman und fast zehn Jahre älter als Andrew mit seinen neunundzwanzig Jahren, lachte und blickte über seine Schulter zurück. »Du bist bei Dart in guten Händen.«

Andrew verlangsamte die Pferde, als sie Westbourne erreichten. »Es ist sowieso an der Zeit, dass Charles die Zügel in die Hand nimmt.«

»Gott steh mir bei«, sagte Beaumont. »Er ist bei Weitem nicht so geschickt wie du.«

»Es gibt keinen Grund, ein Arsch zu sein«, sagte Charles. »Ich bin ziemlich gut geworden.«

Andrew war sich nicht sicher, ob er Charles' Fähigkeiten als ›ziemlich gut‹ bezeichnen würde, aber sie waren mehr als ausreichend. Die Frage war, ob er gut genug für den Four Horse Club sein würde und es oblag ihm und Thursby, ihn zu empfehlen. Bislang hatten sie sich dabei nicht wohlgefühlt. Es handelte sich um eine ausgewählte und angesehene Gruppe und ihre Mitglieder mussten überdurchschnittliche Fähigkeiten unter Beweis stellen.

Andrew fuhr in den Park und brachte die Kutsche zum Stehen.

»Ich hatte gedacht, du würdest deinen neuen Freund Smitty einladen«, bemerkte Beaumont.

Andrew drehte den Kopf. »Und wo hätte s … er gesessen?« Verdammt, er hätte ›Smitty‹ beinahe als *sie* bezeichnet.

»Ich habe gehört, dass er ein ziemlich guter Pistolenschütze ist«, sagte Charles zu Andrew. »Wir sollten uns gelegentlich einmal bei Manton's treffen. Ich wette, du kannst öfter ins Ziel treffen als er.«

Andrew kam ein Gedanke. Wenn er Miss Parnell zu einigen Veranstaltungen wie einem Phaeton-Rennen oder einem Schießtraining mitnahm, konnte sie ebenfalls wetten, ohne den Gefahren in den Spielhöllen ausgesetzt zu sein. Es bestand freilich immer noch die Gefahr, dass ihre Identität enthüllt würde, aber ihre Tarnung war sehr gut. Es war etwas, das man sich überlegen sollte. Er würde sie bei ihrem nächsten Treffen danach fragen oder vielleicht schon früher, wenn er es schaffte, sie zu Gesicht zu bekommen.

Er hoffte, dass Letzteres der Fall sein würde. Sein Wunsch, sie als Frau gekleidet zu sehen, war zu einer Faszination geworden. Gestern Abend hatte er von ihr geträumt, von ihr ohne die Koteletten. Er stellte sie sich mit dunkel-blonden Haaren vor, üppig und von der Farbe von Honig. In seiner Vorstellung hatte sie eine schmale Taille, die in geschmeidigen Kurven zu ihren Hüften verlief. Im Traum hatte er begonnen, ihr die Kleidung abzustreifen, aber er war erwacht, bevor er sehen konnte, was sich darunter verbarg.

»Bist du bereit zu tauschen?«, fragte Charles und rüttelte Andrew aus seiner Tagträumerei.

»Ja.« Er sprang aus dem Landauer, um die Pferde zu überprüfen, während Charles auf den Fahrersitz glitt. Thursby kletterte auf den Rücksitz, den Charles zuvor verlassen hatte. Nach der Begutachtung seines Gespanns übernahm Andrew Thursbys Platz neben Charles. »Ich denke, ich werde heute Abend an Lady Colnes Ball teilneh-men. Geht sonst noch jemand hin?«

Charles drehte den Kopf und starrte ihn an. »Du gehst auf einen Ball? Warum?«

Beaumont lehnte sich nach vorne, seine hellen Augen-brauen waren zusammengezogen. »Genau, warum?«

Thursby, der einzige Verheiratete unter ihnen, lachte. »Vielleicht hat Dart entschieden, dass es Zeit ist, seine Pflicht zu erfüllen. Wir alle kommen irgendwann an diesen Punkt.« Er hatte vor drei Jahren geheiratet und sprach somit aus eigener Erfahrung.

Andrew erschauderte. »Seid versichert, meine Herren, die Ehe gehört nicht zu den Dingen, die ich anstrebe. Es ist nur schon eine Weile her und ihr kennt mich, ich mag es, von allem ein bisschen zu machen.« In Wahrheit hoffte er, Miss Parnell zu begegnen. Seine Neugierde erwies sich einfach als stärker als seine Abneigung gegenüber gesellschaftlichen Veranstaltungen.

»Da ist etwas dran«, sagte Charles und nickte. »Wie steht es mit deinen Plänen für die Ballonfahrt?«

Fliegen war Andrews neuestes Vorhaben. Eine entfernte

Erinnerung stürmte erneut auf ihn ein. Berties schwache Stimme, die Andrew sagte, er solle sich keine Sorgen machen und dass er bald fliegen würde – mit den Engeln. Bertie war vom Fliegen besessen gewesen und hatte sich danach gesehnt, ein Vogel zu sein und hoch über den Bäumen zu schweben. Das wollte Andrew nun für ihn tun.

»Ich habe mit Sadler korrespondiert und wir sind dabei Pläne zu machen für eine Fahrt nächste Woche.« James Sadler war der führende Luftfahrer in England, ein brillanter Kerl, der sowohl Erfinder als auch Ballonfahrer war. Er hatte eine Vorführung von Burlington House aus geplant und zugestimmt, Andrew mitzunehmen, gegen eine Gebühr, die Andrew bereitwillig gezahlt hatte. Andrew blickte in den Himmel, der mit grauweißen Wolken getüncht war, und stellte sich vor, wie es sein musste, da oben zu sein und alles aus der Vogelperspektive zu betrachten.

»Verdammt«, sagte Beaumont und pfiff anerkennend. »Ich würde noch nicht einmal in so ein Ding steigen, wenn man mir Geld dafür böte und ganz sicher würde ich nicht für eine solche Möglichkeit bezahlen!«

»Ich weiß nicht. Es könnte Spaß machen.« Charles grinste seine Passagiere an und rieb sich die Hände. »Sind alle bereit?«

»Vergiss nicht, dich auf die Kurven zu konzentrieren«, sagte Andrew. »Und achte auf deinen Griff. Mein Gespann ist sensibel. Sie werden es nicht mögen, wenn du zu plump bist.«

Charles nickte. »Ich weiß es zu schätzen, dass du mir erlaubst, mit ihnen zu üben.«

Sie begannen langsam, wobei Charles ihre Geschwindigkeit ständig erhöhte. Seine Fähigkeiten hatten sich verbessert und Andrew begann in Betracht zu ziehen, dass sie ihn nunmehr endlich empfehlen könnten. Die Luft wehte über sie hinweg und brachte das Gefühl von Freiheit und

Hemmungslosigkeit, das Andrew liebte. Die erste Kurve kam in Sicht.

»Lehne dich in die Kurve«, sagte Andrew. »Behalte einen festen Griff bei.«

Charles fuhr schneller und Andrews Einschätzung schwankte. »Vorsichtig«, warnte er.

Aber Charles wurde nicht langsamer und als sie die Kurve erreichten, begann der Landauer zu kippen.

Andrew packte die Seite des Fahrzeugs und betete, dass es nicht umkippen würde. Mit der anderen Hand griff er nach den Zügeln. »Charles!«

Charles lehnte sich zur Seite, gab aber die Zügel nicht ab. Andrew warf sich nach vorne und schnappte sie sich von seinem Freund, der sie noch immer so stramm hielt, dass die Pferde das Tempo nicht verlangsamten.

»Charles, die Pferde!«, rief Andrew.

Als Charles endlich losließ, fiel er seitlich von dem Landauer hinunter.

»Zum Teufel noch mal!«, schrie Beaumont.

Andrew brachte die Pferde dazu, langsamer zu werden und schließlich anzuhalten. »Ich muss nach dem Gespann sehen«, sagte er und kletterte hinunter. »Kümmert ihr euch um Charles.«

Thursby sprang nach unten. »Er sieht aus, als könne er aufstehen.« Beaumont und er eilten zu Charles, während Andrew leise zu seinen Pferden sprach. Sie waren ein großartiges Gespann und schienen keinen Schaden ob Charles' Leichtsinns davongetragen zu haben.

Das Trio kehrte in den Landauer zurück, bevor Andrew sich wieder zu ihnen gesellte.

Charles' Mantel war zerrissen und in seiner Hose war ein Loch. Verzagt ließ er seinen Kopf hängen und sein Gesicht war hellrot, wahrscheinlich ebenso vor Verlegenheit wie aufgrund der Anstrengung. »Ich entschuldige mich, Dart. Ich dachte, ich könnte es.«

»Du hast es gut gemacht, bis zur Kurve.«

»Ich fürchte, dann wurde ich übermütig.« Er zuckte zusammen. »Sind die Pferde in Ordnung?«

Andrew vergaß seinen Ärger, da kein dauerhafter Schaden entstanden war. »Es geht ihnen gut. Es tut mir leid zu sagen, dass du wohl noch etwas mehr Übung brauchst. Du musst an deiner Kurventechnik arbeiten, bevor du Geschwindigkeit hinzufügst.«

Charles nickte. »Das werde ich. Ich danke dir.«

Andrew blickte auf Charles' zerknitterte Gestalt hinunter. »Bist du in Ordnung?«

»Das bin ich wohl. Das Knie ist etwas angeschlagen, glaube ich.« Er gestikulierte zu dem Loch über seinem Stiefel, wo Blut über das Gewebe seiner Hosen sickerte.

Andrew gab einem der Pferde einen letzten Klaps. »Dann lasst uns in die Stadt zurückkehren. Ich werde fahren«, sagte er ironisch und provozierte Gelächter von Thursby und Beaumont und sogar ein Lächeln von Charles.

Als sie auf dem Weg waren, drehte Thursby seinen Kopf zu Andrew. »Ich werde heute Abend bei Lady Colne sein. Es wird ein Vergnügen sein, dich dort zu sehen. Vielleicht schließt du dich mir beim Hazard an.«

Die Erwähnung dieses Spiels brachte Miss Parnell wieder zurück in seine Gedanken. Aber eigentlich schien sie nie sehr weit davon entfernt zu sein. Das war eine neue Empfindung – ein derartiges Interesse an einer Frau – aber andererseits genoss er ihre Gesellschaft ebenso wie die von jedem seiner Bekannten. Sie war eine willkommene Abwechslung zu seiner Routine, ein weiteres Abenteuer für ihn.

Und bezüglich Thursbys Einladung: Wenn Miss Parnell nicht anwesend sein würde, gälte sein einziges Interesse dem Glücksspiel. »Vielleicht werde ich mich dir anschließen.«

Aber wenn sie dort wäre, würde er dann mit ihr tanzen oder nur seine verzweifelte Neugier befriedigen?

Thursby sah ihn schräg an. »Wenn du deine Meinung änderst und dich auf den Hochzeitsmarkt wagen solltest, gibt es in diesem Jahr eine ziemlich gute Auswahl. Holborns Tochter ist reizend, aber sie scheint ein wenig übereifrig zu sein.«

Das löste bei allen Männern Gelächter aus.

Beaumont lehnte sich von hinten nach vorne. »Sagt ein reformierter Schwerenöter, für den nur sein Betragen vor Sonnenuntergang ›übereifrig‹ war.«

»Ja, nun, jeder von uns ändert sich irgendwann, wenn wir Glück haben«, sagte Thursby kurz und bündig. »Wie gesagt, es gibt junge Damen, die es wert sein könnten, eine Ehe in Betracht zu ziehen. Miss Emmaline Forth-Hodges wird sicher eine ausgezeichnete Partie abgeben, nach Meinung meiner Frau.«

»Sutton ist an ihr interessiert«, sagte Charles.

Beaumont schnaubte. »Bah, das wird nirgendwo hinführen. Sutton will nicht wirklich heiraten.«

»Oder vielleicht ist er nur außergewöhnlich selektiv.«

Andrew lächelte ob ihrer Scherze. Er kannte Sutton flüchtig. Er hatte den Ruf, junge Frauen zu enttäuschen. Er zeigte sich interessiert, aber wenn es an der Zeit war, formell um sie zu werben, zog er sich zurück. Man könnte meinen, dass die jungen Damen aufhören würden, um seine Gunst zu werben, aber er war immer noch ein wohlhabender Herzog mit mehreren Liegenschaften. Frauen würden sich zu ihm hingezogen fühlen, solange er lebte.

Deshalb vermied Andrew im Allgemeinen derartige Veranstaltungen wie Bälle, denn auch er war gut betucht, obwohl er nur ein einziges Landgut sein Eigen nannte. »Du kannst aufhören, heiratsfähige Frauen vorzuschlagen,

Thursby. Wie gesagt, ich habe nicht vor, eine Frau zu nehmen.«

So wie er nicht vorhatte, sich zu ändern. Nicht, dass er ein Schwerenöter war, wie einst Thursby, aber er mochte seinen sorgenfreien Lebensstil und hatte nicht den Wunsch, etwas daran zu ändern. Insbesondere nicht für eine Frau oder eine Familie. Der bloße Gedanke an diese Dinge rief jene qualvollen Erinnerungen hervor, die er lieber vergraben beließ. Familien bedeuteten Liebe. Liebe bedeutete Schmerz. Und er hatte schon genug Schmerz ertragen, dass es für ein ganzes Leben reichte.

~

*L*UCY BETRAT AN DIESEM Nachmittag an der Seite ihrer Großmutter Lady Satterfields Salon. Großmamas Hüfte plagte sie heute, also hatte sie sich entschieden, ihren Stock zu benutzen, was sie von Zeit zu Zeit tat.

»Ich werde dir einen Stuhl besorgen, Großmama«, sagte Lucy und blickte sich in dem Raum um. Sie war zuvor schon mehrmals in Satterfield House gewesen, aber dies war erst ihr zweiter Besuch in dieser Saison. Der erste war Lady Satterfields jährlicher Ball gewesen, der immer das erste große Ereignis jeder Saison war. Damals war Lucys liebste Freundin, Aquilla Knox, Lady Satterfields Mündel geworden.

»Da drüben wäre es gut.« Großmama deutete auf ein hellblaues Sofa, das einen Blick auf die Tür ermöglichen würde, um zu sehen, wer kam und ging, sowie auf die hohen Fenster, die zur Straße gerichtet waren.

Lady Satterfield schwebte auf sie zu. Sie war groß, ihr Haar noch dunkel, obwohl sie in den Fünfzigern war. Sie lächelte herzlich. »Lady Parnell, es ist mir ein Vergnügen, Sie zu sehen. Und Miss Parnell, Sie sehen bezaubernd aus. Ich freue mich, dass Sie beide heute zu uns kommen konnten.«

»Danke, Mylady. Ich schätze all die Freundlichkeit, die Sie Aquilla gegenüber gezeigt haben.« Lucy wollte fragen, wo diese sei, wollte aber nicht unhöflich erscheinen.

»Oh, ich liebe Aquilla. Es ist eine Freude, sie in dieser Saison bei uns zu haben.«

Lucy wusste, dass Aquilla genauso empfand – sie korrespondierten beinahe jeden Tag. Aquilla war ursprünglich nur nach London gekommen, um Lucy für kurze Zeit zu besuchen. Ihre Eltern ermöglichten ihr keine weiteren Saisonen mehr, da ihre letzten vier erfolglos verlaufen waren.

Glücklicherweise hatten Lucy, Aquilla und ihre gemeinsame Freundin Ivy Lady Satterfields Schwiegertochter, die Herzogin von Kendal, auf dem Ball getroffen und sie hatte sofort Gefallen an ihnen gefunden. Als sie hörte, dass Aquilla mit ihren Eltern aufs Land würde zurückkehren müssen, hatte Lady Kendal sie eingeladen, die Saison mit ihr zu verbringen. Vor fünf Jahren hatte Lady Satterfield sie auf ebensolche Weise unterstützt und sie wollte nun einer anderen jungen Frau die gleiche Freundlichkeit erweisen. Doch schlussendlich war Lady Satterfield Aquillas Gönnerin geworden, ein Arrangement, das für jeden wunderbar passte.

»Ich muss Großmama nur gerade zu dem Sofa begleiten«, sagte Lucy zur Gräfin.

»Natürlich.« Lady Satterfield trat zur Seite, damit Lucy und ihre Großmutter weiter in den Raum gehen konnten.

Lucy nahm den Stock ihrer Großmutter, als sie sich hinsetzte, und legte ihn an den Rand des Sofas. Als sie aufblickte, kam Aquilla auf sie zu, ein strahlendes Lächeln erhellte ihr Gesicht. Aber Aquilla lächelte eigentlich immer. Lucy glaubte, dass es ihre gottgegebene Mission war, Licht und Wärme zu denen zu bringen, die sie am meisten brauchten.

»Lucy!« Aquilla nahm ihre Hand und drückte sie, dann ließ sie sich neben Lucys Großmutter fallen. »Großmama, du siehst wunderschön aus in diesem Blauton.« Sie drückte einen Kuss auf die Wange der älteren Frau. Sie hatte in den letzten fünf Jahren genug Zeit mit Lucy verbracht, um sich als Mitglied ihrer kleinen Familie zu betrachten.

Großmutter tätschelte Aquillas Knie. »Du bist so ein gutes Mädchen, meine Liebe. Wie gefällt es dir, Lady Satterfields Mündel zu sein?«

»Es ist so wunderbar.« Sie strahlte sie an. »Ich war noch nie auf so vielen Bällen und Lady Satterfield liebt es, einkaufen zu gehen. Ich muss zugeben, dass ich ebenso eine ziemliche Vorliebe dafür entwickelt habe.«

Lucy war froh darüber. Aquilla hatte es verdient, glücklich zu sein.

Großmamas Blick konzentrierte sich auf die Türöffnung. Eine ihrer Freundinnen war gerade angekommen. »Agatha ist hier. Ihr zwei, kümmert euch umeinander und redet über Flitterkram und Tanzpartner.« Sie scheuchte sie weg.

Aquilla lachte leise. »Ja, Großmama.« Sie stand auf, hakte sich bei Lucy ein und gemeinsam gingen sie zu den Fenstern.

Lucy starrte auf das gelbe Kleid ihrer Freundin. »Ist das noch ein neues Kleid?«

Aquilla strich leicht mit ihrer Hand über ihren Rock. »Ja, gefällt es dir? Lady Satterfield war viel zu großzügig. Meine Mutter würde einen Anfall erleiden.« Weil sie nie zu viel in Aquilla investieren wollte, besonders nachdem ihre erste Saison eine solch herbe Enttäuschung gewesen war. Aquilla war sehr hübsch, mit dunklem, lockigem Haar und lebhaften blauen Augen, aber sie redete ununterbrochen – so viel, dass sie bereits in der ersten Saison zu einem Mauerblümchen wurde. Ebenso wie Lucy, die sich einen ähnlichen Ruf erworben hatte. Nicht, weil sie zu viel sprach, sondern wegen ihres losen Mundwerks. Lucy hatte zwischenzeitlich gelernt, ihre Zunge im Zaum zu halten – zumindest ein wenig – aber der Schaden war angerichtet. Infolgedessen galten sowohl sie als auch Aquilla als alte Jungfern.

Was für Lucy in Ordnung war. Aquilla jedoch wollte einen Ehemann.

»Ich bin sicher, es wird sehr nützlich sein bei der Jagd nach einem Ehemann«, sagte Lucy. »Wie geht es voran?«

Sie korrespondierten zwar beinahe jeden Tag, aber darüber hatte Aquilla nicht viel verlauten lassen.

Sie blickte aus dem Fenster und seufzte. »Betrüblich, fürchte ich.«

»Du hast mir letzte Woche geschrieben, dass du Einladungen zum Tanzen hattest.«

»Ja, aber sie führen nie zu etwas anderem. Ich denke, es sind nur Gefälligkeiten für Lady Satterfield oder Lady Kendal. Das und sie wollten mich ausfragen, ob ich den Verbotenen Herzog und die Herzogin kenne.« Sie verdrehte die Augen. »Kannst du diesen Unsinn glauben?«

Lucy kicherte. »Ja. Aber auch wir waren voller Ehrfurcht vor Nora, als wir sie zum ersten Mal trafen, wenn du dich erinnerst.« Nora war Lady Kendal, die auch als die Verbotene Herzogin bekannt war. Der Spitzname kam von ihrem Mann, der den größten Teil der Gesellschaft zugunsten seiner Familie und seines Herzogtums verschmähte. Er hatte sich den Ruf erworben, distanziert und unnahbar – sozusagen *verboten* zu sein. Oder, wie Nora ihn nannte, er war ein Unberührbarer. Wie der Earl of Dartford.

Aquilla kicherte. »Ich nehme an, wir waren ziemlich eingeschüchtert. Ich hatte es ganz vergessen, da ich mich nun so wohl mit ihnen fühle.« Ihr Blick flackerte über Lucys Gewand. »Du solltest mit uns einkaufen gehen. Es ist schon so lange her, dass du ein neues Kleid bekommen hast.«

Und das würde wahrscheinlich noch eine Ewigkeit so bleiben. »Ich fürchte, ich kann nicht.«

Aquilla runzelte die Stirn. »Warum nicht? Früher haben wir gern nach Bändern und solchen Sachen geschaut.«

Das war wahr. Sie hatten in der ersten Saison, in der sie sich kennengelernt hatten, so manchen Nachmittag darauf verschwendet. Lucy lächelte schwach ob dieser Erinnerung. »Ich fürchte, es steht mir kein Geld für Derartiges mehr zur Verfügung. Ich werde es kaum bis zum Ende der Saison schaffen und dann zieht Großmutter nach Bath.«

Aquillas Augen weiteten sich. »Was ist passiert? Du hast das noch nie erwähnt.«

»Es ist eine neue Entwicklung. Es ist einfach kein Geld mehr da. Du weißt, wie hoch die Schulden meines Vaters waren, als er starb.«

Sein Titel war zusammen mit den damit verbundenen Besitztümern an die Krone zurückgegangen und sie hatten alles verkaufen müssen, was sie konnten. Der Großteil des Erlöses hatte seine Schulden beglichen und so war gerade genug übriggeblieben, um davon in den letzten sieben Jahren zu leben.

Aquilla nickte mitfühlend, ihr Blick war erschüttert. Mitgefühl war eine weitere Stärke von Aquilla. »Bath ist nicht sehr weit weg. Wir können uns gegenseitig besuchen.«

»Vorausgesetzt, ich gehe mit Großmama nach Bath. Im Moment gibt es nicht genug Geld, um uns beide zu unterhalten. Großmama besteht darauf, dass ich einen Mann finde.«

Die blauen Augen weit aufgerissen, starrte Aquilla sie an. »Aber du willst keinen Ehemann.«

»Nein, das tue ich nicht.«

Aquilla drückte ihre Lippen zusammen. »Vielleicht solltest du deine Meinung ändern. Es muss einen Gentleman da draußen geben, den du tolerieren kannst. Nicht alle Männer sind wie dein Vater oder dein Großvater.«

Egoistische, lasterhafte Männer, die ihr Leben ohne

Verantwortung oder Fürsorge für ihre Frauen oder Kinder geführt hatten. Sie hatten beide ihre Familien verschuldet zurückgelassen und in Lucys Fall, ohne Aussicht auf eine Zukunft, außer der, die sie sich selbst schaffen konnte. Nein, sie würde keinem Mann mehr vertrauen.

Aus irgendeinem Grund dachte sie an Dartford. Nicht, weil er ein potentieller Ehemann war, sondern weil sie annahm, dass sie ihr Vertrauen in ihn gesetzt *hatte*. Und bisher hatte er sie nicht im Stich gelassen. Sie erinnerte sich daran, dass ihre Bekanntschaft noch jung war. Es blieb ihm noch viel Zeit, sie auf spektakuläre Weise zu enttäuschen.

»Oder wie Caruthers«, sagte Aquilla leise.

Sie hatten lange nicht mehr von ihm gesprochen. In ihrer ersten Saison hatte der junge Mann Lucy seine Aufmerksamkeit geschenkt. Er hatte sie dazu gebracht zu glauben, dass er sie umwerben wollte, und Lucy – die naive Närrin, die sie mit ihren zwanzig Jahren gewesen war – hatte gedacht, den Fluch ihrer Mutter und Großmutter gebrochen zu haben, wenn es um Männer ging. Sie hatten Träume und keusche Küsse geteilt, hatten über ihre Zukunft gesprochen. Und dann war er verschwunden. Einen Monat später hatte sie gehört, dass er mit einer reichen Erbin nach Gretna Green durchgebrannt war.

Er hatte den Fluch gebrochen, soviel stand fest. Er hatte sichergestellt, dass Lucy überhaupt keinen Ehemann nehmen würde.

»Lass uns ihn nicht mehr erwähnen«, sagte Lucy. »Rückblickend hätte ich bereits damals Großmama einpacken und nach Bath ziehen sollen.« Sie hätten viel Geld sparen können, wenn sie die letzten Saisonen vermieden hätten. »Wie auch immer, ich bin nicht diejenige, auf die wir uns konzentrieren sollten. Du bist diejenige, die einen Ehemann will, und mit Lady Satterfields Hilfe wirst du sicher einen finden.«

»Ich zweifele noch daran, aber sowohl sie als auch Nora sind so optimistisch. Ich will sie nicht enttäuschen.«

Lucy schüttelte den Kopf. »So darfst du das nicht sehen. Es geht um dich und dein Glück, nicht um ihres.« Aber Aquilla würde nie zuerst an sich selbst denken. »Ich bin zuversichtlich, dass deine neuen Verbindungen Früchte tragen werden. Du musst nur geduldig sein.« Lucy wusste, wie schrecklich das klang. Aquilla hatte bereits fünf Jahre gewartet. Und sie hatte sich nie beschwert.

Entschlossenheit leuchtete in Aquillas Augen. »Du hast recht. Nora sagt, ich werde einen Unberührbaren heiraten, so wie sie. Ich wäre schon glücklich mit einem Pfarrer oder sogar einem Anwalt.«

Ein Unberührbarer. Dartfords attraktives Gesicht erschien wieder vor ihrem inneren Auge. Es war eine Schande, dass er nicht an der Ehe interessiert war. Lucy hätte ihn vielleicht ermutigen können, Gefallen an Aquilla zu finden und umgekehrt. Unerklärlicherweise verursachte dieser Gedanke in ihr ein unbehagliches Gefühl.

Aquilla rückte näher und sprach leise. »Sag mir, was du ob deiner Geldsituation zu tun gedenkst.«

Lucy konnte sich nicht dazu durchringen, die Wahrheit zu sagen, nicht einmal ihrer liebsten Freundin. Aber gleichzeitig wollte sie ihr von Dartford und dem Schießen bei Manton's erzählen. Das war eine Erinnerung, die sie für lange Zeit, wahrscheinlich für immer, zum Lächeln bringen würde.

»Wirst du mir glauben, wenn ich sage, dass ich einen Plan habe und er sich gut entwickelt?« Sie würde bald das Geld besitzen, das sie brauchte. Nur noch ein paar Nächte mit Dartford.

Aquilla verengte ihre Augen. »Das klingt ziemlich kryptisch. Warum diese Geheimhaltung? Du weißt, dass du mir alles sagen kannst.«

Ja, das wusste sie. Trotz des Umstandes, dass Aquilla gern plapperte, gab sie nie Geheimnisse preis. Und doch wollte Lucy ihr nichts davon erzählen, bis ihr Plan erfolgreich war. Vielleicht war sie nur abergläubisch, da sie bisher viel Glück hatte. »Ich weiß und ich werde es tun. Bald. Es ist … kompliziert.«

Aquilla atmete aus. »Ich tue so, als wäre ich nicht beleidigt.«

Lucy zuckte zusammen. »Das ist sicherlich nicht meine Absicht. Ich werde dich bald in alles einweihen, versprochen.«

Eine Gestalt kam auf sie zu. Es war Nora, die Herzogin von Kendal. Sie lächelte und begrüßte sie beide herzlich.

»Wie geht es dir, Lucy?«, fragte sie. »Ich habe dich seit dem Ball meiner Schwiegermutter nicht mehr gesehen.« Sie lachte. »Was nicht verwunderlich ist, da ich selten ausgehe. Ich habe das Glück, Aquilla zu sehen, wenn wir einmal pro Woche zum Abendessen kommen, und natürlich war sie in Kendal House.«

»Wir waren auch nicht oft aus«, sagte Lucy. »Meine Großmutter ist in dieser Saison nicht ganz so rüstig.«

Nora nickte. »Ich verstehe. Ich wage zu behaupten, dass das Gleiche auf Lady Dunn zutrifft. Wir haben sie in dieser Saison nicht so oft gesehen und sie ist auch heute nicht hier. Ich sollte ihr einen Besuch abstatten.«

»Ich werde dich begleiten«, sagte Aquilla. »Ich würde sie und Ivy gern wiedersehen.«

Ivy Breckenridge war Lady Dunns Gesellschafterin und das letzte Mitglied ihres Jungfern-Mauerblümchen-Trios. Das erinnerte Lucy an etwas. »Ich habe mir überlegt, dass wir unseren eigenen Namen brauchen, so wie die Unberührbaren.«

Aquillas Augen leuchteten. »Den brauchen wir! Hast du etwas im Sinn?«

»Das habe ich, aber es könnte zu überheblich sein: die Liga der Unbesiegbaren. Weil uns nichts aufhält.«

Nora grinste. »Das ist überhaupt nicht überheblich. Es ist wunderbar.«

»Und sehr zutreffend«, stimmte Aquilla zu. »Ich werde mir einen besonderen Handschlag einfallen lassen.«

»Darf ich Mitglied sein, obwohl ich bereits verheiratet bin?«, fragte Nora.

»Die Ehe hat nichts mit der Mitgliedschaft zu tun«, sagte Lucy. »Natürlich kannst du Mitglied werden.«

»Ausgezeichnet. Und außerdem werdet ihr zwei nicht lange unverheiratet bleiben. Die Saison läuft gut für Aquilla und ich hoffe sehr auf Lady Colnes Ball heute Abend.« Nora sah Lucy an. »Deine Großmutter sagte, dass du hingehen willst und hat dafür gesorgt, dass Lady Satterfield und Aquilla dich abholen.«

Lucy wollte stöhnen. Sie wollte *nicht* gehen. Außerdem waren sie nicht eingeladen worden. Doch es schien, als hätte Großmama eine Gelegenheit für Lucy geschaffen, daran teilzunehmen. Sie wurde vielleicht körperlich langsamer, aber ihr Scharfsinn war so schnell wie eh und je.

Aquilla lehnte sich zu ihr. »Es wird wie in den alten Zeiten sein.« Vorfreude ließ ihre blauen Augen funkeln und Lucy konnte nicht anders, als sich von ihrer Begeisterung mitreißen zu lassen. Nur weil sie keinen Ehemann wollte, bedeutete das nicht, dass sie ihrer Freundin nicht helfen konnte, einen zu finden. Außerdem vermisste sie es, die Mauer mit Aquilla zu ›schmücken‹.

»Ja, das wird es.« Alle von Lucys Ballkleidern waren aus der letzten und der vorletzten Saison, aber das wäre egal, da sie den Abend abseits des Getümmels verbringen würde.

Das Gespräch wandte sich Noras beiden Kindern zu und bald war Lucys Großmutter bereit zu gehen. Als sie in ihre kleine Kutsche gestiegen waren, konnte sich Lucy nicht mehr zurückhalten. »Ich sehe, du hast meinen Abend für mich organisiert.«

Großmama tätschelte ihre Hand. »In der Tat, das habe ich. Man kann nicht erwarten, dass du einen Mann findest, wenn du nicht ausgehst. Ich habe mit Lady Satterfield ausführlich darüber gesprochen. Sie und Miss Knox werden dich mitnehmen, da ich heute nicht mithalten kann.«

Es kam noch viel schlimmer. Sie hatte nicht nur den heutigen Abend organisiert, sondern Lucys gesamte Saison. Wie sollte sie ihren Plan mit Dartford aufrechterhalten, wenn sie mit Lady Satterfield und Aquilla unterwegs war? »Danke. Aber sei nicht enttäuscht, wenn ich am Ende der Saison noch unverheiratet bin.«

Großmama schürzte ihre Lippen. »Meine Liebe, das hoffe ich nicht. Deine Zeit läuft ab. Es ist jetzt oder nie, fürchte ich. Du weißt, was auf dem Spiel steht.«

Nur ihre gesamte Lebensgrundlage. Sie könnten leben, aber es wäre eine blasse Nachahmung des Lebens, das sie derzeit führten. Ihr Plan würde eine Neuausrichtung mit sich bringen, aber eine, zu der Lucy gern bereit war.

»Das tue ich«, sagte Lucy leise. Sie wollte ihrer Großmutter erzählen, was sie Aquilla erzählt hatte, dass sie an einer Lösung arbeitete. Aber sie konnte nicht einmal so viel sagen. Sobald sie das Geld in der Hand hatte und den Umzug nach Bath in Gang setzen konnte, würde sie beiden sagen, dass sie sich keine Sorgen mehr machen mussten.

Ihr nächster Termin mit Dartford konnte nicht früh genug kommen. In der Zwischenzeit würde sie den heutigen Abend durchhalten und alles tun, was sie konnte, um der Sache ihrer Freundin behilflich zu sein. Aquilla wollte ihr Glück mit einem Ehemann finden und sie würde es bekommen.

Lucy würde sich komfortabel niederlassen und sich bis ans Ende ihrer Tage damit zufriedengeben.

KAPITEL FÜNF

ANDREW KAM RECHT FRÜH, aber nicht *zu* früh zu Lady Colnes Ball. Er wurde sofort von seinen Bekannten umlagert, die an solchen Veranstaltungen teilnahmen. Und dann wurde er von Müttern in Beschlag genommen, die auf der Suche nach einer guten Partie für ihre Tochter waren und diese vor ihm zur Schau stellten, als wäre er auf Tattersall's Pferdemarkt. Es war mehr als nur ein wenig unangenehm.

Er war zuvorkommend, aber unverbindlich, und seine Aufmerksamkeit war geteilt zwischen denen, die seine Gesellschaft suchten, und der Frau, nach der er suchte, aber von der er nicht sicher war, ob er sie finden konnte – da er keine Ahnung hatte, wie sie wirklich aussah.

Er vermutete, dass er zumindest eine Idee hatte – die Form ihres Gesichts, ihre Größe, die Neigung ihres Kopfes. Ihre Augen. Diese üppigen, ausdrucksstarken Augen, die ihn an den Wald in Darent Hall, seinem Landsitz, erinnerten. Wenn er sie nur sprechen hören könnte, würde er sie sicher erkennen.

Weil er geträumt hatte, dass sie dunkelblondes Haar

hatte, war es das, wonach er Ausschau hielt. Er konnte sich jedoch irren, also machte er sich daran, jedes Gesicht und jede Form nach einem Hinweis auf seinen Freund Smitty zu studieren.

Eine große, stattliche Frau näherte sich ihm. »Lord Dartford, wie charmant, Sie hier zu sehen.« Die Frau war ihm vage bekannt, aber er war sich nicht ganz sicher, woher er sie kannte. Sie schien seine Verwirrung zu verstehen, welch ein Glück, denn sie sagte: »Ich bin Lady Satterfield. Ich war eine Freundin Ihrer Mutter, als wir in unserer ersten Saison waren. Ich kam ein paar Mal nach Darent Hall, aber da waren Sie noch ein Junge.«

Und einfach so begann Andrews Herz zu hämmern. Kalter Schweiß sprenkelte seinen Hals. Er wollte das nicht fühlen. Nicht hier. Nicht jetzt.

Er versuchte, eine freundliche Antwort herauszubringen, schaffte aber nur zu sagen: »Ja, ich erinnere mich an Sie.« Das tat er nicht wirklich und er wusste auch warum. Er verbannte normalerweise alles, was mit seiner Familie zu tun hatte, so weit wie möglich aus seinen Gedanken.

Sie neigte ihren Kopf zur Seite. »Es ist schon in Ordnung, wenn Sie sich nicht erinnern.« Sie nahm seinen Arm. »Kommen Sie, gehen Sie einen Moment mit mir.«

Die Ironie, von einer weiteren Ehestifterin aus der Herde von Ehestifterinnen gerettet zu werden, blieb ihm nicht verborgen. *War* sie eine Ehestifterin? »Wohin gehen wir?«, fragte er.

»Ich hatte das Gefühl, Sie müssten gerettet werden. Sie kommen nicht mehr zu vielen Bällen. Wie es scheint, haben Sie die geierhafte Atmosphäre unterschätzt.«

Er lachte, überrascht, aber außerordentlich glücklich, dass sich seine Emotionen so schnell wenden konnten. Die Anspannung, die sie durch die Erwähnung seiner Mutter hervorgerufen hatte, ließ nach. Ihre Berührung war überraschend beruhigend. »Danke. Ich *hatte* es vergessen.«

Sie führte ihn an den Rand des Ballsaals. »Ich muss zugeben, ich hatte gehofft, Sie meinem Mündel vorstellen zu können, aber ich sehe, Sie brauchen noch einen Moment, um Ihr Gleichgewicht wiederherzustellen.«

Er staunte, dass sie sein Unbehagen bemerkt hatte. »Mir geht es gut, danke.« Jetzt war dem auch tatsächlich so. »Ich würde mich freuen, Ihr Mündel kennenzulernen.« Es war das Mindeste, was er tun konnte, um Lady Satterfields Freundlichkeit zurückzuzahlen, auch wenn sie diejenige war, die seine momentane Misslichkeit verursacht hatte.

»Sehr schön. Sie ist dort drüben bei ihrer Freundin.«

Sie gingen an der Wand entlang, bis sie auf zwei junge Frauen stießen. Beide waren dunkelhaarig, eine hatte Korkenzieherlocken, die ihre Schläfen zierten, die andere trug ihr Haar in einem strengeren Stil.

Die mit den Locken stand ihm gegenüber. Ihre leuchtend blauen Augen blickten zuerst zu Lady Satterfield und wanderten dann zu Andrew. Sie lächelte herzlich.

Die zweite Dame stand von ihm abgewandt, aber jetzt drehte sie sich um. Die ihm so vertraute Farbe ihrer leuchtenden Augen – eine Mischung von Moos und Erde – schoss direkt in seine Brust. Sein Atem stockte.

Sie war es.

Sie war nicht blond. Aber sie war atemberaubend. Nicht klassisch schön, aber weitaus attraktiver als die blassen Fräuleins, die sich um ihn versammelt hatten, als er hier ankam.

Lady Satterfield ließ seinen Arm los. »Darf ich euch Lord Dartford vorstellen?« Sie deutete auf Miss Parnells Gefährtin. »Das ist mein Schützling, Miss Aquilla Knox, und ihre Freundin, Miss Lucinda Parnell.«

Miss Knox knickste. »Schön, Sie kennenzulernen, Mylord.«

Er verbeugte sich. »Es ist mir ein Vergnügen.« Sein Blick richtete sich auf Miss Parnell. »Miss Parnell.«

»Lord Dartford.« Ihre Stimme war so dunkel und verführerisch, genau, wie er sie kannte. Tatsächlich war sie jetzt noch verlockender, da er ihre femininen Gesichtszüge dazu sah.

»Darf ich um den nächsten Tanz bitten?«, fragte er. Zu spät erkannte er, dass er Miss Knox hätte zum Tanz bitten sollen, aber er befürchtete, dass Miss Parnell ihm den Verstand geraubt hatte.

Sie verengte leicht ihre Augen und reagierte nicht sofort. Stattdessen blickte sie auf ihre Freundin.

Miss Knox schenkte ihr ein ermutigendes Lächeln und Andrew ahnte, dass sie das des Öfteren tat. Nicht so wie Miss Parnell, die ihre Emotionen sehr gut zu verbergen wusste. Zumindest, wenn sie wie ein Mann gekleidet war. Würde sie sich jetzt, da sie ohne ihre Verkleidung war, anders verhalten? Wie war sie wirklich? Andrew sehnte sich danach, es herauszufinden.

Ihr Gesicht war äußerst hinreißend, mit einem starken, aber femininen Kieferansatz und geschmeidigen Lippen, die ihn sich fragen ließen, wie sie jemals hatte als Mann durchgehen können. Die Koteletten, die er nicht im Geringsten vermisste, veränderten ihr Gesicht völlig, erkannte er. Es war klug von ihr gewesen, sie anzukleben.

Er war jedoch froh, dass sie sie jetzt nicht mehr trug und auch ihre Polsterung und die Herrenkleidung abgelegt hatte. Sie war geschmeidig und schlank, mit dezenten Kurven und langen Beinen. Er stellte sich vor, wie sie mit Leichtigkeit auf einem Pferd ritt. Wenn sie wie ein Mann schießen konnte, vermutete er, dass sie wahrscheinlich auch wie einer reiten konnte.

»Die nächste Tanzreihe beginnt bald«, sagte er. Sie war seiner Einladung noch immer nicht gefolgt.

Sie zögerte weiter und ihre Freundin stieß ihr einen Ellbogen in die Seite. Andrew unterdrückte ein Grinsen, als Miss Parnell einen Blick auf Miss Knox warf.

»Geh!«

Andrew konnte das Wort nicht hören, aber Miss Knox' Lippen lesen und der Blick, den sie Miss Parnell zuwarf, ergänzte die Aufforderung um nonverbale Ausrufezeichen, zumindest in Andrews Kopf. Miss Knox schob Lucy ein klein wenig nach vorne.

Miss Parnell runzelte die Stirn, ging aber vorwärts. Andrew bot ihr seinen Arm an, den sie offensichtlich widerwillig annahm, wenn ihre zögerlichen Bewegungen ein Hinweis waren.

Andrew verbeugte sich vor Lady Satterfield und Miss Knox. »Meine Damen.«

Er führte Miss Parnell auf die Tanzfläche. »Warum wolltest du nicht mit mir tanzen?«

»Nimm es nicht persönlich. Ich tanze nicht gern, mit niemandem.«

Er blickte zu ihr hinunter. »Bist du keine gute Tänzerin?«

Sie sog den Atem ein und lachte dann. Er mochte dieses Geräusch. Fast so sehr, wie er es mochte, ihr lebhaftes Gesicht zu sehen. »Ich bin eine *ausgezeichnete* Tänzerin.«

Er runzelte seine Stirn ob ihrer Bemerkung. »Ich werde mir selbst ein Bild machen.«

Sie verdrehte die Augen. »Ich nehme an, du bist auch auf der Tanzfläche überragend. Du scheinst keine Mängel zu haben.«

Er grinste, sehr zufrieden mit ihrer Beobachtung. »Ich bin so froh, dass du es bemerkt hast.«

Das Set endete und die Musik begann für den nächsten Tanz. Ein Walzer. Andrew konnte sein Glück nicht fassen.

Miss Parnells Nasenlöcher flackerten. Es war eine fast unmerkliche Reaktion, aber Andrew fiel sie auf.

»Was ist los?«, fragte er.

»Ich habe noch nicht oft Walzer getanzt. Ich habe nicht auf das Set geachtet, sonst hätte ich dir gesagt, dass ich dieses nicht tanzen kann.«

Er fasste sie leicht um ihre Taille und nahm ihre Hand. »Ich dachte, du sagtest, du wärst eine ausgezeichnete Tänzerin.«

Sie blickte ihn an, als sie die eine Hand in seine legte und ihre andere Hand auf seiner Schulter platzierte. »Du bist äußerst unhöflich.«

Er lachte erneut und genoss ihre Gesellschaft ungemein. »Komm schon, wenn du eine Waffe mit tödlicher Präzision abfeuern kannst, kannst du dich nicht von einem Walzer besiegen lassen?«

Sie straffte ihre Schultern, was seine Aufmerksamkeit auf ihre Brust lenkte. Obwohl sie nicht sonderlich üppig ausgestattet war, hatte ihre Brust die perfekte Form für ihren Körperbau und wurde von dem Mieder ihres Ballkleides aus himbeerfarbener Seide gekonnt betont.

»Nein, das werde ich nicht. Ich bin unbesiegbar, wusstest du das nicht?« Sie schenkte ihm einen kecken Blick und er war völlig verzaubert.

Sie bewegten sich mit der Musik und er war froh, dass er sich daran erinnerte, wie man Walzer tanzte. »Ich muss dir ein Geständnis machen. Meine Walzererfahrung ist auch ziemlich begrenzt.«

»Scharlatan.«

Er lachte wieder. »Das ist paradox, wenn es von dir kommt.«

Sie hob eine Schulter an. »Man könnte sagen, ich bin einzigartig qualifiziert, Täuschung zu erkennen.«

Er lachte in sich hinein und amüsierte sich weitaus mehr als je zuvor. Mit einer Frau. Auf einer Tanzfläche. Auf einem Ball. Wer hätte gedacht, dass das möglich wäre? Er sah auf die Frau in seinen Armen und ihm gefiel, was er sah. Sie war nicht das, was er erwartet hatte, und doch war sie alles, was er sich erhofft hatte.

Erhofft?

Bestürzt ob seiner Gedanken, konzentrierte er sich darauf, sie über die Tanzfläche zu schwingen, anstatt zu erforschen, warum er auf diese Weise auf sie reagierte.

Sie machte einen falschen Schritt und er musste sie fester greifen, um ihr wieder in den Takt zu helfen. Dies brachte sie näher zusammen und er erhaschte einen Hauch ihres Duftes – etwas Blumiges und gleichzeitig Würziges. Berauschend.

»Was machst du überhaupt hier?«, fragte sie. »Der Wagemutige Herzog verschwendet seinen abenteuerlichen Geist gewöhnlich nicht auf triste gesellschaftliche Ereignisse.«

»Du bist sehr vertraut mit meinem Verhalten.« Er war sich nicht sicher, ob das gut oder schlecht war. Weder noch, entschied er. Sie war nicht auf der Jagd nach einem Ehemann. Er hatte von ihr nichts zu befürchten.

»Es gibt nicht viel zu tun, wenn man hinten an der Wand festsitzt. Aquilla und ich haben uns immer Katastrophenfälle ausgedacht. Basierend auf dem, was wir über die Menschen wussten, haben wir ihnen Rollen zugewiesen. Also war es hilfreich für uns, ein Gefühl für die Eigenarten der Menschen zu haben.«

»Katastrophenfälle? Ich bin mir nicht sicher, ob ich deiner Erklärung folgen kann.«

Sie neigte ihren Kopf zur Seite. »So könnte etwa der Kronleuchter zu Boden fallen, Menschen erdrücken und ein Feuer entfachen. Wer würde sterben, wer würde fliehen und wer würde bleiben, um andere Menschen zu retten?«

Er starrte sie an, nicht sicher, ob er lachen oder beunruhigt sein sollte. »Lieber Gott, ihr beide seid beängstigend.«

»Eigentlich sind wir drei. Unsere andere Freundin schließt sich uns gewöhnlich an. Und um ehrlich zu sein, hat sie sich meistens die Katastrophen ausgedacht. Ich fürchte, sie verachtet die Gesellschaft genauso sehr wie der Verbotene Herzog.«

»Der wer?« Er erinnerte sich vage an diesen Spitznamen, war sich aber nicht sicher, ob er wusste, zu wem er gehörte. »Ich verfolge den Klatsch und Tratsch nicht so wie du.«

»Nein, denn du bist nicht halb so gelangweilt wie wir. Du verbringst deine Zeit mit Schießen, Spielen und Rennen.« Sie klang wehmütig.

Sie tat ihm leid. Alle Frauen, eigentlich. Er hatte nie wirklich darüber nachgedacht, wie es sein musste, mit den Einschränkungen zu kämpfen, die die Gesellschaft ihnen auferlegte. »Was mich daran erinnert, worüber ich mit dir heute Abend sprechen wollte. Ja – ich hatte gehofft, dir zu begegnen. Deshalb bin ich zu diesem tristen Ball gekommen.«

Sie blinzelte zu ihm auf, sah kurzzeitig überrascht aus und irgendwie … erfreut, vielleicht? »Worüber?«

Die Musik ging zu Ende und so auch ihr Tanz. Andrew begleitete sie von der Tanzfläche. »Sollen wir ein wenig spazieren gehen?«

»Ja.«

»Wir machen einfach eine Runde auf der Terrasse.« Er ging mit ihr durch den Ballsaal zur Tür, die nach draußen führte. »Ist deine Großmutter hier? Ich würde sie gern kennenlernen.«

Sie betraten die Terrasse, die mit hellen Laternen beleuchtet war. Es waren noch andere Menschen anwesend, entweder schlenderten sie umher oder waren in Gespräche vertieft. »Warum, damit du ihr von meinen Eskapaden erzählen kannst?«

»Eskapaden. Eine ausgezeichnete Beschreibung. Nein, wir haben eine Vereinbarung. Solange du mich als Begleitung mitnimmst, werde ich dein Geheimnis bewahren. Ich wollte sie nur treffen.«

»Oh. Sie ist nicht hier.« Sie sah zu ihm auf und lächelte. »Aber das ist nett.«

Seine Brust verengte sich ein wenig und er hustete. »Ja, nun, wegen … wegen meiner Idee. Ich dachte, anstatt in Spielhöllen zu gehen, solltest du mich zu einigen Gentleman-Events begleiten, bei denen Wetten stattfinden.«

Ihre Stirn runzelte sich. »So wie bei Manton's?«

»Ja, genau. Wir könnten sogar wieder zu Manton's gehen. Charles hat von deinem Geschick mit der Pistole gehört und bereits versucht zu wetten, dass ich dich übertreffen könnte.«

Sie lachte und ihr Lachen war gefüllt mit teuflischer Freude. »Das würde mir gefallen.«

Er konnte nicht anders, als mit ihr zu lachen. »Ich bin sicher, das würde es. Du könntest auch an einem der Phaeton-Rennen teilnehmen.«

»Wirst du das Rennen mitfahren?«

»Wahrscheinlich nicht. Wenn ich selber fahre, kann ich nicht an deiner Seite bleiben, und es erscheint mir klug, das zu tun.«

»Ich werde dem nicht widersprechen, aber ich gebe zu, dass ich enttäuscht bin. Ich würde dir gern beim Rennen zusehen.«

Sie hatten das andere Ende der Terrasse erreicht, wo es weniger Menschen gab. Tatsächlich war niemand im Umkreis von fünfzehn Fuß um sie herum und wenn er sie in die schattige Ecke lotsen würde, würden sie vielleicht von niemandem bemerkt werden. Zum Teufel, warum dachte er das überhaupt?

Er blieb stehen und drehte sich mit ihr um, mit der Absicht, sie zurückzubringen. Aber er hielt wie erstarrt inne. Wegen ihres blumigen und würzigen Duftes. Ob der schönen

Konturen ihres Gesichts, als das Licht der Laternen über sie strahlte. Angesichts der offenen, arglosen Intensität ihres Blicks.

Sie blickte zurück zum Ballsaal. »Wie auch immer, ich verstehe, warum das nicht möglich ist. Aber ich finde Gefallen an deinem Plan. Besonders, wenn ich wieder schießen darf.«

»Dann werden wir das tun. Lass mich die Einzelheiten klären. Du musst herausfinden, wie du als Gentleman gekleidet bei Tageslicht dein Haus verlassen kannst.«

Sie warf ihm einen besorgten Blick zu. »Oh je, das *ist* ein Problem. Aber ich werde mir etwas ausdenken.«

Er führte sie zurück zur Tür des Ballsaals. »Dann haben wir beide Aufträge. Wir werden unsere Pläne besprechen, wenn wir uns in der übernächsten Nacht sehen. Es sei denn, du möchtest diesen Termin absagen.«

»Nein. Somit hat jeder von uns Zeit zum Planen, und wir können uns dann besprechen, so wie du gesagt hast.« Sie näherten sich dem Ballsaal. »Danke.«

»Soll ich dich irgendwo hinbringen?«, fragte er, darauf bedacht, von hier verschwinden zu können. Jetzt, da er sein Ziel erreicht hatte, wollte er unbedingt wieder gehen. Er dachte nicht daran, mit Miss Knox zu tanzen.

Sie löste ihren Arm von seinem. »Das ist nicht nötig. Danke für den Tanz.«

»Ich danke dir. Du hast mein Bedürfnis zu tanzen für mindestens ein ganzes Jahr befriedigt.«

Sie lächelte wieder und er war froh, dass er gekommen war. Es war es wert gewesen, sie so zu sehen, auch wenn er ein verdammter Narr war, weil er das überhaupt dachte.

»Du hast das Gleiche für mich getan. Wahrscheinlich für zwei Jahre.« Sie zuckte mit den Schultern. »Vielleicht sogar für den Rest meines Lebens.«

Sie scherzte, aber da war etwas Wahres an ihrer Aussage.

Er wollte sagen, dass das nicht passieren würde, aber dann erinnerte er sich daran, dass auch sie nicht heiraten wollte. Und sie war nicht begierig darauf gewesen, mit ihm zu tanzen. Ganz im Gegenteil. Es schien, als wären sie vom gleichen Schlag – und machte sie das nicht noch gefährlicher für ihn, als sie es in dieser dunklen Ecke auf der Terrasse gewesen war? Er hatte sie da draußen angesehen und für einen kurzen Moment wollte er sie in seine Arme ziehen und herausfinden, ob sie so gut schmeckte, wie sie roch und so lecker, wie sie aussah.

Er verbeugte sich. »Dann einen guten Abend.«

Sie knickste. »Guten Abend.«

Er ging aus dem Ballsaal, als ob ihm die Flammen der Hölle die Füße leckten. Wenn er nicht vorsichtig wäre, könnten sich die Dinge zu etwas entwickeln, was er nicht wollte. Er atmete tief durch. Das würden sie nicht.

Miss Parnell und er hatten eine vorübergehende Verbindung. Sie würde das Geld verdienen, das sie brauchte, und dann wäre sie aus seinem Leben verschwunden.

Er würde in sein einsames, sorgloses Leben zurückkehren, wo er nicht von Verlust oder Schmerz bedroht war.

Oder gar von Liebe.

~

*L*UCY SCHAFFTE ES NICHT einmal zehn Schritte zurück zu Aquilla, bevor ein Gentleman sie bat, das nächste Set mit ihm zu tanzen. Schockiert stimmte sie zu. Sobald sie fertig waren, bat ein anderer Herr – ein Baronet – um den nächsten Tanz. Sie wollte ablehnen, aber nach Jahren der Suche nach Tanzpartnern, die wenig erfolgreich gewesen war, wusste sie nicht wirklich, wie.

Schließlich, als die Musik zu Ende war, eilte Lucy zurück zu Aquilla, bevor ein anderer Gentleman sie in die Fänge bekommen konnte. Aquilla befand sich noch am gleichen Ort und ihre gemeinsame Freundin Ivy Breckenridge leistete ihr inzwischen Gesellschaft.

Lucy blickte sich um und sah, dass ein weiterer Herr auf sie zukam. Sie zerrte sowohl an Aquillas als auch an Ivys Hand. »Schnell, wir müssen den Ruheraum finden.«

Aquilla grinste breit. »Ja, lass uns das tun. Ich will alles hören! Dies ist deine erfolgreichste Nacht *aller Zeiten* – *und* genau dann, wenn du sie am meisten brauchst.«

Lucy wollte sie mit einem finsteren Blick bedenken, beschloss aber zu warten, bis sie nicht mehr im Ballsaal sein würden. »Das ist überhaupt nicht das, was ich brauche.«

Sie verließen den Ballsaal und machten sich auf den Weg in den Ruheraum.

»Ich verstehe nicht«, sagte Ivy, »Aquilla sagte mir, dass du sofort einen Mann finden musst, weil du kein Geld mehr hast.«

Lucy warf ihr einen verärgerten Blick zu. »Das ist alles, was du ihr gesagt hast? Du hast nicht erwähnt, dass ich kein Interesse daran habe, einen Mann zu finden?«

Aquilla, kein bisschen beunruhigt durch Lucys Verärgerung, zuckte nur mit den Achseln. »Ich nahm an, du würdest deine Meinung ändern.«

Lucy stöhnte und blieb dann zurück. »Ich will nicht in den Ruheraum gehen, wo uns die Leute belauschen können.«

Ivy übernahm die Führung. »Hier entlang.« Sie führte sie in ein kleines Wohnzimmer und schloss die Tür hinter sich, nachdem sie hineingegangen waren. »Lady Dunn und ich fanden uns versehentlich hier drin wieder, nachdem wir angekommen waren. Der Ruheraum ist weiter unten den Flur entlang, wie wir dann erfahren haben.«

Lucy blickte sich in dem Raum um, der von zwei Laternen beleuchtet wurde. Die Feuerstelle war dunkel und kalt.

Aquilla musste das Gleiche bemerkt haben, denn sie sagte: »Die Laternen scheinen zur Geselligkeit einzuladen, aber das Fehlen eines wärmenden Feuers scheint das Gegenteil zu tun.«

»Es ist für ein Tête-à-Tête gedacht«, sagte Ivy, wobei sie die Lippen so verzog, dass ihr Widerwille deutlich erkennbar war.

»Ist es das?«, fragte Aquilla, als sie durch den Raum ging und die Rückenlehne eines der elfenbeinfarbenen Sofas berührte. »Woher weißt du das?«

»Ich weiß es einfach.« Ivy wandte sich an Lucy. »Ich war überrascht, als Aquilla mir sagte, dass du einen Mann suchst. Ich dachte, wir wären uns in diesem Punkt ähnlich.«

Ivy hatte genauso viel Interesse an der Ehe wie Lucy, nämlich absolut keines. Tatsächlich war Ivy noch weniger interessiert, wenn das möglich war. Während Lucy einst auf den Erfolg auf dem Heiratsmarkt gehofft hatte, hatte Ivy es nie versucht. Sie war die Gesellschafterin einer Dame, solange Lucy und Aquilla sie kannten – und war mit ihrem Schicksal sehr zufrieden.

»Meine Großmutter will, dass ich einen Mann finde. Sie möchte sich nach Bath zurückziehen und hat nicht genug Geld, um mich zu unterhalten.« Lucy setzte die finstere Miene auf, die sie zuvor unterdrückt hatte. »Hätte ich gewusst, dass wir mit diesen fruchtlosen Saisonen nur Geld verschwenden, hätte ich schon vor Jahren darauf bestanden, dass wir uns in Bath niederlassen.«

Aquilla drehte sich um und sah Lucy an, ihre blauen Augen blickten freundlich und liebenswürdig. »Komm schon, es war nicht so schlimm, oder? Wir hatten Spaß, hoffe ich.«

Lucy bedauerte ihre vorherige Verärgerung. Sie ging und nahm die Hand ihrer Freundin und drückte sie kurz. »Wir hatten viel Spaß. Ich bin euch beiden dankbar, dass ihr es erträglich gemacht habt.« Sie lächelte Ivy an, die in der Nähe des kalten Kamins stand.

Ivy nickte zustimmend. »In der Tat. Nun, wenn du nicht heiraten willst, was *ist* dein Plan? Ich bin sicher, du könntest mit wenig Mühe als Gesellschafterin einer Dame fungieren.«

Lucy hatte das bedacht, aber die Wahrheit war, dass ihr die Idee, sich vor jemand anderem verantworten zu müssen, nicht gefiel. Sie genoss die Unabhängigkeit, die das Leben mit ihrer Großmutter bot, insbesondere die Zeit außerhalb von London. Nach dem Tod ihres Vaters, als sie aus Stonewood wegziehen mussten, hatten sie die Saison in London und den Rest des Jahres in der Nähe von Bath verbracht. Dort fühlten sich Großmama und sie am wohlsten, weshalb diese sich dauerhaft dort niederlassen wollte.

Lucy ihrerseits verbrachte so viel Zeit wie möglich draußen – ging wandern, schwimmen, schießen und reiten, wenn sie sich ein Pferd ausleihen konnte. Sie wäre nicht in der Lage, all diese Dinge zu tun, wenn sie die Gesellschafterin einer Dame wäre.

Sie neigte ihren Kopf zur Seite und überdachte, ob sie ihnen beiden sagen sollte, welchen Plan sie verfolgte. »Ich glaube nicht, dass ich eine sehr gute Gesellschafterin wäre.«

Aquilla kam auf sie zu, die Seide ihres wunderschönen neuen aquamarinfarbenen Ballkleides wirbelte um ihre Knöchel, als sie sich bewegte. »Lucy hat in der Tat einen anderen Plan.« Sie blickte auf Ivy und zog einen Schmollmund. »Nicht, dass sie sagen würde, was es ist.«

Ivy sah zu Lucy, hob eine ihrer rotgoldenen Augenbrauen und verschränkte ihre Arme. »Ist das so? Du hast Geheimnisse?«

Lucy widersetzte sich dem Drang, die Augen zu verdrehen. Ivy war die Geheimniskrämerischste unter ihnen. Nein, Geheimniskrämerei war nicht das richtige Wort. Sie war … verschlossen. Sie sprach sehr wenig über ihre Familie und wenn sie es tat, dann nur kurz und verächtlich. Lucy und Aquilla hatten schon immer mehr wissen wollen – etwa, wie es kam, dass Ivy so geschliffen und gebildet war, als ob sie auf die Gesellschaft vorbereitet worden wäre – aber Ivy ermutigte diese Art von Diskussionen nicht. Sie sagte immer, dass sie es vorzöge, sich auf die Gegenwart und die Zukunft zu konzentrieren, dass die Vergangenheit genau dort sei, wo sie hingehöre. Lucy und Aquilla vermuteten, dass sie tief verletzt worden war, wussten aber nicht, was geschehen war.

»Genau«, antwortete Aquilla für sie. Auch sie hatte ihre Arme verschränkt und ließ es aussehen, als würde sie Lucys Verhalten ganz und gar nicht gutheißen.

Diese fixierte Aquilla mit einem rebellischen Blick. »Ist es ein Geheimnis, wenn ich sage, dass ich plane, es euch zu sagen?«

Aquilla, die nie absichtlich jemandem Unbehagen verursachen würde, warf ihre Hände in die Luft. »Nein. Und es tut mir leid, wenn ich dich verärgert habe.« Sie lächelte Lucy ermutigend an, dann warf sie einen Blick auf Ivy. »Sie wird es uns bald verraten.«

»Nun, meine Neugier ist geweckt«, sagte Ivy. »Aber ich kann mich in Geduld üben.«

Wieder dachte Lucy darüber nach, es ihnen einfach zu sagen, aber sie würden einwenden, dass es zu gefährlich sei, und sie müsste erklären, dass sie in Dartford einen Beschützer hatte. Sie erkannte, dass er der Teil war, den sie nicht preisgeben wollte. Aquilla würde die Augen aufreißen, sie würde erfreut darüber plappern, wie wunderbar das war, und wahrscheinlich andeuten, dass er ihr Ehemann werden könnte. Während Ivys Augen sich verdunkeln und ihre Stirn sich runzeln würde. Dann würde sie Lucy warnen und vielleicht sogar sagen, dass Dartford alles andere als ein Beschützer sei. Für sie versuchten alle Männer nur, Frauen ins Bett zu locken.

Keine ihrer Freundinnen würde Lucys aktuelle Situation verstehen. Also würde sie es ihnen nicht sagen.

»Ich habe einen Plan, Geld zu verdienen, damit ich mit Großmama in Bath leben kann. Die Dinge laufen sehr gut. Ich werde euch bald alles darüber erzählen.« Wenn sie die notwendigen Geldmittel in der Hand hatte und sie nicht versuchen konnten, ihr etwas auszureden – denn dann wäre alles erledigt.

Aus irgendeinem seltsamen, unverständlichen Grund löste der Gedanke, dass Dartford und sie irgendwann getrennte Wege gehen würden, einen Anflug von Traurigkeit in ihr aus. Sie mochte ihn, das war alles. Und mit ihm konnte sie Dinge tun, die ihr ansonsten versagt blieben, wie etwa das Schießen bei Manton's. Sie erinnerte sich an ihr Gespräch von vorhin und sie spürte einen Hauch von Vorfreude. Der Gedanke, dass sie das noch einmal tun könnte – bei Manton's schießen – oder bei einer Reihe anderer Dinge würde dabei sein können, erfüllte sie mit Aufregung.

»Sind wir bereit, in den Saal zurückzukehren?«, fragte Aquilla. »Eigentlich bin ich mir überhaupt nicht sicher, warum wir hinausgegangen sind.«

Ivy sah Lucy an. »Es schien, als wollte Lucy uns etwas sagen, aber ich schätze, das ist nicht der Fall.«

»Nein, ich wollte mit euch reden, aber hauptsächlich wollte ich gehen, bevor mich noch jemand zum Tanzen auffordern konnte.«

Aquilla rückte näher. »Du hast nicht gern getanzt? Lord Metcalf ist ein ausgezeichneter Tänzer.«

Lord Metcalf, der Baronet, der den zweiten Satz beansprucht hatte. Oder den dritten, wenn sie ihren Tanz mit Dartford dazuzählte. *Dieser* hatte ihr gefallen, wenn sie ehrlich war. Dartfords Berührung war warm und sicher, männlich. Was für ein seltsames Gefühl. Aber mit ihm hatte sie sich auf eine Weise feminin gefühlt, wie nie zuvor. War es, weil er sie zuvor nur als Mann gesehen hatte und sie sich heute Abend selbst ihrer Weiblichkeit bewusster geworden war? Oder war es die Art und Weise, wie er sie studiert hatte, als ob er nicht glauben könnte, dass sie eine Frau war? Oder, weil er schockiert war zu entdecken, dass sie eine *attraktive* Frau war?

»Lucy?« Aquillas Stimme riss sie aus ihren Gedanken.

»Ja, er ist ein ausgezeichneter Tänzer, aber das ist nicht der Punkt.« Sprach sie von Dartford oder Metcalf, fragte sie sich selbst. *Metcalf.* Sie konnte im Moment nicht an Dartford denken. »Ich will keinen Mann und all das … diese Aufmerksamkeit ist ein Ärgernis.«

Ivy lachte und ließ Lucy und Aquilla die Köpfe drehen. »Vor vier Jahren wärst du ekstatisch gewesen.«

»Nun, es ist noch nicht einmal vier Jahre her. Ich bin älter und weiser und ich habe momentan nicht die Geduld dazu. Wirklich, wo waren diese Idioten, als ich sie wollte?«

Ivy lachte wieder, diesmal herzhafter, und Lucy stimmte mit ein. Zu spät erkannte Lucy, dass Aquilla nicht lachte. Sie beobachtete sie beide mit einem leicht beunruhigten Stirnrunzeln.

Lucy wurde ernst und wandte sich ihrer Freundin zu. »Tut mir leid. Ich weiß, du würdest diese Aufmerksamkeit willkommen heißen und, wenn ich sie auf dich lenken könnte, würde ich das im Handumdrehen tun.«

Ivy schloss sich ihnen an und berührte Aquillas Arm. »Ich habe deinen Wunsch zu heiraten nie verstanden, aber ich unterstütze alles, was dich glücklich macht, von ganzem Herzen.«

Aquilla atmete aus. »Es ist schon in Ordnung. Nichts davon ist deine Schuld. Ich bin lächerlich rührselig. Wir haben alle unsere eigenen Ansichten und keine ist besser als die andere.«

»Trotzdem war es gedankenlos von mir«, sagte Lucy bedauernd.

»Nein, das war es nicht. Wenn es so wäre, würdest du immer noch lachen.« Aquilla lächelte sie beide an. »Wahrhaftig, ihr seid die beiden liebsten Freundinnen, die man sich wünschen kann. Wer braucht schon einen Mann?«

Ivy grinste. »In der Tat.« Sie wandte ihren Blick auf Lucy. »Hast du vor, dich für den Rest des Abends zu verstecken?«

Lucy seufzte. »Ich denke nicht.« Sie sah Aquilla an. »Wie lange wird Lady Satterfield noch bleiben wollen?«

»Bis kurz nach Mitternacht, nehme ich an.«

Lucy war erleichtert, das zu hören.

Ivy drehte sich zur Tür um. »Ich muss nach Lady Dunn sehen. Ich habe sie im Spielzimmer zurückgelassen. Sie wird wahrscheinlich bald eine Erfrischung wollen.«

»Wir werden alle gehen«, sagte Lucy. Sie verließen den Raum zusammen.

Ivy trennte sich von ihnen, um nach Lady Dunn zu sehen, während Lucy und Aquilla langsam zurück in den Ballsaal gingen.

»Die Ehe wäre nicht so schlimm, weißt du«, sagte Aquilla leise. »Meine Eltern sind sehr zufrieden.«

Zufrieden, ja, aber Lucy glaubte nicht, dass man sie als glücklich bezeichnen konnte. Sie vermittelten sicherlich nicht den Eindruck einer Familie, in der Liebe eine Rolle spielte, was Aquillas ewigen Optimismus und ihre Begeisterung erst recht seltsam erscheinen ließ. Wenn Lucy eine Ehe anstreben würde, so würde sie diese Dinge wollen – Familie und Liebe. Auch Vertrauen. Die Gewissheit, dass sie sich auf ihren Ehemann verlassen konnte, wäre ihr wichtig. Das war von größter Bedeutung. Sie weigerte sich, wie ihre Großmutter zu enden und für einen angenehmen Ruhestand kämpfen zu müssen.

Sie vermutete, dass es für sie einen Gentleman geben

könnte, der um sie werben und zumindest Zuverlässigkeit und eine Familie bieten würde. Aber nach Jahren, in denen sie von der männlichen Spezies ignoriert worden war, hielt sie das einfach nicht für wahrscheinlich. »Der heutige Abend ist merkwürdig, eine einmalige Besonderheit«, sagte sie. »Ich bezweifle, dass dies überhaupt zu etwas führen wird. Morgen wird die Gesellschaft gleich wieder dazu zurückkehren, mich nicht einmal zu sehen.«

Aquilla schaute sie schief an. »Ich weiß nicht, ob ich das glauben kann. Der Wagemutige Herzog hat dich zum Tanz gebeten. Das ist außergewöhnlich, findest du nicht auch?«

Er hatte das nur getan, weil er sie kannte, nicht, weil er an einer Werbung interessiert war. »Nein.«

Aquilla sah sie an, als wäre sie verrückt geworden. »Er tanzt nie!« In einer nachdenklichen Pose legte sie ihren Finger auf ihr Kinn. »Tatsächlich besucht er selten Bälle. Ich frage mich, was er hier zu suchen hatte.« Ihr Blick wurde erwartungsvoll, als ob Lucy es wissen könnte.

Und natürlich wusste sie es. Er hatte nach ihr gesucht. Sie ignorierte die Hitze, die sich in ihr ausbreitete. »Ich habe keine Ahnung.«

»Hat er nichts gesagt, als ihr tanztet? Worüber *habt* ihr gesprochen?«

»Walzer.«

Aquilla sah sie mit Skepsis an. »Wie belanglos. Du bist ein so viel besserer Gesprächspartner.«

»Möglicherweise habe ich ihm erzählt, wie wir uns Szenarien von möglichen Katastrophen vorstellen.«

Aquillas Blick war voller Entsetzen, was aber schnell durch Fröhlichkeit ersetzt wurde, als sie sich in einem Kichern verlor. »Das *hast* du *nicht*.«

Lucy lächelte und erinnerte sich an seine Reaktion. »Er war nicht sehr amüsiert. Ich wage zu behaupten, dass ich mir keine Sorgen machen muss, dass er mich in Zukunft verfolgt.«

Aquilla schüttelte den Kopf. »Schade. Er war mein Favorit unter deinen Tanzpartnern heute Abend. Was ist mit den anderen? Hast du eine Idee, warum sie dich zum Tanz aufgefordert haben?«

Ihre Frage beleidigte Lucy nicht im Geringsten. Es war in der Tat sehr seltsam und das wussten sie beide. »Ich schätze, ihr Interesse entstand aus männlichem Konkurrenzdenken. Sie wollen immer das, worum sie ihrer Meinung nach kämpfen müssen.«

»Wie primitiv.«

Ein Gedanke formte sich in Lucys Verstand. Wenn Dartford solch ein Interesse an Lucy erwecken konnte, indem er mit ihr tanzte, dann würde dies sicherlich eine ebensolche Wirkung bei Aquilla haben. Sie entschied sofort, dass sie ihn überreden würde, genau das zu tun. »Vielleicht tanzt Dartford mit dir und dann kannst du dich in all der Aufmerksamkeit sonnen.«

»Nun, das wäre wunderbar. Unwahrscheinlich, aber schön.« Sie atmete aus. »Aber selbst das wäre wahrscheinlich ohne Belang. Du hast selbst gesagt, dass aus deinem Erfolg heute Abend nichts erwachsen wird.«

»Für mich«, erklärte Lucy. »Du hingegen wärst eine viel engagiertere Tanzpartnerin als ich und du würdest sie alle so bezaubern, dass sie dir ihre Aufwartung machen und um deine Hand kämpfen würden. Es würde ein echter Wettkampf werden.«

Aquilla lachte. »Ich schätze deine Zuversicht – du bist ein Schatz. Vergessen wir nicht, dass ich Gentlemen nicht so sehr bezaubere, wie ich sie vertreibe.«

Mit ihrer Geschwätzigkeit. Ja, Lucy wusste das, sie wusste das nur zu gut, genau wie sie wusste, dass der richtige Mann, jemand, der Aquilla für all das, was sie war, liebte, kommen würde. »Nun, lass uns einfach sehen, was passiert, oder?« Sie hakte sich bei Aquilla ein und ging mit ihr zurück in den Ballsaal.

Später in dieser Nacht, als sie versuchte einzuschlafen, war Lucys Kopf voller Ideen und Pläne. Sie konnte ihren nächsten Termin mit Dartford kaum mehr abwarten. Neben dem weiteren Geldverdienen, um ihrem Ziel näherzukommen, war sie begierig darauf zu erfahren, was für andere Aktivitäten er geplant hatte. Und sie würde ihn überzeugen, Aquilla zu unterstützen. Vielleicht könnte er sogar mehr tun, als nur mit ihr zu tanzen. Andere Gentlemen verehrten ihn und es würde sicherlich ihr Interesse wecken, wenn er viel von einer gewissen Dame sprach.

Als sie endlich einschlief, träumte sie davon, im Hyde Park Rennen zu fahren und bei Manton's zu schießen, nicht in der Verkleidung als Mann, sondern als sie selbst. Sie stellte sich Dartford vor, wie er sie anfeuerte und in seine Arme nahm – und sie fühlte etwas mehr als nur die beruhigende Tatsache, beschützt zu werden. Sie fühlte etwas, das sie beunruhigt hätte, wenn sie sich am nächsten Morgen an den Traum hätte erinnern können.

Zum Glück tat sie das nicht.

KAPITEL SECHS

ANDREW KAM FRÜH ZU ihrer Verabredung und wartete an der Ecke auf Miss Parnell, während er ein Auge auf ihr Haus hatte. Er hatte viel zu oft an sie gedacht, daran, wie verführerisch sie in einem Ballkleid aussah, wie sie sich in seinen Armen angefühlt, wie verlockend sie draußen auf der Terrasse ausgeschaut hatte.

Es war gut, dass sie heute Abend wie ein Mann gekleidet sein würde. Er glaubte nicht, dass er sie erneut in weiblicher Kleidung sehen könnte, ohne etwas zu tun, was er wahrscheinlich bereuen würde.

Oder nicht bereuen würde. Das Leben war manchmal so grausam.

Endlich sah er sie vom Eingang der Diener her auftauchen. Sie eilte auf ihn zu, ihre Bewegungen sahen weiblicher aus als beim letzten Mal.

Als sie ihn erreichte, meinte er: »Dein Gang ist zu feminin.«

Sie sah auf ihre Stiefel herab. »Wirklich? Ich habe geübt.«

Zur Hölle, vielleicht hatte sie das. Vielleicht konnte er sie überhaupt nicht mehr als Mann sehen, nachdem er sie als

Frau erlebt hatte »Ich bin sicher, das hast du. Sei einfach achtsam.«

Er wandte sich mit ihr der Hauptverkehrsstraße zu. »Wir gehen nicht weit. Nur zur Spielhölle auf dem Piccadilly.«

»Faro?«, fragte sie.

»Oder Hazard, wenn du willst.«

»Es ist albern, aber Hazard scheint so viel riskanter zu sein. Ich weiß, dass das überhaupt keinen Sinn ergibt, denn beides sind Glücksspiele, aber ich war einfach schon immer sehr an den Karten interessiert.«

Er blickte zu ihr hinüber, während sie weitergingen. »Warum ist das so?«

»Wahrscheinlich, weil mein Vater immer beim Hazard zu verlieren schien. Eines Nachts verlor er fünftausend Pfund und unsere Kutsche.«

»Es ist kein Wunder, dass du jetzt Geld brauchst.« Er zuckte zusammen, er hatte nicht unhöflich sein wollen. »Ich entschuldige mich.«

Sie zeigte ihm ein schlichtes Lächeln. »Es ist nicht deine Schuld. Wir machen das Beste aus dem, was wir bekommen haben, nicht wahr? Ja, ich weiß, das ist genau wie beim Kartenspiel.« Sie kicherte.

Andrew hatte den größten Teil seines Lebens damit verbracht, auf genau diese Weise zurechtzukommen. Er achtete genauestens darauf, das Blatt zu seinen Gunsten zu wenden, wenn dies denn überhaupt möglich war. So wie Miss Parnell. Ja, dies war eine weitere Parallele zwischen dem Kartenspiel und dem Leben. Wobei es für ihn von größter Bedeutung war, sein Leben mit Ablenkungen zu füllen und Menschen davon abzuhalten, ihm nahezukommen.

Sie war indes eine Ablenkung, die er wahrscheinlich nicht brauchte. Aber es würde nicht ewig dauern, dachte er. Ihre Zusammenarbeit würde früh genug beendet sein.

»Was hast du dir für andere Abenteuer ausgedacht?«, fragte sie und riss ihn so aus seinen Gedanken.

Er hatte vieles in Betracht gezogen. »Ich denke, wir beginnen mit dem Phaeton-Rennen. Das nächste ist am Dienstag.« Also in drei Tagen. »Du kannst auf mehrere Läufe wetten. Sei nur gewarnt, dass du nicht jeden einzelnen gewinnen wirst.«

»Aber du wirst mich anleiten, nicht wahr? Ich habe keine Ahnung, wer der bessere Fahrer ist.«

»Natürlich.«

»Was fährst du, wenn du am Rennen teilnimmst?«, fragte sie.

»Einen Phaeton mit erhöhtem Kutschbock. Ich habe mich mit jemandem zusammengetan, um einen neuen zu entwerfen. Es gibt ein paar Änderungen, die ich vornehmen möchte, um meine Geschwindigkeit zu erhöhen.«

»Ist das klug? Es ist gefährlich genug, nicht wahr?« Sie winkte mit der Hand ab. »Schon gut. Ich vergaß, mit wem ich spreche. Du bist der Wagemutige Herzog. Natürlich willst du ein schnelleres Fahrzeug.«

Er lachte. »Beweg deine Hand nicht so. Es schreit geradezu *Frau*.«

Er begann sich Sorgen zu machen, dass alles, was sie tat, ihr Geschlecht verraten würde, aber er versicherte sich erneut, dass er sie, basierend auf seinem Wissen, mit anderen Augen sah. Wissen, das andere nicht haben würden.

»Verflucht«, sagte sie. »Ich werde es besser machen, wenn wir dort ankommen. Ich glaube, ich fühle mich zu wohl mit dir.«

Verdammt noch mal. Er hielt inne. »Vielleicht ist das auf lange Sicht nicht klug.«

Sie hielt ein paar Schritte vor ihm an und drehte sich um. »Was meinst du damit?«

»Nur, dass jedes Erscheinen in der Öffentlichkeit in dieser Verkleidung ein Risiko ist.«

Sie runzelte die Stirn. »Ich hatte bis auf dich keine Probleme.« Ihre Augen leuchteten. »*Du bist* der Einzige, der meine Tarnung durchschaut hat. Ich glaube, es liegt an *dir*.«

Genau wie er es sich gedacht hatte. »Ich bin mir sicher, dass du recht hast.« Er setzte sich wieder in Bewegung und sie gingen weiter die Straße entlang.

»Vielleicht hätte ich als Mann geboren werden sollen«, sagte sie. »Ich denke, das hätte besser zu mir gepasst.«

Was für eine Schande das gewesen wäre. »Ich bin froh, dass dem nicht so ist.«

»Warum?« Sie warf ihm einen kurzen Blick zu. »Vergiss, dass ich gefragt habe. Ich bin mir nicht sicher, ob ich es wissen möchte.«

Gut, weil er es ihr nicht sagen wollte. Ein anderer Gedanke kam ihm in den Sinn. Was, wenn ihr Wunsch, ein Mann zu sein, etwas damit zu tun hatte, warum sie nicht heiraten wollte? Vielleicht gab es eine *grundlegendere* Erklärung für ihre Einstellung. »Gibt es einen Grund, warum du es vorziehen würdest, ein Mann zu sein? Du hast gesagt, du hast keinen Wunsch zu heiraten. Vielleicht bist du nicht, äh, wie andere Frauen.«

Sie wurde langsamer und blickte zu ihm. »Was meinst du damit?«

»Nun, wenn du dich als Mann wohler fühlst, könnte das erklären, warum du nicht heiraten willst. Vielleicht bevorzugst du nicht, äh, die Gesellschaft von Männern.« Er bedauerte seine Worte augenblicklich. Ja, er verletzte jede Regel des Anstands, indem er sie gegen Mitternacht ohne Anstandsdame durch London begleitete, aber das bedeutete nicht, dass es keine *Grenzen* gab.

Sie blieb abrupt stehen und sagte für einen Moment nichts. Als sie sich umdrehte, sah sie ihn vorsichtig an. »Ich bin mir nicht ganz sicher, was du meinst, aber ich versichere dir, dass ich weder Männer noch Frauen bevorzuge.« Ihre Augen weiteten sich und er war sich sicher, dass sie es in diesem Moment verstand. »Oh. Nun ja. Ich möchte nicht heiraten, weil ich mich lieber auf mich selbst verlassen würde. Was das andere betrifft ...« Sie schaute weg und setzte sich wieder in Bewegung. »Ich habe tatsächlich schon einmal einen Mann geküsst. Es war nett.«

Andrew starrte ihr nach, vorübergehend unfähig zu sprechen. Als er wieder Herr über seine Stimme und seine Füße war, holte er sie ein. »Wen hast du geküsst?«

Sie warf ihm einen listigen Blick zu. »Niemand, den du kennst.«

»Du könntest überrascht sein.« Auch *er* war überrascht. Bei der Leidenschaft, mit der er die Identität dieses Mannes kennen und sein Gesicht einschlagen wollte. Was völlig lächerlich war.

»Nein, wirklich. Er war der Sohn eines Schafzüchters. Das war vor vielen Jahren. Vor meinem Debüt.«

Andrews Schultern entspannten sich. Er lachte.

»Warum lachst du?«

Weil er ein Idiot war. Und, weil er dadurch, dass er dieses Gespräch mit ihr geführt hatte, sozusagen in einen dampfenden Haufen Schafmist getreten war. »Aufgrund der Vorstellung von dir mit einem Schafzüchter. Ich entschuldige mich. Ich wollte dich nicht beleidigen.«

»Er war ein gut erzogener Junge. Joshua.« Sie runzelte ihre Nase. »Aber er roch nach modrigem Heu.«

Andrew lachte nun heftiger. »Hör auf, bitte.«

Sie blinzelte ihn an. »Vielleicht solltest du mir von deinen Liebschaften erzählen.«

Andrew wurde sofort wieder ernst, sein Lachen verwandelte sich in ein Husten. »Ja, nun, nein. Ich denke eher nicht.« Er war keineswegs ein Schwerenöter, aber er war auch kein Mönch.

»Gibt es da vielleicht einen Grund, warum du nicht heiraten möchtest? Vielleicht bist du nicht wie die meisten Männer.«

Er konnte nicht erkennen, ob sie Witze machte oder es ernst meinte. Er blieb stehen und drehte sich zu ihr um. Sie hielt einen Schritt vor ihm an und wandte sich ihm zu.

Er fixierte sie mit einem strengen Blick. »Ich versichere dir, Miss Parnell, ich bin genau wie andere Männer. Ich spiele gern und ich fahre gern Rennen – und ich mag Frauen.« Er näherte sich ihr. »*Außerordentlich.*«

Sie starrte ihn an, ihre haselnussbraunen Augen waren verlockend und geheimnisvoll zugleich. Ihre Zunge glitt aus ihrem Mund und leckte über ihre Lippe, eine Aktion, die er noch nie zuvor gesehen hatte und bei der er nicht sicher war, ob er sie erneut sehen wollte. Mit Sicherheit nicht, wenn sie als Gentleman verkleidet war.

»Tu das nicht.« Er erklärte nicht, was er meinte und sie fragte nicht danach. »Wir sind da.« Er war noch nie so erleichtert gewesen, ein Ziel zu erreichen. »Bereit?«

Sie atmete tief ein und glättete mit den Fingerspitzen ihre falschen Koteletten. »Das bin ich.« Sie hatte ihre Stimme gesenkt und ihre Lippen nach innen gewölbt, was sie schmaler erscheinen ließ und sah nun mehr wie Smitty aus, als bisher an diesem Abend. Gott sei Dank.

»Es ist beunruhigend«, sagte er leise. »Wie schnell und einfach du das machst.« Er schüttelte den Kopf und drehte sich dann um, um die Treppe zur Tür hinaufzugehen.

Sie wurden von einem Lakaien begrüßt und machten sich dann auf den Weg in den Hauptspielraum, wo Tische für Faro und Hazard aufgestellt waren.

Charles winkte von einem Faro-Tisch in der Ecke. »Dartford! Komm her.«

Andrew lehnte sich zu Miss Parnell. »Ich habe neulich Abend versucht, ihnen aus dem Weg zu gehen, aber wenn du das durchziehen willst, müssen wir uns ihnen anschließen.«

»Lass uns gehen.« Sie ließ ihn stehen, aber Andrew holte sie sofort ein.

Sie warteten, bis die Runde vorbei war und dann trat Charles vom Tisch zurück. »Ich brauche eine Pause«, sagte er. »Die anderen sind beim Hazard.« Er neigte seinen Kopf und deutete zu Beaumont und einigen anderen aus ihrer Gruppe. Er gestikulierte zu einer Tür, die aus dem Raum führte. »Kommt auf einen Drink mit mir.«

Andrew blickte zu Miss Parnell. Er wusste nicht, ob sie einen Drink vertragen würde. Aber nach allem, was er über sie wusste, erwartete er, dass dies kein Problem für sie sein würde. Sie erwiderte seinen Blick nicht. Stattdessen folgte sie Charles in den Salon, wo ihnen ein Lakai Whiskey, Gin und Portwein anbot.

Sie nahm den Port, was ihn überraschte.

»Kein Whiskeytrinker?«, fragte er.

Sie starrte auf das Glas, das er von dem Tablett genommen hatte. Es enthielt Gin. »Du auch nicht, wie ich sehe.«

Charles kicherte. »Nicht Dart. Er betrinkt sich typischerweise mit Gin. Er lebt wie ein Mann, der kein Morgen kennt, nicht wahr, Dart?«

Miss Parnell sah ihn fragend an, verbarg dann aber schnell ihre Neugier.

Charles nahm einen Schluck von seinem Drink. »Smitty, wie ich hörte, bist du ein recht guter Schütze.«

»So sieht es aus«, sagte sie und Andrew wusste, dass sie dabei die tiefste Nuance ihrer Stimme benutzte, zu der sie fähig war.

»Ich würde gern irgendwann einmal zuschauen, wie du

auf die Zielscheibe schießt«, sagte Charles. »Wir müssen einen Tag für das Schießen vereinbaren.«

»In der Tat, das sollten wir tun.«

Andrew mochte, dass sie unverbindlich blieb. Sie mussten es langsam angehen. »Ich habe Smitty eingeladen, sich uns am Dienstagmorgen beim Rennen anzuschließen.«

»Blendende Idee«, sagte Charles. Er sah Miss Parnell an und betrachtete sie etwas genauer, als es Andrew lieb war. »Fährst du auch Rennen?«

»Noch nicht, aber ich würde es gern versuchen.«

Charles wippte auf seinen Fersen vor und zurück. »Dann bist du wohl ein Fahrer. Was für ein Fahrzeug hast du?«

Sie schaute zu Andrew und er zuckte leicht mit den Schultern. Sie würde lernen müssen, diese Art von Gesprächen zu führen.

Sie räusperte sich auf durchaus maskuline Weise. Andrew applaudierte fast. »Einen Phaeton.«

»Mit erhöhtem Kutschbock?«, fragte Charles.

»Nein.« In ihrer Antwort schwang Enttäuschung mit. Verdammt, sie schien sich offensichtlich ebenso sehr nach Aufregung zu sehnen wie er. Wie außergewöhnlich. Und doch gleichzeitig beunruhigend. Er wollte sie nicht noch mehr mögen, als er es ohnehin bereits tat.

Beaumont und die anderen schlossen sich ihnen an. »Wenn das nicht der mysteriöse Smitty ist«, sagte Beaumont. »Wir haben dich eine Weile nicht gesehen. Alle wollen sehen, wie du schießt.«

Miss Parnell trug eine hohe, steife Krawatte, um ihren schlanken, verführerischen Hals zu verbergen, aber sie verdeckte nicht die Röte, die sich nun über ihrem Gesicht ausbreitete. Sie drehte ihren Kopf leicht und hob eine Hand, um ihre Koteletten zu glätten, wahrscheinlich in dem Versuch, ihre Reaktion zu vertuschen. Ihr gefiel das Lob. Wem würde das nicht gefallen?

»Er kommt am Dienstag zu dem Rennen«, sagte Charles. »Vielleicht können wir eine Zielscheibe aufstellen, damit er sein Können unter Beweis stellen kann. Ich wette, Dart kann ihn trotzdem übertreffen.«

Beaumont verengte seine Augen und grinste dann. »Ich nehme diese Wette an! Fünfzig Pfund.«

»Fünfzig Pfund«, stimmte Charles zu.

Charles blickte zu Andrew und deutete mit seinem Kopf in eine Ecke des Raumes. »Dart, kann ich dich kurz sprechen?«

Andrew wollte Miss Parnell nicht verlassen, auch wenn es nur darum ging, sich zur anderen Seite des Raumes zu begeben. Er zog es vor, zu hören, was man zu ihr sagte und wie ihre Antwort lautete. Aber ihm fiel kein Grund ein, Charles' Bitte abzuschlagen, ohne die Aufmerksamkeit auf ihre Situation zu lenken. Also ging er mit ihm mit, positionierte sich aber so, dass er Miss Parnell und die anderen sehen konnte.

Charles trank den Rest seines Whiskeys in einem Schluck und drehte das Glas in seinen Händen. »Ich bin heute Abend etwas knapp bei Kasse, Dart. Wirst du mir einhundert Pfund leihen?«

Andrew warf einen Blick auf seinen Freund, konzentrierte sich aber weiterhin auf Miss Parnell. »Wie viel hast du verloren?«

Charles zerrte an seinem Kragen. »Ah, fünfhundert.«

Andrew widmete ihm nun seine volle Aufmerksamkeit. »Zur Hölle. Es ist noch früh. Was ist passiert?«

»Ich hatte Pech. Aber keine Sorge, ich bin fertig mit Faro.«

»Du solltest mit allem fertig sein. Warum übernimmst du nicht für den Rest des Abends die Rolle des Zuschauers?«

Charles dunkle Brauen verengten sich, während er einen Schmollmund zog. »Das macht keinen Spaß.«

Er dachte an die Verluste, die Miss Parnells Vater erlitten

hatte und die Auswirkungen, die es auf andere hatte. Charles hatte keine Familie, aber das würde wahrscheinlich eines Tages der Fall sein. »Es ist besser, als weiter Geld zu verlieren.« Andrew schlug Charles auf die Schulter. »Du wirst es mir danken.«

»Ich könnte einfach nach Hause gehen und mehr Geld holen. Ja, das ist es, was ich tun werde.«

Andrew sah, dass Beaumont mit Miss Parnell sprach. Er wollte zurückgehen und hören, über was sie redeten. »Vorsichtig, Charles. Pass auf, dass du dich nicht ruinierst.«

»Werde ich nicht.«

Nun führte Beaumont Miss Parnell zurück in den Spielsaal. Zeit zu gehen. Andrew wandte sich an Charles. »Tu, was du tun musst, aber ich will nicht zu deinem Untergang beitragen. Tut mir leid, alter Junge.«

Er beeilte sich, um sich den anderen in der Spielhalle anzuschließen.

~

*L*UCY NIPPTE AN IHREM Port, während sie Dartford dabei zusah, wie er mit Charles sprach, der etwas nervös aussah. »Um was geht es bei den beiden?«, fragte sie den neben ihr stehenden Gentleman, der zufällig Beaumont war.

Der Viscount sah zu dem Paar in der Ecke hinüber und zuckte mit den Achseln. »Charles bittet wahrscheinlich um Geld. Manchmal lässt er sich hinreißen und verliert seine gesamte Zuwendung an einem Abend.«

»Zuwendung?«, fragte sie.

»Sein Vater hält ihn an der kurzen Leine. Es ist eine gute Sache, sonst wäre er wahrscheinlich schon im Schuldturm.«

Lucy versteckte ihren finsteren Blick hinter ihrem Glas.

Sie mochte Charles nicht, entschied sie, trotz seiner Herz-
lichkeit.

Beaumont wandte sich ihr zu. »Hat Dart dich auch zur
Ballonvorführung am Samstag eingeladen?«

Lucy schenkte Beaumont ihre ungeteilte Aufmerksamkeit. »Welche Ballonvorführung?«

»Sadler steigt von Burlington House auf und Dart fährt
mit ihm.«

Er wollte fliegen? Lucy hatte noch nie den Aufstieg eines
Ballons gesehen. Sie dämpfte ihren Ton, damit sie nicht
übermäßig interessiert klang. »Wie außergewöhnlich.«

»Wir werden nicht zum Aufstieg gehen. Wir werden in
Darent Hall auf ihn warten, wo sie landen werden.« Seine
blauen Augen strahlten vor Aufregung. »Aber sag es ihm
nicht – es soll eine Überraschung werden. Charles wettet
bereits darauf, wo genau der Ballon landen wird. Wir planen
eine frühzeitige Ankunft und wählen Landeplätze. Wer der
tatsächlichen Landung am nächsten kommt, gewinnt den
Pott.«

Wie sehr sich Lucy danach sehnte, sich ihnen anzuschließen. Aber wie würde sie zu Dartfords Anwesen in Kent
gelangen? Es war gut fünfundzwanzig Meilen entfernt.
Außerdem wäre Dartford nicht glücklich über ihre Anwesenheit dort – nicht ohne seine Begleitung. Sie schüttelte innerlich den Kopf. Es stand Dartford nicht zu, ihre Handlungen
zu bestimmen. Sie würde dorthin gelangen, wenn sie es
wollte. Außer, dass sie immer noch keine Reisemöglichkeiten
hatte. Sie erkannte, wenn auch spät, dass es an der Zeit war,
ihre Freundinnen in ihren Plan einzubeziehen. Sie würde
Unterstützung und Vorschläge benötigen – und eine von
ihnen hätte sicher eine Idee, wie sie zu dieser Ballonfahrt
gelangen könnte, um an der Wette teilnehmen zu können.
Wenn sie den Pott gewann, könnte das Geld ausreichen, um
mit ihrer Großmutter nach Bath zu gehen.

»Klingt nach Spaß«, sagte sie.

»Dann schließt du dich uns an?«

»Ich werde es versuchen.« Sie würde alles ihr Mögliche dafür tun.

Er hob eine seiner Augenbrauen und sah sie eindringlich an. »Denke nur daran, dass es ein Geheimnis ist.«

Sie nickte und fragte sich, wie Dartford auf diese Überraschung reagieren würde. Mit etwas Glück würde sie es herausfinden.

Beaumont trank den Rest seines Whiskeys aus. »Ich gehe zum Faro-Tisch.«

Lucy verlangte es danach, ihre finanziellen Mittel zu vermehren. »Ich schließe mich dir an.« Sie warf einen Blick auf Dartford, aber er schien in sein Gespräch mit Charles vertieft zu sein, der immer noch unruhig mit seinem Glas herumspielte.

Der Faro-Tisch stand kurz davor, in eine neue Runde zu starten, ihr Timing war also perfekt. Bald war Lucy in das Spiel vertieft. Sie bemerkte nicht, wann Dartford in den Raum kam, spürte aber seine Anwesenheit, als er sich hinter ihr bewegte, nur einen Moment, bevor sie ihn aus dem Augenwinkel sah.

Er trat leise an den Tisch und nahm eine Position zu ihrer Rechten ein, während Beaumont zu ihrer Linken war. »Das solltest du nicht tun«, murmelte er.

Sie schaute in seine Richtung. »Was, aus deinem Blickfeld entschwinden? Das ist absurd.«

»Das ist es nicht. Wir hatten eine Vereinbarung.«

»Ich bin nur in einem anderen Zimmer und ich bin nicht allein.« Sie hatte ihre Stimme leise gehalten, aber jetzt senkte sie sie noch mehr. »Muss ich mir Sorgen wegen Beaumont machen?«

»Nein.« Die Antwort kam schnell. »Schon gut. Du machst das schon richtig«, sagte er. »Danach können wir bei Jessup einkehren, um Whist zu spielen, wenn du möchtest.«

»Eigentlich gibt es eine Hölle weiter unten in der Jermyn Street, die ich besuchen wollte. Sie ermöglichen ein profunderes Spiel.«

Er sah sie aufmerksam an und sie fürchtete, dass er sich weigern würde. Letztendlich nickte er. »Du bist eine umsichtige Spielerin, aber das hätte mir wohl klar sein müssen.« Gab es Bewunderung in seinem Blick? Sie war sich nicht sicher. Dennoch schätzte sie seine Worte. Sie hatte nicht den Wunsch, wie ihr Vater zu werden, nicht dass sie glaubte, dass das passieren würde.

Nach zwei weiteren Runden verließen sie die Hölle. Beaumont und die anderen gingen in eine andere Richtung und Charles ging nach Hause.

Auf ihrem Weg zur Jermyn Street erkundigte sich Lucy nach Charles. »Beaumont sagte, Charles habe dich vermutlich um Geld gebeten. Ist das wahr?«

Dartford atmete aus. »Ja. Im Gegensatz zu dir ist er *kein* vernünftiger Spieler.«

»Ich verstehe. Und hast du ihm Geld gegeben?«

»Nein.«

Sie hatte schon vermutet, dass er es nicht getan hatte, aber als sie hörte, dass sie sich nicht irrte, ließ das ihren Bauch flattern. Es war ein seltsames, neues Gefühl, aber keineswegs unangenehm.

Als sie sich der Hölle näherten, wurde Dartfords Ton ernst. »Ich sehe, wohin wir gehen. Das ist nicht wie die anderen Höllen, in denen wir waren. In diesem Fall erwarte ich, dass du mich nicht aus den Augen verlierst und – sobald ich dir sage, dass wir gehen sollten, *werden wir* gehen. Das sind meine Bedingungen und sie sind nicht verhandelbar. Stimmst du zu?«

Sie vertraute ihm. So sehr, wie sie wahrscheinlich jemals

einem Mann vertrauen würde. »Ja. Aber ich muss gewinnen. Mindestens einhundert Pfund.«

»Ich verstehe. Danach gehen wir und ich rufe eine Kutsche, um dich nach Hause zu bringen.«

Sie wollte es genau wissen. »Alleine?«

Seine Stirn legte sich in Falten. »Natürlich nicht. Das würde ich nicht tun.«

Nein, das würde er nicht. Er würde auf sie aufpassen, ob es ihr gefiel oder nicht.

Es gefiel ihr.

Sie betraten die Hölle und sofort bemerkte sie den Unterschied. Nicht jeder war so gut gekleidet wie sie. Oder so sauber. Es roch nach Schweiß und Alkohol. Es war lauter, viel lärmender.

Dartford führte sie zum nächsten Faro-Tisch und benutzte dabei seinen Körper, sowohl als Schild, um sie zu schützen, als auch, um durch die Menge zu schneiden. Sie spielten beide das nächste Blatt. Dieses Spiel verlief schneller als die anderen, die sie bisher gespielt hatte. Es war leicht, den Überblick zu verlieren, besonders wenn man Whiskey oder Gin trank, wie es so viele der Männer um sie herum taten.

Als die letzte Karte umgedreht war, wurde der Mann neben ihr wütend ob seines Verlusts. Er lehnte sich über den Tisch und grinste den Croupier an. »Ich komme morgen mit meinen Freunden wieder und wir werden sehen, ob du mich dann wieder betrügst.«

Im Handumdrehen stand ein bulliger Lakai hinter ihm. Aber der wütende Mann war nicht gerade klein und lieferte sich einen Kampf mit ihm. Er rempelte Lucy an und brachte sie zum Straucheln. Dabei rutschte ihr Hut vom Kopf.

Bevor sie danach greifen konnte, hatte Dartford ihn ihr wieder auf den Kopf gedrückt. Seine Hände griffen sie seitlich unter ihren Armen und zogen sie auf die Füße. Seine

Fingerspitzen drückten in ihre Brüste, aber sie hatte genug Polsterung, dass es nicht weh tat. Doch es bewirkte, dass sie sich seiner Nähe nur allzu bewusst wurde – ein merkwürdiges und äußerst anregendes Gefühl.

»Lass uns gehen.« Er behielt eine Hand an ihrer Seite und drehte sie zur Tür.

Sie trat von ihm weg – es wäre für keinen von ihnen gut, wenn jemand sah, wie er sie berührte. Außerdem hatte seine Berührung wieder dieses flatternde Ding in ihrem Bauch geweckt.

In dem Moment, als sie aus der Tür traten, versuchte Lucy, umzukehren, aber er drängte sie die Treppe hinunter. »Ich muss meine Gewinne einsammeln.«

»Sie sind nicht hoch genug, um es wert zu sein, in dieses Chaos zurückzukehren. Die Situation da drin war gerade dabei zu eskalieren.« Seine Hand ruhte weiter auf ihrer Seite. »Ich habe dich gewarnt, dass wir gehen würden, wenn ich es sage. Die Lage war ohnehin schon prekär genug.«

Lucy versuchte, auf der unteren Stufe stehen zu bleiben. Sie wollte unbedingt wieder hineingehen. »Ich muss meinen Gewinn abholen.« Nicht nur, dass sie nicht die hundert Pfund gewonnen hatte, die sie sich erhofft hatte, sie hatte auch alles, was sie früher am Abend gewonnen hatte und noch ein wenig mehr in der Spielhölle gelassen. Sie starrte ihn finster an und versuchte, sich zu entfernen. »Sonst war es für mich heute ein absoluter Misserfolg.«

Er sah auf sie herunter und runzelte die Stirn. »Ich sagte, es ist nicht verhandelbar. Es tut mir leid, dass du Geld verloren hast, aber du wusstest von Anfang an, dass dein Plan riskant war.« Er zog sie von der Hölle weg. »Offensichtlich wohl doch nicht, sonst hättest du nie versucht, auf diese Weise an finanzielle Mittel zu kommen, besonders nicht ohne Hilfe.«

Ja, sie hatte gewusst, dass es ein riskantes Unterfangen

war, und wenn sie ehrlich zu sich selbst wäre, würde sie zugeben, dass sie sofort umgedreht und die Spielhölle wieder
verlassen hätte, wenn sie heute Abend allein hierhergekommen wäre.

Sie atmete laut aus und versuchte, die Verärgerung
darüber, Geld verloren zu haben, zu unterdrücken. »Ja, ja, du
bist ein verdammter Held.« Sie wandte sich von ihm ab und
er ließ sie schließlich gehen.

Er verlangsamte sein Tempo. »Geht es dir gut?«

»Ja, es geht mir gut.«

»Gut. Allerdings warst du sehr nahe dran, dich zu verraten, als du deinen Hut verloren hast. Wenn du dieses Acces-
soire verlierst, wird ganz offensichtlich, dass du kein
Gentleman bist.«

Sie hatte bereits erwogen, eine Perücke aufzusetzen. Vielleicht war es dumm, es nicht getan zu haben. »Ich investiere
in eine Perücke.«

Seine Augenbrauen zogen sich zusammen und verdunkelten sein Gesicht. »Ich fange an zu denken, dass du diese
Aktivität ganz einstellen solltest.«

Sie sträubte sich innerlich. »Nein. Wir bleiben einfach
bei den Höllen, von denen du weißt, dass sie akzeptabel
sind.«

»Ich werde darüber nachdenken.«

Sie blieb stehen und warf ihm einen rebellischen Blick
zu. »Das ist nicht deine Entscheidung. Ich *brauche* dich
nicht, um weiterzumachen.«

»Das tust du, wenn du nicht willst, dass deine Großmutter von deinen Aktivitäten erfährt.«

»Du bist ein Biest.«

Er hielt eine vorbeikommende Mietkutsche an. »Ich halte
mich nur an die Bedingungen unserer Vereinbarung.«

Er sagte das so, als hätten sie einen unterschriebenen
Vertrag. Wie in einer *Ehe*.

Sie benutzte ihren resolutesten Ton, als sie entgegnete: »Vielleicht ist diese Vereinbarung gerade ausgelaufen.«

Die Kutsche hielt an und Andrew gab Anweisungen, sie zur Bolton Street zurückzubringen. Er hielt die Tür auf, während sie einstieg. Wieder mussten sie nebeneinander auf der einzigen Bank sitzen.

Er saß dicht neben ihr und streckte seine Beine vor sich aus, soweit es der enge Raum zuließ. Die Laterne, die vor dem Fenster hing, bot eine magere Beleuchtung, aber sie konnte die Umrisse seiner Gesichtszüge sehen – seine Lippen waren aufeinandergepresst, seine Augenbrauen zusammengezogen.

Sie straffte die Schultern, befürchtete, dass ihre Verbindung vorzeitig enden könnte.

»Es tut mir leid«, sagte er und überraschte sie damit. »Als ich sah, wie du auf den Boden fielst, war ich … besorgt.«

Sie hatte das Gefühl, dass seine Worte seinen Gefühlen nicht ganz gerecht wurden. Aber das würde bedeuten, dass er mehr als nur … besorgt war. »Ich sagte, es geht mir gut.«

Er drehte seinen Kopf zu ihr. »Das verstehe ich. Jetzt.« Er nahm seinen Hut ab und warf ihn auf den Boden. Er fuhr sich mit der Hand durch die Haare und zerzauste die dunklen Locken. »In Ordnung. Wir brauchen unsere Vereinbarung nicht zu beenden. Wir beschränken uns auf Höllen, die eher … ruhig sind.«

Lucy kicherte und zog seine volle Aufmerksamkeit auf sich.

»Was?«, fragte er.

»Es ist ziemlich amüsant, die Worte ›Hölle‹ und ›ruhig‹ im selben Satz zu hören, findest du nicht auch?«

Er entspannte sich sichtlich, seine Schultern lockerten sich. Dann grinste er. »Ja.« Er fiel wieder gegen die Rückenlehne des Sitzes zurück. »Großer Gott, das war beunruhigend. Bist du sicher, dass es dir gut geht?« Er sah zu ihr hinüber und gestikulierte mit seiner Hand. »Natürlich geht es dir gut. Du bist aus härterem Holz gemacht als die meisten Männer, die ich kenne.«

Lucy dachte sofort an mindestens einen Gentleman in seiner Bekanntschaft. »Wie Charles?«

»Vielleicht. Ich weiß, dass deine Meinung über ihn negativer wurde, als du von seiner Obsession für Glücksspiele erfahren hast. Beurteile ihn aber nicht zu hart.«

Sie überlegte, ihren Hut abzunehmen, wie er es getan hatte. Was wäre das Problem? Sie waren für den Abend fertig und sie konnte ihn wieder aufsetzen, bevor sie die Kutsche verließ. »Es ist nett von dir, ihn zu verteidigen, aber ich weiß nicht, ob mich das wirklich überzeugen kann. Die Gewohnheit meines Vaters hat meine Großmutter und mich fast ruiniert.«

Dartford nickte. »Ich verstehe das, aber Charles ist kein schlechter Typ. Außerdem ist er noch jung. Er könnte darüber hinwegkommen, bevor er eine Familie hat.«

Lucy zog ihren Hut vom Kopf und legte ihn sich in den Schoß. »Ich bete, dass er das tut, aber es geht mich nichts an.«

Dartford richtete sich auf, seine ganze Aufmerksamkeit war auf sie gerichtet. Er streckte die Hand aus und berührte eine Locke ihres Haares, die sich gelöst haben musste. »Vielleicht brauchst du ja tatsächlich eine Perücke«, murmelte er. »Ich beschaffe gern eine für dich und lasse sie liefern.«

Es würde die Dinge einfacher machen, wenn er das tun könnte. Aber im Moment dachte sie, dass nichts in Bezug auf ihn einfach sei. Hier zu sitzen, ihn ihr Haar berühren zu lassen, war … kompliziert. »Das wäre außerordentlich hilfreich. Ich danke dir.«

Er hatte ihre Haare nicht freigegeben. Wenn überhaupt, kam er etwas näher. »Manchmal vergesse ich, dass sich eine schöne Frau unter dieser Verkleidung versteckt.«

Hitze kroch ihren Hals hoch und überflutete ihre Wangen. »Du schmeichelst mir. Ich bin nicht schön.« Niemand hatte sie je so genannt. »Mein Kinn ist zu stark ausgeprägt und meine Augen sind zu schmal.«

Sein Mund wölbte sich nach oben. »Deine Augen sind wunderschön. Sie erinnern mich an einen Wald – dunkel und geheimnisvoll –, der nur darauf wartet, entdeckt zu werden. Und dein Kinn« – sein Blick wanderte zu ihrem Mund – »hat genau die richtige Größe, um deinen unglaublichen Mund zu betonen.«

Oh je, das flatternde Gefühl kehrte zehnfach zurück. »Du solltest so etwas nicht sagen.« Sie flüsterte die Worte, aber sie klangen ohrenbetäubend im düsteren Kokon der Kutsche.

»Ich sollte viele Dinge nicht tun. Vermutlich.« Sein Kopf senkte sich und bevor sie über seine Absicht nachdenken konnte, bedeckten seine Lippen die ihren mit einem zarten, köstlichen Kuss.

Der Kuss des Sohnes des Schafzüchters war nicht so gewesen. Ihr Herz raste, ihr Magen schlug Purzelbäume und ihre Haut kribbelte.

Er ließ ihr Haar los und streichelte die Seite ihres Halses, während sein Mund über ihre Lippen tanzte, sie neckte, erregte. Er zog sich leicht zurück. »So wie das«, murmelte er. »*Das* sollte ich definitiv nicht tun.«

Sie ließ ihren Hut los und zog an seinem Revers. »Nein.« Dieses Mal küsste sie ihn und ergab sich dem verbotenen Drang in ihrem Innern. Ein oder zwei Küsse waren bedeutungslos. Ein oder zwei Küsse waren *schön*. Hatte sie nicht ein oder zwei Küsse verdient?

Seine Hand schlang sich um ihren Nacken, er neigte seinen Kopf und legte seine Lippen über ihre. Sie seufzte gegen seinen Mund und er nutzte die Gelegenheit und ließ seine Zunge über ihre Unterlippe streichen. Sie erinnerte sich vage daran, dass die Zungen auch bei diesem längst vergangenen Kuss eine Rolle gespielt hatten und wollte plötzlich dieses Gefühl erneut erleben.

Sie packte seinen Mantel fester, als sie ihren Mund öffnete und ihn einlud. Ein tiefes Stöhnen ertönte von irgendwo in seiner Brust und feuerte ihre Erregung an. Sie schob ihre Hände nach oben und umklammerte seinen Hals, während er seine andere Hand auf ihre Taille legte. Seine Hand spreizte sich über ihrer Hüfte und er zog sie zu sich und drehte sie auf dem Sitz. Ihr Hut fiel auf den Boden.

Seine Zunge drang tief in ihren Mund. Ein einzigartiger und unerwarteter Nervenkitzel wirbelte durch sie hindurch: *Verlangen.* Sie hielt sich fest, während er sie küsste, und sie nahm an, dass sie seinen Kuss erwiderte. Sie ahmte seine Bewegungen nach, schob ihre Zunge gegen seine, bewegte ihre Lippen und klammerte sich an ihm fest, als würde sie wegfliegen und ertrinken, wenn er sie gehen ließ.

Die Kutsche kam jäh und unerwartet zum Stillstand. Sie stoben auseinander, beide atmeten schwer. Dartford blinzelte sie an und fluchte leise.

»Ich entschuldige mich«, sagte sie und bedeckte vor Entsetzen ihren Mund. Was musste er nur von ihr denken?

»Entschuldige dich *nicht*«, sagte er scharf, aber nicht wütend. »Ich war nur überrascht … ich hatte nur vergessen, dass du im Moment wie ein Mann aussiehst.« Er schnappte sich seinen Hut vom Boden und drückte ihn sich auf den Kopf. »Ich soll verdammt sein, wenn du dich wie einer anfühlst«, murmelte er.

Die Hitze, die augenblicklich verflogen war, als die Kutsche angehalten hatte, erfasste sie erneut. Er hatte gesagt, sie sei wunderschön. Er hatte sie geküsst, als *wäre* sie wunderschön.

Er griff nach unten und riss ihren Hut hoch und warf ihn ihr zu. »Hier. Ich muss den Fahrer bezahlen.« Er sprang aus der Kutsche, als wäre diese in Flammen aufgegangen.

Wieder empfand sie einen schneidenden Schmerz. Er hatte gesagt, dass sie sich nicht entschuldigen sollte, und er schien sie gern zu küssen ... aber er schien es trotzdem zu bereuen.

Lucy stellte sicher, dass ihr Haar unter ihrem Hut versteckt war. Sie richtete ihren Mantel und zog ihren bereits hohen Kragen unter ihrem Kinn hoch. Ihre Knöchel streichelten den falschen Bart, den sie sogar durch ihre Handschuhe spüren konnte. Ja, sie sah aus wie ein Mann. Wie seltsam musste das für ihn gewesen sein.

Sein Gesicht erschien in der Türöffnung. »Kommst du?«

Sie erwartete halb, dass er ihr seine Hand anbot, aber natürlich konnte er das nicht. Sie erhob sich vom Sitz. »Ja.«

Er trat zur Seite, als sie ausstieg. Die Kutsche fuhr fast sofort davon.

»Ich fürchte, ich bin derjenige, der sich entschuldigen muss«, sagte Dartford. Er schaute überall hin, nur nicht zu ihr. »Ich weiß nicht, was über mich kam. Du kannst sicher sein, dass sich das nicht wiederholen wird.«

Ja, er bereute es. Da war sie sich sicher. Und obwohl sie wusste, dass er es nicht hätte tun sollen, war sie froh, dass er es gewagt hatte. Nicht, dass sie vorhatte, ihm das zu sagen. »Danke. Wir machen weiter, als ob das *nicht* passiert wäre.« Sie rieb an einem unsichtbaren Fleck auf ihrem Mantel – nur, um ihre Aufmerksamkeit von seiner schrecklichen Befangenheit abzulenken. »Glaubst du, du kannst mir morgen eine Perücke besorgen, damit ich sie vor den Phaeton-Rennen bekomme?«

Er nickte. »Ja, natürlich. Ich werde es zu einer Priorität machen.«

Nun schaute er sie an, sein Blick war dunkel und intensiv, und sie fragte sich, ob sie ihn jemals wieder wie zuvor sehen würde. Sie hoffte es. Sie wollte für keinen Mann ein Gefühl entwickeln, geschweige denn für diesen. Sie musste sich einfach nur konzentrieren. Vielleicht sollte sie ihn als Bruder betrachten. Bei diesem Gedanken hätte sie beinahe laut aufgelacht. Nein, definitiv kein Bruder.

»Ich bleibe einfach hier stehen, bis du im Haus bist.« Er wandte seinen Blick ab und konzentrierte sich wieder auf alles andere als auf sie.

»Natürlich. Nochmals vielen Dank für deine Unterstützung heute Abend.« Sie drehte sich, um ins Haus zu gehen, blieb aber stehen, als er zu sprechen begann.

»Wir fahren um neun Uhr morgens im Hyde Park. Wie willst du dorthin gelangen, ohne dass deine Großmutter davon erfährt?«

Hier würde Lucy ihre Freunde einbeziehen müssen. Sie wollte ihrer Großmutter sagen, dass sie Aquilla besuchen würde. »Sie steht nie so früh auf. Ich werde dich im Park treffen können.« Sie würde sich mithilfe ihres Dienstmädchens in ihrem Kostüm aus dem Haus schleichen.

Er sah sie wieder an und es schien, als hätte sich der verführerische Nebel ihres Kusses aufgelöst. Sein Verhalten war nun wieder wie das eines Geschäftspartners, wenn er sich auch etwas sorgte. »Wie?« Er runzelte seine Stirn. »Ich würde gern wissen, wie du das Kunststück vollbringen willst, dein Haus am helllichten Tag zu verlassen, ohne dass jemand merkt, dass du als Mann gekleidet bist.«

Lucy war sich da noch nicht ganz sicher. Deshalb brauchte sie ihre Freundinnen. Sie ging weiter in Richtung des Hauses, erpicht darauf, dass dieser Abend zu Ende sein würde. »Ich schaffe das schon. Ich danke dir.«

Er runzelte die Stirn. »Du wirst mich wissen lassen, ob ich dir irgendwie helfen kann?«

»Das werde ich, aber ich wage zu behaupten, dass du genug getan hast.« Sie hatte es nicht so gemeint, als hätte er *zu* viel getan, aber sie fragte sich, ob er es so verstanden hatte.

Er blickte zu Boden und versteifte sich. »Ich verstehe. Ich schicke dir die Perücke morgen.«

Sie widersetzte sich dem Drang, sicherzustellen, dass er wusste, wie sehr sie seine Hilfe und Sorge schätzte. Sie hatte noch nie einen Mann wie ihn gekannt. Wenn sie diese überraschende Erkenntnis zusammen mit seinen berauschenden Küssen betrachtete, befürchtete sie, dass sie in weitaus größeren Schwierigkeiten steckte, als das in der Spielhölle der Fall gewesen war.

»Gute Nacht.« Sie drehte sich um und stürzte praktisch ins Innere des Hauses, sie wollte ihre Verkleidung herunterreißen und genoss zum ersten Mal die Tatsache, dass sie eine Frau war.

Bis sie sich erinnerte, dass sie zum ersten Mal mit weniger Geld nach Hause gekommen war, als sie mitgenommen hatte. Sie musste zurückgewinnen, was sie verloren hatte und noch mehr. So sehr sie es auch hasste, Geld zu verlieren, war sie froh, dass sie sich somit auf etwas anderes konzentrieren konnte als Dartfords Küsse.

Die Phaeton-Rennen am Dienstag konnten nicht schnell genug stattfinden.

KAPITEL SIEBEN

ANDREW WARTETE, BIS Miss Parnell sicher in ihrem Haus war, bevor er sich umdrehte und die Straße entlangging. Er bewegte sich zielstrebig und schnell, sein Verstand war in Aufruhr ob der Dummheit, die er in der Kutsche begangen hatte. Er hatte nie vorgehabt, sie zu küssen. Wenn er es ungeschehen machen könnte, würde er es tun.

Würde er?

Womöglich doch nicht, erkannte er etwas grimmig. Trotzdem durfte es nicht wieder passieren. Nicht, dass er das erwartete. Sie schien danach völlig entsetzt gewesen zu sein und war praktisch ins Haus geflüchtet, um seiner Gesellschaft zu entkommen. Er gab ihr nicht die Schuld. Er hatte sich verwerflich verhalten. Er sollte ihr Beschützer sein – wie ein großer Bruder. Er schauderte bei dem Gedanken, sowohl wegen der Auswirkungen, die es hätte, mit ihr durch Blut verwandt zu sein, während er sich gleichzeitig zu ihr hingezogen fühlte, als auch, weil er sich nicht vorstellen konnte, wieder eine Familie zu haben.

Familie.

Er verbannte diesen Gedanken direkt aus seinem Kopf, bevor er wieder auf den Gin zurückgreifen musste.

Während er sein Tempo beschleunigte, wandte er sich anderen, angenehmeren Dingen zu, wie der Ballonfahrt nächste Woche. Als er sein Haus erreichte, fühlte er sich viel entspannter und hatte beinahe vergessen, was in der Kutsche passiert war.

Beinahe.

Sein Diener begrüßte ihn in seinem Schlafgemach. »Guten Abend, Sir. Sie sind heute früh zurück.«

»Ein bisschen, ja.« Dank des Aufruhrs in dieser Spielhölle. Er vermutete, dass er mit Beaumont und den anderen den Rest des Abends hätte verbringen können, aber nach dem Vorfall in der Kutsche zog er seine eigene Gesellschaft vor.

Tindall nahm Andrews Mantel und folgte ihm in das Ankleidezimmer, das an sein Schlafgemach angrenzte. Nicht zum ersten Mal überlegte Andrew, ihr Gespräch zu vertiefen, aber es war ihm wichtig, die Beziehung zu seiner Dienerschaft distanziert und unverbindlich zu halten. Es waren Bedienstete, die kamen und gingen, nicht eine Erweiterung seiner Familie, wie es einmal der Fall gewesen war. Wieder drohte sein Verstand, diesen dunklen Abhang hinunterzustürzen, aber er weigerte sich, es zu erlauben.

»Tindall, du bist jetzt seit über zwei Jahren bei mir.«

»Ja, Mylord.«

»Und du weißt, dass ich keine Diener länger als zwei Jahre behalte?« Andrew hatte ihm das gesagt, als er ihn eingestellt hatte. Er legte Wert darauf, junge Männer einzustellen, die eine Stelle als Diener suchten, aber wenig oder gar keine Erfahrung hatten. Andrew ließ sie in seinem Haushalt die Erfahrung sammeln, die sie brauchten und gab ihnen eine ausgezeichnete Referenz. Es war eine für beide Seiten vorteilhafte Regelung.

»Das tue ich, Mylord. Ich habe mich gefragt, warum Sie mich so lange behalten haben.«

Andrew fragte sich auch, warum. Er hatte sich selbst gesagt, dass es zu nah an der Saison sei, um ihn zu entlassen, aber es wäre eine gute Zeit für Tindall gewesen, einen Wechsel vorzunehmen. Jetzt fühlte er sich wie ein Trottel.

Andrew zog seine Krawatte ab und gab sie dem jungen Mann. Nun – ein paar Jahre jünger als Andrew mit seinen neunundzwanzig Jahren war er jedenfalls. »Es ist wahrscheinlich an der Zeit, dass du weiterziehst. Natürlich werde ich dir eine hervorragende Referenz ausstellen.«

Tindall beugte den Kopf, als er die Krawatte faltete. »Ich weiß das zu schätzen, Mylord.« Als er aufblickte, waren seine dunklen Augen furchtlos und sein Kinn ragte hervor. »Ich frage mich, ob Sie mir erlauben könnten, einen weiteren Monat oder etwas länger zu bleiben. Meine Mutter ist krank und ich fürchte, ich verbringe meine gesamte freie Zeit damit, mich um sie zu kümmern und ihre Pflege zu überwachen. Ich bezahle eine Frau, die sie umsorgt, während ich bei der Arbeit bin.«

Andrews Finger erstarrten, als er seine Weste aufknöpfte. Eine eiskalte Welle traf ihn und kalter Schweiß brach in seinem Nacken aus. »Deine Mutter ist krank? Warum hast du nichts gesagt?«

Tindall blinzelte. Der Mut verließ seinen Blick, wurde durch Verwirrung und Unsicherheit ersetzt. »Ich wollte Ihre Lordschaft nicht damit belasten.«

»Das ist keine Belastung. Ich ... ich will diese Dinge wissen.« Nein, das wollte er nicht wirklich. Nur der Gedanke, dass die Mutter dieses Mannes im Sterben lag ... »Ist sie ernsthaft erkrankt?« Andrew wollte die Frage am liebsten wieder zurücknehmen. Er wollte es nicht wissen.

»Es ist ernst, ja.« Tindall sprach langsam und vorsichtig.

Andrew sollte das Thema fallen lassen, aber er bemerkte,

dass er es nicht konnte. »Egal, was ich zuvor gesagt habe. Bleibe so lange, wie es nötig ist. Und ich bestehe darauf, einen Arzt zu ihr zu schicken. Ich kümmere mich gleich morgen früh darum.«

Tindall neigte seinen Kopf wieder und strich mit seiner Hand über die Seide der Krawatte. »Ich bin überwältigt von Ihrer Großzügigkeit, Mylord.«

Großzügigkeit, ha. Es war eine einfache Sache. Eine notwendige Sache. Ein grundlegendes Menschenrecht. Kranke Menschen brauchten die Pflege eines kompetenten Arztes. Leute wie seine Eltern und seine Schwestern. Und sein Bruder.

Der kalte Schweiß breitete sich aus und seine Haut fühlte sich an, als wäre sie mit Frost bedeckt. Sein Unbehagen musste sich gezeigt haben - wahrscheinlich war er blass geworden, wie bei ähnlichen Ereignissen in seiner Vergangenheit - denn Tindalls Augen wurden größer. »Mylord, geht es Ihnen gut?«

Verdammt noch mal. Das war Andrew schon lange nicht mehr passiert. Vielleicht schon seit Jahren nicht? Als er jünger war, hatte er diese inneren Kämpfe zunächst häufiger - täglich und wöchentlich – ausgefochten, dann waren sie mit der Zeit seltener geworden. Er hatte gedacht, dass er sie schon längst überwunden hätte.

Das hatte er gehofft.

Aber er hatte heute Abend wieder mehr an seine Familie gedacht, sie an die Orte zurückschleichen lassen, die er sonst dunkel und still hielt, die er ignorierte. Jetzt war er von Gefühlen überwältigt. Er wollte das nicht.

»Mir geht es gut«, sagte er bestimmt. »Nichts, was ein bisschen Gin nicht heilen könnte. Bringst du mir eine Flasche?«

»Gewiss, Mylord.« Tindall legte die Krawatte in eine Kommode und verließ eilig den Raum.

Andrew zog seine Weste aus, ebenso wie seine Stiefel und Strümpfe – inmitten einer Flut von Erinnerungen, denen er sich nicht stellen wollte. Seine Mutter, die hustete, bis sie nicht mehr atmen konnte. Seine Schwestern, die zusammen beteten, als ihrer beider Fieber wütete. Sein Vater, der versuchte, einen Arzt zu finden und dadurch nur seinen Tod beschleunigte, da er Stunden im Schnee verbrachte. Sein Bruder – ein kalter, regungsloser Körper.

Doch Andrew war verschont geblieben. Lange Zeit hatte er ebenfalls sterben wollen. Und manchmal wünschte er sich immer noch, er wäre auch gestorben. Barfuß ging er in seine Kammer und starrte auf das schwache Feuer, das im Kamin brannte.

Als Tindall zurückkam, nahm Andrew ihm das Glas und die Flasche ab. »Danke, ich brauche nichts weiter.« Er wandte sich von seinem Diener ab, damit dieser nicht sah, wie seine Hände zitterten.

Tindall ging nicht sofort. Andrew bekämpfte den Drang, ihn anzuherrschen, endlich zu gehen, aber er war froh, dass er es nicht tat, als Tindall sagte: »Danke nochmals, Mylord. Ich schätze Ihre Freundlichkeit mehr, als ich je sagen kann.«

Andrew konnte nicht sprechen, also nickte er nur. Schließlich hörte er Tindalls Schritte und das Klicken der Tür, als er sie hinter sich schloss.

Noch immer zitternd, sank Andrew in den Stuhl am Kamin und stellte das Glas auf den Tisch daneben. Er öffnete die Flasche und goss den Gin vorsichtig in das Glas. Er stellte die Flasche mit einem Klirren ab und hob das Glas an. Er nippte nicht daran, sondern nahm einen langen Schluck und schloss die Augen, als der Gin in seiner Kehle brannte.

Die Bilder kamen noch immer und die vertrauten Emotionen – Schuld, Verlust, Wut, Traurigkeit – verzehrten ihn. Er leerte das erste Glas und füllte es erneut. Das leerte er schneller als zuvor. Es folgte das nächste Glas.

Schließlich begann sein Zittern nachzulassen und das Gefühl der Panik verflüchtigte sich. Er war hier. Vollkommen. Lebendig. Aber innerlich so leer.

Er stand auf und ging auf und ab. Er wollte es so. Er *brauchte* es so. Er wollte diese Hilflosigkeit und Verzweiflung nie wieder spüren.

Er ging zurück zur Flasche und goss ein weiteres Glas ein. Als er auch dieses geleert hatte, überwältigte ihn Gefühllosigkeit. Und kurze Zeit später, als er ins Bett fiel, fühlte er, wie sich Erleichterung in ihm ausbreitete. Er fiel in den tiefen, traumlosen Schlaf, den er in den letzten zwei Jahrzehnten kultiviert hatte. Die Art von Schlaf, die die Dämonen in Schach hielt.

~

ZWEI TAGE SPÄTER begrüßte Lucy ihre Freundinnen, die sie zum Tee eingeladen hatte. Ivy kam kurz vor Aquilla an und sagte, sie hätte den ganzen Nachmittag frei. Ihre Arbeitgeberin, Lady Dunn, war sehr großzügig mit der Menge an Freizeit, die sie Ivy zur Verfügung stellte, was Ivy genügend Gelegenheit gab, ihren gemeinnützigen Aktivitäten nachzugehen.

Aquilla kam in einer Woge von hellgelbem Musselin, widerspenstigen dunklen Locken und fröhlichem Geschwätz an. Sie hatte es schon immer verstanden, einen Raum oder Lucys Stimmung aufzuhellen. Es war fast unmöglich, in ihrer Gegenwart mürrisch zu sein – nicht, dass Lucy sich mürrisch fühlte. Nein, sie fühlte sich ziemlich entschlossen.

Als Aquilla in den Salon kam, bemerkte sie die Blumen auf dem Tisch neben dem Fenster. Sie schwebte zu ihnen hinüber und roch daran, bevor sie einen gespielt vorwurfsvollen Blick auf Lucy warf. »Du hast uns nicht gesagt, dass du Blumen erhalten hast! Von wem sind sie?«

Lucy verdrehte die Augen, als sie sich hinsetzte. »Woher willst du wissen, dass es meine sind? Vielleicht sind sie für meine Großmutter.«

Aquilla zog ihre Handschuhe aus. »Das ist absurd. Natürlich sind sie für dich. Was ich nicht weiß, ist, wer von deinen Tanzpartnern sie geschickt hat. War es Dartford?« Sie blickte Ivy an und lächelte. »Ich hoffe, es war Dartford.«

»Sie sind nicht von Dartford«, sagte Lucy schnippisch, was sie selbst überraschte, da es ihr egal war, von wem sie waren. »Sie sind von Lord Edgecombe.«

Aquilla nahm auf der Couch Platz und legte ihre Handschuhe über die Lehne. »Wie wunderbar. Hat er dir seine Aufwartung gemacht?«

»Nein, er hat nur die Blumen geschickt zusammen mit einer Nachricht, dass er hofft, mich bald für einen weiteren Tanz wiederzusehen.« Lucy hoffte natürlich, dass es dazu nicht kommen würde.

»Edgecombe ist ein charmanter Kerl, wenn auch etwas zurückhaltend«, sagte Aquilla. »Ich wage zu behaupten, dass ich ihn einschüchtere, aber andererseits erschrecke ich entweder einen Gentleman oder langweile ihn zu Tode.« Ihr Ton war dabei frei von jeglicher Betroffenheit, ihre Gesichtszüge freundlich und offen. Dennoch hasste Lucy es, dass ihre Freundin so über sich selbst dachte.

»Das ist nicht ganz wahr«, sagte Ivy, die sich neben sie gesetzt hatte, leise. »Du hast nur noch nicht den richtigen getroffen.«

Aquilla lächelte heiter. »Genauso ist es.«

Sie tauschten den neuesten Tratsch aus, während sie Tee tranken und Kuchen aßen. Lucy entließ den ältlichen Butler und schloss die Tür, nachdem er gegangen war.

Aquilla lehnte sich auf dem Sofa nach vorne. »Haben wir heute Geheimnisse?«

Lucy setzte sich zurück auf den Stuhl, der in Richtung

der Couch gedreht war, auf der Aquilla und Ivy saßen. »Ich habe eine wichtige Angelegenheit – und ja Geheimnisse – mit euch zu besprechen.« Sie wollte nicht, dass jemand aus der kleinen Dienerschaft sie belauschte, mit Ausnahme ihrer Magd, die natürlich eine Schlüsselfigur in Lucys Täuschung war. Sie war oben und beschäftigte Lucys Großmutter in deren Wohnzimmer damit, den Brief einer Freundin aus Bath zu beantworten.

Aquillas leuchtend blaue Augen funkelten. »Wie faszinierend.«

Lucy strich mit ihrer Handfläche über ihren Rock und drückte ihren Rücken durch. »Ihr habt beide gefragt, was ich wegen unserer finanziellen Probleme mache, und ich bin jetzt bereit, alles mit euch zu teilen.« Sie atmete tief durch, unsicher, wie sie reagieren würden. Sie wusste, dass sie sie unterstützen würden, aber das bedeutete nicht, dass sie nicht schockiert wären oder es skandalös fänden. »Ich habe mich als Mann verkleidet und Spielhöllen besucht, um unsere Kassen zu füllen.«

Aquillas Kiefer klappte herunter. Ivy riss die Augen auf. Lucy machte sich Sorgen um den Stoff ihres Kleides, den sie zwischen Daumen und Zeigefinger zerknitterte.

Aquilla erholte sich als Erste. Sie schüttelte den Kopf, die Locken, die ihr Gesicht umrahmten, wackelten mit jeder Bewegung. »Das kann ich mir nicht vorstellen. Als Mann?«

»Ja.«

»Niemand hat deine Tarnung durchschaut?«, fragte Ivy.

Lucy erlaubte sich ein kleines Lächeln. »Ich bin eigentlich ziemlich überzeugend. Ich trage eine Polsterung unter dem Gewand, um die paar Kurven, die ich habe, zu verbergen.« Sie war nicht so groß und weiblich wie Ivy oder so attraktiv geformt wie Aquilla. »Es gibt jedoch eine Person, die aufmerksam genug war, um es zu entdecken.«

Aquilla keuchte. »Was ist passiert? Das klingt furchtbar gefährlich.«

»Das war es nicht.« Oder zumindest war es das nicht – bis vor zwei Nächten. Aber das war eine riskantere Hölle gewesen und sie würde diesen Fehler nicht noch einmal machen. »Außerdem habe ich einen … Beschützer, der auf mich aufpasst und mich anleitet. Die Person, die mich als Frau erkannt hat.«

Ivy runzelte die Stirn. »Du redest um die Identität dieser Person herum. Es muss ein Gentleman sein, aber wer?«

Aquilla, die Lucy näher war als Ivy, rutschte zum Rand des Sofas. »Ja, wer ist es?«

Sie hatte gewusst, dass sie es ihnen sagen musste. »Dartford.«

»Oh, das ist besser als Blumen«, sagte Aquilla in einem tiefen, anerkennenden Ton, der das akustische Äquivalent der Gefühlsregung zu sein schien, die andere mit dem Reiben der Hände ausdrückten. So klang es zumindest für Lucy.

Ivy kräuselte ihre Lippen. »Ich hätte es wissen müssen. Deshalb hat er mit dir auf dem Ball getanzt.«

Lucy könnte diese Annahme als Beleidigung ansehen – als ob Lucy nicht erwarten könnte, dass ein Mann wie Dartford mit ihr tanzen wollte – aber sie tat es nicht. Ivy und sie waren so pragmatisch und ehrlich, wie die Saison monoton war. »Ja.«

Aquilla lehnte sich jetzt zurück, ihr Blick wurde spekulativ. »Wie außergewöhnlich. Und du sagst, er wusste sofort, dass du eine Frau bist?«

»Nicht *sofort*.« Obwohl es ziemlich schnell gegangen war.

Aquilla sah sie verschmitzt an und ihr Mund verzog sich zu einem Lächeln. »Er hat sich für dich interessiert.«

Auch Ivy lächelte sie an, ihr Gesichtsausdruck zeigte so etwas wie Stolz. »Nun, ich denke, das ist einfach großartig. Ist es dir gut ergangen?«

»Ja, bis auf meinen letzten Ausflug. Wir besuchten eine etwas wüstere Hölle und mussten gehen, bevor ich meinen Gewinn einsammeln konnte.« Der Gedanke daran tat Lucy noch immer weh.

Aquilla runzelte ihre Stirn und ihr Verhalten veränderte sich. »Selbst mit Dartford an deiner Seite bin ich nicht überzeugt, dass das nicht gefährlich ist.«

Das war Lucy auch nicht, aber nicht aus denselben Gründen. Sie dachte viel zu viel an Dartfords Küsse und, schlimmer noch, überlegte, ihn erneut zu küssen. »Zufällig werden wir weniger oft in die Höllen gehen. Dartford hatte die brillante Idee, dass ich mit ihm an einigen Vergnügungen, die Gentlemen vorbehalten sind, teilnehmen und meine Wetten setzen sollte, wie seine Bekannten es tun. Es ist ein viel einfacherer und sicherer Weg, um das Geld zu verdienen, das ich brauche.«

»Du sagst, Dartford hat sich das ausgedacht?«, fragte Ivy. Sie klang skeptisch, als ob sie nicht ganz glauben könnte, dass er in irgendeiner Form hilfreich sein könnte. Aber andererseits war Ivys Meinung über Männer ziemlich gering.

»Ja, nachdem wir einen spontanen Schießwettbewerb bei Manton's hatten.«

Aquilla machte wieder einen Satz nach vorne und lachte. »Du hast was getan?«

Sogar Ivy wurde nun lebhaft und ihre grünen Augen strahlten. »Ja, erzähl es uns.«

Lucy erzählte die ganze Geschichte und genoss ihre begeisterte Aufmerksamkeit.

»Ich wünschte, ich hätte das sehen können«, sagte Ivy. »Ich denke, ich muss mich auch als Mann verkleiden.«

Lucy lachte. »Die Hose ist ziemlich befreiend.«

Aquilla drehte ihren Kopf in Ivys Richtung und grinste. »Kannst du dir vorstellen, was Lady Dunn sagen würde?«

Ivy lachte. »Sie sollte es besser nicht erfahren!« Sie sah Lucy an. »So wie deine Großmutter es nicht weiß?«

Lucy nickte. »Ja, deshalb ist Geheimhaltung wichtig.«

Ivy nahm ein Törtchen von ihrem Teller. »Aber wie willst du die Tatsache erklären, dass du genug Geld hast, um dich mit ihr zurückzuziehen?«

»Ich habe viel darüber nachgedacht und ich habe vor, ihr zu sagen, dass ich letztes Jahr eine Investition getätigt habe und dass diese sich bestens ausgezahlt hat. Sie wird nicht nach Einzelheiten fragen.«

Ivy schluckte ihren Bissen hinunter. »Das könnte funktionieren.«

Es war Zeit, den Grund zu nennen, warum sie sie heute eingeladen hatte. »Ich denke, ich brauche Hilfe bei einem anderen Vorhaben. Es ist leicht für mich, mich aus dem Haus zu schleichen, nachdem Großmama sich für die Nacht zurückgezogen hat. Morgen werde ich jedoch um neun Uhr morgens bei den Phaeton-Rennen im Park Wetten platzieren. Großmama wird immer noch im Bett liegen, aber ich will nicht gesehen werden, wie ich das Haus als Mann verlasse. Außerdem brauche ich einen Grund, warum ich nicht hier bin, falls sie merkt, dass ich weg bin.«

»Der letzte Teil ist einfach«, sagte Aquilla. »Du verbringst den Tag mit mir. Einkaufen, das Museum besuchen, was auch immer du entscheidest.«

Lucy hatte gehofft, dass sie genau das anbieten würde. »Danke.«

Ivy neigte ihren Kopf zur Seite. »Wie aufwendig ist deine Verkleidung?«

»Ich habe eine Polsterung unter der Kleidung und mein Dienstmädchen hilft mir, Koteletten an meinen Oberkiefer zu kleben – hier.« Sie deutete an, wo die Haare befestigt wurden. Ihre Haut war durch das Tragen der Koteletten vor zwei Nächten noch etwas empfindlich und allein aus diesem

Grund freute sie sich darauf, es bald nicht mehr tun zu müssen.

»Genial«, hauchte Ivy. »Könntest du dich in einer Kutsche anziehen?«

Lucy dachte über diese Idee nach. »Es wäre schwierig. Und was würde der Kutscher sagen, wenn ich als Frau einsteigen und als Mann wieder aussteigen würde?«

»Wenn du andere bei dir hättest, würde er es vielleicht nicht bemerken, aber dafür müsstest du in Begleitung von anderen Personen sein.«

»Ich melde mich freiwillig!« Aquilla bot sich fröhlich an.

Lucy überlegte, ob es möglich wäre, in dem beengten Raum einer Kutsche die Polsterung anzulegen und die Hosen anzuziehen, und entschied, dass es mehr Mühe bedeuten würde, als sie zu ertragen bereit war. Das brachte sie auf eine andere Idee – sie würde einen neuen Anzug für Tagesausflüge anziehen und vielleicht könnte Judith die Polsterung in den Mantel einnähen. Sie würde es mit ihr besprechen. »Ich denke, es wäre viel einfacher, wenn ich irgendwo hingehen, mich anziehen und dann von dort verschwinden würde.«

»Eigentlich denke ich, dass du es zu sehr verkomplizierst«, sagte Ivy. »Du wirst das nicht regelmäßig machen. Du musst nur das Haus verlassen, wenn niemand auf der Straße ist – lass einfach dein Dienstmädchen darauf achten.«

Aquilla nickte. »Ich stimme zu. Geh einfach zur Ecke, wo Lady Satterfields Kutsche auf dich warten wird. Deine Magd kann den Rest des Personals wissen lassen, dass du bei mir bist.«

Lucy zögerte. Sie sah von Aquilla zu Ivy und wieder zurück zu Aquilla. »Denkt ihr, es wird funktionieren?«

»Das sollte es«, sagte Aquilla.

Ivy zuckte mit den Schultern. »Das Wichtigste ist, die Straße draußen zu beobachten, bevor du das Haus verlässt, und das sollte nicht zu schwierig sein. Wie lange hast du vor, diese Scharade fortzusetzen?«

»Ein paar weitere Wochen sollten reichen. Vielleicht weniger. Am Samstag muss ich eine Möglichkeit finden, nach Kent zu gelangen, wo ich möglicherweise genug Geld gewinnen könnte, um dem ein Ende zu setzen.«

Aquillas Augen wurden weit. »Kent? Was ist denn dort los?«

»Dartford steigt in einem Ballon vom Burlington House auf und plant, bei seinem Haus in Kent zu landen. Seine Freunde werden ihn dort überraschen – ihr müsst auch darüber schweigen.«

Ivy unterbrach sie mit einem schiefen Blick. »Jedes kleinste Detail davon muss wohl geheim gehalten werden.«

Lucy grinste. »Nun, ja. Wie auch immer, sie werden ihn überraschen und es wird umfangreiche Wetten geben, wo er landet. Wer dem tatsächlichen Landepunkt am nächsten kommt, gewinnt den Pott.«

»Das klingt nach Spaß«, sagte Aquilla mit einem vorgetäuschten Schmollen. »Bist du sicher, dass du sie nicht einfach überreden kannst, Frauen einzuladen?«

Lucy lachte. »Selbst, wenn ich das könnte, wärt ihr nicht unter ihnen. Das wäre ziemlich ungehörig, nicht wahr?«

Ivy pickte eine Krume von ihrem Rock. »Dann bleibt mir nur eins: Ich verkleide mich als Mann.«

Für einen Moment verfielen sie alle in ein herzhaftes Lachen. Grinsend brachte Lucy sie zurück zu dem anstehenden Thema. »Habt ihr irgendwelche Vorschläge, wie ich die Fahrt nach Kent und wieder zurück bewerkstelligen soll?« Sie sah vor allem Aquilla an, die mehr Zugang zu Fahrzeugen hatte als Ivy.

Aquilla klopfte mit dem Finger gegen ihre Wange. »Es ist eine Sache, sich um neun Uhr morgens Lady Satterfields Kutsche zu leihen. Wie soll ich den Bedarf einer Kutsche für den größten Teil des Tages erklären?« Sie ließ ihre Hand auf ihren Schoß fallen. »Weißt du, wer mehr Fahrzeuge hat, als sie selbst nutzen kann?«

Lucy schüttelte den Kopf. »Nein, wer?«

»Nora.«

Lady Kendal? Lucy war sich nicht sicher, ob sie eine Herzogin in ihren Plan einbeziehen wollte. »Ich bin mir nicht sicher, ob es klug wäre, sie zu fragen.« Sie blickte auf Ivy, um ihre Reaktion zu sehen.

Aquilla sah zwischen Lucy und Ivy hin und her. »Nora wird dir gern helfen. Sie hat sich für uns eingesetzt, falls du es nicht bemerkt hast.«

Lucy *hatte* es bemerkt. Ihre Großmutter und sie hatten in den letzten Tagen mehr Einladungen erhalten und sie war sich ziemlich sicher, dass Lady Kendal und Lady Satterfield dafür verantwortlich waren. »Bist du sicher, dass sie nicht von dem, was ich tue, empört sein wird?«

Aquilla hob ihre Augenbrauen. »Vergiss nicht, dass sie ihren eigenen Skandal überlebt hat.«

»Aus diesem Grund würde sie meine Aktivitäten wahrscheinlich nicht zu schätzen wissen.«

»Im Gegenteil, sie wird verstehen, was du zu tun versuchst und warum du es tust – auch, wenn ich es nicht tue.« Aquilla lenkte ihre Aufmerksamkeit auf das Teetablett.

»Was meinst du damit?«, fragte Lucy.

Aquilla zuckte leicht mit den Achseln, als sie zu den Blumen von Edgecombe blickte. »Ich denke immer noch, dass die Ehe eine praktikable Option ist.«

Ivy berührte Aquillas Arm sanft. »Lass es.«

Aquilla nickte und warf Lucy einen entschuldigenden Blick zu. »Ich will nur, dass du glücklich bist.«

»Und das werde ich sein«, sagte Lucy. Aber aus irgendeinem seltsamen und beunruhigenden Grund dachte sie an Dartford und nicht an ein ruhiges Zuhause mit ihrer Großmutter. Je mehr sie darüber nachdachte, desto wichtiger wurde es, dass sie dieser List bald ein Ende setzen konnte.

»Ich will diesen Plan mit dem Ballonfahren verstehen«, sagte Ivy, ihre Stimme hatte einen geheimnisvollen Ton. »Du hast gesagt, dass Dartfords Freunde ihn überraschen werden. Das bedeutet, dass er nicht weiß, was du tust? Du wirst dich allein nach Kent wagen, ohne seinen Schutz?«

Lucy hatte darüber nachgedacht, aber sie würde nicht allein sein. Sie würde bei Dartfords Freunden sein, die sie fast als ihre eigenen Freunde ansah. Sie fühlte sich von keinem von ihnen bedroht. »Ich werde nicht mit ihnen nach Kent reisen und ich wage zu behaupten, dass Dartford kurz danach ankommen wird.« Zumindest war es das, was sie sich erhoffte.

Ivy sah sie aufmerksam an. »Wird er nicht wütend sein? Meiner Erfahrung nach hassen es Männer, wenn Frauen selbstständig handeln.«

Wäre er wütend? Er hatte wiederholt gedroht, ihren Plan an Großmama zu verraten. Sie machte sich für einen Moment Sorgen, entschied aber, dass der große Gewinn, den sie erzielen konnte, das Risiko wert war, dass er eventuell zornig sein könnte. »Er wird es akzeptieren. Wir sind beide begierig darauf, unsere Vereinbarung beenden zu können.« Besonders nach dem, was neulich Abend passiert war. Sie hoffte nur, dass die Dinge nicht schrecklich unangenehm werden würden, wenn sie ihn morgen früh sah.

»Dartford ist ein seltsamer Kerl, nicht wahr?«, fragte Aquilla. »Er ist attraktiv, verfügt über einen ausgezeichneten Titel und mehr als ausreichenden Reichtum, auch wenn seine Liegenschaften nicht groß sind. Er ist im heiratsfähigen Alter und doch zeigt er keinerlei Interesse diesbezüglich.«

»Weil er nicht heiraten will.« Zu spät fragte sich Lucy, ob sie das für sich hätte behalten sollen.

Aquillas Aufmerksamkeit wurde geweckt. »Das hat er

gesagt? Es ist der allgemeine Konsens über ihn, aber ich bin mir nicht sicher, ob er es jemals so deutlich gemacht hat. Er ist sehr geschickt darin, Klatsch zu vermeiden und an der Peripherie der Gesellschaft zu verweilen, während er immer noch sehr beliebt ist.«

Ivy warf ihr einen spitzen Blick zu. »Ein Unberührbarer könnte man meinen.«

Aquilla lachte. »Buchstäblich. Sein Wunsch, unverheiratet zu bleiben, macht ihn noch mehr zu einem Unberührbaren.«

Lucy war ebenso dieser Meinung und das war vielleicht der Hauptgrund, warum sie ihm vertraute. Sie hatten ähnliche Anschauungen und das fand sie sehr angenehm.

»Es ist allerdings zu schade«, sagte Aquilla. »Er wäre ein ausgezeichneter Ehemann – wenn du es nur wolltest.« Sie sah Lucy an, die sie für einen Moment ungläubig anstarrte.

»Du bist unverbesserlich.«

»Ich weiß!« Aquilla wedelte mit der Hand, als ob sie eine Fliege verscheuchte. »Es tut mir leid. Es ist nur so, dass er wirklich wunderbar ist. Er tut dir einen ziemlich spektakulären Gefallen, was die meisten Männer nicht einmal in Erwägung ziehen würden.«

»Sie hat recht«, sagte Ivy. »Ich finde es verdächtig. Bist du sicher, dass er nichts von dir will? Haben wir Grund zur Sorge? Er hat nicht versucht, dich zu kompromittieren, oder?« Sie verzog den Mund, als sie die letzte Frage stellte.

Lucy dachte sofort daran, dass er sie geküsst hatte. Und daran, dass sie ihn geküsst hatte. Er mochte es initiiert haben, aber es war ein völlig gegenseitiger Akt gewesen. »Nein. Er tut mir nur einen Gefallen – genau, wie Aquilla sagte. Ich weiß, dass es schwer zu glauben ist.« Er hatte gesagt, dass, ihr zu helfen, für ihn nur ein weiteres Abenteuer sei. Das war es auch für sie und bisher hatte sie die beste Zeit ihres Lebens.

Lucy sah Aquilla an. »Lady Satterfields Kutsche wird morgen kurz vor neun auf mich warten?«

Aquilla nickte. »Ich kann nicht versprechen, dass ich nicht darin sein werde ...«

»Das darfst du nicht«, sagte Lucy strenger, als sie es wahrscheinlich sollte, besonders als sie erkannte, dass Aquilla nur Spaß gemacht hatte. »Ich wollte dich nicht so anfahren. Ich kann einfach nicht riskieren, dass jemand erfährt, dass ich eine Frau bin.«

»Und was hat mein Aufenthalt in deiner Kutsche damit zu tun?«, fragte Aquilla.

»In der Tat«, stimmte Ivy zu. »Aber Aquilla, Liebes, dein Ruf würde in Fetzen liegen, wenn die Leute merkten, dass du die Geliebte von Londons jüngstem Gentleman-Spieler bist.« Dies löste bei Lucy und Aquilla Gelächter aus. Ivy sah Lucy an. »Wie nennst du dich?«

»Davis Smith, obwohl Dartford mich nur Smitty nennt.«

Aquilla und Ivy tauschten Blicke aus, lächelten, nickten. »Das gefällt mir sehr gut«, sagte Aquilla. »Wundere dich nicht, wenn wir dich auch so nennen, natürlich nur unter vier Augen.«

Lucy konnte sehen, dass ihre Freunde das genossen. Sie waren unterstützend und hilfreich und insgesamt wunderbar. Sie bedauerte, es ihnen nicht früher gesagt zu haben.

Aquilla zog ihre Handschuhe an. »Ich lasse es dich wissen, sobald ich deinen Transport für Samstag organisiert habe. Und wir werden die gleiche Erklärung für deine Abwesenheit verwenden. Wir werden sagen, dass du mit uns ein ganztägiges Picknick machst. Oh, das klingt wunderbar. Vielleicht überzeuge ich Lady Satterfield, nach Kent zu reisen ...«

Dies löste ein lautes Gelächter von Ivy und ein Kichern von Lucy aus, die nun *wusste, dass* ihre Freundin scherzte.

»Danke.« Lucy griff hinüber und tätschelte das Knie ihrer

Freundin, während sie Ivy dankbar zunickte. »Ich habe die besten Freundinnen aller Zeiten.«

»Das sind wir, nicht wahr?« Aquilla stand auf und Ivy schloss sich ihr an. Sie verabschiedeten sich und Lucy fühlte sich gut dabei, ihren Freundinnen alles anvertraut zu haben.

Nun, nicht *alles*.

Warum hatte sie ihnen nichts von dem Kuss erzählt? Weil Aquilla versucht hätte, Kupplerin zu spielen und Lucy das nicht wollte. Außerdem versuchte Lucy sehr, zu vergessen, dass es jemals passiert war. Es mit ihren Freundinnen zu besprechen, würde sicherstellen, dass sie es niemals würde vergessen können.

Nur, da war sie sich sicher, dass es sowieso so sein würde, trotz ihrer gegenteiligen Bemühungen.

KAPITEL ACHT

AM NÄCHSTEN MORGEN LIEF Andrew neben seinem Phaeton im Hyde Park hin und her. Es war kurz nach neun und Miss Parnell war noch nicht angekommen. Sie hatte ihm gestern Nachmittag eine Nachricht geschickt, aus der hervorging, dass sie den Transport arrangiert hatte, um ihn hier zu treffen, aber nicht offengelegt, wobei es sich dabei handelte. Er hoffte, dass sie nicht in Schwierigkeiten geraten war.

Das erste Rennen sollte bald beginnen. Wenn sie nicht augenblicklich ankäme, könnte sie keine Wette abschließen.

Endlich hörte er das Geräusch einer herannahenden Kutsche. Er drehte seinen Kopf, als das Fahrzeug zum Stillstand kam und war nicht enttäuscht, als Miss Parnell herausstieg. Sie trug eine andere Verkleidung, eine, die für diese Tageszeit besser geeignet war. Sie kam schnell auf ihn zu.

»Ich fing an, mir Sorgen zu machen«, murmelte er.

»Smitty!«, rief Beaumont, als er sie sah. »Ich bin so froh, dass du dich uns anschließen konntest. Wir wollten gerade anfangen.« Er deutete auf einen Mann mittleren Alters, der etwas in ein Buch schrieb. »Das ist Nevins. Er zeichnet alle Wetten auf.«

»Komm, ich stelle dich vor«, sagte Andrew. Er wollte ihr einen Ratschlag geben, wie viel und auf wen sie wetten sollte. Er hielt seine Stimme leise, während sie gingen. »Wette auf Harcourt. Dreißig Pfund.«

»Ist das genug?«

»Für dieses erste Rennen, ja. Du willst doch nicht die Aufmerksamkeit auf dich ziehen.«

Sie nickte.

Er studierte sie und versuchte zu erkennen, ob sie die Perücke trug, die er geschickt hatte. Er hatte eine besorgt, die die gleiche Haarfarbe wie ihr Haar hatte. Da er es nicht selbst erkennen konnte, musste er fragen. »Trägst du die Perücke?«

»Ja, danke. Sie passt recht gut.«

Er war froh. Er war in der Lage gewesen, die Größe ihres Kopfes zu schätzen, nachdem er ihn letzte Nacht in seinen Händen gehalten hatte. Verdammt noch mal, warum hatte er gerade daran gedacht? Er blickte sie an und fragte sich, ob sie an ihr … *Zwischenspiel* gedacht hatte.

Er hatte eigentlich viel mehr Zeit damit verbracht, darüber nachzudenken, als er sollte, denn eigentlich hätte er es gar nicht tun sollen. Aber bezüglich seiner Bemühungen, die andere Episode aus dieser Nacht aus seinem Kopf zu verbannen, war es eine ausgezeichnete Ablenkung von den Geistern seiner Vergangenheit, Miss Parnells köstliche Küsse noch einmal Revue passieren zu lassen.

Sie blieb stehen und sah sich um. »Wo ist Harcourt?«

»Er und der andere Rennfahrer, Lord Edgecombe, stehen bereits an der Startlinie. Hier ist das Ziel.«

Sie sah ihn an, ihre haselnussbraunen Augen weiteten sich. »Edgecombe?«

»Ja, kennst du ihn?«

»Das tue ich«, sagte sie leise.

Ein Dorn der Eifersucht stach in Andrews Brust. »Wie gut?«

Sie zuckte mit den Schultern. »Nicht sonderlich. Wir tanzten auf Lady Colnes Ball. Dank deiner Aufmerksamkeit hatte ich mehr Tanzpartner, als mir lieb war. Es war recht anstrengend.«

Er lachte, als der Ansturm von Eifersucht verflog. »Ich werde dir nicht noch einmal eine solche Last aufbürden.«

»Was du eigentlich tun *solltest,* ist, mit meiner Freundin Miss Aquilla Knox zu tanzen. Sie könnte die Aufmerksamkeit gebrauchen. Sie will heiraten und sie wird eine ausgezeichnete Ehefrau sein.«

»Ich habe nicht vor, in nächster Zeit an einem weiteren Ball teilzunehmen, aber wenn ich das tue, werde ich mein Augenmerk darauf richten.«

Sie sah ihn mit offenkundiger Wertschätzung an. »Danke.«

»Letzter Aufruf für die Wetten!« Nevins' Ruf zog Andrew aus den berauschenden Tiefen von Miss Parnells Augen.

»Komm.« Andrew stellte sie Nevins und ein paar anderen Gentlemen vor. Sie war mittlerweile ziemlich gut darin, männlichere Eigenarten anzunehmen – sie hielt ihre Schultern etwas höher und ging mit einem längeren Schritt. Es musste anstrengend sein.

Sie standen direkt neben der Strecke, während sie auf den Start des Rennens warteten.

Beaumont lehnte sich zu Miss Parnell. »Einmal verlor ein Gentleman die Kontrolle über seine Pferde und wir mussten auseinanderstieben wie Ratten bei

Tageslicht.« Er lachte. »Verdammt, fast hätte er uns alle über den Haufen gefahren.«

Sie warf Andrew einen besorgten Blick zu. Er schüttelte daraufhin leicht den Kopf. Heute würden sie sicher sein. Er würde die Dinge genau im Auge behalten. Das hatte er immer getan, aber heute, da sie hier war, würde er besonders aufmerksam sein.

Das Rennen begann. Sie konnten Edgecombe und Harcourt auf der gegenüberliegenden Seite des Parks sehen. Edgecombe begann viel besser als sonst und für einen kurzen Moment befürchtete Andrew, dass er ihr einen schlechten Rat gegeben hatte. Aber Harcourt überholte ihn schnell und am Ende war es kein harter Wettkampf.

Harcourt überquerte die Ziellinie unter Beifall und Edgecombe wurde wenige Augenblicke später ebenfalls begrüßt. Sie lenkten ihre Fahrzeuge zur Seite. Die nächsten Rennfahrer standen bereits an der Startlinie in der Warteschlange.

Edgecombe kletterte von seinem Sitzplatz herunter und schüttelte den Kopf. »Für einen Moment dachte ich, heute könnte ich es schaffen.« Er war immer ein gutmütiger Verlierer. Er gestikulierte zu Andrews Phaeton. »Du fährst heute nicht?« Alle Rennfahrer ließen ihre Fahrzeuge typischerweise in der Nähe des Startplatzes.

»Nicht heute.«

»Das ist zu schade. Du bist immer ein leichter Wettgewinn.« Er lachte in sich hinein und sein Blick fiel auf Miss Parnell. »Ich glaube nicht, dass wir uns schon einmal getroffen haben.«

Andrew näherte sich ihr. »Erlaube mir, dir Davis Smith vorzustellen. Smitty, das ist Edgecombe.«

Sie gab ihm die Hand und Andrew konnte die Kraft sehen, mit der sie die des anderen Mannes packte. »Es ist mir ein Vergnügen, deine Bekanntschaft zu machen.«

»In der Tat.« Edgecombes Augen blinzelten leicht und Andrew gefiel sein prüfender Blick nicht.

Andrew stieß Miss Parnell an. »Zeit, unsere nächste Wette zu machen.« Er nickte Edgecombe zu, als sie an ihm vorbeigingen. »Es gefiel mir nicht, wie er dich studierte«, flüsterte er.

»Ich glaube nicht, dass er mich erkannte.«

»Trotzdem denke ich, dass es klug ist, wenn du dich von ihm fernhältst.«

»Wahrscheinlich.«

Ihr sofortiges Einverständnis half ihm, sich wieder zu entspannen. Er beriet sie bei der nächsten Wette und hoffte, dass er sich nicht irrte. Dieses wäre ein viel engeres Rennen. Das Jubeln wuchs zu einem mitreißenden Crescendo, als die Phaetons Seite an Seite um die letzte Kurve schlingerten. Leider überquerte das Fahrzeug, an dessen Sieg er geglaubt hatte, das Ziel kurz hinter dem anderen Rennfahrer.

Andrew sah Miss Parnell an, die die Stirn runzelte. »Ich habe nicht immer recht«, sagte er leise, damit nur sie es hören konnte. Sie standen am Rande der Gruppe.

Sie schenkte ihm einen sardonischen Blick. »Wie erfrischend, einen Gentleman das sagen zu hören.«

Andrew hustete. Charles war auf sie zugekommen, während sie sprach, und sie hatte ihre Stimme nicht verstellt. Außerdem war ihr Kommentar keiner, den Smitty geäußert hätte. Charles wirkte jedoch nicht so, als hätte er es gehört.

Er begrüßte sie mit einem fröhlichen Lächeln. »Dartford und Smitty. Wieder zusammen, wie ich sehe. Smitty scheint das neueste Mitglied zu sein.« Er sah Miss Parnell an. »Unserer Gruppe.«

Andrew lachte. »Wir haben Mitglieder? Dessen war ich mir nicht bewusst.«

Charles winkte ab. »Du weißt, was ich meine. Sag mal, warum fährst du heute nicht? Ich kann mich nicht erinnern, wann das das letzte Mal vorgekommen ist.«

»Ich mache nur eine Pause.«

Charles lachte. »Du gibst anderen eine Chance, was? Oder vielleicht will niemand gegen dich antreten, da sie immer verlieren.«

»Ich würde gegen ihn antreten.« Ein großer, schlaksiger

Kerl kam auf sie zu. Er war jung – im Alter von Miss Parnell – aber mit einem gesunden Selbstvertrauen und einem forschen Gebaren. Und doch würde Andrew ihn nicht arrogant nennen.

Andrew war kein Angeber und wenn er sagte, er könne etwas tun, dann tat er es. Und normalerweise mit Souveränität. »Ich werde irgendwann darauf zurückkommen, Greene.«

Greene nickte und richtete seine Aufmerksamkeit auf Miss Parnell. »Robert Greene.«

Sie schüttelte ihm die Hand und zeigte die gleiche Stärke und Sicherheit wie zuvor. »Davis Smith.«

»Wir nennen ihn Smitty«, mischte sich Charles ein. Er sah Andrew mit flehenden Augen an. »Komm schon, Dart. Tritt gegen Greene an.«

Greene wölbte fragend seine Augenbrauen und zuckte dann mit den Achseln. »Ich bin bereit dafür.«

Miss Parnell räusperte sich. »Du hast nicht vor, heute gegen jemand anderen anzutreten?«

»Nein. Aber ich bringe immer mein Fahrzeug mit, nur für alle Fälle.« Greene zeigte auf seinen eleganten Phaeton und grinste.

Andrew sah das Fahrzeug mit Neid an. Es war neu und erinnerte ihn an das Modell, das er gerade bauen ließ. Diese Kutsche war etwas kleiner, als das normalerweise der Fall war, und zusätzlich waren die Räder größer. Er freute sich bereits darauf, sein Modell fertiggestellt zu sehen. »Wenn mein neuer Phaeton fertig ist, fahren wir ein Rennen.«

»Ich freue mich darauf«, sagte Greene. Er wandte sich an Miss Parnell. »Fährst du Rennen?«

»Nein.« Sie sah Greenes Phaeton an. »Aber ich würde gern.«

»Vielleicht solltest du dann gegen mich antreten. Du könntest dir Darts Fahrzeug leihen.«

Andrew gefiel nicht, wohin dieses Gespräch führte. »Ich glaube nicht, dass er dafür bereit ist, oder Smitty?«

Sie machte eine Grimasse – eine sehr männliche – und schüttelte den Kopf. »Leider nicht, aber ich denke, du solltest es versuchen.« Sie sah demonstrativ zu Andrew.

Zur Hölle. Das sollte sie nicht sagen. Er hatte sich ob seiner Absicht, heute bei ihr zu bleiben, doch klar ausgedrückt.

Charles stieß ihm einen Ellenbogen in den Arm. »Ich denke, es ist einstimmig. Mach schon.«

Jetzt abzulehnen, würde eine Szene verursachen, und das wollte er nicht. Er begann, seine Idee, Miss Parnell hierher mitzunehmen, infrage zu stellen. Dennoch musste er zugeben, dass es besser war als eine Spielhölle. Er konnte zumindest darauf vertrauen, dass diese Gentlemen keine Faustschläge austeilten. Zumindest nicht um diese Zeit am Morgen. Spät in der Nacht, nachdem sie alle getrunken hatten? Das war eine ganz andere Situation.

»Also gut dann.« Er sah Greene an. »Wirst du Nevins informieren?«

»Sicher.« Greene rieb sich die Hände, als er wegging.

Miss Parnell sah ihn erwartungsvoll an. »Ich muss meine nächste Wette platzieren.«

Sie machte sich auf den Weg zu Nevins und er beeilte sich, um sie einzuholen. Er blickte sich um, um sicherzustellen, dass niemand ihr Gespräch mithören konnte. Dennoch hielt er seine Stimme leise. »Warum hast du das getan?«

»Was getan?«

»Tu nicht so einfältig. Du bist zu schlau, als dass ich dir das abnehmen würde. Außerdem klingst du schuldig.«

Sie kicherte. »Tue ich das? Ich wollte sehen, wie du fährst – wer weiß, wann ich noch einmal Gelegenheit dazu habe.« Sie sprach mit ihrer tieferen Männerstimme, was wahrscheinlich das Beste war. Immer mehr sehnte sich Andrew jedoch danach, sie ohne ihre Verkleidung zu sehen und mit ihr zu sprechen.

Jetzt war er an der Reihe zu lachen. »Ich verstehe. Nun, ich will dich nicht enttäuschen.«

»Ich wünschte, ich könnte mit dir fahren.« Es lag einen Hauch von Wehmut in ihrem Ton, den er schon zuvor gehört hatte. »Aber ich würde dich aufhalten.«

Er starrte Greene an und drehte den Kopf, um den Phaeton des Mannes noch einmal anzusehen. »Ja, aber ich glaube, ich könnte immer noch gewinnen. Allerdings könntest du nicht wetten, wenn du mit mir fahren würdest.«

Sie hielt an, bevor sie zu Nevins kamen. »Ich könnte tatsächlich mitkommen? Es würde nicht seltsam erscheinen?«

Andrew kam neben ihr zum Stehen. »Nicht sonderlich. Manchmal tun schnellere Fahrer das, um jemandem mit weniger Erfahrung einen Vorteil zu bieten.«

»Wie Greene?«

»Greene ist einer der besseren Fahrer, besonders für sein Alter.« Andrew grinste. »Er empfände es wahrscheinlich als Beleidigung, wenn ich sagen würde, dass ich einen Passagier mitnehme. Allerdings gefällt mir diese Idee. So muss ich dich nicht unbeaufsichtigt lassen.«

Sie runzelte die Stirn. »Aber ich kann nicht wetten. Trotzdem, ich weiß nicht, wann ich jemals wieder die Chance haben werde, das zu tun …« Sie sah zu ihm auf, ihre Augen funkelten, ihre Lippen waren vor Begeisterung geöffnet. »Lass es uns tun. Bitte.«

Er war unfähig, der weiblichen Verlockung ihres Blicks und der atemlosen Verführung ihrer Bitte zu widerstehen. »Dann lass uns deine Wetten auf die nächsten Rennen platzieren, bevor wir zum Start gehen.«

Er gab ihr Ratschläge bezüglich der Rennen, die vor seinem eigenen stattfinden würden, das gleichzeitig das letzte an diesem Tag sein würde. Nachdem Nevins ihre Wetten aufgezeichnet hatte, wandte sich Andrew an Greene, der in der Nähe verweilte.

»Greene, ich nehme einen Passagier mit, um die Dinge interessanter zu gestalten.«

Greenes Brauen wanderten nach oben. »Wen?«

»Smitty, hier.«

Greene musterte Miss Parnell und Andrew verspürte einen lächerlichen Drang, seine Faust in das Gesicht des anderen Mannes zu schlagen. »Dann nehme ich auch jemanden mit.« Er blickte hinüber zu den Männern, die sich in der Nähe des Ziels versammelt hatten. »Beaumont.«

Beaumont war mehrere Zentimeter größer als Miss Parnell und mit seinem athletischen Körperbau mehrere Pfunde schwerer. »Bist du sicher, dass du dich für ihn entscheiden möchtest?«

Greene lächelte. »Wie du selbst sagtest: um die Dinge interessanter zu machen.«

Andrew nickte. »Wie du meinst.«

Miss Parnell und er gingen zu seinem Phaeton. »Kannst du alleine hineinsteigen? Ich kann dir nicht helfen, ohne dass es bemerkt werden würde.«

»Ich habe mein ganzes Leben lang Bäume erklettert. Das ist einfach.« Und so war es auch, als sie in das Fahrzeug stieg.

Er schloss sich ihr auf dem Sitz an und hob die Zügel. »Weißt du, wie man fährt?«

»Das tue ich.«

Er reichte ihr die Zügel. »Dann fährst du hinüber.«

Sie drehte den Kopf, blinzelte, ihr Mund öffnete sich vor Schock. »Du erlaubst mir das?«

Er lehnte sich auf dem Sitz zurück. »Warum nicht?«

»Ich bin … danke.« Sie hielt die Zügel für einen Moment still, bevor sie das Pferdegespann nach vorne führte. Sie bewies eine sichere und ruhige Hand, während sie zum Startplatz fuhr.

Gerade, als sie sich näherten, begann das nächste Rennen. Sein Gespann zuckte nicht zusammen, als der Schuss ertönte, und auch Miss Parnell nicht.

Sie beobachteten das Rennen und sie jubelte, als ihr Fahrer gewann. Sie drehte ihren Kopf zu ihm und lachte. »Bei mir läuft es heute gut. Ich danke dir. Ich musste die Nacht wiedergutmachen, in der ich das ganze Geld verlor.«

»Nun, das war unsere Absicht, nicht wahr?«

»Ja.« Sie berührte seinen Ärmel und er tat so, als würde die Bewegung nicht eine Welle des Begehrens direkt durch seinen Bauch senden. »Aber du hast mir so viel mehr gegeben. Das sind Erfahrungen, die ich ohne dich nie hätte machen können. Ich werde mich daran erinnern – und sie für immer bewahren.«

Er starrte sie an und dachte, sie seien sich viel zu nah, aber er erkannte, dass er nicht von ihr wegrücken konnte, ohne aus dem Fahrzeug zu fallen. Hatte sie von allem gesprochen, was sie zusammen getan hatten, oder nur von … diesem Rennen, dem Schießen, dem Glücksspiel?

Sie drehte den Kopf weg, aber es entging ihm nicht, wie Röte ihren Hals hinaufkroch.

Zur Hölle. Sie hatten heute Morgen gute Arbeit geleistet, indem sie ignorierten, was in jener anderen Nacht passiert war. Und doch gab es jetzt eine … *Sache* zwischen ihnen. Was er nicht wusste, war, ob sie dieses Ereignis bereute oder ob sie, wie er, heimlich hoffte, dass es wieder passieren würde.

Was es, verdammt noch mal, *nicht* durfte.

Sie saßen in einer zumeist unangenehmen Stille nebeneinander, während sie auf ihren Start warteten. Die nächsten beiden Rennen liefen. Sie verlor den ersten Einsatz und gewann die zweite Wette. Schließlich war es Zeit für ihn und Greene, an die Startlinie zu fahren.

Nevins' jüngerer Bruder startete jedes Rennen mit einem

Schuss in die Luft. Er fragte sie, ob sie bereit seien. Andrew nickte, dann sah er zu Greene hinüber, der auch nickte.

Andrew neigte seinen Kopf zu Miss Parnell hinüber, behielt aber seinen Blick auf sein Gespann gerichtet. »Lehne dich mit mir in die Kurven und halt dich fest.«

Sie packte die Seite des Phaetons, kurz bevor die Waffe abgefeuert wurde.

Andrew trieb sein Gespann nach vorne und sie sprangen von der Startlinie zu einer frühen Führung. Der Kurs war nicht sehr lang und beinhaltete zwei Kurven, von denen die zweite ziemlich scharf war. Sie hatte schon so manch weniger erfahrenen Fahrer ausgebremst oder zu Fall gebracht.

In der ersten Kurve verkalkulierte er sich leicht und sie verloren ein wenig von ihrer Führung. Auf der Geraden holte Greene sie fast ein.

»Schneller!«, schrie Miss Parnell.

Er erkannte, dass er nicht ganz so schnell fuhr, wie er es tun würde, wenn sie nicht bei ihm wäre. Aus dem Augenwinkel sah er, wie Greene neben ihm herankam.

Er knirschte mit den Zähnen und entschied, dass er nicht verlieren wollte. Nicht, dass er das jemals getan hätte, aber vor allem nicht heute. Er wollte für sie gewinnen. Wie sie gesagt hatte, würde sie wahrscheinlich nie wieder die Chance haben, dies hier zu tun, und er wollte, dass es eine Erinnerung war, die sie zum Lächeln brachte. »Halt dich fest.«

Er erhöhte die Geschwindigkeit, als sie sich der zweiten Kurve näherten. »Lehn dich an mich!«

Ihr Körper stieß auf ihn und er nahm die Kurve vielleicht schneller als je zuvor. Die Räder des Phaetons knarrten und er dachte, dass die andere Seite vom Boden abgehoben haben musste – ein oder zwei Zentimeter zumindest. Seine Muskeln verkrampften sich und er sandte ein stilles Gebet gen Himmel, als sie aus der Kurve herausfuhren.

Als diese nun hinter ihnen lag, setzte sie sich wieder

gerade und jubelte. »Großartig!« Ihr Lachen erfüllte die Luft und er konnte nicht anders, als zu grinsen.

Sie hatten sich durch die Kurve wieder an die Spitze gesetzt und jetzt baute Andrew ihre Führung aus. Als sie die Ziellinie überquerten, war es ein klarer Sieg.

Neben ihm schnappte Miss Parnell nach Luft. »Das war absolut berauschend. Ich danke dir.« Ihre Augen glänzten vor Aufregung, ihre Lippen krümmten sich zu einem bezaubernden Lächeln.

»Du siehst im Moment nicht im Entferntesten aus wie ein Gentleman.« Nein, sie sah aus wie eine schöne Frau, die er küssen wollte. »Reiß dich zusammen, denn wir werden gleich umlagert werden.«

Tatsächlich eilten die Männer jubelnd und lachend auf den Phaeton zu. »Verdammt«, sagte Charles und grinste. »Das war die beste Kurve, die ich je gesehen habe.« Er sah Miss Parnell an. »Es ist ein Beweis für seine Fahrkünste, dass du nicht herausgefallen bist.«

»Und für Smittys Gleichgewichtssinn«, sagte Andrew und lachte. »Charles, du wärst herausgefallen, egal wer gefahren wäre.«

Charles' Lächeln verblasste nicht. »Stimmt.«

Andrew stieg aus dem Fahrzeug und beobachtete, wie Miss Parnell dasselbe tat. Sie waren schnell umzingelt und Andrew wurde nervös, als Männer ihr auf den Rücken schlugen und sie anstießen. Er mochte nicht, dass sie ihr so nahe waren und begann auf sie zuzugehen, um einen Puffer zu schaffen.

Greene näherte sich ihm, bevor er sie erreichen konnte. »Herzlichen Glückwunsch. Das war eine unglaubliche Leistung in der Kurve.«

Andrew hatte seine Augen nicht von Miss Parnell genommen. Sie lächelte, aber auf diese zurückhaltende Weise mit

zusammengepressten Lippen. »Danke. Du hast ein ausgezeichnetes Rennen abgeliefert.«

»Ich habe es versucht.« Greenes Stirn legte sich verblüfft
in Falten. »Hast du auch etwas Seltsames gehört? Ich würde
schwören, dass ich eine Frau lachen gehört habe.«

Andrew blieb abrupt stehen, Eiseskälte lief ihm über den
Nacken. Er nahm für einen Moment seinen Blick von Miss
Parnell und sah Greene an, als wäre ihm eine weitere Nase
gewachsen. »Nein.«

»Nun gut. Nächstes Mal wähle ich jemanden, der deinem
Beifahrer ähnlicher ist – obwohl es ein schwieriges Unterfangen ist, jemanden von Smittys kleiner Statur zu finden.«

Es stimmte, für einen Gentleman war Miss Parnell klein.
Zumindest was ihre Körpergröße betraf, denn obwohl sie
sich gepolstert hatte, wirkte sie nicht sehr groß. Ein weiteres
Gespräch über sie und eine weitere genaue Musterung ihrer
Person durch einen anderen Gentleman – er hätte zu gern
auf beides verzichtet. Er blickte zu Greene, bevor er sich
verabschiedete. »Bitte entschuldige mich.«

Er drängte sich durch die Menge und erreichte schließlich ihre Seite. Er flüsterte dicht an ihrem Ohr: »Du musst
hier weg.«

Sie nickte. »Meine Kutsche wartet.« Sie fing an, sich zu
drehen, aber dieser verfluchte Greene hatte sie eingeholt und
hielt sie auf, seine Hand umfasste ihren Ellbogen. Andrew
konnte sich auf wundersame Weise gerade noch davon abhalten, seine Hand wegzuschlagen. Sie so zu berühren, war
genau das, was Andrew dazu gebracht hatte, zu erkennen,
dass sie nicht das war, was sie zu sein schien.

Miss Parnell befreite sich jedoch schnell und effizient.
Andrew hoffte, dass sie schnell genug reagiert hatte, um
Greene daran zu hindern, etwas zu bemerken.

»Smitty, ich höre, deine Schießkunst ist etwas, das sich

sehen lassen kann«, sagte Greene. »Vielleicht möchtest du es demonstrieren?«

Zur Hölle. Sie musste gehen, aber er dachte nicht, dass sie es tun würde, nicht bei der Aussicht auf einen möglichen Schießwettbewerb.

Sie hustete. »Irgendwann werde ich das sicher tun.«

Sie begann, sich umzudrehen, aber Greene sagte: »Warum nicht jetzt?«

»Weil ich meine Waffe nicht dabeihabe.« Ihr Ton war tief und kurz angebunden – sowohl männlich als auch stolz.

Andrew erstickte ein Lächeln, er war wenig überrascht, dass sie sich behaupten konnte. »Wir werden bald einen solchen Wettbewerb veranstalten.«

»Nächsten Dienstag nach dem Rennen«, sagte Greene. Er fesselte Miss Parnell mit einem direkten Blick. »Ich freue mich darauf.«

Sie machte einen Ton, der eine Art zustimmendes Brummen war. Ja, sie wurde zu einem ziemlich versierten *Mann.*

Sie sammelte ihren Gewinn bei Nevins ein und ließ ihre Augen zu Andrew wandern. Als sich ihre Blicke trafen, neigte sie ihren Kopf in Richtung ihrer Kutsche.

Andrew nickte leicht, verließ die Menge und begleitete sie auf dem Weg zu ihrem Gespann. »Wer hat dir das Fahrzeug geliehen?«

»Lady Satterfield.«

Andrew wäre fast gestolpert. »Sie weiß von deiner Scharade?«

»Um Himmels willen, nein. Meine Freundin Aquilla ist ihr Mündel. Sie hat es arrangiert.«

»Wie einfallsreich.«

»Wann gehen wir wieder aus?«, fragte sie, als sie sich der Kutsche näherten.

»Ich weiß nicht. Nach neulich Abend wollte ich eine

Pause einlegen.« Er erkannte sofort, dass sie das auf zweierlei Art interpretieren konnte.

Sie sah ihn scharf an. »Du willst unsere Vereinbarung nicht vorzeitig beenden, oder? Ich brauche immer noch mehr Geld.«

Er war erleichtert – wenn auch ein wenig verärgert – als sie nicht erwähnte, dass er sie geküsst hatte. Es gefiel ihm nicht, zu glauben, dass es sie so wenig berührt hatte, während er genau das Gegenteil empfand. »Nein, ich sagte, ich würde dir helfen, dein Ziel zu erreichen, und das werde ich. Heute Abend?«

»Halb zwölf an der Ecke.«

Er hielt ein paar Meter von der Kutsche entfernt an. »Vielleicht sollten wir morgen Abend gehen, um deinem armen Gesicht eine Pause zu gönnen.« Als sie blinzelte, stellte er klar. »Damit du die Gesichtsbehaarung nicht gleich wieder tragen musst.«

Sie sah weg. »Ich weiß deine Sorge zu schätzen, aber es wird mir gut gehen.« Sie drehte sich um und ging ohne ein weiteres Wort weg und ließ ihn sich fragen, ob er sie verärgert hatte.

Aber das war absurd. Sie hielt nur aus einem einzigen Grund an der Verbindung, auf die sie sich geeinigt hatten, fest: er half ihr, das Geld zu verdienen, das sie benötigte, um sich mit ihrer Großmutter aufs Land zurückzuziehen.

Plötzlich wurde ihm klar, dass London ohne sie ziemlich trist werden würde.

KAPITEL NEUN

ALS LUCY IN DIESER Nacht ihr Haus verließ, fragte sie sich, ob sie Dartfords Vorschlag nicht besser hätte beherzigen sollen. Trotzdem sie reichlich Creme auf den entsprechenden Stellen aufgetragen hatten, fühlte sich ihre Haut noch etwas rau an.

Nein, es war gut, dass sie heute Abend ausgingen. Groß-mama hatte ihr mitgeteilt, dass sie morgen Abend an einer Dinnerparty teilnehmen würden. Lucy hoffte, dass die Rötung auf ihrem Gesicht bis dahin nachgelassen haben würde.

Dartford lehnte an einer Straßenlaterne, seine Gesichts-züge im verführerischen Schatten verborgen. Sie brauchte ihn nicht zu sehen, um sich die Linien seines Gesichts vorzu-stellen – die starke Neigung seiner Nase, die Spalte in seinem Kinn. Er war von attraktiver Gestalt, ein gutaussehender Gentleman, der unbekümmert dort herumlungerte und nur auf etwas Aufregendes wartete.

Und doch wartete er nur auf sie. Sie war *nicht* aufregend.

Sie hatte befürchtet, dass sich der heutige Morgen ange-sichts des Endes ihres letzten Treffens als unangenehm erweisen würde, also hatte sie sich bewusst bemüht, das Thema zu vermeiden. Er hatte eindeutig dasselbe getan, was zum Besten war. Dennoch waren sie hier wieder zusammen, nachts, in der gleichen Situation, in der sie sich vor einigen Nächten geküsst hatten.

Nicht genau in der gleichen Situation. Wenn er vorschlagen würde, dass sie eine Kutsche nehmen sollten, würde sie sich entschieden weigern …

Er schob sich von der Laterne weg. »Ich dachte, wir kehren zu der Hölle zurück, wo ich dich das erste Mal gesehen habe.«

Sie nickte, denn es war ihr egal, so lange sie nur Geld verdienen konnte. Wenn sie heute Abend und am Samstag mit der Wette auf die Ballonfahrt erfolgreich sein würde, könnte sie diese ganze Sache beenden. Doch aufgrund der Hochstimmung, die das Rennen am heutigen Morgen bei ihr ausgelöst hatte, war sie sich nicht sicher, ob sie das überhaupt wollte. Vor allem, da es nächste Woche einen Schießwettbewerb geben würde und ihre Teilnahme erwartet wurde. Es war zu gut, um es abzulehnen.

Sie bogen zum Piccadilly ab und machten sich auf den Weg zur Hölle.

»Hattest du heute Morgen eine gute Zeit?«, fragte er.

»Ziemlich. Ich freue mich auf nächste Woche.« Sie entschied in diesem Moment, dass sie hingehen wollte, ob sie genug Geld hatte oder nicht. Wenigstens noch einmal.

»Da du von den Plänen für dem Schießwettbewerb weißt, musst du deine Pistole mitbringen.«

Sie wurde langsamer und erkannte, was er damit andeutete. »Du weißt, dass ich keine geeignete habe.«

»Das tue ich. Du kannst dir eine von meinen leihen.« Er blickte sie an. »Wie konntest du heute Morgen unbemerkt dein Haus verlassen?«

»Mein Dienstmädchen und ich haben darauf geachtet,

dass die Straße frei war und ich bin so heimlich wie möglich aufgebrochen. Aquilla und Ivy sagten mir, ich solle mir nicht allzu viele Gedanken machen, und ich wage zu behaupten, dass sie recht hatten. Lady Satterfields Kutsche wartete bereits an der Ecke auf mich.«

Er warf ihr einen anerkennenden Blick zu. »Du brauchst dir für nächste Woche nicht Lady Satterfields Kutsche zu bestellen. Ich werde dich an besagter Stelle abholen.«

Sie würden wieder allein zusammen in einer Kutsche sitzen. Sie war sich nicht sicher, ob das klug war, aber sie war sich noch weniger sicher, ob sie diese Tatsache erwähnen sollte. Also tat sie es nicht.

Stattdessen warf sie verstohlene Blicke auf ihn und erinnerte sich an das Gefühl seines Mundes auf ihrem Mund und die Art und Weise, wie ihr Körper reagiert hatte …

»Miss Parnell?«

Hatte er etwas gesagt? »Ja, wie bitte?«

»Ich habe gefragt, welche Pistole ich mitbringen soll – die Purdey oder die Manton?«

Sie zuckte mit den Schultern. »Was auch immer du bevorzugst. Obwohl ich eine Vorliebe für die Manton habe.«

»Dann soll es die Manton sein.« Sie näherten sich der Hölle und er erinnerte sie an seine ›Regeln‹. »Bleib bitte dort, wo ich dich sehen kann und wenn ich sage, dass es Zeit zum Gehen ist, gehen wir.«

»Ich weiß.«

»Du verstehst, warum ich diese Dinge verlange, nicht wahr? Du weißt, dass unser letzter Ausflug in einer Katastrophe hätte enden können?«

Sie blieb stehen und drehte sich zu ihm um. »Das ist er auch.«

Er wäre fast gestolpert. »Wie bitte?«

Sie starrte ihn empört an. »Ich bin ohne meinen Gewinn nach Hause gegangen, wenn du dich erinnerst.«

Er hustete und strich mit seiner Hand über die Vorderseite seines Mantels. »Ah. Ich dachte, du meinst ... egal.«

Sie senkte ihre Stimme, obwohl niemand auf ihrer Seite der Straße war. »Du dachtest, ich meinte den Kuss.« Das letzte Wort erklang wie ein Zischen.

Er wandte seinen Blick von ihrem ab. »Ich, ah, ja.«

»Das habe ich nicht. Ich bin sehr zufrieden damit, so zu tun, als wäre es nicht passiert. Ich dachte, das ist es, worauf wir uns geeinigt haben.«

»Ja. Genau.« Er wandte sich von ihr ab, ohne ihr in die Augen zu sehen. »Lass uns zur Hölle gehen.«

Als sie ankamen, gingen sie direkt zu einem Faro-Tisch, wo Lucy fast jede Runde verlor. Es war ihre bisher schlimmste Niederlage. Sie wurde zunehmend gereizter und Andrew forderte sie auf, eine Pause einzulegen. Sie gingen in den Salon, wo sie ein Glas Portwein und Andrew einen Gin nahm.

»Ich weiß nicht, wie du das trinken kannst«, sagte sie.

»Hast du es je versucht?«, entgegnete er.

»Nein.«

Er grinste. »Nun, dann. Was für eine Begleitung wäre ich, wenn ich nicht sicherstellen würde, dass du ihn probierst?« Er reichte ihr das Glas, obwohl sie nicht zugestimmt hatte.

Sie gab ihm ihren Port, damit er ihn festhielt. »Was ist, wenn ich ihn nicht probieren möchte?«

»Ich würde dir nicht glauben. Du wirst alles zumindest einmal versuchen wollen, denke ich.«

Sie war unbesonnen stolz auf die Bewunderung in seinem Ton. Sie musste den Drang, ihre Braue kess hochzuziehen, unterdrücken. Sie konnte nicht mit ihm flirten, wenn sie als Mann gekleidet war. Sie konnte beileibe nicht mit ihm flirten! Sie trank den Gin und hustete ob des Brennens, das er in ihrem Rachen verursachte. »Verdammt.«

Besser darauf vorbereitet, versuchte sie es noch einmal. Sie hustete diesmal nicht, aber der Geschmack sagte ihr gleichwohl nicht besonders zu. Sie reichte ihm das Glas und nahm ihren Portwein, mit dem sie prompt den anhaltenden Geschmack von Wacholder aus dem Mund verbannte.

»Nun, du hast es versucht«, sagte er und prostete ihr mit seinem Glas zu.

Sie blickte zu ihm auf und legte ihren Kopf zur Seite. »Zufrieden?« Sie erkannte ein wenig zu spät, dass sie mit ihm flirtete. Schnell richtete sie sich auf und nahm noch einen Schluck Portwein.

Er schien ihre Torheit erkannt zu haben, da er nicht antwortete. Oder vielleicht war er abgelenkt, weil in diesem Moment mehrere Mitglieder seiner Gruppe den Salon betraten – unter ihnen waren Beaumont, Charles und Greene.

»Dart und Smitty«, sagte Charles. »Ich war mir sicher, dass wir euch heute Abend finden würden.« Er sah Dart an. »Mir ist aufgefallen, dass du uns in den Nächten, in denen wir dich mit Smitty antreffen, nicht wie sonst vorher im Club triffst. Wo beginnt ihr zwei eure Abende?«

Charles' Blick verweilte auf Lucy. Sie hob ihr Glas an, um ihr Gesicht zu verdecken. Sie mochte es nicht, wenn sie jemand zu genau ansah, und leider würde das passieren, je mehr Zeit sie mit diesen Gentlemen verbrachte. Vielleicht sollte sie ihr Glück nicht herausfordern und die Rennen der nächsten Woche nicht besuchen.

»Es variiert«, antwortete Dartford beiläufig. Er sah Lucy an und erkannte wahrscheinlich ihr Unbehagen. »Sollen wir zum Tisch zurückkehren?«

Ja, sie hatte Verluste zu kompensieren. »Lass uns das tun.« Sie trank den Rest ihres Ports aus und stellte ihr leeres Glas auf das Tablett eines vorbeikommenden Bediensteten.

Greene trat vor. »Ich komme mit euch.«

Lucy blickte zu Dartford hinüber, der unmerklich mit den Achseln zuckte.

Am Tisch nahm Greene einen Platz neben ihr ein. »Wo hast du Dartford kennengelernt?«

»Hier, eigentlich. Wir, äh, haben ein paar Dinge gemeinsam.« Sie sah Dartford an, der auf ihrer anderen Seite saß, und hoffte, dass er ihr zu Hilfe kommen würde.

»Wie etwa das Schießen und Rennen zu fahren«, sagte Dartford. »Smitty mag aufregende Dinge.«

Sie versuchte, nicht zu denken, dass er mit ihr flirtete, weil er das natürlich nicht tat. Dennoch konnte sie sich vorstellen, dass es so wäre. Innerlich schalt sie sich selbst – dieser ganze Flirt-Unsinn hatte keinen Platz in ihren Plänen und verdiente ihre Aufmerksamkeit nicht.

Greenes Miene erhellte sich. Er war attraktiv, mit dunkelblauen Augen und einem breiten Lächeln, das dazu einlud, mit ihm zu reden und Geschichten auszutauschen. »Dann seid ihr wie zwei Erbsen in einer Schote«, sagte er.

Sie richteten ihre Aufmerksamkeit auf den Tisch, um ihre Wetten zu platzieren. Wie in der vorherigen Runde verlor Lucy weitaus mehr als sie gewann. Am Ende war sie stocksauer und mehr als nur ein wenig verzweifelt. Sie konnte es sich nicht leisten, weiter so zu verlieren. Sie hatte schon zu viele Verluste zu verzeichnen. Das war genau die Art von Spiel, die einen auf direktem Weg in den Ruin führte.

Aber Lucy würde das nicht passieren. Ihre Situation war völlig anders – sie spielte nicht zum Vergnügen. Sie sah sich die Gentlemen am Tisch an und erkannte, dass sie genau aus diesem Grund spielten, jedenfalls nahm sie dies an. Sie vermutete, dass einige von ihnen die zusätzlichen Gelder aus dem einen oder anderen Grund benötigen könnten, konnte sich aber nicht vorstellen, dass sie so verzweifelt waren wie sie.

Wie sehr sie dieses Wort hasste. Verdammt sei ihr Vater.

Ihre Lippe kräuselte sich, als sie sich an Dartford wandte. »Ich bin bereit, woandershin zu gehen.«

Er nickte, sein Gesichtsausdruck war überraschend düster. Er wusste natürlich, dass sie verlor, und sie bemerkte, dass er ebenfalls nicht so gut gespielt hatte wie sonst. Trotzdem war er ihr immer noch voraus.

Dartford sammelte seine mageren Gewinne ein und sie brachen auf. Greene erhob sich ebenfalls und Lucy bemerkte, dass die ganze Gruppe sich ihnen anschloss.

»Wohin gehen wir als Nächstes?«, fragte Greene freundlich.

Aus irgendeinem Grund wünschte sich Lucy, dass sie ihrer eigenen Wege gehen würden. Sie war gereizt ob ihrer Verluste und begierig darauf, den Abend noch zu drehen.

»Lass uns zu Turner's gehen«, schlug Charles vor, als sie die Vordertreppe hinuntergingen.

Beaumont zog seine Nase kraus. »Ich dachte an Polton's.«

Charles' Gesicht rötete sich. »Ich kann nicht zu Polton's.« Er blickte weg, als seine Stimme versagte.

Dartford schlug Charles auf die Schulter. »Kein Problem. Dann gehen wir zu Turner's.« Er nickte Beaumont zu, der wiederum auf gleiche Weise seine Zustimmung kundtat.

Lucy hatte keine Ahnung, wo sich Turner's befand, also wartete sie darauf, dass Dartford sie führte. Sie ließen sich zurückfallen und liefen am Ende der Gruppe.

»Es ist nicht weit«, sagte Dartford leise. »Keine Sorge, dein Glück wird zurückkehren.«

»Und wenn nicht?« Sie musste sich nicht sehr bemühen, um ihre Stimme hart und schroff klingen zu lassen.

Er schlug ihr auf die Schulter, so wie er es bei Charles getan hatte, aber sie war sich sicher, dass es sich anders anfühlte. Seine Hand verweilte nur eine Sekunde zu lange, seine Finger streichelten sie, als er losließ.

Ein Schauer tanzte ihre Wirbelsäule hinauf und ihr

Wunsch, dass sie allein wären, kehrte mit größerer Kraft zurück. Sie hätte ihn beinahe gefragt, ob sie nicht doch zu Polton's gehen könnten.

Als sie bei Turner's ankamen, ging Charles nicht mit den anderen hinein. Er wartete auf Dartford und bat ihn um ein kurzes Gespräch. Die Art und Weise, wie er Lucy ansah, erweckte den klaren Eindruck, dass sie nicht eingeladen war, zuzuhören. Dartford runzelte die Stirn, konnte die Bitte aber nichts ablehnen, ohne unerwünschte Aufmerksamkeit zu erregen, also ging sie ohne ihn hinein. Sie wusste, dass er, angesichts der Tatsache, dass er sie nicht gern aus den Augen ließ, so schnell wie möglich folgen würde.

Nicht, dass sie allein *wäre*. Greene näherte sich ihr, sobald der Lakai sie in den Flur einließ.

»Smitty, sollen wir zum Hazard-Tisch gehen?«

Sie schüttelte den Kopf. »Ich spiele nicht Hazard, aber lass dich nicht von mir aufhalten.«

»Dann gehe ich auch nicht. Ich bin bereit, deinem Beispiel zu folgen.« Er lächelte herzlich und nichts an seinem Verhalten hätte Lucy stören sollen. Doch etwas an der Art und Weise, wie er sie ansah, machte sie unsicher. Oh, das war lächerlich. Sie war lediglich gereizt, nachdem sie so viel Geld verloren hatte.

»Dann Faro«, sagte sie mit tiefer Stimme. Sie schlenderte zum Tisch und lief dabei so schwerfällig wie möglich, um ihre Weiblichkeit zu verbergen. Sie arbeitete sehr hart daran, die Fassade aufrechtzuerhalten, aber sie musste zugeben, dass es anfing, Spuren zu hinterlassen. Ihr Rücken, besonders der Bereich zwischen ihren Schultern, schmerzte immer an dem Tag, nachdem sie Smitty gespielt hatte. Alle ihre Muskeln fühlten sich müde an, während sie sich darum bemühte, auf eine ganz bestimmte Weise zu stehen und zu gehen. Sie würde das und die Gesichtsbehaarung ihrer Smitty-Verkleidung nicht vermissen. Sie würde es jedoch vermissen, Smitty zu sein.

Als sie ihre Wetten auf dem Faro-Tisch platzierte, schloss Andrew sich ihr an. Sie sehnte sich danach, ihn zu fragen, was Charles gewollt hatte – wieder Geld? Sie sah, dass dieser auch hereingekommen war und an den Hazard-Tisch ging, also konnte er nicht pleite sein.

Lucy war erleichtert, als sie die ersten beiden Runden gewann, aber dann verlor sie nur noch. Verstimmt drehte sie sich vom Tisch weg, ihre Hände zitterten.

Dartford hatte nicht gespielt. Er kam zu ihr hinüber, bemerkte ihren aufgeregten Zustand und sagte einfach: »Lass uns gehen.«

Sie war mehr als bereit. Ohne ein Wort zu sagen, bewegte sie sich auf die Tür zu.

Greenes Stimme folgte ihr. »Geht ihr schon?«

Sie drehte sich auf dem Absatz um, Wut und Enttäuschung sickerten durch sie hindurch. »Ich weiß, wann ich aufhören muss. Ich wünsche dir viel Glück.«

Greene sah aus, als ob er noch etwas sagen wollte, aber Dartford packte ihn im Vorbeikommen am Oberarm. »Gute Nacht.«

Dartford war direkt hinter ihr, als sie die Hölle verließen. Sie stieg schnell auf die Straße hinab und wandte sich in Richtung St. James's. Sie musste nicht daran denken, größere Schritte zu machen, denn sie hatte es eilig, diesen Abend hinter sich zu lassen.

»Warte«, rief Dartford, aber er holte sie leicht ein. »Langsam.«

Sie warf ihm einen dunklen Blick zu. »Du kannst mithalten.«

Er schnappte sich ihren Ellenbogen und zog daran, damit sie stehenblieb. »Ich bin hier nicht der Bösewicht.«

Sie verschränkte ihre Arme über ihrer Brust und es war

ihr gleichgültig, ob sie wie ein Mann, eine Frau oder ein Affe aussah. »Ich nehme an, du wirst mir sagen, dass es keinen Bösewicht gibt.«

»Eigentlich glaube ich, dass es beabsichtigt war, dich verlieren zu lassen. Charles hat bemerkt, dass der Croupier in der ersten Hölle betrogen hat. Das ist es, was er mir draußen sagen wollte. Charles vermutet oft Betrug, um seine Verluste zu erklären, aber in diesem Fall denke ich, dass es der Wahrheit entspricht.«

Sie ließ ihre Arme fallen und starrte ihn einfach an. »Warum wurde ich gezielt ausgesucht?«

»Weil du in letzter Zeit so viel gewonnen hast. Die Hölle mag keine intelligenten Spieler. Ich gebe zu, dass ich mich nicht immer sehr anstrenge, um zu gewinnen. Aber andererseits sehe ich Glücksspiel als Vergnügen, nicht als eine Möglichkeit, Geld zu verdienen.«

Sie schnaubte, drehte sich um und ging weiter den Bürgersteig entlang. »Wie schön für dich.«

Er schloss schnell zu ihr auf. »Warum bist du dann wütend auf mich?«

»Ich weiß nicht. Das bin ich nicht. Ich bin nur … wütend.«

»Ich verstehe.«

»Ich kann mir nicht vorstellen, wie du das könntest. Du hast keine ungewisse Zukunft. Du musst dir keine Sorgen machen, wo du in fünf Jahren sein wirst.« Sie verlangsamte ihr Tempo und erkannte, dass sie viel zu laut gesprochen hatte. Beinahe geschrien hatte.

»Nein, das muss ich nicht«, sagte er leise, aber trotzdem laut genug, dass sie es hören konnte. »Und es tut mir leid, dass du das musst.«

Sie wusste, dass er es ernst meinte. Er war freundlich und umsichtig – sie sah es in der Art und Weise, wie er seine Freunde behandelte und wie er ihr half. Ja, sie war wütend, aber nicht auf ihn. Wenn sie auf jemanden wütend war, dann war es ihr Vater.

»Ich hasse, was er uns angetan hat«, sagte sie so leise, dass sie nicht sicher war, ob er sie hatte hören können.

Sie gingen auf die St. James's. »Ich weiß. Aber er kann dir nicht mehr wehtun.«

Emotionen überfluteten ihre Brust und ihre Augen wurden feucht. »Kann er nicht? Ich stecke schließlich in diesem Schlamassel, nicht wahr?«

Er packte ihren Ellbogen wieder und zog sie in eine enge Gasse zwischen zwei Gebäuden. Es war dunkel und feucht, da es den ganzen Tag geregnet hatte. Tatsächlich war sie überrascht, dass es jetzt nicht regnete – es roch förmlich nach Regen.

Sie konnte sein Gesicht nicht erkennen, umso mehr spürte sie seine Nähe. Sie standen sich gegenüber, aber sie würde sich nur nach vorn lehnen müssen und ihre Körper würden sich berühren. Sie rang mit sich, es nicht zu tun.

»Kann ich … willst du, dass ich dich festhalte?«

Oh Gott. Sie waren auf der St. James's, gekleidet wie Gentlemen. Ja, sie waren in einer dunklen Gasse, aber wenn sie jemand sah …

Die Versuchung überwältigte sie. Sie zuckte und ihre Hand stieß gegen seine. Seine Finger strichen an ihren entlang. Sie atmete leise aus, der Klang hallte um sie herum in der engen Gasse.

»Danke, aber nein.« Ihr Mund lehnte seine Einladung ab, aber der Rest von ihr schrie, dass er sie berühren, sie in seine Arme nehmen, sie küssen sollte.

Sie trat aus der Gasse heraus, bevor sie etwas Dummes tat.

Er folgte ihr und sie liefen stumm weiter, bis sie den Piccadilly überquert hatten.

»Also, was passiert jetzt?«, fragte sie. »Gibt es eine Hölle, die nicht versuchen wird, mich zu betrügen?«

»Es ist schwer zu sagen. Sie werden sich vielleicht bestätigt fühlen, da es ihnen heute Abend gelungen ist, dich auszunehmen.« Er zuckte zusammen. »Tut mir leid. Es wäre vielleicht besser, wenn du eine Weile nicht ausgehst.«

»Ja, ich komme zu dem gleichen Schluss.« Sie näherten sich ihrer Ecke. Mehr denn je musste sie bei der Ballonfahrt den Pott gewinnen. Und jetzt *musste* sie nächsten Dienstag zum Rennen gehen.

»Ich hätte das kommen sehen und einen Plan schmieden sollen, wie du anfänglich mehr verlierst, als du es getan hast. Ich fürchte, ich war zu sehr darauf konzentriert, dir zu helfen, dein Ziel so schnell wie möglich zu erreichen.«

Sie hielten in der Nähe des Laternenpfahls an, gegen den er sich am Anfang dieses Abends gelehnt hatte. »Es ist schon in Ordnung«, sagte sie. »Ich gebe dir nicht die Schuld. Du hast viel Gutes getan. Außerdem wage ich zu behaupten, dass ich eine Pause von dieser gottverdammten Verkleidung gebrauchen könnte.«

Er lachte leise in sich hinein. »Ausgezeichnet. Dann wird alles gut werden.«

Das hoffte sie. »Wir sehen uns in einer Woche.«

Seine Augenbrauen zogen sich zusammen. »Es wird seltsam sein, dich eine so lange Zeit nicht zu sehen. Ich genieße unsere gemeinsame Zeit.« Er sagte das leichthin, aber sie sehnte sich danach zu erfahren, ob es mehr war, als nur ihre Gesellschaft zu genießen. Wollte er sie so, wie sie ihn wollte?

Er hatte angeboten, sie in die Arme zu nehmen, aber wie sie sich zuvor eingestanden hatte, war er einfach freundlich und rücksichtsvoll. Es bedeutete nicht, dass er sich zu ihr hingezogen fühlte, so wie sie sich zu ihm. Ja, er hatte sie geküsst, aber seitdem hatte es keinen Hinweis darauf gegeben, dass er diese Aktivität wiederholen wollte. Es war besser für sie, wenn sie annahm, dass sie Freunde waren und nichts weiter. Außerdem wollte sie nicht mehr – er passte nicht in ihre Pläne, auch wenn er der beste Mann war, den sie je getroffen hatte.

»Ja, es wird seltsam sein.« Nur, dass sie sich bereits in vier Tagen wiedersehen würden, aber das wusste er nicht. Sie freute sich darauf, ihn zu überraschen. Etwas widerwillig drehte sie sich um. »Gute Nacht.«

»Gute Nacht, Miss Parnell«, sagte er leise.

Sie glaubte, ein wenig Wehmut in seinem Ton zu hören, was unmöglich sein konnte. Sie machte sich nicht die Mühe, sich selbst zu ermahnen. Sie genoss Glücksgefühle, wo immer sie sie finden konnte.

KAPITEL ZEHN

ANDREW BLICKTE ÜBER LONDON, während sie höher aufstiegen. Wie Sadler ihn gewarnt hatte, war die Luft hier oben viel kälter und wurde immer frischer. Er hatte auf Sadlers Empfehlung hin einen Mantel und seine dicksten Handschuhe angezogen.

Der Start war einfach atemberaubend gewesen. Die versammelte Menschenmenge in Burlington House war enorm gewesen – so groß, dass er keinen seiner engsten Freunde gesehen hatte.

Enge Freunde? So wollte er sie nicht sehen. Er hatte die Zeit ohne Miss Parnell dazu genutzt, um ebenfalls eine Pause vom Besuch der üblichen Höllen zu machen. Stattdessen war er allein losgezogen und hatte die letzten paar Abende damit verbracht, Boxkämpfe im Bucket of Blood zu sehen. Er hatte gestern Abend einen besonders unterhaltsamen Kampf mit einem Viscount namens Sevrin verfolgt, der sich viel mehr auf Faustkampf verstand, als jeder andere, den Andrew je zuvor getroffen hatte. Er hatte beschlossen, es zu seiner Liste der Dinge hinzuzufügen, die er ausprobieren wollte.

Vorerst begnügte er sich damit, hoch über der Erde zu

schweben. Sein Herz wurde schwer, als er an Bertie dachte und wie sehr sein Bruder das geliebt hätte. Er hatte fast erwartet, von einer Panikattacke überfallen zu werden und war besorgt, was in ihrer derzeitigen Position inmitten der tiefsten Wolken passieren könnte, aber bisher war er überraschend ruhig.

»Wie geht es Ihren Ohren?«, fragte Sadler.

Er hatte Andrew darauf hingewiesen, dass der Höhenunterschied wahrscheinlich Schmerzen verursachen würde und ihn dazu ermutigt des Öfteren zu schlucken und seinen Kiefer zu bewegen, um die Schmerzen zu lindern. »Alles gut, danke. Wie schnell fahren wir?«

»Nicht so schrecklich schnell. Der Wind ist ziemlich ruhig, aber ich denke, er wird weiter östlich zunehmen. Unsere Geschwindigkeit sollte sich dann etwas erhöhen.«

Ein stechender Schmerz schoss durch Andrews Ohr und die Seite seines Halses herunter. Er hob seine Hand und hielt die Seite seines Kopfes.

»Ihr Ohr?«, fragte Sadler. »Tun Sie einfach, was ich Ihnen gesagt habe.«

Andrew nickte und bewegte seinen Kiefer.

Der Schmerz ließ nach, verschwand aber nicht ganz. Bertie hätte die Ohrenschmerzen nicht gemocht, aber er hätte es hierfür ertragen. Ohne Vorwarnung erfasste ihn die vertraute Hilflosigkeit und die Welt verschwamm unter ihm.

Er durfte nicht mehr an Bertie denken. Miss Parnell kam ihm stattdessen sofort in den Sinn. Er sah sie, wie er sie am liebsten mochte – als Frau auf dem Ball, deren dunkle Haare in diesem femininen Stil frisiert waren, deren Körper in himbeerfarbene Seide gehüllt, deren anmutiger Hals mit Perlen verziert war.

Hatte sie in dieser Nacht Perlen getragen? Er glaubte nicht. Sie hatte wahrscheinlich keinen Schmuck oder wenn sie einst welchen besessen hatte, würde sie ihn verkauft haben. Er hasste es, wie sie in ihrer letzten gemeinsamen Nacht geklungen hatte. Erst wütend und frustriert, dann besiegt. Aber nur für einen Moment. Sie hatte sich zusammengerissen, weil sie nun einmal eine starke Frau war. Sie war direkt und witzig und absolut furchtlos.

Sie würde das hier lieben und er wünschte sich plötzlich, er hätte sie mitgenommen – natürlich als Smitty. Er würde ihr alles darüber erzählen. Ihr das schwebende Gefühl erklären, die eisige Temperatur, die veränderte Sicht, sogar die Ohrenschmerzen. Sie würde jede seiner Beschreibungen begeistert aufsaugen.

Was tat er nur? Er sollte nicht so über sie denken. Er war so erleichtert, dass sie sein Angebot an diesem letzten Abend in der engen Gasse nicht angenommen hatte. Zumindest einer von ihnen hatte nicht den Verstand verloren. Immer mehr fühlte er sich hilflos zu ihr hingezogen und das war schlimm.

Er brauchte Distanz.

Und er würde sie bekommen. Er war bereits dabei, einen Plan zu entwickeln, um sicherzustellen, dass sie das ganze Geld, das sie benötigte, bekommen würde. Bei dem nächsten Rennen würde er gegen Greene antreten – das würde leicht zu bewerkstelligen sein – nur diesmal würde sie nicht mit ihm fahren, damit sie wetten konnte. Er würde ihr sagen, sie solle auf Greene setzen, und Andrew würde verlieren. Ja, es wäre Betrug, aber es wäre für eine ausgezeichnete Sache. Wenn er glauben würde, dass sie Geld von ihm annähme, hätte er es ihr bereits vor Tagen gegeben.

Wie vorhergesagt, nahm der Wind zu und der Ballon bewegte sich schneller. Die Gebäude Londons wurden spärlicher und wichen grüneren Flächen und hohen Kirchtürmen.

Andrew wandte sich an Sadler. »Wann kann ich mit dem Fallschirm springen?« Sie hatten über diese Möglichkeit gesprochen.

Sadler lächelte. »Die Idee gefällt Ihnen, nicht wahr?«

»Sehr sogar.« Aber es war mehr als das. Es war für Bertie. Dies war der erste Schritt, aber Fallschirmspringen war so nah am Fliegen, wie nur möglich, und er würde es für seinen Bruder tun.

»Ich mache einen weiteren Aufstieg in zwei Wochen. Dann könnten Sie springen.«

»Perfekt.« Er sah Darent Hall. Es war nicht besonders groß für ein Landhaus, aber es war wunderschön. Es war vor siebzig Jahren von Henry Flitcroft entworfen worden und lag auf einer Fläche von hundert Hektar spektakulärer Parklandschaft. Andrew verbrachte nicht so viel Zeit hier, wie er sollte, weil es zu viele Erinnerungen gab.

Der Wind nahm zu und beschleunigte ihre Geschwindigkeit, als Sadler den Abstieg einleitete. »Passen Sie auf, Dartford, das wird eine holprige Landung. Keine Sorge, ich habe Dutzende von ihnen gehabt und habe jede von ihnen gemeistert. Vielleicht mit ein wenig Hilfe.« Er blinzelte Andrew zu.

Andrew hatte keine Angst, aber die hatte er nie. Er hatte keine Angst vor dem Tod, nicht, wenn dieser ihn mit den Menschen wiedervereinigen würde, die er am meisten liebte. Er begann zu zittern und beschloss, der kalten Luft die Schuld dafür zu geben.

Die Schmerzen in seinen Ohren verstärkten sich. Er zuckte zusammen, als sie der Erde immer näherkamen.

Es begann leicht zu regnen. Er blinzelte auf den Rasen unter ihnen und machte seltsame Flecken aus. Es waren Menschen, erkannte er. Wer war da unten und wartete auf ihn? Das Personal? Sie wussten, dass er heute hier mit dem Ballon landen sollte. Vielleicht waren sie herausgekommen, um zuzusehen.

Die Erde näherte sich und er konnte die Identität der Gruppe erkennen. Es waren Charles und Beaumont und die anderen. Er sah eine kleinere Gestalt und sein Magen verkrampfte sich. Sie wäre doch nie hierhergekommen.

Als sie kurz davor waren, den Boden zu berühren, erfasste der Wind sie und beförderte sie wieder etwas nach oben. Einen Moment später sackten sie erneut ab, schlugen mit einem Knall auf die Erde auf, nur um gleich wieder hochzuschnellen. Andrews Ohren pochten und direkt über seinen Augenbrauen begann sein Kopf zu schmerzen.

»Halten Sie sich fest!«, schrie Sadler über den Wind hinweg, als sie nochmals hinabfielen.

Sie prallten wieder auf, Andrews Körper wurde durch die Kraft der Bewegung umhergeworfen. Aus dem Gleichgewicht geraten, ließ er die Seite der Gondel los. Als der nächste Aufprall sie nochmals nach oben beförderte, wurde Andrew jedoch aus der Gondel geschleudert und landete hart auf dem Boden. Das Letzte, was er sah, war das leuchtende Blau und Gelb des Ballons, der über ihm aufragte.

~

ALLES WAR GENAU WIE geplant verlaufen. Lucy war in einer von Noras Kutschen nach Darent Hall gereist. Sie war wohlbehalten angekommen und hatte ihre Wette nach reiflicher Überlegung platziert. Es gab einen breiten Rasen, auf dem der Ballon voraussichtlich landen würde, aber Lucy hatte sich einen Platz näher am Rand ausgesucht. Es war eine absolute Zufallswette, also konnte sie nur beten, dass sie gewinnen würde.

Sie hatte eigentlich erwogen, überhaupt nicht zu kommen, da sie neulich Abend verloren hatte. Sie befand jedoch, dass sie dies hier nicht verpassen wollte, auch wenn sie eventuell keine Wette abschließen würde.

Neben Lucy gab es etwa ein Dutzend Gentlemen, darunter Charles, Beaumont und Greene. Sie schlenderten über den Rasen und tranken aus Flaschen. Greene äußerte, dass sie eine Zielscheibe hätten aufstellen sollen, um sich die Zeit zu vertreiben. Er war immer noch begierig darauf, Lucy schießen zu sehen, aber sie hatte noch nicht Dartfords Manton. Es war ja nicht mehr lang bis Dienstag. Sie würde schießen und sie würde das ganze Geld, das sie verloren hatte, zurückgewinnen und noch mehr.

Schließlich kam der blau-gelbe Ballon in Sicht, während ein feiner Sprühregen zu fallen begann. Alle jubelten. Lucy grinste kurz, bevor sie ihre Mimik wieder in den Griff bekam. Sie schloss sich den anderen an und schrie mit ihrer tiefen, männlichen Stimme.

Sie beobachteten den Abstieg und ein paar der Männer stöhnten bereits über die Platzierung ihrer Wetten. Sie durften ihre Marker nicht mehr bewegen, nachdem der Ballon in Sichtweite war.

Als er sich dem Boden näherte, eilten alle auf den Ballon zu. Er schlug hart auf den Boden auf und Lucy stockte der Atem, als er wieder nach oben schnellte. Sie blieb zurück, genau wie alle anderen. Sie beobachtete entsetzt und fasziniert zugleich, wie der Ballon herunterkam und wieder hochging – einmal, zweimal, und dann geschah das Undenkbare: Dartford stürzte aus der Gondel und fiel auf den Boden. Der Sturz war nicht spektakulär, aber er sah schmerzhaft aus.

Alle eilten auf ihn zu, aber Lucy erreichte ihn zuerst. Er lag mit dem Gesicht nach unten. Sie kniete sich neben ihm nieder, ihre Knie drückten sich in die feuchte Erde. Sie legte ihre Hand auf seinen Rücken und lehnte sich nach unten. »Dartford«, flüsterte sie heiser.

Er öffnete die Augen nicht und Lucys Brust wurde enger. Er konnte doch nicht … nein.

Beaumont kniete sich neben sie. »Lass ihn uns umdrehen.«

Sie nickte und sie machten sich zusammen daran, ihn auf

seinen Rücken zu drehen. Gras und Schmutz klebten an seinem Gesicht und eine Platzwunde über seinem Auge blutete. Sie wünschte, sie hätte ein Taschentuch, um das Blut abzutupfen. Zum Teufel damit, sie benutzte einfach ihre Finger, ohne sich darum zu kümmern, dass sie ihre Handschuhe ruinierte.

Beaumont begab sich auf Andrews andere Seite. »Dart? Komm schon, Mann, wach auf.«

Charles sank neben Beaumont nieder. Er hob Dartfords Hand und drückte sie. »Öffne deine Augen, Dart.«

Lucy konnte die Besorgnis spüren. Sie passte zu ihrer, denn die Angst packte sie von innen heraus. Sie wollte ihn nicht verlieren.

Schließlich öffneten sich seine Lider flatternd. Seine dunklen Augen wirkten für einen Moment verwirrt und dann fanden sie Lucy. Er blinzelte.

»Dir geht es gut«, murmelte sie und achtete darauf, ihren Ton tief und maskulin zu halten, trotz der Angst, die noch in ihr brodelte.

Charles schüttelte den Kopf und lächelte. »Du hast uns einen ziemlichen Schrecken eingejagt.«

Dartford drehte den Kopf. Sein Blick huschte in alle Richtungen. »Was zum Teufel macht ihr alle hier?«

»Auf dich warten«, sagte Beaumont in einer Art, als ob Dartford durch den Sturz geisteskrank geworden wäre. »Wir haben darauf gewettet, wo du landen würdest. Weiß jemand, wer dem Landeplatz am nächsten kam?« Er sah sich um.

»Sieht aus, als wäre Oxley der Glückliche«, sagte jemand.

Lucy war nur einen Moment lang enttäuscht, aber ob der Beinahe-Katastrophe, die Dartford gerade ereilt hatte, war es ihr egal, dass sie die Wette verloren hatte.

Er kämpfte darum, sich aufzurichten, und Beaumont half ihm. Lucy half auch, aber sie war nicht so stark wie Beaumont. »Ihr müsst alle gehen«, sagte er finster. Seine Augen fanden Lucys und die Intensität seines Blickes durchbohrte sie regelrecht. »Alle, außer dir.«

Lucy verstand nicht, warum er alle fortschickte, aber sie war froh, dass er sie nicht eingeschlossen hatte. Sie wollte sichergehen, dass es ihm gut ging.

»Wir dachten, wir würden bleiben und feiern«, sagte Charles. Als Beaumont ihn in die Seite stieß, fügte er hinzu: »Aber vielleicht nicht jetzt.«

»Nicht jetzt, nicht ein anderes Mal. Ich habe euch nicht eingeladen.« Er sah Lucy an. »Hilf mir hoch.«

Ein paar seiner Bediensteten kamen angelaufen – ein jüngerer Mann und ein weiterer Mann und eine Frau mittleren Alters. »Lassen Sie mich Ihnen helfen, Mylord«, sagte der jüngere Mann.

Lucy war froh über seine Unterstützung. Sie wollte nicht, dass die anderen Männer sahen, dass sie nicht so stark war, wie man es hätte erwarten können. Dennoch half sie dabei, Dartford auf die Beine zu ziehen.

Er drehte den Kopf, um den älteren Mann anzusehen – vielleicht war dieser sein Butler? »Alder, bitte sorge dafür, dass sich alle diese Gentlemen sofort auf den Weg machen.«

»Wie Sie wünschen, Mylord.« Er richtete seine Aufmerksamkeit auf die Gruppe und sah sie erwartungsvoll an. Dann wandte er sich an Lucy. »Wir kümmern uns um Seine Lordschaft.«

»Außer ihr. *Ihm*.« Er schüttelte den Kopf. »Ich bin ziemlich hart gestürzt.«

Eiseskälte flutete Lucys Venen, als sie sich umsah, um abzuschätzen, wie die anderen auf seinen Versprecher reagierten. Greene beobachtete sie mit einem seltsamen Blick, was ihr außerordentlich unangenehm war.

»Warum darf er bleiben?«, fragte Charles. Er klang ein wenig mürrisch, aber Lucy war sich nicht sicher, ob sie ihm das übel nehmen konnte. Dartford war nicht besonders gastfreundlich. Aber wie er sagte, er war ziemlich heftig gestürzt.

Dartford warf Charles einen düsteren Blick zu. »Weil er ein Arzt ist.«

Ein was? Lucy blinzelte und fragte sich, wie in aller Welt sie in Zukunft vorgeben könnte, *das* zu sein. Was hatte er gerade getan?

Er zuckte zusammen und legte sich die Hand an den Kopf. Blut floss aus der Platzwunde über sein Auge, an seiner Schläfe vorbei und entlang seiner Wange.

»Wir müssen ihn hineinbringen«, sagte Lucy in ihrem autoritärsten Tonfall. Sie wandte sich an die anderen Männer. »Nur zu. Geht schon. Es wird ihm alsbald wieder gut gehen.« Sie hatte natürlich keine Ahnung, ob dem so sein würde, aber er schien in Ordnung zu sein.

Die Frau kam mit Dartfords Hut nach vorne und setzte ihn auf seinen Kopf. »Um den Regen von Ihnen fernzuhalten.« Sie sprach mit einem sanften irischen Akzent.

Der jüngere Mann und Lucy stützten Dartford zwischen sich, als sie zum Haus gingen. Es war eine mühsame Prozession und sie fragte sich, ob sie einen Wagen oder etwas anderes hätten mitbringen sollen, um ihn zu transportieren.

»Wie geht es Sadler?«, fragte Dartford.

Lucy hatte alle anwesenden Gentlemen kennengelernt, kannte aber diesen Namen nicht. »Wem?«

»Dem Ballonfahrer.«

»Ich bin mir nicht sicher, Mylord«, antwortete der jüngere Bedienstete. »Samuel ging los, um nach ihm zu sehen.»

Dartford nickte und zuckte bei der Bewegung zusammen. «Lass mich wissen, was er herausfindet. Ich habe teuflische Kopfschmerzen.«

»Hast du deshalb alle weggeschickt?«, fragte Lucy.

»Nein. Ich mag es nicht, wenn Leute nach Darent Hall

kommen.« Sein Tonfall machte klar, dass er nicht weiter darüber diskutieren wollte, aber Lucy war immer noch neugierig. Sie hob sich ihre Fragen für später auf.

Der Regen nahm zu und als sie am Haus ankamen, war Lucys Mantel ziemlich nass. Die ältere Frau, von der Lucy erfahren hatte, dass es sich um die Haushälterin, Mrs. Alder, handelte, war ihnen vorausgegangen und erteilte nun forsch Befehle an ein paar Lakaien, die diese umgehend ausführten, beginnend mit einem Bad für Seine Lordschaft.

Sie drehte sich um, ihr sanftes Lächeln stand im Widerspruch zu der resoluten Art, in der sie gerade die Befehle verteilt hatte. »Gehen Sie nach oben. Ich gehe in die Küche, um ein Tonikum gegen seine Kopfschmerzen zu holen.« Sie sah Lucy an. »Was brauchen Sie noch für Ihre Behandlung?«

Lucy blinzelte, ihre Zunge gefror in ihrem Mund. »Ah, heißes Wasser, saubere Tücher. Das Tonikum natürlich.« Sie klang nicht im Entferntesten wie ein Arzt. Was hatte Dartford da nur angestellt, indem er diesen Unsinn erzählt hatte?

Sie machten sich auf den Weg nach oben und zum Glück trug Tindall – Dartfords Kammerdiener, wie sie erfahren hatte – den größten Teil von Dartfords Gewicht. Sein Schlafgemach befand sich im hinteren Teil eines der Flügel des U-förmigen Hauses. Es war groß, mit hohen Fenstern, die auf den weitläufigen Park und den Wald hinter dem Haus hinausblickten.

Ein massives Himmelbett stand an einer Wand. Tindall führte Dartford dorthin und Lucy trat zur Seite. Sie war sich plötzlich sehr bewusst, dass sie sich in Dartfords Schlafzimmer befand.

»Ich helfe beim Baden.« Tindall sah Lucy an. »Könnten Sie ihn ausziehen?«

Lucys Augen weiteten sich und sie hustete. Sie blickte zu Dartford, in der Erwartung, dass er einschreiten würde, aber er zog an seiner Krawatte und es schien nicht so, als hätte er gehört, was Tindall gesagt hatte.

Dartford stand an der Kante des Bettes und ließ seine Krawatte zur Seite fallen. Sie rutschte auf den Boden. »Ich will kein verdammtes Bad«, murmelte er. Er hatte zumindest *so* viel gehört. »Obwohl heißes Wasser köstlich klingt. Es war verdammt kalt da oben.« Er drehte seinen Kopf zu Tindall, der gerade in einer angrenzenden Kammer verschwand. »Tindall, einen Moment.«

Der Butler drehte sich um und kam zurück. »Mylord?«

»Niemand darf in diese Kammer kommen, außer dir und Mrs. Alder.« Er deutete auf Lucy hin. »Diese … *Person* ist nicht das, was sie zu sein scheint. Du wirst ihr Geheimnis bewahren. Ist das klar?«

Tindall zuckte nicht einmal bei dem Gebrauch des Wortes ›ihr‹. »Ja, Mylord.« Er ging ohne ein weiteres Wort oder irgendeine Reaktion.

»Ich ziehe dich nicht aus«, sagte Lucy und verzichtete auf ihre männliche Stimme und alles andere, was sie normalerweise tat, um vorzuspielen, ein Mann zu sein.

Das Blut auf seinem Gesicht war getrocknet, was ihn etwas wilder aussehen ließ. »Nicht mal meine Stiefel und meinen Mantel?«

Lucy zog ihre Handschuhe aus und warf sie zusammen mit ihrem Hut auf einen Stuhl in der Nähe des Kamins. Sie sehnte sich danach, die Perücke und die Gesichtsbehaarung abzunehmen, aber sie musste immer noch nach London zurückkehren und sie wollte nicht, dass Noras Kutscher sie als Frau sah. Vor allem, da sie immer noch in Männerkleidung steckte. Sie schüttelte sich aus ihrem nassen Mantel und hängte ihn über die Rückenlehne des Stuhls.

Sie ging zu Dartford und nahm seinen Hut. Sie überlegte, ihn auf das Bett zu legen, aber er war nass, also ließ sie ihn auf den Boden fallen. Als Nächstes half sie ihm aus seinem feuchten Mantel. Sie brachte diesen zu dem Stuhl am Kamin und legte ihn über die Armlehne. »Jemand muss dieses Feuer entfachen. Ich kann das tun, wenn du willst.«

»Nach den Stiefeln, bitte.«

Sie kehrte zu ihm zurück und kniete nieder. »Das ist eine Seite von dir, die ich noch nicht gesehen habe. Sehr anspruchsvoll. Und etwas brüsk. Warum willst du deine Freunde nicht hier haben? Sie waren so begierig, dich zu überraschen, und dann waren sie schrecklich besorgt, als du so ungünstig gelandet bist.« Sie zog seine Stiefel in schneller Folge aus und stellte sie zur Seite. Seine bestrumpften Füße wirkten unglaublich intim. Sie sollte ihm die Strümpfe besser nicht ausziehen und seine Zehen entblößen. Und doch tat sie es. Ohne, dass er darum bitten musste.

Zuerst rollte sie einen herunter und enthüllte eine muskulöse Wade, die mit dunklen Haaren bedeckt war. Sie errötete, die Hitze in ihrem Gesicht kam nicht ungelegen, nachdem sie sich mehr als eine Stunde lang draußen in der kalten Feuchtigkeit aufgehalten hatte. Sie fuhr mit dem nächsten Bein fort, machte diesmal noch schneller und achtete weniger auf die Haut, die sie durch ihre Fürsorge enthüllte.

Sie sprang auf. »Besser?«

»Mein Kopf bringt mich um.«

Gleich darauf kam Mrs. Alder herein und trug ein Tablett mit einer kleinen Flasche, einer größeren Flasche, die so aussah, als würde sie Alkohol enthalten, und einem Glas.

»Ich hoffe, Sie haben Gin mitgebracht.« Wieder klang sein Ton nervös und sie wunderte sich über diesen Dartford, den sie nicht kannte.

»Gewiss, Mylord.« Mrs. Alder goss aus der kleineren Flasche ein und gab ihm das Glas. »Zuerst jedoch das Elixier.«

»Sie haben das Sagen, wie immer.« Er hob das Glas und

prostete ihr zu, bevor er das Gebräu trank. Er zog seine Nase kraus und gab ihr das Glas zurück. »Das ist noch schlimmer, als ich es in Erinnerung hatte.«

Sie schenkte ihm einen autoritären Blick, aber ihre Lippen verzogen sich zu einem Lächeln. »Es ist nach wie vor das gleiche Elixier.« Sie goss als Nächstes den Gin ein und gab ihm erneut das Glas. Sie stellte die Flasche auf den Tisch neben dem Bett. »Ich lasse das hier.«

»Sie sind ein Juwel unter den Frauen«, sagte er, bevor er einen großen Schluck nahm.

Sie wandte sich an Lucy. »Was kann ich Ihnen bringen?«

Lucy war absolut sprachlos. Die Haushälterin sah sie mit Freundlichkeit und nicht im Mindestens verurteilend an. Wusste sie, dass sie eine Frau war?

»Mrs. Alder, das ist Miss Parnell. Sie ist weder eine Ärztin, noch, wie Sie sicher sehen können, ist sie ein Gentleman. Nur Sie und Tindall werden die Wahrheit erfahren. Ich erwarte natürlich, dass Sie es Ihrem Mann sagen, aber ich weiß, dass er wie immer sehr diskret sein wird.«

»Durchaus, Mylord.« Sie nickte und sah Lucy wieder an. »Soll ich ein Zimmer für Sie vorbereiten?«

»Oh, ich werde nicht bleiben. Ich stelle nur sicher, dass es Dartford gut geht, und dann gehe ich.«

»Wie Sie wünschen.« Die Haushälterin ging und schloss die Tür hinter sich.

Tindall kam aus dem anderen Raum zurück. »Ihr Bad ist fertig, Mylord.«

Lucy trat einen Schritt zurück. »Ich mache dein Feuer an und dann sollte ich wahrscheinlich gehen.«

»Bleib, bis ich fertig bin.« Er stand mit Tindalls Hilfe vom Bett auf. »Bitte.«

Das sollte sie nicht. Aber sie war machtlos unter dem Gewicht seines dunklen, ernsthaften Blickes. Sie nickte und beobachtete, wie Tindall ihn aus dem Raum führte.

Sie drehte sich um, ging zum Kamin und schürte das Feuer. Sobald es knisterte und Wärme ausstrahlte, wich sie zurück und stand dort, bis sie spürte, wie die Kälte vollständig aus ihren Knochen verschwand. Sie ging zu den Fenstern und sah über den darunter liegenden Rasen hinweg. Es gab einen Garten und ein kleines Labyrinth, aber es sah etwas zugewachsen aus.

Es war später Nachmittag. Sie sollte bald gehen.

Oh, was wollte sie überhaupt hier? Was für ein Narr sie gewesen war, hierherzukommen! Sie hatte die Wette verloren und war irgendwie zu *einem Arzt* geworden. Wie würde sie diese Fassade vor den anderen Männern aufrechterhalten können? Und Dartford hatte sich versprochen und statt ›ihm‹ ›ihr‹ gesagt. Hatte Greene es gehört? Es schien so, bei all der Aufmerksamkeit, die er danach auf sie gerichtet hatte. Sie hatten es wahrscheinlich *alle* mitbekommen, aber hatten sie es auf Dartfords Sturz zurückgeführt? Das hoffte sie.

Sie machte sich Sorgen, dass es an der Zeit sei, diese Scharade ein für alle Mal zu beenden. Und sie hatte noch nicht einmal annähernd die Geldmittel verdient, die sie brauchte.

Sie hörte hinter sich Schritte und war dabei, sich umzudrehen.

»Du solltest mir vielleicht besser weiterhin den Rücken zuwenden«, sagte Dartford.

Lucy drehte ihren Kopf wieder zurück, während ihr erneut die Röte den Hals hinaufkroch. War er … nackt?

Eine Minute später rief er: »Du kannst dich jetzt umdrehen.«

Sie wartete einen Moment und drehte sich dann langsam. Er lag im Bett, die Decke bis zur Brust hochgezogen – und er trug ein Hemd, obgleich es am Hals offen stand.

Sie wandte ihren Blick ab und suchte nach einem geeigneten Gesprächsthema. »Hast du erfahren, wie es Sadler erging?«

»Nein.« Andrews Stimme war tief und belegt und er räusperte sich. »Tindall, weißt du etwas?«

Der Butler drehte sich auf dem Weg zur Tür um. »Ah, ja, ich habe vergessen, es zu erwähnen, Mylord. Er ist wohlbehalten und als er erfuhr, dass Ihnen nichts Schlimmeres passiert ist, fuhr er nach London zurück.«

»Danke, Tindall. Das ist alles.« Das tiefe Rumpeln von Andrews Stimme hallte in ihren Knochen wider und feuerte ihr Blut an.

Sie verharrte in ihrer Position, zu ängstlich, sich zu bewegen, als Tindall sie alleine ließ. »Das ist völlig unangemessen«, sagte sie.

Andrews Gesicht war sauber, aber der Schnitt über seinem Auge war rot. »Alles an unserer Vereinbarung ist unangemessen.«

Sie konnte ihm nicht widersprechen. Mit langsamen, zaghaften Schritten machte sie sich auf den Weg zur Seite des Bettes. Er sah zum größten Teil unversehrt aus, abgesehen von dem Schnitt an seiner Stirn. Sie streckte die Hand aus, um die Haut über der Wunde zu glätten, verharrte dann aber. »Musst du genäht werden?«

»Ich weiß nicht.« Er verzog seinen Mund zu einem kleinen Lächeln. »Du bist die Ärztin.«

Sie starrte ihn an. »Dank dir. Warum hast du so etwas gesagt? Ich kann kein Arzt sein. Ich weiß überhaupt nichts über Medizin.«

Er schaute zu dem Betthimmel hinauf. »Ich weiß nicht. Ich gebe dem Sturz die Schuld daran. Ich habe nicht klar gedacht. Ich brauchte wohl einen Grund, warum du bleiben solltest.«

Ihr Inneres war voller Erwartung. »Warum?«

Seine Augen fanden ihre. »Ich weiß nicht. Ich wollte dich

nur hier bei mir haben.« Er klang mysteriös und, obwohl sie das hätte verwirren sollen, erfüllte es sie mit Hitze und Freude.

»Was werden wir gegen dieses Arztproblem unternehmen? Vielleicht kannst du ihnen sagen, dass du durch den Sturz verwirrt warst.«

»Wie ich es getan habe, als ich dich eine *sie* nannte?« Er schüttelte den Kopf. »Nein, ich fürchte, das Spiel ist vorbei. Davis Smith wird sich nach Edinburgh oder an einen ähnlich entfernten Ort zurückziehen.«

Frustration und Wut überlagerten die anderen Emotionen, die in ihr wüteten. »Aber *ich bin* noch nicht fertig. Ich habe heute noch mehr Geld bei dieser dummen Ballonwette verloren. Ich werde mir eine neue Verkleidung ausdenken. Ich besorge mir eine graue Perücke und werde ein älterer Mann.«

Er setzte sich schnell auf, zu schnell augenscheinlich, da er zusammenzuckte und seine Hand an den Kopf legte. Als er sie ansah, war seine Stirn gerunzelt und seine Augen leuchteten mit etwas, das sie nicht ganz benennen konnte. »Verdammt, Lucy, kannst du nicht einmal eine Frau sein?«

KAPITEL ELF

ANDREW STARRTE SIE AN. Ihre Lippen waren geteilt, ihr Atem ging schnell. Sie war wütend, aber da war noch mehr. Sein Kopf schmerzte. Zum Teufel, sein ganzer Körper tat weh, aber er empfand auch noch etwas *anderes*. Er wollte sie. Verzweifelt. Und im Moment scherte er sich einen Dreck um die Konsequenzen.

Er schlang seinen rechten Arm um ihre Taille, griff ihren Hinterkopf mit seiner linken Hand und zog sie zu sich herunter. Er beanspruchte ihren Mund, seine Lippen eroberten in einem feurigen Tanz die ihren. Er wollte sie mehr, als er jemals zuvor etwas gewollt hatte.

Seine Finger schoben sich unter den Rand ihrer Perücke. Oh, das ging so nicht. All das war zu viel. Das Haarteil, die Koteletten, die Männerkleidung. Er wollte *Lucy*.

Er löste seinen Mund von dem ihrem, ließ sie aber nicht los. »Ich will dich sehen. Ohne, dass *Smitty* sich einmischt.« Er brachte seine Hand zu ihrem Gesicht und strich mit seinem Daumen entlang einer der verhassten Koteletten. »Wie werden die abgelöst?«

Ihre Wimpern flatterten. »Man kann sie abziehen. Du musst nur sanft sein.«

Er rutschte zur Seite und zog an ihr, um sie neben sich zu platzieren. Er setzte sich auf und fand das Ende der unechten Kotelette. Er zog an der Kante und hob sie vorsichtig an. Er bewegte sich langsam, bemerkte aber, dass sie zusammenzuckte. »Tut es weh?«

»Ein bisschen. Du könntest etwas schneller ziehen.«

Er riss sie weg und versuchte dabei, so behutsam wie möglich zu sein. Als er fertig war, schloss sie kurz ihre Augen, und als sie sie wieder öffnete, war ihr Blick entschlossen. Sie griff nach oben, zog die zweite der Koteletten mit einer schnellen Bewegung weg und ließ sie dann auf den Nachttisch fallen. Sie sog scharf die Luft ein und er konnte sehen, dass ihre Augen tränten. »Ich glaube, mein Dienstmädchen hat heute zu viel Kleber benutzt. Wir wollten sichergehen, dass sie an Ort und Stelle blieben, da es ein so langer Tag werden sollte.« Sie blinzelte und rieb sich an der geröteten Haut.

»Lass mich mal.« Er ersetzte ihre Finger durch seine und streichelte ihre Haut, während er in ihre verführerischen Augen schaute. »Du bist absolut furchtlos, weißt du das?«

Ihr Blick schwankte nicht, noch zuckte sie zusammen und bestätigte so, was er gesagt hatte. »Ich möchte erlangen, nach was ich mich sehne.«

Er legte seine Hand auf ihre Wange, sein Daumen bewegte sich über ihre Haut und beruhigte sie. »Und was ist das?«

»Freiheit. Unabhängigkeit. Sicherheit.«

»Ich will Aufregung. Abenteuer. Aber vor allem will ich dich.« Er zog ihren Kopf nach unten und küsste sie wieder. Zuvor hatte er sie überrascht, doch diesmal war sie bereit. Ihr Mund traf seinen mit gleicher Leidenschaft, ihre Lippen öffneten sich und ihre Zunge huschte vorwärts, um sich mit seiner zu treffen.

Das war aufregend und abenteuerlich – alles, was er wollte und noch mehr. Er lehnte sich zurück und nahm seine Hand von ihrem Hinterkopf. Er packte sie an der Taille und zog sie auf seine Brust. Er spreizte seine Hand über ihren unteren Rücken und drückte sie enger gegen sich. Die Decke war zwischen ihnen und bildete eine ärgerliche Barriere. Aber darunter trug er nur ein Hemd. Er würde sie wahrscheinlich schockieren. Oder auch nicht. Lucy war nicht der Typ, der sich leicht erschrecken ließ.

Lucy.

Wie hatte er jemals an sie als Smitty denken können? Zum Teufel, er hatte vergessen, die Perücke abzuziehen. Er griff nach oben und zog sie von ihrem Kopf.

Sie brach den Kuss ab. »Aua!«

Er zuckte zusammen. »Was ist? Ich wollte dir nicht wehtun.«

»Die Perücke war an meinem Haar festgesteckt.« Sie lehnte sich zurück und massierte ihren Hinterkopf.

Er ließ sie frei. »Entschuldige.« Er hielt ihr die Perücke hin, aber sie schüttelte den Kopf.

Sie zog eine Nadel aus ihrem Haar und ließ sie auf den Tisch neben dem Bett fallen. Eine zweite schloss sich ihr an. Dann noch eine. Mit äußerster Sorgfalt und Präzision entfernte sie jede einzelne Haarnadel und legte sie alle auf den Tisch. Locke für Locke fiel herunter, bis die dunkle Fülle wie ein dichter Vorhang um ihre Schultern hing.

Andrew ließ die Perücke fallen, ohne Rücksicht darauf, wo sie landete. »Du bist so schön. Und sag mir nicht, dass du es nicht bist. Du *bist es.*«

Ihre Augen waren groß, leuchtend, im schwachen, verführerischen Licht der Kammer. »Ich habe mich nie so gesehen … bis ich dich traf.«

Er hob seine Hände zu ihrem Gesicht, streichelte ihre Wangen und genoss das Gefühl ihrer seidigen Sanftheit. Er strich mit seinem Daumen über ihre Wangenknochen und schob seine Hände zurück in ihr Haar. Es war dick und weich und er ließ seine Finger mit den Wellen spielen.

Er wollte mehr.

Seine Hände wanderten ihren Körper hinunter, umfassten ihre Seiten, hoben sie über sich und legten sie in die Mitte seines Bettes. Er rollte sich auf die Seite und schwebte über ihr. Nachdem er ihre Krawatte gelöst hatte, konnte er ein Stück ihres Halses sehen. Er zerrte die Seide weg und warf sie zur Seite. Der Kragen ihres Hemdes fiel auf und enthüllte mehr von ihrer cremeweißen Haut.

Sie starrte ihn an, ihre Augen waren voller Staunen und Verlangen. »Meine Stiefel sind wahrscheinlich schmutzig.«

Er nahm seinen Blick von ihrem und sah zu ihren Füßen hinunter. »Dann ziehen wir sie aus.« Er machte das in Windeseile, zog ihre Stiefel ab und warf sie auf den Boden. Das Gleiche tat er mit ihren Strümpfen, da er gierig darauf war, ihre Füße zu sehen. Sie waren blass und schön. Er fuhr mit der Fingerspitze am äußeren Rand entlang, von der Zehe zur Ferse.

Sie zuckte zusammen und kicherte. »Das kitzelt.«

Er blickte zurück zu ihrem Gesicht und seine Lippen verzogen sich zu einem trägen Lächeln, als seine Kopf-schmerzen durch die Wirkung des Elixiers zu verblassen begannen. »Ist dem so?«

Sie trug noch viel zu viel Kleidung, die ihn an Smitty erinnerte. Und verdammt, er wollte Smitty nicht in seinem Bett haben.

Er wollte Lucy.

Neben ihr liegend und auf seinen Ellbogen gestützt, legte er seine Finger auf den obersten Knopf ihrer Weste. »Darf ich?«

Sie nickte. Ihre Brust hob und senkte sich mit tiefen, immer schneller werdenden Atemzügen.

Er erkannte, dass es hier keine Polsterung gab. »Wo ist die Polsterung deiner Verkleidung?«

»Bei dem Tageskostüm sind wir es schlauer angegangen. Mein Dienstmädchen hat sie in den Mantel eingenäht. Sobald ich diesen ausgezogen hatte, gab es darunter nur noch mich selbst.«

Er ging zum nächsten Knopf über und genoss dieses gemächliche Entfernen ihres Kostüms, sehnte sich aber gleichzeitig danach, wie sie es ausgedrückt hatte, nur noch sie selbst zu sehen. »Raffiniert«, hauchte er. »Aber andererseits würde ich nichts Geringeres von dir erwarten.« Er bewegte sich schneller, arbeitete sich durch die Knopfleiste der Weste und schlug dann die Seiten zurück, um das Hemd darunter freizulegen.

Sie keuchte, dann brachte sie ihre Hand zu seinem Hinterkopf. Sie zog ihn zu sich herunter. »Küss mich, Dartford.«

»Andrew. Du solltest mich wirklich Andrew nennen.« Niemand hatte ihn so genannt, seit er klein war, und selbst dann waren es nur sein Bruder und seine Schwestern gewesen. Seine Eltern hatten ihn bei seinem Adelstitel gerufen. Warum Bertie und die Mädchen ihn Andrew genannt hatten, blieb ein Geheimnis, auf das er nie die Antwort bekommen würde.

Die Dunkelheit drohte ihn zu verschlingen, genau wie bei der Landung des Ballons. Bis er ihr Gesicht gesehen hatte. Er war zuerst entsetzt darüber gewesen, dass sie einer der Gentlemen auf dem Rasen war, aber nach dem Aufwachen aus seiner kurzen Bewusstlosigkeit war er nur noch erleichtert und ... glücklich. Er tat nun dasselbe, was er zuvor getan hatte, um nicht von der starken Trauer und seinen Ängsten eingeholt zu werden – er konzentrierte sich auf sie. Er nährte sich von ihrer Berührung und verlor sich in ihrem Kuss.

Er drückte sich auf sie und genoss ihren Körper unter seinem. Er drang in ihren Mund ein, seine Zunge tanzte mit ihrer und sein Körper pochte vor Verlangen. Sie wölbte sich ihm entgegen und drückte ihre Brust gegen seine. Er erkannte, dass etwas fehlte. Er hob seine Hand an ihre Seite und wanderte zu ihrer Brust. Nur, dass es keine Brust gab.

Nun, er wusste, dass sie eine hatte. Er hatte ihr Dekolleté auf Lady Colnes Ball gesehen. Er hatte die Form ihrer Brüste gesehen. Er wollte sie *ganz* sehen. Oder zumindest fühlen.

Er bewegte seine Hand zurück zu ihrer Taille und zerrte das Hemd aus ihrer Hose. Er fand den Saum und glitt darunter und seine Hand schob sich entlang ihrer nackten Haut nach oben. Sie keuchte in seinen Mund. Sie war warm und weich und er wurde langsam, aber inbrünstig verrückt vor Verlangen.

Das Hemd hob sich mit seinen Bewegungen an und bauschte sich zwischen ihren Körpern. Endlich erreichte er ihre Brust und stieß auf Leinen. Sie hatte ihre Brüste abgebunden. Er fuhr mit der Hand über den Stoff und suchte nach einer Möglichkeit, wie man das verunglimpfende Teil entfernen konnte. Es gab einen Knoten in der Mitte, aber seine Versuche, ihn zu lösen, scheiterten völlig.

Er beendete den Kuss und knabberte mit den Zähnen an ihrer Unterlippe. Ihre Augen öffneten sich. Das Schwarz ihrer erweiterten Pupillen umschloss fast die Iris und ihr Mund war ganz rot vom Küssen.

»Was für eine Art von Folter ist das?«, fragte er, während er vergeblich versuchte, den Knoten zu lösen.

»Es schien notwendig.« Ihre Hände übernahmen und lockerten schnell den Stoff. »Ich kann nicht …« Sie wand ihren Blick von ihm ab.

Sie wollte, dass er aufhörte. Er gab nicht ihr die Schuld.

Zum Teufel, er benahm sich wie ein Tier. Enttäuschung erfasste ihn. »Es ist alles in Ordnung. Ich fürchte, ich habe meinen Kopf verloren.«

Sie versuchte, sich zu erheben. Er lehnte sich zurück und gab ihr den Raum, den sie brauchte. Sie erhob sich vom Bett, zog sich das Hemd über den Kopf und schockierte ihn. »Ich wollte nicht, dass du aufhörst. Ich kann das einfach nicht ohne Hilfe abnehmen. Nun, ich schätze, das könnte ich, aber mit Hilfe ist es einfacher. Meine Magd wickelt es stets ziemlich fest.«

Er starrte sie an, sein Mund wurde vor Verlangen ganz feucht. Sie war ein Geschenk. Er hatte keine Ahnung, was er getan hatte, um sie zu verdienen, aber er wollte nicht die Gnade infrage stellen, mit der sie ihm gegeben worden war.

Er griff nach einer Ecke des Stoffstreifens und begann, ihn um sie herum abzuwickeln. Er ging gemächlich vor und genoss erneut das langsame, sorgfältige Ausziehen. Es war fast unerträglich erotisch. So sehr er ihre männliche Verkleidung auch hasste, so ließ sie ihn die Offenbarung ihrer wahren Gestalt noch aufgeregter erwarten. Es machte sie noch femininer, schöner, unwiderstehlicher.

Als er bei der letzten Wicklung ankam, neckten ihn ihre Brüste. Endlich wurde ihm ihre Form offenbart. Er riss den Stoff weg, verzweifelt, sie freizulegen und seinem hungrigen Blick zu offenbaren.

»Nun siehst du, warum es für mich kein größeres Problem darstellt, mich wie ein Mann zu kleiden. Ich fürchte, meine Kurven sind fast nicht vorhanden.«

Er hörte ihre Worte, war aber gänzlich anderer Meinung. Ihre Brüste waren klein, aber üppig und rund, mit perfekten rosa Brustwarzen, die regelrecht um seinen Kuss bettelten. Er drückte sie zurück in die Kissen und breitete ihr Haar über dem weißen Leinen aus. Er strich mit seinen Händen über ihren Hals, entlang ihrer Schlüsselbeine, umkreiste ihre

Brüste und schröpfte sie sanft. »Du hast genau die Kurven, die du haben solltest, und du bist atemberaubend. Ich weiß nicht, warum du diese absurden Ansichten von dir selbst hast, aber erlaube mir, dich jetzt davon zu befreien.«

Er bewegte sich ihren Brustkorb hinunter und bemerkte ihren schlanken, aber geschmeidigen Körperbau. Sie war athletisch, anmutig, absolut perfekt in seinen Augen. Aber es gab noch mehr zu sehen. Er fand den Verschluss ihrer Reithose und öffnete ihn mit schnellen Bewegungen seiner Fingerspitzen. Ihre Atmung war nicht mehr zu hören und er erkannte, dass sie ihren Atem anhielt, während er sich vorarbeitete.

Er packte den Bund der Reithose und zerrte sie herunter, froh zu sehen, dass es keine weitere Kleidung gab, die seinen Blick versperrte. Das dichte, dunkle Dreieck ihrer Locken begrüßte ihn, als er das Kleidungsstück wegzog. Ihr Atem setzte in schnellen Zügen wieder ein.

»*Lucy.*« Er strich seine Fingerspitzen über den Bogen ihrer Hüfte und die Kurve ihres Oberschenkels. »Wenn du irgendwelche Fehler hast, sehe ich sie nicht. Alles, was ich sehe, ist eine schöne Frau, die ich mit jedem Teil meines Seins begehre.« Er streifte die Bettdecke von sich ab, kam über sie und stützte seine Hände auf beiden Seiten ihres Kopfes ab. Er trug immer noch sein Hemd, aber das war alles, was jetzt zwischen ihnen lag. »Wenn du mir nicht glaubst, lass es mich dir zeigen.«

Sie fuhr mit ihren Händen in sein Haar. »Ja. Bitte.« Und sie küsste ihn erneut, ihre Zunge glitt über seine Lippen, bevor sie in seinen Mund eindrang und beanspruchte, was sie wollte.

Er küsste sie innig und drückte seinen Körper gegen ihren. Sie drehte und wölbte sich unter ihm und steigerte seine Erregung. Der Saum seines Hemdes bedeckte geradeso seine Männlichkeit und er hatte momentan nicht die

Absicht, sie ihr zu zeigen. Dieser Moment war nicht für ihn, sondern für sie. Er wollte ihr ein Erlebnis verschaffen, das sie nie vergessen würde. Diese Frau, der so viel fortgenommen worden war, verdiente nichts Geringeres.

Er streichelte die Seite ihres Halses, fühlte ihren Puls stark und sicher gegen seine Fingerspitzen. Er zog seinen Mund an ihrem Kinn entlang, küsste und leckte, schmeckte sie. Sie zog an seinen Haaren und stöhnte. Er lächelte und schwelgte in ihrer ungehemmten Reaktion.

Er streichelte ihr Schlüsselbein und bewegte sich tiefer, bis er ihre Brust fand. Er schröpfte sie wieder, bevor er zur Brustwarze kam. Mit Daumen und Zeigefinger zog und drückte er leicht. Ihr Stöhnen wurde lauter und ihre Nippel richteten sich auf, verlangten nach mehr von seiner Berührung. Sein Mund bewegte sich ihren Hals entlang und neckte ihre Haut während seiner Wanderung nach unten. Seine Hand umfasste ihre Brust und hielt sie fest, während er die Brustwarze in den Mund nahm und erst zart, dann härter und dann wieder zärtlicher an ihr saugte.

»*Andrew.*« Ihre tiefe, aber so feminine Stimme umhüllte ihn mit Verlangen.

Er liebkoste ihre Brüste gleichermaßen und benutzte dabei seine Hände und seinen Mund, um sie zu necken und zu verwöhnen. Sie bewegte sich mit vollkommener Hingabe und ihre Atmung wurde unregelmäßiger. Er glitt mit seinen Fingern über ihren Brustkorb und weiter über ihre Hüfte zu ihrem Oberschenkel. Er näherte sich langsam ihrer intimsten Stelle, streichelte sanft ihre Locken und fand dann ihre Klitoris, diese süße Lustperle, die sie zum Gipfel bringen würde.

Ihre Beine bewegten sich auseinander, sodass er leichter Zugang hatte, und er war erneut begeistert und erfreut über ihre Leidenschaft, aber keineswegs überrascht. Er konzentrierte sich weiterhin mit seinem Mund auf ihre Brust, während er sie berührte, zuerst sanft und dann zielstrebiger.

Sie war nass und er wollte nichts anderes, als in ihre Hitze einzutauchen. Aber das konnte er nicht tun. Was sie taten, war schon weit mehr, als sie hätten tun dürfen.

Er drückte seinen Finger in sie hinein und sie keuchte. Er rieb an ihrer Klitoris und erhöhte seinen Druck und seine Geschwindigkeit, bis ihre verzweifelten Schreie den Raum füllten. Ihre Reaktion verstärkte nur noch sein eigenes Verlangen.

Er verließ ihre Brust und bewegte sich ihren Körper hinunter. Er drückte ihre Oberschenkel auseinander und konzentrierte sich auf ihre Weiblichkeit, teilte ihre rosa Falten und leckte ihr köstliches Fleisch. Sie tauchte aus dem Nebel ihrer Lust auf, ihre Finger ergriffen sein Haar.

»Was *machst* du da?«

Er glaubte nicht, dass sie eine Erklärung erwartete und er benötigte keine weitere Ermutigung. Er stieß seine Zunge in sie hinein und streichelte ihre Falten, ihre Klitoris. Ihre Hüften bewegten sich unablässig, während ihre Hände an seinem Kopf und seinen Schultern zogen. Sie begann zu zittern, ihre Muskeln zuckten. Er wanderte mit seinem Mund an ihre empfindlichste Stelle und schob seinen Finger in sie hinein, füllte sie immer wieder, bis er spürte, wie sich die Muskeln um seinen Finger herum zusammenzogen.

Sein Schwanz zuckte in dem verzweifelten Verlangen, seinen Finger zu ersetzen. Er musste Erlösung finden und er glaubte nicht, dass er sich noch lange zurückhalten konnte.

Er streichelte sie, während ihr Orgasmus abflaute, und verlangsamte seine Bewegungen, sobald er nachließ. Sie keuchte, als sie vollkommen verausgabt dalag, ihre Beine um ihn herum gespreizt.

»Großer Gott, das war eine Offenbarung.«

Er lachte in sich hinein ob ihrer Zusammenfassung, die so sachlich und doch so wunderbar war. Das war seine Lucy.

Seine?

Er setzte sich auf seine Waden zurück und ihr Blick ging direkt zu dem Zelt, das sein Schwanz mit dem unteren Ende seines Hemdes geschaffen hatte.

Sie leckte ihre Unterlippe und sein Schwanz zuckte wieder. Sie wollte ihn umbringen.

»Was ist mit dir?«, fragte sie. »Willst du nicht …« Sie benutzte ihre Augen, um anzuzeigen, was sie meinte – wollte er nicht seinen Schwanz in sie stecken?

»Ich möchte es, aber das wäre … unbesonnen.«

Sie runzelte die Stirn und eine Furche zeigte sich zwischen ihren Brauen. »Ja. Aber gibt es keine Vorkehrungen? Ich will das fühlen. *Dich* fühlen. Können wir es nur ein wenig machen?«

Sie wollte es nur ein wenig machen? Hölle und Verdammnis, die Versuchung war übermächtig, aber er würde jedes bisschen von Lucy nehmen, das er bekommen konnte.

»Bist du sicher?«

Sie setzte sich auf und legte ihre Handflächen flach auf seine Oberschenkel. Sie schaute ihm in die Augen. »Zieh dein Hemd aus.«

Verlangen durchströmte ihn. Er riss das Kleidungsstück über den Kopf und warf es achtlos zur Seite.

Sie starrte auf seinen Schwanz. »Das ist, äh, beeindruckend.«

»*Lucy.*«

Sie massierte sein erhitztes Fleisch, ihre Fingerspitzen gruben sich in seine Hüften. »Darf ich ihn anfassen?«

»Du kannst damit machen, was du willst.«

Sie warf ihm einen frechen Blick zu. »Alles?«

Gott, sie war unglaublich. »*Fast* alles.«

Sie schob ihre Hände über seine Oberschenkel und umschloss seine Hüften. »Mmm.«

Er konzentrierte sich darauf, stillzuhalten, damit er sich nicht auf sie stürzte. Er wollte sie so sehr.

»Ich denke, ich sollte hier anfangen. Du bist so muskulös.« Sie fuhr mit den Händen über seine Seiten, ihre Finger spreizten sich. Sie kam vor ihm auf die Knie, ihr Blick war mit seinem verbunden. Je mehr sie ihn berührte, desto schwieriger war es für ihn, die Augen offenzuhalten und nicht ganz ihrem Bann zu verfallen.

Sie küsste sein Kinn, seinen Hals, seine Brust und erkundete ihn, wie sie es wahrscheinlich in jeder anderen Facette ihres Lebens tat.

»Du hast keinerlei Ängste, oder?« Seine Frage kam rau und dunkel heraus, fast gebrochen.

»Nicht viele. Aber ich schätze, das haben wir gemeinsam.« Sie leckte an seiner Brustwarze. »*Wagemutiger Herzog.*« Sie schloss ihren Mund über dieser empfindsamen Stelle und er stöhnte. Er vergrub seine Hände in ihrem herrlichen Haar.

»Lucy, ich bin bereit.« Er war mehr als bereit.

»Noch nicht.« Sie schob sich zurück und ließ ihre Hand über die Ebenen seines Bauches wandern, bis sie seinen Schaft fand. »Ich habe noch *nichts* mit diesem hier angestellt. Wie nennst du ihn? Meine Freundin Ivy sagt, dass Männer Namen dafür haben.«

Großer Gott, sie sprachen über so etwas? »Es ist nur mein, äh, Schwanz.«

»In Ordnung. Schwanz.« Dieses Wort aus ihrem Mund zu hören, ließ ihn erneut stöhnen. Oder vielleicht war es, weil sich ihre Hand um die Basis geschlossen hatte und ihn sanft drückte. »Mache ich das richtig?«

»Gott, ja. Du kannst … deine Hand bewegen. Wenn du willst.« Er betete, dass sie es tun würde.

»Zeig es mir.«

Seine Hand schloss sich über ihrer und er zeigte ihr, wie er gestreichelt werden wollte. Sie imitierte die Bewegung gekonnt und übte einen leichten Druck aus, der seine Eier straffte. »Lucy, du bist ein verdammtes Talent.«

»Hmm. Da ist Flüssigkeit. Kann ich sie probieren? Egal, ich bin mir ziemlich sicher, dass das in die Kategorie der Dinge fällt, die ich tun kann.«

»Im Moment stünde das wahrscheinlich ganz oben.«

»Ich verstehe.« Sie neigte ihren Kopf und legte ihren Mund über seine Männlichkeit – und er war vollkommen und hoffnungslos verloren.

Sie saugte ihn sanft, ihre Hand hielt ihn noch immer, aber dann bewegte sie ihren Mund, wie sie ihre Hand bewegt hatte, und innerhalb von Sekunden fürchtete er, dass er kommen würde.

»Lucy, ich glaube nicht, dass ich in der Lage sein werde … meinen Schwanz … in dich … Nicht jetzt. Ich werde …«

Zur Hölle. Sie zog ihn tief in ihren Mund und saugte, während ihre Finger ihn drückten.

Dann bewegten sich seine Hüften; er konnte nicht anders. Er stieß in sie hinein, sein Orgasmus baute sich auf. Sie ließ ihn los und zog ihn wieder tief in ihren Mund hinein und es war um ihn geschehen. Er bewegte sich rhythmisch immer weiter, bis er explodierte. »Lucy!«

Sie ließ ihn nicht los, sondern behielt ihn in sich, bis er fertig war.

Er schrie und brüllte und machte einen verdammten Lärm, bis er völlig erschöpft war. Er wollte nichts anderes, als neben ihr zusammenzubrechen und sie in seine Arme zu nehmen.

Sie lehnte sich zurück, ließ ihn los und wischte sich mit der Hand über den Mund. Sie sah unsicher aus, aber auch … zufrieden. Ihre Augen waren glasig von ihrem lustvollen Liebesspiel. »War das … in Ordnung? Ich weiß nicht, ob das normal war …« Sie sah weg.

»Lucy, das war *nicht* normal. Es war spektakulär. Ich

kann mir nicht vorstellen, woher du das wusstest, aber ich stelle solche Talente nicht gern infrage.«

Sie errötete, als ihr Blick wieder den seinen traf. »Nun, dann nehme ich das als Kompliment.«

»Bitte tu das.« Er küsste sie fest und wild und lange, hielt sie fest an sich gepresst und fiel dann mit ihr zusammen zurück auf das Bett.

Als sie sich voneinander lösten, lachte sie. »Was ist mit dem anderen … Akt?«

»Nicht heute Abend«, sagte er. »Wir haben noch nicht einmal gegessen. Ich habe Tindall gebeten, es später hinaufzubringen.« Er betrachtete die Uhr auf dem Kaminsims und erkannte, dass sich dieser Zeitpunkt wahrscheinlich gerade näherte. »Wir sollten uns anziehen.«

Sie verzog das Gesicht. »Ich will das noch nicht alles wieder anziehen. Kann ich nicht etwas von dir tragen, während wir hier essen?«

Der Gedanke, dass sie einen seiner Bademäntel als ihr Abendkleid anzog, war ein verlockendes Bild. »Auf jeden Fall.« Sein gesunder Menschenverstand, der zugegebenermaßen in diesem Augenblick nur spärlich vorhanden war, meldete sich zu Wort. »Du musst zurück nach London, bevor du vermisst wirst.«

»Ich kann eine Nachricht an Aquilla schicken. Sie wird sich eine Ausrede für meine Großmutter ausdenken.« Sie strich mit ihrem Finger an seiner Stirn entlang und berührte sanft seine Platzwunde. »Jedenfalls würde ich lieber hierbleiben und auf dich aufpassen, wenn das in Ordnung ist.«

Die Idee, sie hier zu haben, war verlockend, aber auch beängstigend. Er hatte hier noch nie einen Besucher gehabt. Nachdem seine Familie gestorben war, hatte er hier allein mit dem Personal gelebt. Er hatte einen Großteil seiner Zeit in der Schule und dann in London verbracht. Das war sein

Zuhause, aber es fühlte sich nicht danach an. Weil er es nicht wollte. Zu Hause war seine Familie – und sie waren weg.

Er schloss kurz die Augen, als Verzweiflung an den Rändern seines Verstandes zerrte. Als er sie wieder öffnete, sah er, dass sie ihn beobachtete.

»Was ist los?«, fragte sie. »Du siehst verärgert aus.«

Er wollte nicht darüber reden. »Du kannst bleiben.« Seine Antwort überraschte ihn selbst.

»Was ist mit deinen Bediensteten?«

»Ich habe nicht viele und sie werden deine Anwesenheit geheim halten.«

Sie studierte ihn, ihre Augenbrauen verengten sich sorgenvoll. Erneut fuhr sie mit ihren Fingerspitzen an seiner Stirn entlang und strich mit ihrer Hand über die Seite seines Gesichts, bevor sie ihn sanft küsste. »In Ordnung.«

»Wir werden deine Nachricht schnellstmöglich abschicken und uns um deine Kutsche und den Fahrer kümmern – nachdem ich dir etwas zum Anziehen gebracht habe.« Er wollte aufstehen, aber sie hielt ihn an seinen Schultern fest.

Sie sah ihm in die Augen. »Küss mich zuerst noch einmal.«

»Du bist eine anspruchsvolle Frau.«

Sie runzelte ihre Stirn, als ob sie stillschweigend fragen wollte, ob dies ein Problem sei. Das war es auf keinen Fall. Seine Lippen verzogen sich zu einem Lächeln, bevor sie auf ihre trafen.

Dies war ein bemerkenswerter Tag und er würde sein Bestes tun, nicht über die Konsequenzen nachzudenken.

KAPITEL ZWÖLF

*L*UCY BEENDETE ihr Abendessen, überrascht von der Menge an Essen, die sie zu sich genommen hatte, aber andererseits war sie ausgehungert gewesen. Es war ein langer Tag voller erstaunlicher Ereignisse. Sie sah über den Tisch zu Andrew. Er hatte sein Hemd und eine Hose angezogen, aber man konnte ihn kaum ›angezogen‹ nennen, mit seinen nackten Füßen und dem Anblick seiner herrlich breiten Brust. Sie hatte nicht die Absicht, sich zu beschweren.

»Wie geht es deinem Kopf?«, fragte sie.

»Er schmerzt, aber das Elixier scheint gut zu helfen. Ich sollte noch eine Dosis nehmen.« Er holte die Flasche von dem Tischchen neben seinem Bett und kehrte an den kleinen Tisch vor dem Kamin zurück, auf dem Tindall ihr Essen serviert hatte. Andrew drückte einen Kuss auf ihren Scheitel, als er an ihr vorbeikam. »Oder vielleicht liegt das alles an dir und deinen Heilkräften.«

Lucy verdrehte die Augen. »Wenn überhaupt, werde ich dir mehr Schaden als Nutzen bringen.«

Er setzte sich ihr gegenüber und grinste. »Niemals.«

Sie dachte darüber nach, was sie früher am Tag getan hatten – es beschäftigte ihren Verstand aus so vielen Gründen – und war sich nicht sicher, ob er die Aktivität wiederholen wollte. Oder es sogar weiter gehen lassen würde. »Du willst wirklich, dass ich bleibe?« Sie hatte Aquilla bereits eine Nachricht geschrieben, welche inzwischen mindestens auf halbem Weg nach London war.

»Das tue ich.« Er trank seinen Wein. »Sag mir, warum du ein Mauerblümchen bist. Ich verstehe es kein bisschen.«

Sie blinzelte ihn an, hielt ihn für verrückt und lachte dann. »Ich bin nicht konventionell schön.« Sie hielt ihre Hand hoch. »Du kannst nicht mit mir streiten. Ich habe nicht gesagt, dass ich nicht schön bin – du hast ein Recht auf deine Meinung. Aber ich bin weder blond noch blauäugig noch mit besonders weiblichen Kurven gesegnet.« Es fühlte sich seltsam an, sich jetzt so zu beschreiben. Seitdem sie bei ihm war, fühlte sie sich in der Tat begehrenswert. »Außerdem mag ich keine weiblichen Beschäftigungen wie Stickerei, Gesang oder Kichern.«

Er lachte. »Kichern? Wurde dir das in deinem Anstandsunterricht beigebracht?«

»Nein, was wahrscheinlich der Grund ist, warum ich scheiterte.« Sie lächelte ihn an und genoss seinen Witz und die offene und respektvolle Art, wie er mit ihr sprach. Er sprach mit ihr, wie es noch kein Mann je getan hatte – als ob er wirklich interessiert und vielleicht sogar verzaubert wäre.

»Umso besser für dich«, sagte er. »Hattest du nie einen Verehrer? Nicht ein einziges Mal?«

»Das hatte ich, in meiner ersten Saison.«

»Und was ist mit diesem Verehrer passiert?«

»Er war nicht *wirklich* ein Verehrer, nur jemand, der mir für kurze Zeit Aufmerksamkeit schenkte.« Sie dachte nicht gern an Caruthers, noch sprach sie gern über ihn. »Das war vor fünf Jahren. Ich erinnere mich kaum.«

Andrew stellte sein Glas auf den Tisch und lehnte sich nach vorne, sein Blick war nachdenklich. »Das wage ich zu bezweifeln, aber ich bin dafür, Dinge zu vergessen, die uns belasten. Ich habe jedoch entschieden, dass ich diesen Kerl nicht mag. Daher, wenn du mir seinen Namen nennst, würde ich ihn gern stolpern lassen, wenn ich ihn das nächste Mal sehe, oder ihn bei einer Partie Whist ausnehmen.«

Jetzt war Lucy an der Reihe zu lachen. Wärme und Freude breiteten sich in ihr aus. Sie hatte noch nie jemanden gehabt, der sie verteidigte. Sie könnte sich daran gewöhnen. Meine Güte, das war ein ernüchternder Gedanke. Sie ergriff ihr Weinglas und nahm einen großen Schluck.

»Ich meine es ernst«, sagte er. »Er ist ein Schwachkopf.«

»Er hat eine reiche Erbin geheiratet und ich glaube, er ist ein schrecklicher Verschwender. Ich bin froh, dass er mir nicht den Hof gemacht hat.«

»Du bist die am stärksten praktisch veranlagte Frau, der ich je begegnet bin.«

Sie prostete ihm mit ihrem Glas zu. »Danke.«

Er erhob als Antwort ebenfalls sein Glas.

Nachdem sie einen weiteren Schluck Wein getrunken hatte, sprach sie das Thema an, das ihr durch den Kopf ging, seit er aus dem Ballon gestürzt war. »Warum willst du nicht, dass Leute nach Darent Hall kommen?«

Er zuckte mit den Achseln, bevor er seinen Kopf drehte, um ins Feuer zu schauen. »Ich habe nicht gern Besucher.«

So einfach konnte es nicht sein, oder? »Du warst ziemlich wütend«, sagte sie leise. »Es schien um mehr zu gehen als nur darum, dass du nicht gern Besucher empfängst.«

Er sah sie schief an. »Ich war gerade aus einem absteigenden Ballon gefallen, nachdem ich mehrmals vom Boden abgeprallt war. Bis morgen werde ich blaue Flecken fast überall auf meinem Körper haben.«

Sie konnte seinen Standpunkt nicht bestreiten. Sie

konnte sich nicht vorstellen, dass sie nach dem Aufstieg in den Himmel bei klarem Verstand gewesen wäre, selbst bei einer perfekten Landung des Ballons. »War es beängstigend?«

»Der Fall? Überraschend, aber ich hatte keine Angst, nein.« Er wandte seinen Kopf zur Seite, wodurch ihm eine Locke seines dunklen Haares über die Stirn fiel. »Oder meintest du den Flug? Der Flug war *berauschend*. Wahrscheinlich das Aufregendste, was ich je getan habe.« Seine Lider senkten sich leicht über seine Augen, als er sie mit einem provokanten Blick ansah. »Vielleicht außer der atemberaubenden Erfahrung, dich zu entkleiden.«

Sie gewöhnte sich an seine Komplimente und sein Flirten, sodass sie diesmal nicht errötete. Doch Wärme und Dankbarkeit erfüllten sie jedes Mal, wenn er ihr dieses besondere Gefühl gab. Und das tat er oft. »Ich glaube nicht, dass es mir gefallen würde.«

Er rutschte zur Vorderkante seines Stuhles, seine Gesichtszüge wurden lebhaft. »Wirklich? Als ich dort oben war, dachte ich, du würdest es genießen. Ich dachte darüber nach, dass ich dich hätte fragen sollen, ob du mit mir kommen möchtest – als Smitty natürlich.«

Das hatte er? Sie wusste nicht, was sie davon halten sollte. Waren sie jetzt Freunde? Sie blickte auf das Bett. Sie waren etwas mehr als *das*. Aber was waren sie dann?

Er fuhr fort, seine Augen strahlten vor Aufregung. »Du kannst ganz London unter dir sehen. Es ist erstaunlich – die Kuppel von St. Paul's, die Türme der Westminster Abbey, die Masten der Schiffe auf der Themse. Du kannst dir die Aussicht nicht vorstellen. Nun, das kannst du, aber es würde dem nicht gerecht werden.«

»Ich hätte zu viel Angst davor herabzustürzen, besonders jetzt, wo ich dich fallen sah.«

Er schüttelte den Kopf und lächelte. »Ich glaube nicht. Du hast keine Angst vor solchen Dingen, nicht wahr?«

»Nicht wirklich«, gab sie zu. Sie hatte jedoch Angst davor, *sich zu verlieben*. In ihn. Diese Erkenntnis schickte Stacheln des Unbehagens über ihre Haut, also schob sie den Gedanken von sich.

»Wie auch immer, die Gefahr abzustürzen ist nichts im Vergleich zu den Ohrenschmerzen und der Kälte.«

»Welche Ohrenschmerzen und welche Kälte?«

»Je höher wir aufgestiegen sind, desto frischer wurde es. Sadler hatte mich gewarnt, deshalb trug ich einen schweren Mantel. Genauso, wie er mich wegen der Ohrenschmerzen gewarnt hatte. Der Schmerz war minimal, als wir aufgestiegen sind, zumindest für mich. Sadler sagt, es ist für jeden etwas anders. Beim Abstieg war es jedoch entsetzlich. Es liegt an dem Höhenunterschied. Die Luft in der Höhe hat weniger Druck und manchmal muss man etwas daran arbeiten, den Gehörgang zu öffnen, um den Druck auszugleichen.«

»Wie um alles in der Welt könnte man dies erreichen?«

»Ganz einfach durch Schlucken und Gähnen. Kannst du dir das vorstellen? Obwohl es bei mir nicht sehr gut funktioniert hat, muss ich zugeben.«

»Du ermutigst mich nicht gerade, es auszuprobieren.«

Er lachte wieder. »Ich würde sofort wieder aufsteigen.«

Sie liebte seine Begeisterung. »Wie kamst du auf die Idee, mit einem Ballon zu fahren?«

»Mein Bruder wollte immer fliegen. Das ist das Einzige, was wir Menschen tun können, um das Gefühl zu haben, zu fliegen.«

»Du hast deinen Bruder nie erwähnt.« Und er sprach von ihm, als wäre er gestorben. »Er ist gestorben?« Sie erkannte, dass sie nichts über seine Familie wusste.

Er richtete seine Aufmerksamkeit wieder auf das Feuer. »Ja. Vor langer Zeit. Als wir jung waren.«

»Es tut mir leid, das zu hören. Und deine Eltern?« Sie

wusste, dass sein Vater gestorben sein musste, da Andrew der Herzog war.

»Sie sind nicht mehr da, beide.« Er hob sein Weinglas und leerte es. Er sah sie nicht an, als er sich auf dem Stuhl zurücklehnte.

Sie sehnte sich danach, mehr zu fragen, aber er schien nicht geneigt, darüber zu sprechen. Was hatte er vorhin gesagt? Er war dafür, Dinge zu vergessen, die ihn belasteten? Sie würde all das, was sie heute beim Ballonwettbewerb verloren hatte, darauf setzen, dass seine Familie ihn belastete. Hoffentlich würde sie herausfinden, warum. Denn egal, was sie waren – Freunde, Verbündete, etwas viel Vertrauteres – sie machte sich sehr viel aus ihm.

Er stand abrupt auf. »Wir sollten schlafen gehen. Meine Kopfschmerzen kehren zurück und ich bin erschöpft.«

Lucy sah ihn zaghaft an. »Ich sollte Mrs. Alder bitten, ein Zimmer für mich vorzubereiten.«

»Das könntest du. Aber ich würde es vorziehen, wenn du hierbleibst. Mit mir.« Er streckte ihr seine Hand entgegen.

»Es ist schrecklich skandalös, aber andererseits bin ich ein wandelnder Skandal, nicht wahr?« Sie lachte, unbesorgt ob ihres Rufs, wusste aber auch, dass sie ihn um ihrer Groß-mutter willen, beschützen musste. Wenn ihre Großmutter nicht gewesen wäre, hätte sie Dartford vielleicht wirklich gebeten, sie zu seiner Geliebten zu machen.

Lucy wollte diesen Gedanken aus ihren Überlegungen vertreiben. Das *konnte* sie nicht tun. Sie konnte jedoch heute Abend neben ihm schlafen. Es wäre eine Erfahrung, die sie wahrscheinlich nie würde wiederholen können. Sie legte ihre Hand in seine und ließ sich von ihm zum Bett führen. Der Saum seines Morgenmantels aus dunkelblauer Seide wirbelte hinter ihr her.

Mrs. Alder hatte ihr diskret ein Nachthemd zur Verfü-gung gestellt, das sie vor dem Abendessen unter den Morgenmantel angezogen hatte. Sie schüttelte nun seinen Morgenmantel von den Schultern und er nahm ihn ihr ab.

Sie kletterte auf die Matratze, während er das Kleidungsstück auf eine Bank am Fuß des Bettes legte. Er schälte sich aus seinen Hosen und schlüpfte neben sie hinein, dann zog er sie an seine Brust.

»Wir schlafen nur«, sagte er, bevor er ihren Scheitel küsste.

»Ich gebe zu, ich bin ein klein wenig enttäuscht.«

Er runzelte seine Stirn ob ihrer Bemerkung. »Nur ein klein wenig?«

»Mehr als nur ein klein wenig.« Sie griff mit ihrer Hand um seinen Nacken und zog seinen Mund zu ihrem. Er schmeckte nach Wein und Lust und das Verlangen, das er zuvor gestillt hatte, erblühte erneut, sammelte sich in ihrem Bauch und breitete sich aus, bis ihre Brüste kribbelten und ihre intimste Stelle erhitzt war.

Er drückte sie zurück aufs Bett und küsste sie innig, seine Zunge eroberte ihren Mund mit köstlichen Streicheleinheiten. Sie umklammerte seinen Hals und seine Schultern, verzweifelt nach mehr verlangend, aber er zog sich zurück.

»Du bist eine Verführerin«, zischte er. »Schlaf jetzt.«

Er drehte sich auf seinen Rücken, hielt sie aber eng an seiner Seite. Lucy legte ihre Handfläche auf seine Brust und schlief überraschend schnell ein.

Bis ein Geräusch sie wachrüttelte. Sie öffnete die Augen, wusste einen Moment lang nicht, wo sie war. Dann fiel ihr alles wieder ein: der Ballonabstieg, Andrews Verletzung, ihr intimes Zusammensein danach …

Neben ihr im Bett murmelte Andrew etwas. Es war nicht laut und absolut unverständlich. Sie rollte zur Seite und er murmelte wieder, diesmal lauter, aber sie konnte ihn trotzdem nicht verstehen. Er lag auf dem Rücken, seine Stirn war zerfurcht. Er sprach erneut: »Es ist kalt.«

Sie stützte sich auf ihren Ellenbogen und fuhr mit den Fingern ihrer anderen Hand über seine Stirn. Er fühlte sich überhaupt nicht kalt an. Er atmete leise aus und die Falten über seinen Augen verschwanden. Sie wusste nicht, wie lange sie ihn beobachtete, aber er schlief jetzt ruhig.

Sie setzte sich zurück auf das Kissen und erkannte, dass sie keinen Schlaf mehr finden würde. Sie kletterte aus dem Bett und stellte sich an das Fenster. Als sie hinter den Vorhang blickte, sah sie, dass es nicht mehr dunkel war, aber es auch noch kein volles Tageslicht gab. Die Wolken waren dick und grau und gaben allem einen gedämpften Ton.

Sie drehte sich wieder um, blickte sich im Raum um und suchte nach etwas, mit dem sie sich beschäftigen konnte. Sie sah keine Bücher. Vielleicht könnte sie sich in die Bibliothek schleichen, vorausgesetzt, er hatte eine. Sie sollte wahrscheinlich den Raum nicht verlassen, aber es war sehr früh, und es war unwahrscheinlich, dass sie einem seiner Bediensteten begegnen würde, besonders da er gesagt hatte, dass er lediglich wenig Personal hatte.

Auf Zehenspitzen durch den Raum schleichend, hob sie seinen Bademantel auf und wickelte sich in ihm ein, bevor sie hinausging. Sie schloss leise die Tür und machte sich auf den Weg durch einen Flur, der zu einer langen Galerie führte. Sie erinnerte sich vage daran, dass sie ihn gestern auf ihrem Weg nach oben durchquert hatte, aber sie hatte ihrer Umgebung in ihrer Sorge um Andrew nicht viel Aufmerksamkeit geschenkt.

Andrew.

Sie mochte es, so über ihn zu denken und war froh, dass er sie gebeten hatte, ihn so informell anzusprechen. Das, zusammen mit allem anderen, was gestern passiert war, führte zu einem Grad an Intimität, den sie sich nie vorgestellt hätte, mit einem Mann zu erreichen. Ehrlich gesagt, hatte sie nie erwartet, jemanden zu treffen, mit dem sie intim sein *wollte.*

Als sie durch die Galerie schlenderte, sah sie sich die Porträts an. Sie vermutete, dass es sich um die einstigen Earls und ihre Familien handelte, bis sie zu einem Gemälde kam, das ihre Theorie bestätigte. Es war eine Familie mit vier Kindern, von denen das älteste eindeutig Andrew im Alter von etwa zehn Jahren war. Er sah seinem Vater sehr ähnlich, der mit der Hand auf der Schulter einer Frau mit hellblondem Haar dastand. Ein kleines Mädchen saß auf ihrem Schoß, während ein etwas älteres Mädchen neben ihr stand und die Hand ihrer Mutter hielt. Beide Mädchen waren blond und blass mit fesselnden, dunkelbraunen Augen. Andrew stand mit einem anderen Jungen vor ihrem Vater. Der andere Junge war jünger und von allen Menschen auf dem Porträt sah er am Einnehmendsten aus, mit einem schelmischen Lächeln, das um seine Lippen spielte und das der Maler, aus welchem Grund auch immer, aufgenommen hatte. Lucy wurde das Herz schwer und sie war sich jetzt sicher, dass seine Eltern und sein Bruder verstorben waren. Sie fragte sich, was mit den Mädchen passiert war.

»Entschuldigen Sie, Miss Parnell?«

Die leise Frage kam von Lucys rechter Seite und ließ sie zusammenschrecken. Sie drehte sich abrupt um und sah die Haushälterin, Mrs. Alder. »Ja?«

Mrs. Alder lächelte sanft. »Ich wollte Sie nicht erschrecken. Ich wollte nur sichergehen, dass Sie es sind.« Sie kicherte. »Obwohl ich mir nicht vorstellen kann, wer es sonst sein könnte. Wir sind ja nicht so viele hier, dass man den Überblick verlieren könnte. Wie ich sehe, schauen Sie sich die Familie seiner Lordschaft an. Was für reizende Menschen.« Der traurige Ton ihrer Stimme enthüllte die Wahrheit – sie waren *alle* nicht mehr da.

Lucy wandte sich der Haushälterin zu. »Was ist mit ihnen passiert?«

Die Augen von Mrs. Alder verengten sich kurz. »Seine Lordschaft hat es Ihnen nicht gesagt? Natürlich hat er das nicht. Er spricht selten von ihnen. Er kommt auch selten hierher.« Sie atmete aus und schüttelte den Kopf. »Es macht mir nichts aus, Ihnen die Geschichte zu erzählen. Sie alle wurden kurz vor den Feiertagen krank, als seine Lordschaft in seinem ersten Jahr in Eton war. Als er nach Hause kam, stand seine Mutter bereits kurz vor dem Tod und seine Schwestern Jane und Margarete waren nicht weit davon entfernt. Sein Vater ging als Nächster und Albert, der süße Junge, versuchte, bis Weihnachten durchzuhalten, aber leider hat er es nicht ganz geschafft.«

Lucy wurde es innerlich eiskalt und ihre Haut fühlte sich taub an. Sie konnte sich nicht vorstellen, derartige Verluste in solch schneller Folge zu schultern. »Seine Lordschaft war nicht krank?«

Mrs. Alder schüttelte den Kopf. »Nein. Aus welchem Grund auch immer, er wurde verschont. Lange Zeit wünschte er sich, er wäre mit ihnen gegangen.« Sie sah nach unten auf den Boden. »Manchmal frage ich mich, ob er es immer noch tut. All die gefährlichen Dinge, die er veranstaltet.« *Wie Rennen und Ballonfahren*, dachte Lucy. Die Haushälterin drückte ihre Hände zusammen und sah Lucy an. »Ich bitte um Verzeihung. Ich sollte so etwas nicht sagen.«

Mitgefühl trieb Lucy an und sie berührte kurz den Arm der Haushälterin. »Ich hoffe, ich bin nicht zu aufdringlich, aber bitte bereuen Sie nicht, mir erzählt zu haben, was passiert ist. Es hilft mir … ihn besser zu verstehen.« In Wahrheit rasten ihre Gedanken ob dieser Offenbarung. Sie fühlte sich, als hätte sie es wissen müssen, was natürlich töricht war. Ihre Beziehung hatte sich gerade erst entwickelt. Vielleicht hatte er vorgehabt, es ihr zu sagen. Nur, dass er das Thema eindeutig vermieden hatte, als es zur Sprache kam.

Mrs. Alder nickte, dann neigte sie ihren Kopf zur Seite. »Sie und er … stehen sich also nahe?«

Es wäre sinnlos, es zu leugnen, und sie sah keinen Grund, die Wahrheit vor der Haushälterin zu verbergen. »Ich denke schon, ja.«

»Sie sollten wissen, dass es seit dem Tod seiner Familie keinen Besucher in Darent Hall gegeben hat. Nicht einen einzigen.« Ihr Blick war warm und hoffnungsvoll. »Dies ist ein bedeutendes Ereignis. Mein Mann und ich haben es bereits gestern Abend bemerkt. Ich hoffe, *Sie* halten *mich* nicht für zu vorlaut, aber wir sind sehr erfreut.«

Oh je. Erwarteten sie etwas Dauerhaftes? Trotz allem, was passiert war und dem Gefühl, dass sich ihre Verbindung vertieft hatte, wusste Lucy nicht, was es für die Zukunft bedeuten würde. Keiner von ihnen wollte heiraten. Dennoch sagte eine winzige Stimme in ihrem Hinterkopf leise, dass die Ehe mit Andrew nicht schlecht wäre. Und es wäre besser, als ihre Verbindung zu beenden, was sie nicht wirklich wollte.

Ja, sie standen sich nahe. Näher, als es ihr lieb sein sollte.

»Ich sollte gehen«, sagte Lucy und drehte sich halb um. Sie überlegte, die wahre Natur ihrer Beziehung zu Andrew zu erklären, entschied aber, dass es keine Rolle spielte. Wenn Mrs. Alder glauben wollte, dass Andrew sein Glück finden könnte, stand es Lucy nicht zu, ihre Hoffnung zu zerstören. Sie konnte nicht anders, als sich zu fragen, wobei Andrew tatsächlich glücklich war oder ob er es überhaupt je war. Sie dachte daran, was Mrs. Alder über seine gefährlichen Aktivitäten gesagt hatte. Machte ihn das glücklich? Die Vorstellung erzeugte ihr eine Gänsehaut.

»Sagen Sie uns einfach Bescheid, wenn Sie bereit zum Frühstück sind.« Mrs. Alder nickte einmal, drehte sich dann um und ging auf die Treppe zu.

Lucy stand einen Moment lang da, bevor sie zurück zu Andrews Schlafzimmer ging. Sobald sie eintrat, hörte sie Schläge und Schreie aus dem Bett.

Sie hob den Saum des Morgenmantels an, um nicht zu stolpern und eilte zu Andrews Seite. Mit einer Hand hatte er die Decke fest umklammert und drehte seinen Körper hin und her. Sein Gesicht war vor Schmerz oder Wut verzerrt oder vielleicht waren es andere finstere Emotionen, die ihn quälten.

Sie konnte nicht verstehen, was er sagte, aber er musste einen Albtraum durchleben. Vorsichtig berührte sie seine Schulter. »Andrew, wach auf.«

Er schlug ihre Hand weg. Entschlossen presste sie die Zähne zusammen und umklammerte ihn stärker. »Andrew! Wach auf!«

Er packte ihren Unterarm und setzte sich aufrecht. Seine Augen öffneten sich. Sie waren dunkel und wild. »Wer bist du? Bist du gekommen, um ihnen zu helfen?«

»Wem zu helfen?« Sie verstand ihn überhaupt nicht. »Andrew, ich bin es, Lucy.«

Die Furchen in seiner Stirn vertieften sich. Er starrte sie an und allmählich verloren seine Augen ihren wilden Schleier. »Lucy.«

Sie entspannte sich und ließ ihre Hand auf seiner Schulter ruhen, ihre Fingerspitzen streichelten seine schweißnasse Haut. Er hatte irgendwann sein Hemd ausgezogen, merkte sie. Was bedeutete, dass er nackt war. Sie versuchte, nicht daran zu denken.

»Du hattest einen Albtraum.«

Seine Atmung war schnell, die Muskeln seines Halses angespannt. Er drückte sie zur Seite und sprang vom Bett, ohne auf seine Nacktheit zu achten. »Du musst gehen.« Er marschierte zu seinem Ankleidezimmer und Lucy starrte verwirrt hinter ihm her.

Befand er sich noch immer in der Agonie seines Traumes?

Sie folgte ihm langsam, unsicher, was sie sagen oder tun sollte. Er rannte fast in sie hinein, als er zurück in das Zimmer kam. Er trug nun einen waldgrünen Morgenmantel, seine Haut war blass, sein Blick gequält. Er sah beinahe krank aus.

Er wich vor ihr zurück. »Was machst du noch hier? Ich sagte, du sollst gehen.«

Sie runzelte die Stirn. »Andrew, sag mir, was los ist. Hast du von der Ballonfahrt geträumt?« Es war das Einzige, woran sie denken konnte, was ihn so in Aufruhr versetzt haben könnte. Es war ein ziemlicher Sturz und er war danach aufgeregt gewesen. Nicht ganz so wie im Moment, aber ähnlich.

Er hob seine Hand an seinen Mund und sie konnte sehen, dass er zitterte. Die Besorgnis drückte ihr den Brustkorb zusammen. »Du machst mir Angst. Bitte sag mir, was los ist.« Sie trat auf ihn zu, aber er wich ihr aus und bewegte sich um sie herum.

»Ich bat dich zu gehen. Ich schicke Tindall und Mrs. Alder, um dir zu helfen.« Er ging zur Tür und drehte sich nicht um, als er sprach. »Es war ein Fehler, dass du hiergeblieben bist. Ich möchte, dass du gehst. Und komm nicht zurück.«

Er verließ seine Schlafzimmer und zog die Tür fest hinter sich zu.

Lucy stand mit aufgerissenen Augen da, ihr Mund stand für einen Moment leicht offen. Verwirrung und Schmerz zerrissen sie. Warum wollte er nicht mit ihr teilen, was passiert war? Standen sie sich nicht … nahe?

Nicht wirklich. Sie hatte angenommen, ihn zu kennen, geglaubt, dass sie Freunde seien, die sich gegenseitig vertrauten, aber sie hatte sich offensichtlich geirrt. Sie hatte nicht einmal von seiner Familie gewusst.

Ihr Gesicht fühlte sich heiß an, ihre Kehle eng. Sie war so eine Närrin. Er hatte sich so anders verhalten als andere Männer. Sie hatte ihre Deckung fallen lassen und er hatte das ausgenutzt – wie alle Männer. Jetzt, da er alles bekommen hatte, was er von ihr wollte, warf er sie hinaus.

Lucy schluckte und drückte ihren Rücken durch. Das war nicht weiter tragisch – nur ein kleines Problem in ihrem Plan. Sie brauchte Dartford nicht und wenn er sie jetzt bei ihrer Großmutter verraten würde … nun, das wäre bedauerlich. Aber Lucy würde den Sturm überstehen, genau wie jede andere Katastrophe, die sie heimgesucht hatte.

Nein, sie brauchte Dartford *nicht*. Außerdem wollte sie ihn auch nicht.

KAPITEL DREIZEHN

ANDREW ÖFFNETE DIE AUGEN und blinzelte auf den Betthimmel über ihm. Den ersten Morgen seit einer Woche fühlte sich sein Körper nicht so an, als wäre er zu Brei geschlagen worden. Stattdessen fühlte er sich an einigen Stellen einfach steif und wund. Er zog sich hoch, begierig – auch das zum ersten Mal seit einer Woche – den Tag zu begrüßen.

Er hatte die letzten Tage damit verbracht, sich in Darent Hall zu erholen. Es war einer seiner längsten Besuche gewesen, was Mrs. Alder gefiel, die eindeutig aufblühte, wenn sie jemanden hatte, um den sie sich kümmern konnte. Was ihr jedoch nicht gefallen hatte, war Lucys abrupte Abreise ohne eine ausreichende Erklärung. Andrew hatte nur gesagt, dass sie in die Stadt zurückkehren musste. Und als Mrs. Alder nach einer möglichen Zukunft mit Lucy gefragt hatte, hatte Andrew entschieden, dass es Zeit sei, selbst nach London zurückzukehren.

Lucy.

Er hatte versucht, nicht zu sehr an sie zu denken, aber jetzt, da er wieder in London war, konnte er nicht anders. Er war gestern Abend angekommen und hatte eigentlich erwogen, an die Ecke ihrer Straße zu gehen, um zu sehen, ob sie ausgehen würde. Hatte sie sich in seiner Abwesenheit hinausgewagt? Hoffentlich hatte sie das Risiko nicht auf sich genommen. Doch er konnte es ihr nicht verübeln, denn sie brauchte Geld und er war nicht hier gewesen, um ihr zu helfen.

Hölle und Verdammnis, er hatte mit ihr alles vermasselt. Sie bei sich in Darent Hall behalten zu haben, war ein riesiger Fehler gewesen, aber er hätte sie nicht so hinauswerfen sollen. Er wünschte, er hätte sich anders verhalten, aber er war durch eine weitere seiner Episoden außer Gefecht gesetzt worden. Diejenigen, die seine Albträume begleiteten, waren besonders verheerend und trieben ihn dazu, für den Rest des Tages im Bett zu verharren. Er hatte seinen Verletzungen die Schuld gegeben und war ausnehmend dankbar für die Möglichkeit, sich hinter ihnen verstecken zu können.

Er war so ein Feigling.

»Mylord?« Tindall kam in sein Zimmer, wie er es mit Ausnahme der letzten Tage jeden Morgen tat. Andrew hatte ihn schon früher zurück nach London geschickt, damit er sich um seine Mutter kümmern konnte.

»Wie geht es Mrs. Tindall?«, fragte Andrew und setzte sich auf.

Der Butler kam herein und schloss die Tür hinter sich. Er stand neben dem Bett, sein Rücken gerade, seine Gesichtszüge ruhig. »Ganz gut, danke, Mylord. Die Medizin scheint ihren Zustand verbessert zu haben. Ich kann Ihnen nicht genug danken, dass Sie den Arzt geschickt haben.«

Andrew fühlte sich mit dem Lob nicht sehr wohl, besonders da er sich schämte, wie er Lucy behandelt hatte. »Ich bin froh, das zu hören.«

Tindall hustete leise. »Jetzt, da sie auf dem Weg der

Besserung ist, werde ich meine Suche nach einer neuen Stelle aufnehmen. Ich weiß Ihre Geduld zu schätzen.«

Diese Nachricht hätte Andrew mit Erleichterung erfüllen sollen, aber er fühlte sich … seltsam. Er hatte Tindall vermisst, während er in Darent Hall war. Er war ein außergewöhnlich guter Diener, der Andrews Bedürfnisse vorwegnahm und seine Erwartungen übertraf.

Doch er brachte Tindall gegenüber nichts davon zum Ausdruck.

»Haben Sie Ihren Zeitplan für heute festgelegt, Mylord?«

Andrew hatte später am Morgen ein Treffen mit seinem Sekretär und wollte danach seinen Club besuchen. Nein, was er tun *sollte,* war, Lucy zu besuchen. Er schuldete ihr zumindest eine Entschuldigung und vielleicht sogar eine Erklärung. Er würde nach seiner Verabredung zu ihr gehen.

Nachdem er Tindall seine Pläne mitgeteilt hatte, zog er sich für den Tag an und ging zum Frühstück hinunter. Anstatt jedoch über seine geschäftlichen Angelegenheiten nachzudenken, konnte er nur an Lucy denken und darüber, was er ihr sagen sollte. Sie musste schrecklich wütend sein. Und besorgt - sie benötigte Geld und er hatte sie in ihrer Zeit der Not im Stich gelassen. Zuerst hatte er entschieden, dass es nicht klug wäre, wenn sie weiterhin Spielhöllen besuchen würden. Dann war er so weit gegangen und hatte sie in sein Bett gebracht. Er war sich nicht sicher, wie es sein würde, sie wiederzusehen.

Er fühlte sich stark zu ihr hingezogen. Außerdem mochte er sie. Was für eine katastrophale Kombination.

Nein, sie mussten getrennte Wege gehen, egal, wie sehr ihn das betrüben würde. Er müsste sich einen anderen Weg ausdenken, um ihre Kassen zu füllen. Vielleicht könnte er etwas für sie verkaufen. Tatsächlich, warum hatte er das nicht von vornherein angeboten? Weil er gedacht hatte, dass ihr

Unternehmen einfach unterhaltsam und nur für kurze Zeit sein würde. Keines von beiden hatte sich als wahr erwiesen.

Er könnte auch alles investieren, was sie noch übrig hatte – er dachte an ihre Verluste bei den letzten gemeinsamen Unternehmungen. Wie viel hatte sie mit der Ballon-Wette verloren? Er hatte mit keinem der anderen Personen, die dort waren, gesprochen. Einige hatten Nachrichten nach Darent Hall geschickt, um sich nach ihm zu erkundigen, aber er hatte nicht geantwortet. Er schuldete einigen von ihnen eine Entschuldigung, erkannte er, und fühlte sich deutlich unwohl. Warum sollte er sich entschuldigen? Er hatte sie nicht eingeladen und es war ihm egal, was sie von seiner Schroffheit hielten.

Während er frühstückte wandte er sich wieder Lucys finanziellen Problemen zu. Er würde mit seinem Sekretär über Investitionsmöglichkeiten mit schneller Rendite sprechen. Und wenn es keine gäbe, könnte er sich einfach etwas ausdenken und ihr das Geld selbst geben. Ja, *das* war es, was er von Anfang an hätte tun sollen – ihren Notgroschen nehmen und anbieten, ihn für sie zu investieren. Wahrscheinlich hätte sie sich geweigert, da sie unabhängig sein wollte, aber sie war auch praktisch veranlagt. Sie hätte die Logik dahinter erkannt und sein Angebot angenommen.

Er fühlte sich viel besser ob seiner Erkenntnis, dass er die Fähigkeit besaß, ihr zu helfen, und mit dem Gefühl, dass der Tag positiv verlaufen würde, ging er zu seinem Treffen. Er ignorierte die Vorfreude, die er bei der Aussicht, sie zu sehen, empfand. Er würde ihre Verbindung rein geschäftlich halten und sein Bestes tun, um ihre üppigen Küsse, ihre kühne Berührung und vor allem ihre überraschend entzückende Sorge um ihn zu vergessen. Ersteres konnte er überall finden und Letzteres brauchte er nicht.

Die Gespenster seiner Familie sagten ihm, dass er sich

sehr irrte. Also tat er, was er am besten konnte und ignorierte auch sie.

~

*L*UCY STUDIERTE DIE ANZEIGEN für die kleinen Cottages, die in Bath zur Vermietung standen. Das Geld, das sie gespart hatte, würde nur ein sehr kleines unterhalten können – sie würde in einem Wandschrank schlafen müssen – und es würde weiter von Bath entfernt sein, als Großmama es sich wünschte. Sie hatte Freunde in der Stadt und der Grund, warum sie sich auf dem Land niederlassen wollte, war, sie regelmäßig sehen zu können.

Es nützte alles nichts – Lucy musste in Bath eine Stelle finden. Vielleicht könnte sie an einer Schule arbeiten oder einer Witwe bei ihrer Korrespondenz behilflich sein. Ivy hatte ihr von Frauen erzählt, die das taten.

Einst hätte sich Lucy für diesen Gedanken begeistern können. Sie hatte nichts gegen eine Anstellung einzuwenden und hätte die Unabhängigkeit zu schätzen gewusst, die ihr eine solche bringen würde. Sie hatte sich vorgestellt, dass sie dadurch selbstbewusster würde und das Gefühl, etwas erreicht zu haben, befriedigend sein würde – Dinge, die sie in Ivy sah und die sie immens bewunderte.

Stattdessen ließen diese Aussichten sie sich jetzt einsam und … leer fühlen. Sie gab Andrew die Schuld. Er hatte ihr gezeigt, worauf Aquilla immer bestanden hatte – dass es gute Männer gab und dass auch Lucy einen finden und glücklich sein könnte.

Nur Andrew war kein guter Mann. Er war ein egoistischer, gedankenloser Lebemann.

»Wie oft hast du schon mit Edgecombe getanzt, Liebes?«

Großmamas Frage rüttelte Lucy aus ihrer Träumerei und sie war dankbar dafür.

Lucy hatte in der letzten Woche zwei Bälle besucht und sie hatte bei beiden mit Edgecombe getanzt. Sie hatte auch mit ein paar anderen Gentlemen getanzt, darunter Mr. Greene. Sie war in Panik geraten, als er sich ihr zum ersten Mal näherte, und hatte sich gefragt, ob er sie irgendwie erkannt hatte. Aber das war nicht der Fall gewesen, sehr zu ihrer Erleichterung.

»Zweimal, Großmama.« Sie unterdrückte ein Lächeln, weil Großmutter sehr wohl wusste, wie oft sie miteinander getanzt hatten. Er hatte auch wieder Blumen geschickt.

»Dreimal, wenn man Lady Colnes Ball mitzählt. Du hast damals mit ihm getanzt, nicht wahr?« Sie wartete nicht darauf, dass Lucy dies bestätigte, bevor sie hinzufügte: »Und er hat zweimal Blumen geschickt. Ich wage zu behaupten, dass er dir sehr bald seine Aufwartung machen wird.« Sie blickte von ihrem Strickzeug auf. »Das ist einfach wunderbar, nicht wahr?«

Nein, aber das sagte Lucy nicht. Sie murmelte nur: »Mmm.«

»Was, du magst Edgecombe nicht?«

Oh, er war recht angenehm, mit einem leichten Lächeln, und er hatte zumindest ein vorübergehendes Interesse an Lucy als Person gezeigt, gefragt, was ihr gefiel und sogar eine mitreißende Diskussion über das Reiten mit ihr geführt. »Ich mag ihn. Das bedeutet nicht, dass ich meine Meinung über die Ehe geändert habe, Großmama. Wäre es so schrecklich, wenn ich mich einfach mit dir zurückziehen würde?«

»Nein, aber das ist leider keine Option.« Sie atmete aus und richtete ihre Aufmerksamkeit wieder auf ihr Strickzeug.

Lucy glaubte nicht, dass Großmama diese Möglichkeit jemals auch nur in Betracht gezogen hatte. In ihrem Kopf *musste* Lucy heiraten.

Lucy legte ihre Zeitung beiseite und stand von ihrem Stuhl auf. Sie kam zu ihrer Großmutter hinüber und ging vor ihr in die Hocke. Sie legte ihre Hand auf deren Knie und blickte in ihr vertrautes, geliebtes Gesicht, das umrahmt war von grauen Haaren mit einem weißen Scheitel. »Stell dir vor, wie schön es wäre. Unser eigenes kleines Häuschen. Ich würde mich um dich kümmern und sicherstellen, dass du alles tun kannst, was du willst.«

Aufgrund von Lucys Bemerkung hatte Großmama ihren Blick gehoben und lächelte sie an. »Es wäre wunderbar. Aber dir würde es langweilig werden, Liebes.«

»Das würde es nicht.« Lucy schüttelte den Kopf, fühlte sich aber nicht so zuversichtlich wie noch zwei Wochen zuvor. Bevor sie all diese Erfahrungen mit Andrew geteilt hatte. Verdammt, er hatte *alles* ruiniert.

Lucy hörte Bewegungen und aufgeregte Stimmen aus dem Flur. Jemand musste gekommen sein.

Ihr Butler, Burton, kam durch das kleine Esszimmer in das Wohnzimmer. »Lady Parnell, Miss Parnell hat einen Besucher.«

Großmama ließ ihre Stricknadeln fallen, richtete ihre Aufmerksamkeit auf Lucy und strahlte voller Freude. »Es muss Edgecombe sein!«

Lucy, deren Beine ob ihrer kauernden Position zu protestieren begonnen hatten, stand auf und fuhr glättend mit ihrer Hand über ihren Rock. Sie überlegte, was sie zu Edgecombe sagen könnte, um ihn zu entmutigen.

Burton blickte Lucy kurz an, bevor er seine volle Aufmerksamkeit auf Großmama richtete. »Es ist Lord Dartford, Mylady.«

Jeder Muskel in Lucys Körper spannte sich an. Was zum Teufel hatte er hier zu suchen? Sie sah Großmama an, die in Richtung des Butlers blinzelte. »Dartford?« Sie drehte den

Kopf, um Lucy anzusehen. »Warum würde er dir seine Aufwartung machen?«

Einen Moment lang konnte Lucy nicht antworten. Alles, was sie zu sagen hätte, war eine Litanei von Dingen, die sie *nicht* sagen konnte. Endlich fand sie ihre Sprache wieder. »Ich bin mir nicht sicher. Wir tanzten miteinander bei Lady Colnes Ball.«

Großmama setzte sich aufrecht hin. »Das hatte ich vergessen.« Ihre Hand vollführte eine einladende Geste. »Führ ihn herein.«

Lucy fuhr sich mit einer Hand in den Nacken und betastete ihr aufgestecktes Haar, dann blickte sie auf ihr Tageskleid hinunter. Ihre Garderobe war ein wenig bescheiden und dies war eines ihrer älteren Kleider. Nun, es sollte ihr egal sein, was er von ihr hielt. Sie reckte ihr Kinn nach oben, bereit, seinen Besuch so schnell wie möglich hinter sich zu bringen.

Aber dann betrat er den Salon und ihre Knie wurden schwach. Sie wollte es darauf schieben, dass sie neben Großmama niedergekniet hatte, aber sie wusste, dass das nicht der Grund dafür war.

Er trug einen dunkelblauen Mantel und eine braune Hose, die in glänzenden schwarzen Stiefeln steckte. Sein Haar war zurückgekämmt, bis auf eine einzelne Strähne, die rebellisch über seine Stirn fiel. Seine dunklen Augen fanden ihre, aber nur kurz. Er wandte sich an Großmama und verbeugte sich tief.

»Ich bedaure, dass wir noch nicht offiziell vorgestellt wurden, Mylady. Bitte verzeihen Sie mein Eindringen.«

Großmama lächelte, ihre Wangen wurden rosa, als sie ihn ansah. »Es ist uns ein Vergnügen, Sie zu empfangen, auch wenn es ein wenig unschicklich ist.« Sie flatterte mit den Augenlidern und, wenn Lucy es nicht besser wüsste, würde sie sagen, dass ihre Großmutter flirtete.

Andrew grinste als Antwort und Lucy hätte beinahe

gestöhnt. Er war schon viel zu attraktiv, wenn er nicht lächelte, und wenn er es tat, war es, als würde die Sonne nur für einen allein scheinen. Großmama würde danach alles über Edgecombe vergessen haben.

Lucy wünschte, er wäre nicht gekommen. »Was verschafft uns die Ehre Ihres Besuches?« Sie zog in Erwägung, mit dem Fuß rhythmisch auf den Boden zu klopfen, um ihre Ungeduld zu zeigen, entschied sich aber dagegen. Großmama würde sie nur bitten, aufzuhören und sie dann sehr enttäuscht anschauen.

»Ich hoffte, wir könnten einen Spaziergang machen, vielleicht durch Ihren Garten.« Er blickte an ihr vorbei zu den Türen, die zu der sehr kleinen Terrasse und dem Garten hinter dem Stadthaus führten. Er konnte wahrscheinlich sehen, dass ein Spaziergang in ihrem Garten etwa zwei Minuten dauern würde. Und das auch nur, wenn sie sich sehr langsam bewegten. »Oder wir könnten einfach hierbleiben.«

»Warum geht Ihr nicht bis zum Devonshire House und zurück?«, schlug Großmama vor. »Nimm deine Magd mit.«

Andrew sah sie erwartungsvoll an, Lucy begegnete seinem Blick mit Verachtung.

»Burton«, rief Großmama, »hol Lucys Dienstmädchen und bitte sie, Lucy einen Hut und Handschuhe zu bringen.«

Anscheinend gab es kein Entkommen. Gut, sie würde den verdammten Spaziergang in Kauf nehmen, damit sie ihm genau sagen konnte, was sie von ihm hielt.

Großmama gestikulierte, dass Andrew weiter in den Raum kommen sollte. »Dartford, ich glaube nicht, dass ich Sie oft in der Gesellschaft gesehen habe. Was tun Sie, um sich zu beschäftigen?«

»Ich habe eine ganze Reihe von Steckenpferden, Mylady.« Er blickte zu Lucy, ein Hauch von Schabernack lag in seinen Augen. »Ich trage den Spitznamen der Wagemutige Herzog.«

Lucy stöhnte auf, aber leise, damit Großmama sie nicht hören konnte.

Diese schien verblüfft. »Aber Sie sind kein Herzog.«

Er lachte. »Das ist genau das, was ich gesagt habe. Dennoch wurde er mir verliehen.«

»Was bedeutet das überhaupt, ›wagemutig‹?« Großmama sah ihn an. »Wo liegen Ihre Interessen?«

Lucy mischte sich in das Gespräch und wollte Großmama zeigen, dass er nicht die Art von Gentleman war, für den sie sich erwärmen sollte. »Rennen, Glücksspiel, Schwimmen und zuletzt *Ballonfahren*.« Sie sagte das letzte Wort mit einem wütenden Blick.

Großmama blinzelte ihn an, ihr Gesichtsausdruck war verzückt. »Sie sind mit einem Ballon aufgestiegen?«

»Das bin ich in der Tat. Erst letzte Woche.«

Großmamas Augen leuchten. »Wie wunderbar! Wenn ich zwanzig Jahre jünger wäre, würde ich gern zwischen den Wolken fliegen.« Ihr Blick wurde wehmütig.

Andrew lachte erneut leise. »Vielleicht sollten Sie die Wagemutige Herzogin sein.«

Erneut legte sich Röte auf Großmamas Wangen. »Ich bin viel zu alt für Sie, mein Lieber, aber ich schätze dieses Ansinnen.« Sie zwinkerte ihm zu und Lucy wäre Judith am liebsten um den Hals gefallen, als sie genau in diesem Moment eintrat und sie vor weiterer Folter rettete … und bevor Großmama noch mehr Andrews Bann verfiel.

Judith, die bereits für ihren Ausflug gekleidet war, reichte Lucy ihren Hut und ihre Handschuhe.

»Danke«, murmelte Lucy.

»Ich wünsche euch einen schönen Spaziergang«, sagte Großmama und lächelte besonders Andrew an. »Es war mir ein Vergnügen, Sie kennenzulernen, Dartford.«

Er verbeugte sich wieder vor ihr, diesmal nahm er ihre

Hand und hauchte einen Kuss über ihre Knöchel. »Ich versichere Ihnen, das Vergnügen war ganz meinerseits.«

Großmama kicherte leise und entließ sie mit einer Handbewegung.

Lucy verdrehte die Augen, als sie ihm aus dem Raum vorausging. Burton öffnete die Tür und sie verließ das Haus, ging die Treppe hinunter und auf den Bürgersteig hinaus, ohne auf ihn zu warten.

Er holte leicht auf, kam zu ihrer Rechten. »Du bist ziemlich wütend auf mich.«

Sie blickte ihn mit großen Augen an. »Warum solltest du so etwas denken?«

»Weil du es sein solltest. Ich war ein Arsch.«

Was auch immer Lucy erwartet hatte – und sie hatte eigentlich absolut keine Vorstellung davon, was sie erwartet hatte – aber das war es jedenfalls nicht. Der Zorn, der sie aus dem Haus getrieben hatte, verflüchtigte sich und wurde durch eine unbehagliche Vorsicht ersetzt.

»Ja, das warst du.«

»Gut, ich bin froh, dass wir uns diesbezüglich einig sind. Jetzt können wir weitermachen.«

Lucy blieb kurz stehen und starrte ihn an, als er noch ein paar Schritte weiterging. Wollte er einfach alles vergessen, was in Darent Hall passiert war? »Ich glaube, du schuldest mir eine Erklärung.«

Er hatte sich umgedreht, sah ihr aber nicht in die Augen. »Es gibt nichts zu erklären. Ich fiel aus einem Ballon und habe mich schrecklich benommen.«

Er wollte alles auf seinen Unfall zurückführen? Sie trat näher, um ihre Stimme auf ein Flüstern zu senken. »Welcher Teil war schrecklich, der Teil, in dem du mich verführt hast, oder der Teil, in dem du mich für immer aus deinem Haus vertrieben hast?« Sie freute sich über das Spiel der Emotionen in seinem Gesicht – seine Augen weiteten sich, seine Stirn wurde zerfurcht, sein Mund stand ihm für einen Moment offen.

»Habe ich dich wirklich ganz allein verführt? Ich dachte – und vielleicht lag ich absolut daneben – dass du an den Verführungen teilgenommen hast.«

»Selbst, wenn ich das getan habe, hast du meine Frage, *welcher* Teil schrecklich war, nicht beantwortet. Oder war das alles nur ein riesiger, schrecklicher Fehler?«

Er presste seine Lippen zusammen und sah sie aufmerksam an. Er rückte näher und hielt seine Stimme leise. »Alles war ein gewaltiger Fehler. Ich würde es jedoch nicht als schrecklich bezeichnen. Würdest du das tun?«

Sein Blick tauchte kurz ab und streichelte ihren Körper, bevor er sie voller Hitze und Verlangen durchbohrte. Verdammt sei er.

Sie stählte sich gegen die Erregung, die er in ihr auslöste. »Dieser Morgen war absolut schrecklich. Ich habe mir solche Sorgen um dich gemacht und du hast mich einfach hinausgeworfen. Ich denke, ich verdiene etwas Besseres als das.«

Er ergriff ihre Hand, aber ließ sofort wieder los. Sie wünschte, er hätte es nicht getan, aber sie standen auf einer öffentlichen Straße. Sie verstand, warum sie das nicht konnten. Nicht hier. Nirgendwo, nicht wirklich. Er hatte bestätigt, was sie in ihrem Herzen bereits wusste – es war alles ein Fehler gewesen.

»Du hast viel Besseres verdient als alles, was passiert ist. Ich habe dich schlecht behandelt, Lucy, und es tut mir zutiefst leid. Können wir weitergehen?«

Überwältigt von der Tiefe der Aufrichtigkeit in seiner Entschuldigung, fand sie keine Worte. Sie nickte.

Er bot ihr seinen Arm an und sie nahm ihn. Sie blickte zurück zu Judith, die mehrere Schritte hinter ihnen angehalten hatte. Sie tauschten wissende Blicke aus. Judith war sich bewusst, wer Andrew war. Obgleich Lucy ihr nicht erzählt hatte, was in Darent Hall passiert war – sie hatte es niemandem erzählt, nicht einmal Ivy und Aquilla, die ob Lucys mangelnder Offenlegung frustriert waren – wusste sie, dass Andrew der Mann war, der Lucy zu den Höllen begleitet hatte.

Als sie zur Ecke gingen, dachte Lucy darüber nach, wie seltsam es war, diesen Weg mit ihm am helllichten Tag zu gehen, als Frau gekleidet. Er schien das Gleiche zu denken, denn er lachte leise. »Das fühlt sich irgendwie falsch an.«

Lucy konnte nicht anders, als zu lächeln. Egal, was passierte, sie hatte wunderbare Erinnerungen an die Zeit, die sie mit diesem Mann verbracht hatte.

»Manchmal habe ich Albträume«, sagte er und über-raschte sie mit seiner Offenheit. Wie seine aufrichtige Entschuldigung wusste sie nicht genau, wie sie auf seine Ehrlichkeit reagieren sollte. »Und sie lassen mich etwas … geschwächt zurück. Ich wollte nicht, dass du dich damit auseinandersetzen musst.«

»Das bedeutete nicht, dass du mich wegschicken musstest.«

»Aber ich tat es. Du hättest gar nicht erst bleiben sollen. Du musst anerkennen, dass wir beide den Kopf verloren haben.«

Ja, das hatten sie. »Ich bereue es nicht, geblieben zu sein. Und wenn mich das zu einer skandalösen Schlampe macht, dann soll es so sein.«

Er warf ihr ein zartes Lächeln zu. »Wie sehr ich deine unerschrockene Art bewundere.«

Wie sehr sie es liebte, ihn sagen zu hören, dass er etwas an ihr liebte. Sie wollte wütend auf ihn sein, aber er machte es ihr schwer – mit seinen charmanten Entschuldigungen, Demonstrationen des gesunden Menschenverstands und der Bereitschaft, sich ihr zu öffnen.

»Worum geht es bei deinen Albträumen?«, fragte sie.

»Reicht es dir, wenn ich sage, dass sie furchterregend sind und ich sie nicht erörtern will?« Er starrte geradeaus. »Ich hasse es zugeben zu müssen, dass bereits das Reden über sie einen erneuten Anfall auslösen kann.«

Sie drückte seinen Arm. »Es tut mir so leid.« Sie hatte in der vergangenen Woche sehr viel über diesen Morgen nachgedacht und gehofft, eine vernünftige Erklärung finden zu können. Sie wollte nur wissen, ob sie recht hatte – nicht zu ihrer eigenen Erbauung, sondern weil sie ihn verstehen wollte. »Hat es damit zu tun, dass du deine Familie verloren hast?«

Er drehte seinen Kopf zu ihr, aber nur kurz. »Hat Mrs. Alder dir von ihnen erzählt?«

»Ja. Sei nicht sauer auf sie.« Sie war um Lucy herumscharwenzelt, als sie ihr geholfen hatte, ihr Smitty-Kostüm wieder anzulegen, hatte sich für Andrew entschuldigt und gesagt, dass er nicht er selbst sei und dass sie hoffte, Lucy würde ihm sein Verhalten nicht übel nehmen. »Sie kümmert sich um dich wie eine Mutter.«

»Sie ist nicht meine Mutter.« Die Worte kamen schnell und hart.

Lucy zuckte zusammen und erkannte, dass es das Falscheste war, was sie hätte sagen können. »Nein, ist sie nicht. Aber sie ist immer noch wie Familie, nicht wahr?«

»Nein.«

Sie gingen eine Weile schweigend, fast bis zum Devonshire House. Schließlich sagte er: »Ich habe keine Familie und so gefällt es mir. Du und ich, wir ziehen es vor, allein zu sein, unabhängig. Ich denke, deshalb haben wir eine … Verbindung zueinander hergestellt.«

Sie war ganz seiner Meinung, aber was, wenn es jemanden gab, mit dem man lieber zusammen war als alleine zu sein? Vor allem, wenn die Person, deren Gesellschaft man dem Alleinsein vorzog, nicht das Gleiche fühlte. Lucy zog an seinem Arm und drehte sie beide, da sie vor Devonshire House angekommen waren.

Er folgte ihrer Führung. »Ich habe über diese Verbindung nachgedacht.«

Sie war sich nicht sicher, ob sie hören wollte, was auf sie zukam. »Das habe ich ebenfalls.« Er hatte in letzter Zeit zu viele ihrer Gedanken beschäftigt.

»Da du nicht mehr als Smitty weitermachen kannst ...«

»Nicht, seit du ihn zu einem Arzt gemacht und den ganzen Plan ruiniert hast.« Es war unhöflich von ihr, ihm das Wort abzuschneiden, aber sie dachte, er hätte es verdient.

»Ich entschuldige mich auch dafür.« Wiederum klang er ernsthaft und wirklich reumütig. Lucy wusste das zu schätzen, aber das änderte nichts an der Tatsache, dass sie jetzt alles würde anders planen müssen. »Ich möchte Wiedergutmachung leisten. Ich habe mehrere Ideen, wie ich dir das Geld verschaffen kann, das du brauchst, um deine Großmutter nach Bath zu bringen.«

Verschaffen? Ihre Haut kribbelte, während sie versuchte, sich vorzustellen, was er vorschlagen würde. »Was schwebt dir vor?«

»Zunächst, wenn du irgendwelche Wertgegenstände hast, würde ich sie gern verkaufen. Obgleich du das wirklich nicht tun müsstest. Ich würde mich freuen, dir einen Betrag zu leihen, den ich in deinem Namen investieren werde.«

Sie blieb wieder stehen, ihr Verstand verarbeitete, was er gesagt hatte. »Du willst mir einfach nur Geld geben?« Es gab nur einen Grund, warum ein Mann einer Frau, die nicht seine Frau war, Geld gab.

Frau. Wenn sie seine Frau wäre, könnte er ihr alles Geld geben, das sie brauchte. Aber sie wollte nicht seine Frau sein. Sie wollte nicht die Frau von irgendjemandem sein.

Lügnerin.

Die flüsternde Stimme in ihrem Hinterkopf hallte durch

sie hindurch und ihr Magen zog sich schmerzhaft zusammen. Sie könnte ihn heiraten. Tatsächlich *würde* sie es tun – *wenn* er fragen würde. Trotz allem, was sie vorhin in ihrem Zorn gedacht hatte, *war* er ein guter Mann, nur ein wenig geplagt. Und sie könnte ihm helfen, das zu verarbeiten. Sie könnte die Familie sein, die er nicht hatte. Sie wollte sie sein.

Oh, gütiger Himmel, sie hatte sich in ihn verliebt.

Sie wollte das nicht. Sie wollte ihn nicht heiraten. Sie wollte ihn nicht wollen, nicht, wenn er sie nicht wollte.

Sie ließ seinen Arm los und fing wieder an zu laufen, vorbei an Judith, die stehengeblieben war, als sie bei Devonshire House umgedreht hatten.

Er schloss erneut zu ihr auf. »Was denkst du darüber?«

»Dass ich dein Geld nicht will. Es ist bereits beleidigend, dass du ein derartiges Angebot überhaupt in Erwägung ziehen würdest.«

»Ich weiß, dass es skandalös ist, aber niemand muss es wissen. Wir sind ziemlich gut darin, Geheimnisse zu bewahren.«

Auch voreinander. Er hätte ihr nie erzählt, was mit seiner Familie passiert war und wie es sich auf ihn ausgewirkt hatte, erkannte sie. Letzteres verstand sie immer noch nicht zur Gänze.

Sie wollte keinen Mann, dem sie nicht trauen konnte – nicht nach ihrem Vater. »Ich will nicht, dass ein Mann über mein Leben bestimmt. Ich werde etwas finden, das du verkaufen kannst. Das ist das einzige Angebot, das ich annehmen werde.« Sie versuchte darüber nachzudenken, was sie ihm geben könnte. Alles, was sie hatte, war eine Perlenkette und passende Ohrringe, die ihrer Mutter gehört hatten. Sie würde Großmama nicht um etwas von sich bitten.

Sie behielten ein forsches Tempo bei und bogen in die Bolton Street ein.

»Du bist abermals wütend auf mich«, sagte er.

»Nein, ich hänge nur meinen Gedanken nach«, log sie. Sie *war* wütend, aber ebenso auf sich selbst wie auf ihn. »Wenn du draußen wartest, schicke ich mein Dienstmädchen mit den Sachen, die du verkaufen kannst.«

»Was ist mit den Geldinvestitionen?«, fragte er. »Wirst du mich das tun lassen?«

Das würde sie nur noch länger miteinander verbinden und sie wollte ihn nicht mehr in ihrem Leben. »Nein, danke. Ich erwarte, dass du eine anständige Summe erzielst. Bitte übermittle mir den Erlös so schnell wie möglich.« Sie kamen vor dem Stadthaus an. »Es war schön, dich kennengelernt zu haben und ich wünsche dir für die Zukunft alles Gute. Guten Tag, Mylord.« Sie drehte sich schnell um und bedeutete Judith, mit ihr zu kommen.

An der Tür warf Lucy einen kurzen Blick in seine Richtung. Seine Lippen waren gespitzt und auf seiner Stirn hatten sich tiefe Rillen gebildet. Gut. Lass ihn ruhig verwirrt oder verärgert sein oder was auch immer. Sie war sich sicher, dass es verblassen würde. Im Gegensatz zu ihr könnte er sich von ihrer Verbindung mit wenig Mühe lösen. Sie vermutete, dass ihr Andrew noch lange nicht aus dem Kopf gehen würde und natürlich würden die Erinnerungen, die sie an ihn hatte, für immer bleiben.

Sie rannte nach oben in ihr Zimmer, um den Schmuck zu holen. Sie wollte nicht sentimental werden oder ihre Meinung ändern. Schnell wickelte sie alles in ein Taschentuch und gab es Judith. »Gib das Seiner Lordschaft.«

Judiths Hand schloss sich um die Perlen. »Was soll ich sagen?«

»Nichts.« Es gab nichts mehr, das gesagt werden musste.

KAPITEL VIERZEHN

ANDREW GING INS BOODLE'S und machte sich auf den Weg in den Salon, wo er normalerweise seine Freunde traf. Er hatte nicht darüber nachgedacht, wie sie auf ihn reagieren würden, aber jetzt, da er hier war, fragte er sich, ob einer von ihnen möglicherweise Groll gegen ihn hegte, weil er sich nach dem Ballonabstieg so barsch verhalten hatte.

»Dart!« Beaumont grinste ihn an, als er eintrat. »Komm und schließ dich uns an.«

Der Tisch war ziemlich voll – Charles, Thursby und Greene waren da, ebenso wie zwei andere Gentlemen.

»Es ist an der Zeit, dass du auftauchst«, sagte Thursby. »Wir haben uns über deine Genesung Gedanken gemacht.«

Andrew konnte sich nicht an jeden erinnern, der in Darent Hall gewesen war, abgesehen von Greene, Beaumont und Charles – an die entsann er sich. Er nahm an, dass Thursby einer von den anderen war. »Ich bin vollkommen genesen, danke. Es war ein höllischer Sturz.«

Charles erschauderte. »In der Tat. Du wirst mich nicht dazu bewegen können, es ebenfalls zu versuchen. Ich wage zu behaupten, dass du es auch nicht ein weiteres Mal tun wirst.«

»Ich hoffe, baldmöglichst wieder aufzusteigen. Diesmal plane ich, mit dem Fallschirm zu springen.«

Charles starrte ihn an. »Hat der Sturz deinen Kopf verletzt?«

Andrew lachte. »Nun, gewiss, aber nicht dauerhaft.«

»Dann bist du verrückt geworden.«

»Er war schon immer ein wenig verrückt«, sagte Beaumont. »Wer sonst würde mitten in der Nacht nackt in die Themse springen?«

»Oder die Kuppel von St. Paul's erklimmen?«, fügte Charles hinzu.

»Du hast diese Dinge wirklich getan?«, fragte Greene, bevor er an seinem Whiskey nippte.

Das war, wann, vor drei Jahren? Bevor Greene sich ihnen angeschlossen hatte. »Mindestens einmal.« Andrew war froh, dass die Situation nicht unbehaglich war und dass es niemandem in den Sinn kam, ihn nach seinem Verhalten in Darent Hall zu fragen. Das Beenden seiner Beziehung zu Lucy war unangenehm genug gewesen und er hasste es, dass seine Freunde ihm sogar so nahegekommen waren, dass sie sich um ihn sorgten.

Aber seine Verbindung zu Lucy war gekappt. Er hatte ihren Schmuck an diesem Nachmittag zu einem Pfandleiher gebracht und würde ihr morgen das Geld schicken, das er dafür erhalten hatte. Er würde noch ein wenig mehr dazulegen, weil er nicht glaubte, dass sie es bemerken würde. Seine Brust verengte sich bei dem Gedanken, nie wieder Zeit mit ihr allein verbringen zu können.

Ein Lakai brachte Andrew ein Glas seines liebsten Gins und Beaumont zeigte auf den leeren Stuhl neben sich. Andrew setzte sich und trank von dem Gin, bevor er das Glas auf den Tisch stellte.

Greene, der ihm gegenübersaß, blickte sich um. »Kein

Smitty? Wir haben festgestellt, dass er hier kein Mitglied zu sein scheint, da du dich nie hier mit ihm getroffen hast.«

Neben Greene nickte Charles zustimmend. »Das ist außerdem verständlich, da er Arzt ist. Wie konnte uns das zuvor entgangen sein?«

»Ich bin sicher, es euch gesagt zu haben«, log Andrew. Er hatte darüber nachgedacht, wie man die Tatsache, dass er es ihnen *nicht* gesagt hatte, am besten verbergen oder zumindest die Bedeutung dieses ›Versäumnisses‹ minimieren könnte. »Wie auch immer, er hat einen Posten in Edinburgh angenommen, also fürchte ich, dass ihr ihn das letzte Mal gesehen haben dürftet.«

»Das ist eine Schande«, sagte Beaumont. »Ich habe seine Gesellschaft genossen.«

»Das habe ich auch. Sehr sogar. Ich bin enttäuscht, dass ich ihn nicht habe schießen sehen dürfen.« Greene nahm seinen Whiskey und schwenkte die bernsteinfarbene Flüssigkeit in dem Glas. Er sah zu Andrew hinüber, sein Blick war rätselhaft. »Hat er eine Adresse hinterlassen? Ich möchte mit ihm korrespondieren und ihm vielleicht meine Aufwartung machen, wenn ich im Herbst meinen Onkel in Edinburgh besuche.«

Andrew hatte sein Glas angehoben, um einen Schluck von seinem Drink zu nehmen, aber er hielt mitten in der Bewegung inne. Was könnte er sagen, um Greene zu entmutigen? Nichts, ohne noch mehr Aufmerksamkeit auf die Angelegenheit zu lenken, und das konnte er nicht tun. Nein, er würde Greene einfach nach Smitty suchen lassen und wenn er ihn nicht finden konnte … Nun, Andrew würde nicht wissen, was mit ihm passiert ist. »Ich fürchte, ich habe keine Adresse.«

Greene, der Andrew während seiner Antwort genau beobachtet hatte, zuckte mit den Schultern. »Ich bin sicher, dass er nicht schwer zu finden sein wird.«

Unmöglich, dachte Andrew, aber er schwieg. Er hoffte, dass Greene sich nicht die Mühe machen würde. Vielleicht sollte er eine Geschichte erfinden, in der Smitty auf seinem Weg nach Norden von Straßenräubern überfallen wurde und leider nie ankam …

Das Gespräch drehte sich jedoch längst um den Ballon-abstieg und Andrews Plan, mit dem Fallschirm zu springen. Die meisten am Tisch hielten ihn für verrückt, aber einige, darunter auch Greene, waren fasziniert und fragten, ob Sadler auch sie mitnehmen würde.

»Gegen eine Gebühr, sicher«, sagte Andrew.

Greene setzte sich nach vorne, seine dunkelblauen Augen strahlten vor Aufregung. »Ich wäre bereit zu bezahlen.«

Andrew trank seinen Gin aus und signalisierte dem Lakaien, ihm einen weiteren zu bringen. »Du solltest ihm schreiben.«

»Das werde ich. Würdest du ein gutes Wort für mich einlegen?«

»Sicher, aber es geht eigentlich nur darum, eine Gebühr zu zahlen. Sadler liebt Ballonfahrten und muss nicht über-redet werden, aufzusteigen.«

Thursby stand auf. »Ich fürchte, ich muss gehen. Zeit für einen Auftritt auf dem Goodwin-Ball. Geht sonst noch jemand hin?«

Ein anderer Gentleman nickte, aber alle anderen, einschließlich Andrew, schüttelten die Köpfe. Er fragte sich im Stillen, ob Lucy da sein würde und überdachte für einen Moment seine Entscheidung. Aber was würde er tun? Sie aus der Ferne beobachten? Er bezweifelte, dass sie eine Einladung zum Tanzen annehmen würde. Ihre Trennung durfte nicht hinausgezögert werden. Es wäre am besten, sie komplett und umgehend aus seinem Leben zu verbannen.

»Auch du nicht, Greene?«, fragte Charles. »Du schienst dich gestern Abend sehr gut amüsiert zu haben.«

Beaumont kicherte. »In der Tat. Ich wage zu behaupten, dass du einen Rekord darin aufgestellt hast, mit den meisten Damen getanzt zu haben.« Er schüttelte den Kopf. »Ich weiß nicht, wie du es gemacht hast. Ich wäre wahnsinnig geworden, bei einer derart geistlosen Beschäftigung.«

Greene verdrehte die Augen. »Es war nicht schrecklich. Tatsächlich habe ich mit einer ziemlich einnehmenden jungen Frau getanzt – Miss Parnell.«

Der Lakai gab Andrew gerade sein zweites Glas. Es rutschte aus seinen Fingern, spritzte Gin auf seinen Ärmel und auf Beaumont und fiel auf den Boden.

»Wie ungeschickt von mir«, murmelte er.

»Die Schuld liegt bei mir, Mylord.« Der Lakai nahm das Glas hoch. »Ich hole nur ein paar Servietten.«

Beaumont strich sich über seinen Ärmel. »Es ist ja nichts passiert.«

»Ja, das stimmt. Wirklich, es war mein Fehler.« Andrew hasste es, dass sich der Lakai verantwortlich fühlte, wenn doch die Schuld ausschließlich bei Andrew lag. Greenes Erwähnung von Lucy hatte ihn bestürzt. »Bist du auf der Suche nach einer Frau?« Andrew hoffte, dass seine Frage zwanglos klang, aber Eifersucht, die er nicht verspüren sollte, nagte in seinem Inneren.

»Nicht ernsthaft. Ich gehe regelmäßig zu einem Ball und tanze so viel wie möglich, um meine Eltern zu beruhigen. Sie *möchten,* dass ich mir eine Frau suche.« Er sah in die Runde und alle nickten mitfühlend. Greene sah Andrew direkt an. »Miss Parnell ist mir gerade erst aufgefallen.«

Andrews Verstand begann sich zu drehen. In Darent Hall, nach dem Ballonabstieg, hatte er Lucy fälschlicherweise als ›sie‹ bezeichnet. Er hatte versucht, seinen Fehler zu überspielen, aber er erinnerte sich nun daran, dass Greene sie genau gemustert hatte. Er erinnerte sich auch daran, dass Greene ihn nach dem Phaeton-Rennen auf das Lachen einer

Frau angesprochen hatte. Heute Abend hatte er ein offenes Interesse an ›Smitty‹ *und* Miss Parnell gezeigt. War er irgendwie hinter ihr Geheimnis gekommen? Der Lakai brachte Andrew seinen Gin und er nahm begierig einen langen Schluck.

Beaumont wackelte mit den Augenbrauen und schaute in Greenes Richtung. »Sie ist attraktiv, oder?«

Greene zuckte erneut mit den Schultern. »Nicht im traditionellen Sinne. Ihr Witz und ihre Intelligenz sind ihre besseren Eigenschaften, würde ich sagen.«

Andrew wollte widersprechen. Nein, er wollte seine Faust in Greenes Gesicht rammen, weil er sagte, sie sei nicht attraktiv. Sie war atemberaubend schön. Zumindest hatte der Schwachkopf ihre anderen Attribute erkannt.

Greene blickte Andrew an. Schien er übermäßig an Andrews Reaktionen auf diese Diskussion über Lucy interessiert zu sein? Oder sah Andrew einfach nur Dinge, die nicht da waren? Zum Teufel, das gefiel ihm kein bisschen. Wenn Greene die Dinge zusammengefügt hätte und wüsste, dass Smitty und Lucy ein und dieselbe Person waren, was würde er dann mit diesen Informationen anstellen? Es bestand die Möglichkeit, dass er nichts unternahm, aber Andrew war sich nicht sicher, ob er warten wollte, um das herauszufinden. Er wollte das Thema aber auch nicht direkt mit Greene besprechen. Es war wahrscheinlich das Beste, wenn er nichts tat und die Situation einfach im Auge behielt. Er musste das überdenken.

»Dann gehe ich jetzt«, sagte Thursby und verabschiedete sich.

Andrew hatte auch eine Einladung zum Goodwin-Ball erhalten. Vielleicht sollte er die Chance nutzen, Lucy dort zu begegnen. Auf diese Weise konnte er sie vor Greene warnen.

Warum? Damit sie sich um etwas Sorgen machte, das nur ein Verdacht war? Nein, er hatte bereits entschieden, dass es das Beste wäre, ihre Trennung so sauber wie möglich zu vollziehen, bevor er noch über eine Zukunft nachdenken würde, die er nie haben wollte.

~

L UCY TRANK IHREN TEE, während sie zuhörte, wie Aquilla ihr und Ivy von dem Goodwin-Ball am gestrigen Abend erzählte. Aquilla hatte einmal getanzt, was vielleicht nach wenig klang, aber da es genau genommen einmal mehr war, als beim vorherigen Ball, den sie besucht hatte, zählte Aquilla es als Erfolg. Lucy hörte die Enttäuschung, die hinter der fröhlichen Stimmung ihrer Freundin lauerte. Seit einiger Zeit hatte sie schon darauf gewartet, dass etwas in Aquilla zerbrach – darauf, dass sie ihre immer hoffnungsvolle Sichtweise verlor … Aber Aquilla war immer noch, zumindest für den Moment, Aquilla.

Ivy fragte Aquilla nach ihrem Tanzpartner, Lord Linley, und während sie sich unterhielten, wandte sich Lucy in Gedanken dem Geld zu, das Andrew für die Perlen ihrer Mutter erhalten hatte, und das ihr kurz vor dem Tee mit Aquilla und Ivy überbracht worden war. Es war eine anständige Summe und Lucy überlegte, wie sie sie investieren könnte. Nein, das war nicht ganz richtig. Sie hatte sich gefragt, ob es Andrew genauso leidtat, ihre Verbindung beendet zu haben, wie ihr.

Wahrscheinlich nicht, denn sie war frustrierend in ihn verliebt, und er hatte sich offensichtlich ohne einen zweiten Gedanken von ihr abwenden können.

»Ich kann nicht sagen, ob du Linley magst oder nicht«, sagte Ivy. »Doch gewiss ist dem so, denn du magst schließlich jeden.«

»Das ist nicht wahr«, antwortete Aquilla. »Lady Abercrombie ist mir völlig gleichgültig.«

»Niemand kann sie leiden«, sagte Ivy. »Sie ist langweilig und laut.«

»Einige Leute sagen, dass ich laut bin.«

»Vergleiche dich nicht mit ihr. Du bist *nicht* laut. Wenn überhaupt, hast du einen Überfluss an Charme und das kann nicht schlecht sein. Nicht wahr, Lucy?«

Lucy setzte sich aufrecht hin, als ihr Name erklang. »Dass Aquilla charmant ist? Natürlich.«

Ivy betrachtete sie über den Rand ihrer Teetasse hinweg. »Du *hast* zugehört. Ich dachte, du wärst in einem Tagtraum versunken.«

Das war sie *tatsächlich*.

Aquilla sah sie wissend an, ihr Blick verengte sich. »Sie ist so, seit sie in Darent Hall war. Ich würde gern wissen, was dort passiert ist, aber sie will es nicht sagen.«

»Und das ist ihr Recht.« Ivy sah Lucy voller Sympathie an.

Lucy schätzte ihre Unterstützung. Während Aquilla sich danach sehnte zu wissen, was passiert war, hatte Ivy gesagt, dass es sie nichts anginge. Sie hatte Lucy jedoch unter vier Augen – und in einem sehr ernsten Tonfall – gesagt, dass sie, wenn sie jemals darüber sprechen wollte, was passiert war, gern zuhören würde.

Lucy sah ihre Freundinnen an und fragte sich, warum sie sich die Mühe machte, es vor ihnen geheim zu halten. Weil es sich unglaublich intim angefühlt hatte – etwas nur zwischen ihr und Andrew. Jetzt, da sie getrennte Wege gingen, erschien es ihr wie ein Traum, irgendwie aus der gesamten Erfahrung herausgelöst.

»Ihr wisst, dass Dartford bei der Landung verletzt wurde.« Lucy hatte das in ihrer Notiz an Aquilla erwähnt und die Notwendigkeit, sich um ihn zu kümmern, als Grund für den Aufenthalt in Darent Hall genannt. »Und ich bin sicher, ihr fragt euch, warum es notwendig war, dass ich bleiben musste, um mich um ihn zu kümmern, obwohl er wahrscheinlich ein Haus voller Gefolgsleute hat.«

Sowohl Ivy als auch Aquilla beobachteten sie aufmerksam. »Das haben wir uns tatsächlich gefragt«, gab Ivy zu.

Lucy war nicht überrascht – oder verärgert – zu erfahren, dass sie die Situation diskutiert hatten. »Andrew und ich haben durch unsere Ausflüge in die Spielhöllen eine ziemlich enge Verbindung aufgebaut.«

Aquillas Augen weiteten sich. »*Andrew?*«

Lucy schürzte ihre Lippen. »Ja, Andrew. Wie gesagt, wir kamen uns ziemlich nahe. Er bat mich zu bleiben.« Sie hatte sich gefreut über seine ausdrückliche Bitte, dass sie bleiben solle, während er alle anderen aufforderte, zu gehen. Nur, dass es ihr am nächsten Morgen nicht besser ergangen war. »Also blieb ich.«

»Ich verstehe.« Ivy trank ihren Tee.

»Du sagst, du hast dich um ihn gekümmert«, sagte Aquilla. »Ist das alles, was passiert ist?« Sie presste ihre Lippen zusammen. »Ich entschuldige mich. Ich wollte nicht neugierig sein.«

»Es ist in Ordnung. Ich habe entschieden, dass es mir nichts ausmacht, wenn du danach fragst. Ich habe nichts zu verbergen, wenn es um ihn geht – zumindest nicht vor euch. Unsere Beziehung ist sowieso beendet.«

Aquilla lehnte sich nach vorne, ihr Gesichtsausdruck war von Sorge geprägt. »Was ist passiert?«

»Wir, äh, teilten sein Bett für die Nacht und am Morgen bat er mich zu gehen.« Sie wollte die Einzelheiten seines Verhaltens nicht preisgeben. Das waren *seine* Geheimnisse, nicht ihre. Sie sah auch keinen Nutzen darin, die schreckliche Art und Weise zu beschreiben, wie er sie behandelt hatte, oder die erdrückende Enttäuschung, die sie empfunden hatte, so wie sie nicht plante, ein Wort über seine unerwartet rührende Entschuldigung zu verlieren. Nichts davon war von Bedeutung.

»Das *hast* du *nicht*.« Ivys Hand war mit ihrer Teetasse auf halben Weg zu ihrem Mund erstarrt. Ihre Stimme klang tief und leise – beinahe verletzt.

»*Das* haben wir nicht getan«, erklärte Lucy. »Wir waren … auf andere Weise intim.« Sie war sich nicht ganz sicher, wie sie es beschreiben sollte. Sie wusste, dass Aquilla diese Dinge nie getan hatte, aber sie wäre ehrlich gesagt nicht überrascht zu erfahren, dass Ivy Derartiges erlebt hatte. Sie war um einige Jahre älter als sie beide und hatte fast ein Jahrzehnt lang ein unabhängiges Leben geführt.

Aquilla war verzückt, ihre blauen Augen vor Neugierde geweitet. »Wie war es?«

»Das spielt keine Rolle«, schnappte Ivy. »Er warf sie einfach hinaus, als er mit ihr fertig war.«

Das war genau das, was Lucy damals gedacht hatte, aber jetzt glaubte sie, dass sie den Grund dafür verstand. »Andrew hatte seine Gründe, mich zu bitten zu gehen.«

Ivy stellte ihre Tasse mit einem Klirren ab. »Er ist ein Schuft. Das ist Grund genug. Er sollte dich heiraten.«

Aus irgendeinem bizarren Grund hatte Lucy das Bedürfnis, ihn zu verteidigen. »Woher weißt du, dass er nicht gefragt hat? Du weißt, dass ich nicht heiraten will.«

»Er hat dich gebeten, ihn zu heiraten?« Aquilla klang ungläubig. »Und du hast nein gesagt?«

»Eigentlich hat er das nicht.« Lucy warf Ivy einen beharrlichen Blick zu. »Wir hatten eine bezaubernde Nacht zusammen – eine, die ich nie vergessen *oder* bereuen werde.«

Aquilla lehnte sich zurück und musterte Lucy für einen langen Moment. So lange, dass Lucy verlegen wurde und sich fragte, ob sie vielleicht eine Krume auf ihrem Gesicht hatte, von einem der Törtchen, die sie gegessen hatte.

»Ich bin mir nicht sicher, ob ich dir glaube«, sagte

Aquilla schließlich. »Du hast ihn sofort verteidigt, du nennst ihn Andrew und sieh nur, wie du über ihn sprichst … deine Augen leuchten. Und du lächelst beinahe, sogar beim Sprechen. Ich denke, du *würdest* ihn heiraten, wenn er fragen würde.«

Aquilla, ihre liebe und charmante Freundin, hatte getan, was sie am besten konnte – sie hatte den Kern einer Sache auf den Punkt gebracht und scharfsinnig verstanden, was wirklich vor sich ging.

Lucy blickte von Aquilla zu Ivy, die einen Ausdruck der Sorge trug, und zurück zu Aquilla. Flüsternd äußerte sie das, wovon sie sicher gewesen war, es niemals zu sagen: »*Das würde* ich. Wenn er fragen würde. Aber das wird er nicht.« Ihr Inneres verkrampfte sich. »Ich bin sicher, du billigst oder verstehst es nicht, Ivy.«

Ivy atmete aus. »Billigung hat nichts damit zu tun, aber nein, ich verstehe es nicht. Er hat dich schrecklich ausgenutzt.«

Lucy krauste ihre Stirn ob ihrer Bemerkung. »Ich war ein williger Teilnehmer. Nein, er hat die Dinge nicht gut gehandhabt, aber das ist meine eigene Schuld. Wir haben beide von Anfang an deutlich gemacht, dass keiner von uns eine Heirat wünscht.«

»Weiß er, dass du deine Meinung geändert hast?«, fragte Aquilla.

»Nein und ich habe nicht vor, es ihm zu sagen.«

»Warum ist er so hartnäckig gegen eine Ehe? Er ist ein Earl. Sicherlich versteht er die Notwendigkeit, einen Erben zu zeugen.«

Das war ein berechtigtes Argument und Lucy hatte nicht daran gedacht, ihn danach zu fragen. Jetzt war sie allerdings begierig darauf, es zu erfahren. Aber sie würde keine Gelegenheit mehr dazu haben, ihn danach zu fragen. »Ich glaube, weil er seine ganze Familie verloren hat, als er jung war. Sie starben alle an Winterfieber.« Mrs. Alder hatte die Krankheit bestätigt, als sie Lucy geholfen hatte, sich auf ihre Abreise vorzubereiten.

Aquillas Hand flog zu ihrem Mund. »Wie schrecklich. Meine Familie ist fürchterlich, aber ich würde sie nicht tot sehen wollen.«

»Ich schon«, murmelte Ivy.

»Meine Familie?«, fragte Aquilla und ihre Augen wurden riesengroß vor Schreck. »Ich weiß, dass du sie nicht magst, aber das ist ziemlich grausam.«

Ivy sah auf ihren Schoß herab. »Ich habe nicht von deiner Familie gesprochen, sondern von meiner.« Sie warf einen Blick auf Lucy. »Er wünscht sich keine eigene Familie, weil er immer noch die betrauert, die er verloren hat?«

Lucy sehnte sich danach, Ivy nach ihrer Familie zu fragen – über die sie nie gesprochen hatte – aber sie konnte sehen, dass sie nicht bereit war, mehr zu verraten, als sie bereits getan hatte. »So etwas in der Art, ja.« Lucy beugte sich zu Ivy und streichelte ihr kurz über den Arm. »Wir sind deine Familie, weißt du.«

Ivy lächelte erst sie an und sah dann zu Aquilla. »Ich weiß und ich liebe euch beide dafür. Ich weiß, dass ich nicht immer die einfachste Person bin, und dass ihr beide die liebsten Menschen in meinem Leben geworden seid, bedeutet mir alles.«

»Oh, Ivy.« Aquilla sprang auf, um sie zu umarmen.

Lucy schloss sich ihnen an und bald saßen sie eng umschlungen und lachend auf der Couch.

Als sie sich beruhigt hatten und auf ihre jeweiligen Plätze zurückkehrten, sah Aquilla Lucy an. »Was hast du jetzt vor?«

»Wie gesagt, meine Beziehung zu Andrew Dartford ist vorbei.« Sie würde gut daran tun, damit aufzuhören, ihn beim Vornamen zu nennen. Er war jetzt nur noch eine Erinnerung. »Ich habe etwas Schmuck verkauft. Dadurch und

mit meinen Gewinnen habe ich genug, um zu investieren.
Wir müssen eine Weile genügsam leben, aber ich denke, es
wird gelingen. Ich habe nach Häusern in der Nähe von Bath
gesucht.«

»Ist deine Großmutter glücklich?«, fragte Ivy. »Ich denke,
das muss sie sein.«

»Oder auch nicht«, sagte Aquilla. »Sie hat sich klar ausgedrückt, was ihren Wunsch betrifft, dass Lucy heiratet.«

»Was Aquilla sagt, ist wahr, aber ich denke, sie wird es
mögen, dass ich bei ihr bin. Ich gewöhne sie an die Idee.«
Lucy wandte sich an Ivy. »Ich werde mir wahrscheinlich auch
eine Anstellung suchen, also würde ich mich freuen, deinen
Kontakten in Bath vorgestellt zu werden.«

»Ich schicke Briefe, wenn du bereit zum Umzug bist.«

Aquilla verschränkte ihre Arme über ihrer Brust und
runzelte die Stirn. »Ich werde dich sehr vermissen. Gibt es
keine Möglichkeit, Dartford zur Heirat zu überreden? Er hat
eindeutig etwas für dich empfunden, oder nicht?«

Etwas, ja. Aber Lucy dachte nicht, dass es so tief ging,
wie ihre Gefühle für ihn. Er behandelte sie auf Augenhöhe –
er schätzte ihr Talent und ihren Intellekt und, ja, sogar ihre
Schönheit, die sie für nicht existent gehalten hatte. Er ließ sie
sich besonders fühlen. Bewundert. Hatte er nicht einmal
gesagt, dass er sie bewunderte?

Sie wollte nicht mehr darüber nachdenken, über ihn,
über das hier. Es war zu schmerzhaft.

Lucy setzte ein herzliches Lächeln auf und sah Aquilla an.
»Es spielt keine Rolle, was er vielleicht gefühlt hat oder was
ich fühle, unsere Beziehung ist vorbei, und ich mache Pläne
für die Zukunft, die ihn nicht miteinbeziehen.«

Aquillas Stirnrunzeln vertiefte sich. »Ich bin immer noch
enttäuscht. Ich nehme an, wir müssen das Beste aus der Zeit
machen, die uns miteinander bleibt. Du kommst immer
noch zu Lady Morecotts Ball heute Abend, nicht wahr?«

»Ja, Großmutter freut sich darauf.« Lucy hatte sogar eine neues Gewand – auf Großmamas Beharren hin, dass sie es brauchen würde, um sich Edgecombe zu schnappen. Seit Andrews gestrigem Besuch hatte Großmutter jedoch begonnen, von ihm anstelle von Edgecombe zu sprechen, was Lucy zur Verzweiflung brachte.

»Ausgezeichnet, lasst uns unser Spiel spielen und den Unberührbaren Namen geben.« Aquilla grinste und stand auf.

»Haben wir nicht längst alle mit Namen bedacht?«, fragte Ivy.

»Wahrscheinlich, aber offenbar sollten wir einige ihrer Namen ändern. Ich denke, ich würde gern Dartford, in den Herzog der Verachtung umbenennen.«

Ivy lachte. »Perfekt. Ich mag ihn überhaupt nicht mehr. Tut mir leid, Lucy.«

Lucy wünschte sich, sie würde ihn auch nicht mehr mögen. Stattdessen liebte sie ihn. Und es tat weh.

KAPITEL FÜNFZEHN

$\mathcal{A}$NDREW SCHLENDERTE IN DEN Ballsaal von Morecott House. Obwohl es eines der größten und opulentesten Häuser am Grosvenor Square war, war die Veranstaltung immer noch sehr überlaufen. Er bezweifelte, dass er Lucy in der Menge würde finden können.

Er hatte seine Entscheidung bereut, sie nicht auf dem Goodwin-Ball gestern Abend ausfindig gemacht zu haben. Er wollte ihr seinen Verdacht über Greene mitteilen. Oder vielleicht wollte er sie nur sehen.

Er hätte sie einfach an diesem Nachmittag im Hause ihrer Großmutter aufsuchen sollen, hatte sich aber vorgestellt, dass sie ihn nicht empfangen würde. Vielleicht hätte er eine Nachricht schicken sollen. Anderseits war er sich nicht sicher, ob sie diese nicht ins Feuer geworfen hätte, ohne sie zu öffnen.

Da sie den Erhalt des Geldes, das er ihr hatte schicken lassen, nicht bestätigt hatte, nahm er an, dass sie keine Kommunikation mit ihm wünschte. Und ihr Abschied gestern war steif und ... seltsam gewesen. Ihre Worte waren brüsk gewesen und obwohl sie gesagt hatte, dass sie nicht wütend sei, war er sich nahezu sicher, dass sie es war.

Aber es gab nichts, was er gegen all das tun konnte. Was er jedoch tun *konnte,* war, sie vor Greene zu warnen.

Er überblickte den Ballsaal, aber es war ein verwirrendes Durcheinander von Leuten. Er vermutete, dass ein Gang entlang der Wände seine beste Chance sein könnte, sie zu finden.

Das ärgerte ihn. Sie sollte kein Mauerblümchen sein. Sie sollte die begehrteste Frau hier sein. Männer waren Idioten, entschied er. Sie würden es eher vorziehen, eine geistlose Schönheit als eine kluge und umwerfende Frau zu heiraten, die sie jeden Tag mit ihrer Vitalität und ihrem Witz begeistern würde.

Eine nagende Stimme in seinem Kopf sagte, wenn er so empfand, sollte *er* sie heiraten, aber Andrew ignorierte sie. Ehe und Familie waren nichts für ihn.

Andrew näherte sich der Wand und begann einen Rundgang entlang des Ballsaals. Nach ein paar Minuten beschwerlichen Fortkommens fing sein Blick ein vertrautes Gesicht ein – Lucys Freundin, die er einst kennengelernt hatte.

Mit seinem charmantesten Lächeln hielt er vor ihr inne. Sie stand mit einer anderen jungen Frau zusammen, die größer war, mit rötlich-blonden Haaren und einem ziemlich strengen Blick. »Guten Abend, Miss Knox. Ich suche Ihre Freundin, Miss Parnell.«

Miss Knox hatte ein strahlendes Lächeln und lebhafte Augen. »Ah ja, Dartford. Darf ich vorstellen, Miss Ivy Breckenridge.«

Die große Blondine starrte ihn böse an. Er wäre fast vor der Verachtung in ihrem Blick zurückgewichen. »Ich bin sicher, Miss Parnell hat kein Interesse daran, mit Ihnen zu sprechen.«

Miss Knox stieß ihre Freundin deutlich in die Seite und flüsterte etwas, was Andrew nicht verstehen konnte, von dem er aber ziemlich sicher war, dass es ›Sei still!‹ bedeutete.

Die beiden Frauen könnten in ihrer Wahrnehmung seiner Person nicht unterschiedlicher sein. Miss Knox schien ihm gegenüber sehr offen zu sein, sogar erfreut, ihn zu sehen. Miss Breckenridge hingegen sah aus, als würde sie ihn liebend gern zu seiner Hinrichtung führen. Sein Hals kribbelte. Er richtete seine Aufmerksamkeit auf die freundlichere Miss Knox. »Ist Miss Parnell heute Abend hier? Es ist ziemlich wichtig, dass ich mit ihr spreche.«

»Das ist sie in der Tat.«

Jetzt stieß Miss Breckenridge Miss Knox mit dem Ellenbogen an. Andrew unterdrückte ein Lächeln. Sie schienen die perfekten Freundinnen für Lucy zu sein – nicht die typischen schüchternen jungen Frauen, die gewöhnlich diese Art von Veranstaltungen bevölkerten.

»Darf ich fragen, wo sie ist?«, fragte er.

Miss Breckenridge blickte finster. »Nein.«

Miss Knox warf ihr einen tadelten Blick zu. »Sie tanzt. Und es ist ein ziemlich langes Set, denke ich.«

Verdammt. Andrew drehte den Kopf, um auf die Tanzfläche zu schauen, konnte sie aber nicht sehen. Er blickte zu den beiden Frauen zurück und lächelte. »Danke für Ihre Zeit.«

Dann drehte er sich um und fand eine Stelle, an der er die Tanzfläche besser überblicken konnte. Es war ein Reel und er überblickte die Tänzer, bis er Lucys Gruppe fand. Sie zu sehen … es war, als wäre ihm die Luft aus den Lungen gepresst worden.

Er hatte sie erst gestern gesehen, aber es war, als hätte er vergessen, wie unglaublich sie war. Sie trug ein leuchtend grünes Kleid mit goldenem Besatz und ein goldenes Band umgab ihr aufgestecktes dunkles Haar. Sie sah elegant und schön aus, wahrlich feminin. Und er wollte ihren Tanzpartner verprügeln. Er reckte seinen Hals, um zu sehen, wer es war. Sie waren in einer Gruppe, also nahm er an, dass es jeder der Herren sein konnte.

Hölle und Verdammnis.

Greene war unter ihnen. War er ihr Partner? Wahrscheinlich. Andrew umkreiste die Tanzfläche und wartete ungeduldig darauf, dass das Set zu Ende ging. Er verharrte in der Nähe der Türen, die zu der Terrasse führten, wo er schließlich vor Wut brodelnd dastand.

»Mylord.«

Die weibliche Stimme kam von links. Er drehte den Kopf, um Miss Breckenridge zu erblicken, die ihn verächtlich ansah.

»Miss Breckenridge, was verschafft mir dieses ... Vergnügen?« Er war nicht in der Stimmung, sie zu bezaubern. Außerdem hatte er das ausgeprägte Gefühl, dass sie immun dagegen war.

»Lassen Sie uns zu einem privateren Ort gehen – näher an die Wand, wenn es Ihnen nichts ausmacht.«

Andrew blickte auf die Tanzfläche und auf mögliche Stellen an der Wand. Seine Blickrichtung könnte beeinträchtigt sein.

Ihre grünen Augen durchbohrten ihn mit ihrer Intensität. »Mylord, *wenn Sie so nett sein wollten.* Das ist ein Gespräch, auf dem ich bestehe, und ich werde es nicht hier führen.«

Resigniert ging er zu einem Platz links von den Terrassentüren, in die Nähe eines eingetopften Baumes. Er drehte sich um und stellte sich mit dem Rücken zur Wand, so, dass er Lucy noch sehen konnte. »Wird das reichen?«

Sie rückte näher und nahm eine Position neben ihm ein.

»Ich bin gekommen, um Sie zu bitten, Lucy in Ruhe zu lassen.« Sie hielt ihre Stimme leise, knapp über einem Flüstern.

Dass sie sich auf ihre Freundin als Lucy bezog, erregte seine Aufmerksamkeit. Miss Breckenridge hegte kein Interesse, ein formelles, regelkonformes Gespräch zu führen.

»Ich bin gekommen, um mit ihr über eine wichtige Angelegenheit zu sprechen«, sagte er. Er zuckte innerlich zusammen, als Greene Lucys Hand für den Tanz ergriff.

»Ist es wichtig genug, um das Unbehagen zu rechtfertigen, das Sie ihr durch dieses Gespräch verursachen würden?«

Er richtete seinen Blick auf sie. »Vielleicht sollten Sie direkt zum Punkt kommen. Sie kommen mir nicht wie eine Frau vor, die ein Blatt vor den Mund nimmt.«

Sie lächelte, aber er bezweifelte, dass ihr Lächeln durch Humor oder irgendeinen Sinn für Höflichkeit ausgelöst wurde. »Sie sind sehr scharfsinnig, Mylord. Lucy ist meine sehr liebe Freundin und ich möchte nicht, dass sie von Leuten wie Ihnen verletzt wird. Sie verdient viel mehr.«

Er stimmte zu. »Ja, das tut sie.« Miss Breckenridge blinzelte und er erkannte, dass er sie überrascht hatte. »*Wurde* sie verletzt oder beschützen Sie sie vor einer potenziellen Verletzung?« Er dachte daran, wie ihr Spaziergang am Tag zuvor geendet hatte und obwohl er wusste, dass sie wütend war, hatte er nicht bedacht, dass mehr als pure Wut Lucys Verhalten ausgelöst haben könnte. Er *wollte* es nicht in Betracht ziehen.

Miss Breckenridges Augen verengten sich und da war Feuer in ihren Tiefen. »Sie haben sie benutzt und achtlos weggeworfen.«

Verdammt, verdammt noch mal.

Empfand sie es so – dass er sie benutzt hatte? »Das hat sie Ihnen gesagt?« Er blickte auf die Tanzfläche und sah Lucy lachen, ihr Gesicht strahlte vor Freude. Seine Brust wurde enger. Er hasste den Gedanken, ihr wehgetan zu haben.

»Sie hat uns genug erzählt. Sie verdient diese Art von Behandlung nicht.«

Nein, das tat sie nicht. Aber er hatte sie nicht benutzt. Er hatte sie gewollt und, ja, er hatte sie wahrscheinlich ausgenutzt, aber er hatte sie nicht benutzt. Er hatte sie jedoch weggeworfen – er hätte es nicht so unelegant ausgedrückt, aber genauso war es.

Er dachte, sie hätte zugestimmt, dass sich nichts geändert hatte, dass sie beide immer noch ein unabhängiges Leben anstrebten. Nur, dass sich die Dinge geändert *hatten*. Er fühlte eine gefährliche Verbindung zu ihr. Eine Verbindung, die die sorgfältig errichtete Schutzmauer bedrohen könnte, die er nach dem Tod seiner Familie errichtet hatte.

Seine Kehle schnürte sich zusammen und er kämpfte, um tief Luft zu holen. »Ich empfinde nichts anderes als die größte Wertschätzung und Bewunderung für Miss Parnell. Bitte entschuldigen Sie mich.«

Er wollte mit Lucy reden, aber er konnte es nicht hier tun. Hatte er ihr wehgetan? Er musste es wissen. Er musste sie auch vor Greene warnen. Er drängte sich durch die Menge, er hatte einen Entschluss gefasst.

Er wies seinen Fahrer an, ihn an der Bolton Street abzusetzen.

~

LUCY BEOBACHTETE, WIE IHRE Großmutter einzunicken begann, als sie im Wagen vom Ball nach Hause fuhren. Sie waren länger als sonst geblieben und Lucy fragte sich, ob Großmama es überhaupt ohne Hilfe nach oben schaffen würde.

»Das war ein ziemlich gelungener Abend.« Großmamas

plötzliche Erklärung überraschte Lucy und ließ sie zusammenzucken.

»Hattest du eine gute Zeit?«, fragte Lucy.

»Oh ja, natürlich. Aber ich meinte dich. Du hast so viel getanzt! Ich wage zu behaupten, dass dies endlich dein Jahr sein könnte. Ja, ich wäre schockiert, wenn Edgecombe dir nicht den Hof machen würde.«

Lucy hatte wieder mit ihm getanzt und, obwohl er charmant und angenehm war, war er nicht Andrew. Leider hatte sie alle mit ihm verglichen.

»Wer war der junge Gentleman, mit dem du getanzt hast – der Große?«

Greene. Lucy war misstrauisch geworden, als er sie gebeten hatte, wieder mit ihm zu tanzen. Er schien sie immer noch nicht erkannt zu haben, aber sie hatte sich sicherheitshalber bemüht, sich unglaublich feminin zu verhalten. Sie hatte sogar *gelächelt*. Oder zumindest hatte sie es versucht. Wie das Kichern zählte das Lächeln nicht zu ihren besonderen Fähigkeiten. »Mr. Greene«, antwortete sie zögernd.

»Er ist sehr attraktiv. Möglicherweise kannst du einen Wettkampf um dich anregen.« Großmamas Augen strahlten vor Begeisterung im Licht der Straßenlaternen.

Lucy wollte keinen Wettkampf. Sie wollte weder Edgecombe noch Greene noch jemand anderen, der nicht Andrew war. Und ihn konnte sie nicht haben.

Die Kutsche hielt vor dem Stadthaus und der Lakai half Großmama, auszusteigen. Lucy trat heraus und nahm den Arm ihrer Großmutter, während sie zur Tür gingen. Der Butler ließ sie herein und Lucy eskortierte Großmama zu ihrer Kammer, wo ihr Dienstmädchen darauf wartete, sie zu übernehmen.

»Sie wird im Handumdrehen einschlafen«, flüsterte Lucy. Das Dienstmädchen nickte.

Lucy gähnte und dachte, dass sie auch schnell einschlafen

würde. Gut, sie wollte nicht wach liegen und an Andrew denken.

Sie ging in ihre Kammer, schloss die Tür hinter sich und zog sofort das Band aus ihrem Haar. Als sie über den Teppich schritt und auf dem Weg zu ihrem Ankleideraum ihr Bett passierte, blieb sie abrupt stehen.

Dort, auf dem Bett liegend, mit gelockerter Krawatte, sein Mantel war nirgendwo zu sehen – doch nein, vielmehr hing er über der Rückenlehne eines Stuhls - war Andrew. Sein Blick traf auf ihren und eine glühende Sehnsucht stach ihr in die Brust und verbreitete Hitze in ihrem Körper.

Sie hielt das Band mit den Fingerspitzen und starrte ihn schockiert an. »Was machst du hier?«

Er nahm die Beine vom Bett und sprang auf. »Ich bin gekommen, um dich zu sehen.«

Sie versuchte, die Anziehungskraft, die er auf sie ausübte, zu ignorieren. Es war unglaublich schwierig, weil er fast unerträglich gut aussah. Seine Krawatte war locker und enthüllte mehr von seinem Hals, als angemessen war. Aber andererseits nahm sie an, dass sie sich bereits ziemlich weit über das hinausgewagt hatten, was als angemessen und anständig betrachtet werden konnte, besonders, da er in ihrer Schlafkammer stand. »Wie bist du hier hereingekommen?«

Er zuckte leicht mit den Achseln. »Ich bin raffiniert. Ich bin deiner Zofe begegnet, konnte sie aber überzeugen, dass ich mit deiner Erlaubnis hier bin.«

»Das hast du nicht getan.«

»Nein.« Er kam langsam auf sie zu. »Ich habe dich mit Greene tanzen sehen.«

»Du warst auf dem Ball?« Ihre Stimme klang ein wenig schrill in ihren Ohren.

»Ja. Ich wollte mit dir sprechen.«

Er war zum Ball gegangen und jetzt war er hier. Diese Erkenntnis tanzte über ihre Haut und Wellen der Sehnsucht überfluteten ihren Bauch. Sie wandte sich von ihm ab und ließ ihr Haarband auf ihren Frisiertisch fallen. »Was ist geschehen?«

Er war dicht hinter sie getreten – sie konnte seine Nähe spüren, wie ein Feuer, das ihren Rücken wärmte. »Ich glaube, Greene weiß, dass du Smitty bist. Ich wollte, dass du auf der Hut bist.«

Sie drehte sich um. Er war sehr nahe. Sie drückte ihre Oberschenkel zurück gegen den Frisiertisch. »Hat er es dir gesagt?«

»Nein, aber er hat sich seltsam verhalten.« Er blickte finster. »Ich habe fast alles in Darent Hall ruiniert, als ich dich eine ›sie‹ nannte.«

Sie kräuselte ihre Stirn. »Du hast alles ruiniert, als du ihnen gesagt hast, dass ich Arzt bin.«

Sein düsterer Blick vertiefte sich. »Ich habe mich dafür entschuldigt.«

»Hast du?« Sie konnte sich ehrlich gesagt nicht mehr erinnern. »Wie auch immer, es spielt keine Rolle. Was passiert ist, ist passiert. Ich weiß es zu schätzen, dass du mir deinen Verdacht mitteilst. Ich werde es in Betracht ziehen.«

Seine Augenbrauen bildeten ein V über seinen Augen. »Was bedeutet das?«

Sie zuckte mit den Achseln und genoss absurderweise seinen Ingrimm. »Es bedeutet, dass ich die Situation selbst einschätzen werde, wenn ich Greene das nächste Mal sehe.« Sie sollte ihm sagen, dass sie seiner Einschätzung zustimmte, dass auch sie sich gefragt hatte, ob Greene ihre Verkleidung durchschaut hatte, wollte ihm aber nicht diese Befriedigung geben.

Er blinzelte. »Du hast Pläne, ihn wiederzusehen?«

War er eifersüchtig? »Keine ausdrücklichen, nein. Gibt es noch einen anderen Grund, warum du in meine Schlafkammer gekommen bist? Du hättest mir genauso gut eine Nachricht in Bezug auf Greene schicken können.«

»Ich hätte es tun können, aber ich wollte es nicht aufschreiben.«

Sie schätzte das sehr.

Schweigend sahen sie sich an. Er schien zu überlegen, was er sagen sollte. Lucy versuchte unterdessen, ihre Arme nicht um seinen Hals zu werfen und ihn zu küssen.

Schließlich sagte er: »Mir gefiel es nicht, wie unser Gespräch gestern endete.«

Ihr Atem stockte in ihrer Brust. »Wie meinst du das?«

»Es war sehr … formal. Geschäftsmäßig. Und endgültig.«

Es stimmte, genauso war es verlaufen – absichtlich. »Hätte es anders sein sollen?«

Er kam näher. »Vielleicht. Lucy … habe ich dir wehgetan?«

»Nein.« Sie hatte jeden Moment ihrer Begegnung in Darent Hall genossen. Sie erkannte törichterweise zu spät, dass er etwas anderes meinte. Er wollte wissen, ob sie über die Auflösung ihrer Beziehung verärgert war. »Wir hatten eine vorübergehende Vereinbarung. Die Dinge … sind weiter gegangen, als wir es uns vorgestellt hatten.« Sie hob ihr Kinn. »Im Gegenteil, ich bin dir dankbar für die Erfahrungen, die wir geteilt haben. Vor allem, da ich bezweifle, dass ich sie in Zukunft wiederholen kann.«

»*Lucy*. Es gefällt mir nicht, mir dich vorzustellen … allein. Niemals …« Er beendete seine Ausführung nicht, aber sie wusste, was er meinte. Sie würde als Jungfrau sterben, ohne zu wissen, wie es war, richtig bei einem Mann zu liegen. Die Vorstellung hatte sie vorher nicht geplagt, aber jetzt, da sie das Vergnügen mit Andrew erlebt hatte, musste sie zugeben, dass sie nicht gern daran dachte, dass sie für immer allein sein würde.

»Andrew, was machst du hier? Bist du gekommen, um

mich zu verführen?« Sie betete, dass er die Hoffnung in ihrer Stimme nicht hörte. Gott stehe ihr bei, sie wollte ihn, auch wenn es nur für eine Nacht war. Eine Nacht, die für den Rest ihres Lebens das Futter für ihre Träume liefern würde.

Er streichelte eine Seite ihres Gesichts und zog sanft an einer Haarlocke, während er sie zwischen seinen Fingerspitzen streichelte. »Das hatte ich nicht beabsichtigt. Aber jetzt, da ich hier bin, bin ich völlig fasziniert. Ich dachte, dass sich die Dinge vielleicht geändert hätten. Deine Freundin Ivy, hat mich auf dem Ball angesprochen und mir bedeutet, dich in Ruhe zu lassen.«

Lucy entflammte unter seiner Berührung, auch wenn er nur ihr Haar anfasste, und sehnte sich danach, dass er ihr Gesicht mit seinen Händen umschloss oder sie gegen sich zog. Köstliche Erwartung machte sich breit und wuchs zwischen ihnen.

»Ivy ist nicht gut auf Männer zu sprechen. Ich erzählte ihr, was passiert war, und sie war entsetzt. Sie spricht nicht für mich.«

»Ich verstehe.« Sein Adamsapfel wackelte, als er schluckte. »In diesem Fall *könnte* ich dich verführen. Auch, wenn ich es nicht sollte.«

Ermutigt durch seine Antwort legte sie ihre Handfläche gegen den Stoff seiner Weste über seinem Herzen. »Vielleicht werde ich dich verführen.«

Seine Lippen krümmten sich zu einem herzerwärmenden Lächeln. »Ich würde nichts anderes von dir erwarten, Lucy. Du bist die außergewöhnlichste Frau, die ich je getroffen habe.«

Seine Worte erwärmten jeden Teil von ihr. Sie zog ihre Handschuhe in schneller Folge aus und unterbrach nie den Augenkontakt. Als ihre Hände befreit waren, schlang sie sie um seinen Hals. »Niemand wird uns stören. Du hast meinem

Dienstmädchen gesagt, dass du auf meine Bitte hin hier bist?«

»Ich glaube, ich erzählte, dass ihre Herrin gesagt habe, ich solle sie zu jeder Tages- und Nachtzeit aufsuchen, wenn ich etwas Wichtiges mitzuteilen hätte.«

Lucy stellte sich auf ihre Zehen und zog seinen Kopf zu ihrem hinunter. »Das hier ist sehr, sehr wichtig.«

»Sehr.« Seine Lippen fingen ihre in einem glühenden Kuss ein und seine Arme legten sich um sie herum und zogen sie fest gegen seine Brust.

Er fühlte sich nach Hitze an und nach Mann. Er fühlte sich nach zuhause an. Sie küsste ihn hingebungsvoll und schob all die Gründe beiseite, aus denen sie es nicht tun sollte. Die Regeln, so entschied sie, galten nicht für sie. Sie musste ihren Ruf nicht bewahren, nicht, wenn sie nicht die Absicht hatte, Edgecombe oder irgendjemand anderen zu heiraten. Wenn sie Andrew nicht haben konnte, wollte sie niemanden. Aber im Moment gehörte Andrew ihr. Und sie beabsichtigte an jedem Moment festzuhalten, in dem er der ihre war.

Lucy zerrte an seiner Krawatte und löste den Knoten, bis er nachgab. Sie ergriff mit ihren Händen die Enden der Seide und zog ihn zu sich, während er sie küsste. Seine Hände bewegten sich über ihren Rücken und schröpften ihren Hintern durch ihre Kleidung. Er zog sie gegen seine Leiste. Sein Schwanz presste sich zwischen ihre Oberschenkel und sandte Impulse der Begierde von ihrer intimsten Stelle nach außen.

Sie warf seine Krawatte weg und öffnete seine Weste, um seine nackte Haut zu spüren. Sobald sie die Knöpfe geöffnet hatte, schob sie das Kleidungsstück über seine Schultern. Einen Moment später spürte sie seine Finger auf ihrem Rücken, an den Schließen ihres Kleides zupfend.

Er zog sich mit einem Stöhnen von ihr zurück. »Lucy. Bist du sicher?«

Sie nickte. »Niemals war ich mir bei etwas sicherer.«

Sie ging, um die Tür zu schließen, und als sie zurückkehrte, musterte sein Blick sie von ihren Füßen bis zu ihrem Scheitel. »Ich bin so froh, dass du als Frau gekleidet bist. So sehr ich es auch neulich genossen habe, dich auszuziehen – ich gebe zu, es war etwas Erotisches daran – deine weibliche Schönheit raubt mir den Atem.«

Seine Worte entflammten sie. Sie streckte die Hand aus und zog sein Hemd aus seinem Hosenbund.

»Du bist mir so weit voraus. Das ist nicht fair.« Er hob sie hoch und trug sie zum Bett, wo er sie vorsichtig auf die Decke legte, dort, wo er zuvor gelegen hatte. Zuerst zog er den einen Schuh und dann den anderen aus und warf beide auf den Boden. »Ich glaube, ich war zu voreilig«, sagte er und runzelte die Stirn. »Steh wieder auf.« Er half ihr, ihre bestrumpften Füße auf den Teppich vor ihrem Bett zu stellen.

»Wie ziehe ich dein Kleid aus?«

»Über meinen Kopf hinweg.« Sie half ihm, indem sie ihre Arme nach oben hob, während er den Stoff über ihren Kopf streifte. Nunmehr trug sie lediglich ihren Petticoat und darunter ihr Hemd und ihre Strümpfe. »Ich denke, Männerbekleidung ist erheblich einfacher auszuziehen.«

Er lachte. »Vielleicht hast du recht. Trotzdem ist das unglaublich erregend.« Er lehnte sich nach vorne und küsste die Seite ihres Halses, seine Lippen und seine Zunge verschlangen ihr Fleisch, als er sich entlang ihres Schlüsselbeins nach unten bewegte.

Lucy legte ihre Finger um seinen Kopf und hielt ihn fest an sich, während sein Mund zu ihren Brüsten und noch tiefer eilte. Er löste ihren Petticoat und ließ ihn auf den Boden fallen.

Seine Hand kam nach oben und schröpfte ihre Brust. Sie schloss ihre Augen mit einem Stöhnen, aber sie riss sie wieder auf, bevor sie sich völlig verlor. Sie drehte sich um und präsentierte ihren Rücken, damit er ihr Korsett öffnen konnte.

Er zog an der Schnur, zerrte und lockerte sie, bis sie spürte, wie es sich von ihrem Rücken löste. Er schob das Korsett nach unten und sie wackelte mit ihren Hüften, bis es über ihre Beine glitt. Dann stieß sie es mit dem Fuß weg.

»Mach das noch einmal«, krächzte er, seinen Mund in ihrem Nacken.

»Was?«

Er umklammerte ihre Hüften und zog sie mit dem Rücken gegen sich. »Beweg dich so.«

Sie zuckte mit dem Hintern und er stöhnte.

»Gott, Lucy.« Er küsste ihren Nacken, sein Mund war offen und heiß, seine Zunge leckte und lockte sie. Er legte seinen Arm um ihre Hüften und hielt sie an seine harte Männlichkeit gepresst. Seine andere Hand kam hoch, um ihre Brust durch ihr Hemd zu umfassen. Er drückte und streichelte sie, seine Finger zogen an ihrer Brustwarze.

Seine Hand stahl sich unter dem Saum ihres Hemdes und streichelte ihren Oberschenkel, dann ihre Hüfte, bis sich seine Fingerspitzen über ihrem Hügel niederließen. »Öffne deine Beine.« Er sprach leise und rau gegen ihr Ohr, seine Zähne zupften an ihrem Ohrläppchen.

Sie spreizte ihre Beine etwas weiter auseinander und gab ihm so Zugang zu ihrem erhitzten Kern. Er strich seine Finger über ihre Knospe, streichelte, erregte sie und trieb sie vor lauter Wollust in den Wahnsinn.

»Du bist so feucht für mich.« Er schob einen Finger in sie hinein, ganz langsam zuerst und pumpte dann rein und raus.

Sie beugte sich nach vorne und packte die Decke, damit sie sich an etwas festhalten konnte.

Mit der anderen Hand schob er die Rückseite ihres Hemdchens nach oben und legte so ihren Rücken frei. Er zog es ihr über den Kopf und brachte sie aus dem Gleichgewicht, als sie ihre Arme heben musste. Doch er fing sie auf, bevor sie nach vorne fiel, indem er seinen Arm unter ihren Brüsten um sie legte. Seine andere Hand setzte ihren köstlichen Angriff auf ihre Weiblichkeit fort, streichelte ihre Falten und stieß in sie hinein.

Sie noch immer stützend, streichelte er ihre Brust, zupfte an ihrer Brustwarze und jede Faser ihres Seins konzentrierte sich auf seine Berührungen. Sie keuchte vor Begierde, als sich ihre Hüften im Rhythmus seiner Hand bewegten.

»Wenn es nicht dein erstes Mal wäre, würde ich dich so nehmen.« Seine Leiste bewegte sich gegen sie und löste eine Flut von Lust aus. Er hatte gesagt, sie sei feucht, und jetzt fühlte sie, wie sie noch feuchter wurde. »*Lucy.*«

Er küsste sie entlang ihrer Wirbelsäule, seine Zunge schlängelte sich über ihre Haut und ließ sie vor Not zittern. Er pumpte schneller in sie hinein und die Finger seiner anderen Hand zwirbelten ihre Brustwarze. Seine Lippen waren wieder an ihrem Ohr. »Komm für mich, Lucy. Weißt du, was das bedeutet? Hab einen Orgasmus. Lass los. Zerfalle in tausend Stücke. Ich werde jedes einzelne von ihnen aufheben und dich wieder zusammensetzen.«

Er saugte an ihrem Hals und fand diese Stelle zwischen ihren Beinen, die das Zentrum aller Empfindungen zu sein schien, und sie tat genau das, was er wollte. Sie zerfiel vollkommen und gänzlich in Abertausende Stücke.

Er ließ sie nicht allein, sondern hielt seine Hand an ihr, bis ihre Schauer abebbten und die Welt zu ihr zurückkehrte. Und was für eine Welt es war. Alles war warm und golden und erfüllt.

»Auf das Bett«, drängte er, seine Hand drückte sich auf ihren Hintern, als sie auf das Bett kletterte. »Und öffne dein

Haar. Ich wollte das eigentlich tun, bevor ich mitgerissen wurde.«

Er wurde mitgerissen? Die Hitze durchdrang sie wieder. Ihre Knochen fühlten sich wie Pudding an, aber sie zog die Nadeln aus ihrem Haar und legte sie in einem Stapel auf den Tisch neben dem Bett.

Er setzte sich auf den Rand der Matratze und zog seine Stiefel und Strümpfe aus. Sie beobachtete ihn dabei und liebte das Spiel der Muskeln auf seinem Rücken, das sogar unter dem Stoff seines Hemdes zu sehen war.

Als Nächstes entledigte er sich seiner Hose und zog sich sein Hemd über den Kopf, wodurch die glatte Ebene seines Rückens freigelegt wurde. Sie setzte sich auf und strich mit ihren Fingern darüber, unfähig, ihn nicht zu berühren.

Er drehte sich um, kam über sie und küsste sie ausgiebig, seine Zunge tanzte mit ihrer. Sie griff mit ihren Fingern in sein Haar, überrascht, dass das Verlangen erneut durch sie pulsierte. War das normal? Sie hatte sich vor wenigen Augenblicken völlig befriedigt gefühlt und doch verlangte es sie jetzt verzweifelt danach, ihn wieder zu spüren. Und sie wollte alles von ihm spüren. In sich.

Sie brach den Kuss und sah ihm in die Augen. »Du wirst nicht aufhören, oder?«

»Willst du, dass ich es tue?«

»Nein. Wenn du es auch nur versuchst, erschieße ich dich. Und du weißt, dass ich dich nicht verfehlen werde.«

»Nein, das wirst du nicht.« Seine Augen strahlten vor Bewunderung und Verheißung. »Ich höre nicht auf, wenn du es mir nicht sagst.«

»Gut. Was muss ich tun?«

»Was immer du willst. Aber ich kann nicht mehr lange durchhalten. Erinnerst du dich, was beim letzten Mal passiert ist?«

Sie dachte, er sprach darüber, was sie mit ihrem Mund

gemacht hatte und was er mit seinem ... Schwanz gemacht hatte. »Du ... bist gekommen?«

»Ja. Das werde ich aber nicht in dir tun.«

Wegen einer Schwangerschaft. Sie nickte verständnisvoll.

Er kniete sich zwischen ihre Beine, fuhr mit seinen Händen durch ihr Haar und verteilte es über die Kissen. »Ich liebe dein Haar. Es könnte dein auffallendstes Merkmal sein. Außer deinen Augen. Sie sind so bezaubernd – voller Intelligenz und äußerst provokant. Nein, vielleicht deine Lippen. Egal, ob sie einen eigenen Standpunkt vertreten oder dem meinen zustimmen, sie halten mich gefangen.« Sein Blick fiel auf ihre Brust und seine Hände bewegten sich streichelnd nach unten, bis sie ihre Brüste bedeckten, kneten und streichelten. »Diese müssen auch berücksichtigt werden.« Er lehnte sich hinunter und saugte sie, zuerst die eine und dann die andere. Sie stöhnte, unfähig, still zu sein. »So schön. Und da sind auch noch die Wölbung deines Bauches und der Bogen deiner Hüften.« Seine Fingerspitzen glitten über sie hinweg und bewegten sich dann wieder zu dem Punkt zwischen ihren Oberschenkeln, wo er sanft rieb. »Und diese wunderbare Stelle hier. Ich befürchte, ich kann mich einfach nicht entscheiden.«

»Wenn ich dir sage, dass du alles haben kannst, wirst du dann mit dieser Folter aufhören?«

Er runzelte seine Stirn. »Du willst mich bestechen?«

»Ich bin eine verzweifelte Frau.« Sie scherzte, meinte es aber gleichzeitig auch ernst. Sie wollte ihn mit einer Macht, die sie fast erschreckte. Warum? Weil sie sich ungeschützt fühlte. Verwundbar. Dinge, die zu fühlen sie hasste, die ihr aber nichts auszumachen schienen, wenn sie mit ihm zusammen war.

»Nicht mehr verzweifelt als ich.« Er kam über sie, küsste sie wild, seine Hand knete ihre Haut und ließ sie erneut den Berg der Begierde erklimmen. Er kniete sich zwischen ihre Oberschenkel und sein Schwanz stieß gegen ihre Öffnung.

Sie griff dazwischen, berührte ihn und streichelte die glatte Weichheit seines Schaftes. Sie wollte ihn in sich spüren. Sie war mehr als bereit.

Seine Hand verschränkte sich mit ihrer, als er sich positionierte. Langsam drückte er hinein und küsste sie die ganze Zeit. Sie stöhnte in seinen Mund und er verharrte.

»Geht es dir gut?«, fragte er und sah mit Sorge auf sie herab.

»Es geht mir gut. Kannst du … schneller hineingleiten?«

Er grinste. »Das könnte ich, aber ich habe versucht, sanft zu sein.«

Sie griff um ihn herum, umklammerte seinen Hintern und zog ihn nach unten. »Ich weiß das zu schätzen, aber ich *brauche* dich. Alles von dir. Bitte.«

»Lucy, du erstaunst mich.« Er strich ihr das Haar aus dem Gesicht, als er ganz in sie hineinglitt, sein Blick verließ nie den ihren.

Sie fühlte sich gefüllt und wunderbar, aber es war nicht genug. »Beweg dich.«

»Deshalb vergöttere ich dich, Lucy. Du verlangst nach dem, was du willst.« Er zog sich kurz zurück, bevor er wieder nach vorn stieß. »Halt dich an mir fest.«

Sie tat, was er sagte und packte seinen Rücken, als er sich zwischen ihren Beinen bewegte. Zuerst langsam und dann schneller. Seine Bewegung schuf eine exquisite Reibung, die dem ähnlich war, was sie zuvor gefühlt hatte, nur intensiver. Vergnügen und Verlangen vermischten sich und wurden immer intensiver. Sie schloss die Augen und gab sich diesen Empfindungen hin.

»Shhhh.« Er verschloss ihren Mund mit einem atemberaubenden Kuss. Hatte sie Lärm gemacht? Wahrscheinlich. Sie war sich ihrer Umgebung nicht mehr gewahr.

Der Druck, der sich in ihrem Kern aufbaute, ließ sie ihre Beine fest um seine Taille drücken, ihre Muskeln begannen sich zusammenzuziehen. Glückseligkeit überflutete sie, als sie den Gipfel erreichte.

»*Lucy*.« Er griff ihre Oberschenkel, zog sich aus ihr heraus und ließ sie beraubt zurück.

Sie packte ihn an seinen Schultern. »Komm zurück.«

Etwas Nasses verteilte sich auf ihrem Bauch.

»Ich kann nicht«, brachte er zwischen schweren Atemzügen heraus, die Worte waren hart und rau. »Ich habe es dir gesagt.«

Ja, das hatte er. Er hatte einfach nicht erwähnt, dass es eine kleine Enttäuschung sein würde.

Er setzte sich auf. »Ich brauche ein ... Tuch.«

Ja, das brauchten sie beide. »Drüben in dem Schrank mit der Kanne.« Bei ihrem Waschtisch.

Er fand die Tücher und gab ihr eines, während er sich selbst säuberte. »Und ich sollte das hier ...«

Sie stand vom Bett auf, ihre Muskeln fühlten sich herrlich träge an. »Ich nehme es.« Sie verstaute die Tücher wieder im Schrank und machte sich eine mentale Notiz, sie eigenhändig zu waschen.

Sein Blick war etwas unsicher, als er sie betrachtete. Sie nahm seine Hand, führte ihn zurück zum Bett und zog einladend die Decke zurück.

»Wirst du bleiben, nur für eine Weile?«, fragte sie.

Sie schlüpfte nackt ins Bett und staunte, wie skandalös und doch wunderbar es sich anfühlte. Als er sich ihr anschloss, zog er sie gegen sich und küsste ihren Scheitel. Sie konnte nicht anders, als an ihre gemeinsame Nacht in Darent Hall zu denken und sich daran zu erinnern, wie sehr sie es genossen hatte, neben jemandem zu schlafen. Neben ihm.

Ihre Lider wurden schwer und fielen zu. »Ich fürchte, ich werde einschlafen.«

»Das werde ich nicht, keine Sorge.«

Sie kuschelte sich an seine Brust. »Schleichst du dich weg oder lässt du mir die Befriedigung, dich hinauszuwerfen?«

Er lachte in sich hinein und sie spürte das leichte Rumpeln an ihrer Wange. »Ich werde dir jede Befriedigung geben, die du dir wünschst. Ich verspreche, ich werde nicht gehen, ohne dich zu wecken.«

Sie gähnte und ihr Bewusstsein driftete davon. Der letzte Gedanke, den sie vor dem Einschlafen hatte, war, wie schön es war, sein Herz direkt neben sich schlagen zu spüren.

KAPITEL SECHZEHN

ANDREW WAR SICH NICHT SICHER, wie lange er gedöst hatte, aber es war immer noch dunkel, als er mit Lucy eng an sich gekuschelt erwachte, ihr Rücken presste sich an seine Brust. Er atmete den Duft von Blumen und Gewürzen ein, Nelken, um genau zu sein. Er vergrub sein Gesicht in ihrem Haar – etwas, was er wirklich liebte.

Sie lag warm und weich in seinem Arm und er wollte nicht gehen. Aber er musste es tun. In Bälde. Er konnte sie noch ein wenig länger halten.

Was zum Teufel hatte er getan? Er war hierhergekommen, um sicherzustellen, dass es ihr nach ihrem Treffen in Darent Hall gut ging, und um ihr von Greene zu erzählen. Er hatte nie vorgehabt, mit ihr zu schlafen. Hölle und Verdammnis, er hatte noch nie zuvor einer Frau die Jungfräulichkeit genommen. Er war ein Schuft. Ein gewissenloser Schuft. Ein absolutes Biest.

Und doch konnte er es nicht bereuen. Sie hatte sehr deutlich gemacht, dass sie wollte, dass er blieb, und er glaubte nicht, dass sie es bereuen würde. Zumal sie auch deutlich gesagt hatte, dass sich zwischen ihnen nichts geändert hatte. Sie war zufrieden damit, so weiterzumachen, wie sie es beabsichtigt hatte – allein.

Ging es ihm ebenso?

Zufriedenheit war keine Emotion, an die er sich erinnerte. Folglich war er sich nicht sicher, ob er sie bemerken würde, wenn sie sich zeigte. Er zog es jedoch definitiv vor, allein zu bleiben.

Er blickte auf ihr schlafendes Gesicht, ihre dunklen Wimpern bogen sich gegen ihre Wangen. Er hatte versprochen, sie zu wecken, aber er wollte diesen wunderschönen Anblick nicht zerstören. Er würde sie einfach zum Abschied küssen und wenn sie aufwachte, nun ja …

Er strich das Haar von ihrer Schläfe zurück und küsste sie dort. Dann küsste er ihre Ohrmuschel. Dann ihren Kiefer. Sie kuschelte sich an ihn und er wurde in Sekundenschnelle ganz hart.

Ja, er sollte gehen.

Stattdessen küsste er ihren Hals und benutzte seine Zähne und Zunge, um sie zu kneifen und zu lecken. Er schröpfte ihre Brust und streichelte die Brustwarze, zog und liebkoste sie.

Sie bewegte ihre Hüften an ihm – genau wie zuvor. Er schloss seine Augen in Ekstase und seufzte ihren Namen.

»Es ist nicht mein erstes Mal«, sagte sie, ihre Stimme tiefer und rauer als sonst, aber keineswegs wie die von Smitty. »Tu, was du zuvor tun wolltest.«

Sie von hinten nehmen? Sein Schwanz schwoll an, als er sich vorstellte, wie er sich in sie stieß, während die Muskeln ihres Rückens sich anspannten. »Bist du sicher?«

Sie sah ihn über ihre Schulter hinweg an, ihre Lider noch schwer, ihre Augen dunkel vom Schlaf und vor Verlangen. »Habe ich dir jemals Grund gegeben, an meiner Entschlossenheit zu zweifeln?«

Er lachte. »Nein.«

Sie griff zurück und streichelte seinen Oberschenkel. »Sag mir, was ich tun soll.«

»Fürs Erste, fühl einfach nur.« Er senkte seine Hand von ihrer Brust, fand ihre süßeste Stelle und neckte ihr Fleisch in Verzückung. Er spielte unerbittlich an ihr, bis sie vor Lust keuchte.

»Bitte.«

Ihre sanfte Bitte beflügelte seine Sinne. Er umfasste ihren Oberschenkel und führte ihn nach oben, drückte ihr Knie zu ihrer Brust und öffnete ihre Beine. Er bewegte seine Hand, um sie von hinten zu streicheln, zunächst langsam, um sie daran zu gewöhnen. Sie wackelte wieder mit dem Hintern und er lächelte vor sich hin. Dann tauchte er seinen Finger in sie ein und genoss ihr antwortendes Keuchen. Er stieß in sie hinein, während er sich auf seinem Ellbogen erhob und ihren Hals küsste. Er saugte an ihrem Fleisch und liebte den Geschmack von ihr.

Sie stieß ihre Hüften nach hinten und suchte nach mehr von ihm. Er versenkte zwei Finger in ihr und sie hob ihren Hintern an. Er hielt sein Tempo aufrecht, bis sie aufschrie und ihre Muskeln sich um ihn herum anspannten.

»Auf die Knie, Liebling.« Er half ihr, sich aufzurichten und nahm seinen Schwanz in die Hand, mehr als bereit, sie in Besitz zu nehmen.

Ihr Haar fiel über ihre Schulter und fächelte über ihren oberen Rücken, als sie sich auf alle Viere erhob. »Ist das richtig?«, fragte sie heiser.

»Es ist perfekt. Du bist perfekt.« Er streichelte ihren Rücken und zog seine Fingerspitzen von ihrem Nacken bis zur Basis ihrer Wirbelsäule.

Er packte seinen Schwanz und positionierte sich an ihrem Eingang. Er griff um sie herum und streichelte ihre Brust, bevor er ihre Hüfte umklammerte und sich in sie schob. Er wollte es langsam angehen, aber sie drängte sich zurück und versenkte ihn vollständig. Sie war so nass und eng. Er schloss die Augen und versuchte mit aller Kraft, nicht sofort zu kommen.

Sie bewegte ihren Hintern wieder auf diese verdammt provokante Weise, die noch anregender war, nun, da er sie füllte. Dann begann sie, sich vor und zurück zu bewegen. Gütiger Gott, sie war unglaublich delikat.

»Lucy. Du wirst mich umbringen.«

»Ich hoffe, es wird ein angenehmer Tod.«

Er konnte nicht anders, als zu grinsen. Diese Frau war mehr, als er zu träumen gewagt hatte. Mehr, als er zu riskieren wagte.

Sie schaukelte vor und zurück und trieb ihn an den Rand des Wahnsinns. Er verlor jeden rationalen Gedanken und lehnte sich nach vorne, wickelte seine Hand in ihr Haar und drehte ihren Kopf, sodass er sie küssen konnte, wobei seine Zunge mit wildem Verlangen in ihren Mund züngelte. Sie küsste ihn so lange wie möglich zurück, bis ein weiterer Orgasmus ihren Körper zerriss und sie ihren Mund zurückziehen musste, um nach Luft zu schnappen und auf die köstlichste Weise zu stöhnen.

Zur Hölle, er war so nah dran. Er musste sich jetzt hinausziehen, bevor er völlig verrückt wurde. Aber sie fühlte sich so gut … *er hatte* sich noch nie so gut gefühlt …

Er hielt ihre Hüften fest, spannte sein Becken an und rammte mit einem stakkatoartigen Rhythmus in sie hinein. Seine Eier wurden hart und sein Orgasmus rollte über ihn hinweg. Er schaffte es, sich aus ihr herauszuziehen, sich umzudrehen und spritzte in seine Hand und auf das Bett. Verdammt, er hatte eine Sauerei angerichtet.

Als er fertig war und sein Körper sich wieder beruhigt hatte, kletterte er vom Bett und ging zum Schrank, um ein weiteres Leinentuch zu holen. Diesmal musste er nur sich selbst reinigen. Er verstaute das Tuch wieder dort, wo sie die anderen hingelegt hatte.

Er beobachtete, wie sie sich umdrehte und nahm den gesättigten Ausdruck auf ihrem Gesicht wahr. Ihre Augen waren halb geschlossen, ihre Lippen zu einem Lächeln verzogen. Sie sah zufrieden aus.

Da war wieder dieses Wort. Dieses Gefühl, von dem er sich nicht sicher war, ob er es jemals gefühlt hatte. Oder vielleicht hatte er das. Es war nur so lange her, dass er sich nicht mehr erinnerte. Wie an die Liebe. Er war sich nicht sicher, ob er sich an andere Emotionen erinnerte, außer an den Schmerz und die Sehnsucht, die er nach dem Verlust seiner Familie empfunden hatte. Der Schmerz und die Sehnsucht, die er noch immer spüren konnte.

Seine Brust wurde eng, er machte sich daran, seine Kleidung zu finden und begann, sich anzuziehen.

»Du verlässt mich jetzt?« Sie war unter die Decke geschlüpft und hielt diese an ihre Brust gedrückt.

Er konnte jedoch noch einen guten Teil einer Brust sehen. Er war dankbar für diesen Anblick. »Ja, bevor ich mich entscheide, überhaupt nicht mehr zu gehen.«

Sie lächelte. »Du könntest noch mindestens eine Stunde bleiben. Du schienst gut zu schlafen. Ohne Albträume.«

Nein, er hatte keine Albträume gehabt. Andererseits hatte er sie nicht mehr oft. Außer, wenn er in Darent Hall war. In der ersten Nacht, wenn er dort zu einem Besuch weilte, hatte er immer einen. Deshalb hielt er sich dort nur selten auf. Er konnte nicht glauben, dass er nicht daran gedacht hatte, bevor er sie zum Bleiben eingeladen hatte. Er war entweder zu sehr von dem Unfall erschüttert oder zu sehr von dem Verlangen nach ihr überwältigt worden. Letzteres, entschied er. Auf jeden Fall.

»Ich habe sie nicht sehr oft«, sagte er.

»Was an dem Morgen passiert ist ... du sahst ... verfolgt aus. Ist dem immer so, nachdem du einen Albtraum hattest?«

»Nein«, log er. Er brauchte nicht einmal einen Albtraum, um sich so zu fühlen. Tatsächlich schlichen sich diese düsteren Emotionen gerade über ihn. Er hatte seine Hose an und zog sein Hemd über. Er fand seine Strümpfe und Stiefel und setzte sich auf einen Stuhl, um sie anzuziehen.

Sie kletterte aus dem Bett und ging nackt zu einem Schrank. Er versuchte, nicht auf den verführerischen Schwung ihres Rückens und die verlockende Kurve ihres Hinterteils zu starren und scheiterte kläglich. Sie zog einen hellgelben Morgenmantel heraus, hüllte sich darin ein und schützte sich so vor seinem hungrigen Blick.

Er zwang sich, seinen Blick abzuwenden und seine Schuhe anzuziehen.

Sie kam herüber, um in seiner Nähe zu stehen. »Ich bin mir nicht sicher, ob ich dir glaube«, sagte sie leise. »Mrs. Alder sorgt sich um dich. Sie sagte, du verdienst es, glücklich zu sein und dass du die Vergangenheit vergessen musst.«

Er zog seine Stiefel an und schaute nicht mehr zu ihr auf. »Ich denke nicht darüber nach.« Er *versuchte,* nicht daran zu denken. Er begann zu zittern, seine Haut fühlte sich kalt an. Er sprang auf die Füße, stopfte sein Hemd in die Hose und suchte nach seiner Weste.

»Vielleicht solltest du darüber sprechen? Vielleicht würde es dir helfen, die Tragödie zu überwinden, damit sie dich nicht länger verfolgt.«

Er zog seine Weste über. »Es gibt nichts, worüber ich sprechen möchte.«

Ihr Blick war voller Sorge und Mitleid. Er wollte ihr Mitleid nicht. »Deine ganze Familie ist innerhalb weniger Wochen gestorben. Du warst jung. Es gäbe viel, worüber du sprechen solltest. Ich bin da, um zuzuhören, wenn du mich lässt.«

Eiseskälte kroch über seine Wirbelsäule und seine Sicht wurde für einen Moment getunnelt. Er zupfte seine Krawatte vom Boden und wickelte sie um seinen Hals, band sie aber nicht. Er musste an ihr vorbeigehen, um seinen Mantel und seinen Hut zu holen. »Bitte lass es gut sein.«

Er bewegte sich auf seinen Mantel zu, aber sie umklammerte seinen Unterarm sanft und doch resolut. »Erzähl mir von ihnen. Deiner Mutter, deinem Vater, deinem Bruder.«

Der Gedanke an Bertie brachte ihn fast auf die Knie. Sein Bruder hatte solche Angst gehabt, aber dann hatte er versucht, für Andrew tapfer zu sein. Andrew hatte hilflos dagesessen, während sie alle gestorben waren. Aber Berties Sterben, mehr als das der anderen, hatte ihn bis auf die Knochen erschüttert. Er hatte immer zu Andrew aufgeschaut und Andrew hatte ihm versprochen, dass er ihn immer beschützen würde. Er hatte ihm das noch kurz vor seinem Tod gesagt: ›Ich rette dich, Bertie.‹ Auch wenn er gewusst hatte, dass es zu spät war. Er wusste, dass ihm niemand einen Vorwurf machte, aber er fühlte immer noch eine so unermessliche Schuld.

»Heute Nacht«, hauchte er in den kühlen, fast dunklen Raum. »Mein Bruder wird nie eine solche Nacht haben. Meine Schwestern werden nie Kinder haben, die sie lieben können. Warum wurde ich verschont? Was habe ich getan, um zu leben, während sie starben?«

Sie verschränkte ihre Finger mit seinen. Ihre Augen waren groß und voller Emotionen. »Nichts. Es gibt keinen Grund. Darf ich dir helfen, damit Frieden zu schließen?«

»Ich kann nicht. Es gibt keinen Frieden. Und es sollte keinen geben. Ich kann nicht … ich kann sie nicht gehen lassen. Ich bin alles, was sie noch haben.« Er zog seine Hand von ihrer und schnappte sich Mantel und Hut vom Stuhl. Er sah sie nicht an, als er an ihr vorbeiflog. Er hielt an der Tür an, drehte sich aber nicht um, um sie anzusehen. »Du kannst mir nicht helfen, Lucy. Niemand kann das.«

Er ging und schloss die Tür hinter sich.

Andrew atmete tief durch und stahl sich die Hintertreppe hinunter, so wie er zuvor mit etwas Unterstützung von Lucys Dienstmädchen hereingelangt war. Jetzt war es dunkel und ruhig, genauso, wie er es bevorzugte, wenn er sich so fühlte – als ob ein großes Gewicht auf seine Brust drückte und ihn in die Vergessenheit pressen könnte. Aber war es nicht das, was er wollte? Hatte er sich nicht einen Weg gewünscht, seine Gedanken zu begraben und frei zu sein von der Schuld, dass er überlebt hatte?

Er ging zügig durch das Innere des Stadthauses zur Vorderseite, wo er sich herausließ und auf die Straße stieg. Es war sehr spät oder vielleicht schrecklich früh. Was auch immer es war, er würde keine Kutsche finden. Es war kalt und feucht, nachdem es zuvor geregnet hatte. Er zog den Kragen seines Mantels hoch und zerrte seinen Hut tiefer in seine Stirn.

Es schien, als würden seine Episoden immer schlimmer. Er dachte, er hätte die lähmende Panik überwunden, die immer dann über ihn kam, wenn er zu sehr an seine Familie dachte. Er hatte gelernt, sie in Schach zu halten, seine Zeit mit Aktivitäten und Abenteuerlust zu füllen.

Er war so gut darin gewesen, dass er Schwierigkeiten hatte, das Gesicht und die Stimme seines Bruders heraufzubeschwören. Sie waren verschwommen und wurden von Jahr zu Jahr schwächer. Und seine Schwestern waren für ihn bereits jetzt fast verloren, ihre Sing-Sang-Stimmen in seinem Gedächtnis verschüttet. Die Panik packte ihn wieder, dieses hilflose Gefühl, dass er an einen Felsen gefesselt war, während das Wasser hereinstürmte und ihn ertränkte.

Hör auf, an sie zu denken. Denke an etwas Heiteres. Denke darüber nach, was du als Nächstes tust. Fallschirmspringen.

Ja, Fallschirmspringen. Er würde in ein paar Tagen wieder mit Sadler zusammentreffen und, wenn die Bedingungen günstig wären, würde er mit dem Fallschirm springen. Er würde sich übermorgen mit ihm treffen und alles besprechen. *Gewiss, Fallschirmspringen.*

Mit jedem Schritt sickerte die Dunkelheit fort und ließ ihn taub und hohl zurück. Später, als er schließlich im Bett lag und die Morgendämmerung über den Horizont zu kriechen begann, entspannte er sich. Sein Körper fühlte sich wie Blei an, herrlich schwer und gefühllos. Als er die Augen schloss, war sein Verstand selig leer. Aber als er in den Schlaf driftete, roch er Blumen und Nelken und schmeckte den Himmel auf seinen Lippen.

~

$\mathcal{W}$IE ER ES TYPISCHERWEISE nach einem Albtraum tat, schlief Andrew ziemlich lange. Er hatte jedoch keinen Albtraum gehabt. Er hatte eine Episode gehabt, aber nachdem er eingeschlafen war, hatte er geträumt. Von seiner Familie und Lucy – und der Traum hatte nicht schlecht geendet und ihn auch nicht mit Kälte und Finsternis und dem schrecklichen Schmerz zurückgelassen, der ihn sich leer fühlen ließ.

Tindall brachte ihm mit seiner Post etwas zu essen. Andrew aß heißhungrig und schaute dann seine Korrespondenz durch. Der dritte Brief, den er öffnete, ließ sein Blut gefrieren.

Dartford,
ich weiß, dass Smitty in Wirklichkeit Miss Parnell ist. Wenn Sie möchten, dass dies ein Geheimnis bleibt, liefern Sie fünftausend Pfund in einem Paket, das an Mr. Black gerichtet ist, bis fünf Uhr an den leitenden Lakaien bei Boodle's. Ich

würde es hassen, wenn sie durch Ihre Untätigkeit ruiniert würde.

Ihr ergebener
Mr. Black

Das Eis in Andrews Adern schmolz, als heiße Wut durch ihn strömte. Wie konnte dieser Mann es wagen, Lucy zu bedrohen? Und von ihm Geld verlangen? Er zerknüllte das Papier in der Faust.

Black.

Andrew kannte niemanden namens Black. Er kannte jedoch jemanden namens Greene. Es schien ein zu großer Zufall zu sein – beide Namen bedeuteten Farben – aber vielleicht war es das auch nicht.

Er stand auf und schrie nach Tindall. Er wusste nicht, wo Greene um diese Zeit sein würde, aber er würde ihn in den Boden rammen.

Es dauerte weit über eine Stunde, aber schließlich fand Andrew Greene in einem Café auf der St. James's. Er saß mit zwei anderen Gentlemen an einem Tisch und sah auf, als Andrew sich näherte.

»Dart, was für ein Vergnügen, dich hier zu sehen. Schließe dich uns an.«

Andrew hielt sein Temperament kaum noch in Schach. »Auf ein Wort. Privat.«

Greenes Brauen bewegten sich fragend in Richtung seiner Augen. Er warf einen kurzen Blick auf seine Tischgenossen. »Bitte entschuldigt mich.« Er stand auf und ging voran, damit Andrew ihm zur Rückseite des Cafés folgte, wo er ihn in eine kleine Kammer führte, die wie eine Art Ruheraum aussah.

Ohne weiteres Geplänkel starrte Andrew ihn böse an, seine Lippen verzogen sich. »Ich habe deinen Brief erhalten. Du wirst weder Geld von mir erpressen, noch wirst du Miss

Parnell entlarven. Gib mir dein Wort oder ich rufe einen Sekundanten.«

Greene starrte ihn an, sein Blick war ... verwirrt? »Ich habe dir keinen Brief bezüglich Miss Parnell geschickt. Wovon redest du da?«

Er schien wirklich verwirrt zu sein, was Andrews Wut ruckartig verschwinden ließ. »Ich dachte ... das heißt, du hast mir keinen Brief geschickt?«

Er sah beleidigt aus, seine Augen verengten sich. »Nein. Ich würde auch kein Geld von dir erpressen. Ich bin entsetzt – und genau wie du empört darüber – dass jemand so etwas tun würde. Ich bin noch mehr wütend, weil jemand es auf Miss Parnell abgesehen hat. Ich schätze sie sehr.«

Greene sprach von ihr, als ob er nicht wüsste, dass sie auch Smitty war. Oder er war ein außergewöhnlich guter Schauspieler.

Andrew sah Greene mit verengten Augen an. »Du weißt nicht, worum es hier geht?«

»Ich weiß nichts, was mit Miss Parnell zu tun hätte, was es wert wäre, enthüllt zu werden, aber aus deinem Verhalten lässt sich schließen, dass es da eindeutig etwas gibt.« Greenes Stirn zerfurchte sich. »Ich möchte nicht neugierig sein, aber wenn es eine Möglichkeit gibt, wie ich helfen kann, würde ich das gern tun. Wie gesagt, ich schätze Miss Parnell sehr und ich betrachte dich als Freund.«

Freund.

Dieses Wort ließ Andrew sich leicht unwohl fühlen. Ja, er hatte Freunde, aber er hielt sie auf Distanz. Und er bat sie nicht um Hilfe. Das fühlte sich zu eng an – zu sehr wie etwas, worauf er sich freuen und was er vermissen konnte, wenn es ihm genommen würde.

Wie Lucy.

Ein Knoten bildete sich in seiner Kehle. Er schluckte. Er hustete. Er wusste nicht, was er über ihre Freundschaft sagen sollte, also sprach er stattdessen Greenes anderen Kommentar an. »Du sagst, du schätzt Miss Parnell sehr. Möchtest du … ihr den Hof machen?«

Greene blinzelte. »Ich, ah, nein.« Dann lachte Greene plötzlich und Andrew war verwirrt. »Weil du mein Freund bist, werde ich dir *mein* Geheimnis verraten. Wie ich dir und den anderen gesagt habe, gehe ich auf Bälle und tanze mit einer Reihe von Damen, um meinen Eltern zu gefallen. Miss Parnell ist charmant in einer Art und Weise, wie die meisten dieser Damen es nicht sind, und deshalb habe ich sie gestern Abend aufgefordert. Ich bin nicht daran interessiert, eine romantische Beziehung mit ihr einzugehen. Ich war *jedoch* an Smitty interessiert und ich bin enttäuscht, dass er wegge-zogen ist.«

Andrew fühlte sich wie ein Arsch, zumindest zum zweiten Mal in dieser Woche. »Das wusste ich nicht.«

Nicht nur, dass Greene den Brief nicht geschrieben hatte, er wusste nicht einmal, dass Lucy und Smitty ein und dieselbe Person waren.

»Natürlich wusstest du das nicht«, sagte Greene. »Ich gehe nicht mit meiner Vorliebe für Männer hausieren.« Er neigte seinen Kopf zur Seite, ein nachdenklicher Ausdruck lag auf seinem Gesicht. »Wenn du dachtest, ich hätte den Brief geschrieben, hast du entschieden, dass es jemand sein muss, den du kennst. Ist es möglich, dass derjenige aus unserer Gruppe stammt?«

Ihrer *Gruppe*. Es war wie das Wort Freund. Es gab Andrew das Gefühl, verbunden zu sein – und dieses Gefühl war seltsam. Es war jedoch nicht unangenehm, was sowohl schockierend als auch frustrierend war. Er mochte seine Isola-tion. Die Dinge waren viel einfacher und es gab weniger Verlustpotenzial.

Er zwang sich, sich wieder auf das Gespräch zu konzen-trieren und die Tatsache, dass Greene eine ausgezeichnete

Schlussfolgerung getroffen hatte. Andrew hatte angenommen, dass Greene der Erpresser war, basierend auf seinem Verhalten, aber jetzt, da er Greenes Interesse an Smitty verstand, war er zur Gänze von dessen Unschuld überzeugt. Was bedeutete, dass es ein weiterer von Andrews ›Freunden‹ war. Aber wer? Er dachte darüber nach, den Inhalt des Briefes mit Greene zu teilen, aber dann wäre Lucys Geheimnis heraus und das konnte er nicht tun.

»Du hast recht«, sagte Andrew. »Es muss einer aus unserer … Gruppe sein.«

Greene atmete aus. »Ich will ehrlich sein, Dart. Wenn ich daran denke, wer auf Erpressung zurückgreifen könnte, fällt mir sofort Charles ein. Ich kenne ihn nicht so gut wie du, aber sein Glücksspiel scheint ein Problem zu sein.«

Das war es, aber Andrew wollte nicht glauben, dass Charles das tun würde. Beaumont? Andrew wollte auch nicht denken, dass er es war. Thursby? Wieder wäre Andrew überrascht … und enttäuscht. Warum, weil sie Freunde waren? Zum Teufel, wie konnte er das alles zulassen? Er wollte sich nicht um andere Menschen kümmern. Er hatte sich vor all den Jahren versprochen, dass er stoisch und allein bleiben würde.

Nur war er nicht stoisch und es schien, dass er nicht allein war. Er hatte diese *Freunde*. Und Lucy. Er hatte gedacht, er könnte sie wegstoßen und sich vor weiteren Herzschmerzen schützen. Aber wenn er daran dachte, dass diese Person, ihre Geheimnisse enthüllen und sie verletzen könnte, erkannte er, dass es zu spät war. Er sorgte sich bereits viel zu sehr um sie.

»Dart?«, fragte Greene. »Was wirst du tun?«

Sein Verstand raste und zur gleichen Zeit kämpfte er darum, Luft zu holen. »Ich lasse mich nicht erpressen.« Aber er konnte auch nicht zulassen, dass Lucys Geheimnis enthüllt wurde.

»Wenn ich eine Stellungnahme abgeben darf – und sage mir ruhig, wenn ich das falsch interpretiere – dieses Geheimnis, was auch immer es ist, hat mit Miss Parnell zu tun, und du wirst offenkundig als jemand angesehen, der sie beschützen kann. Angesichts deiner Frage nach meinem Interesse an ihr kann ich wohl davon ausgehen, dass *du* daran interessiert bist, sie zu umwerben. Oder vielleicht ziehst du den ultimativen Schutz für sie in Betracht. Vielleicht solltest du sie bitten, deine Frau zu werden?«

Erneut umgab Schwärze kurzzeitig Andrews Sichtfeld. »Ich weiß nicht … ich weiß nicht, ob das eine akzeptable Lösung wäre.« Für sie oder für ihn.

Greene richtete sich auf, sein Blick war direkt. »Gibt es einen Grund, warum du sie nicht heiraten kannst?«

Es gab viele. Oder vielleicht nur einen einzigen nahezu überwältigenden Grund: Angst. Andrew schluckte, seine Kehle fühlte sich rau an. »Du hast mir etwas zum Nachdenken gegeben. Ich danke dir.«

Er drehte sich um und machte sich auf den Weg aus dem Café, sein Verstand war erschüttert ob dieser offensichtlichen Lösung. Wenn er sie heiraten würde, könnte er sie vor allem schützen, was dieser Mr. Black sagen könnte, und er würde ihre Zukunft und die ihrer Großmutter sichern.

Ein Teil von ihm war begeistert von dieser Idee. Es gefiel ihm, mit ihr zusammen zu sein, und der Gedanke, weitere Abenteuer mit ihr zu teilen, auch in der Schlafkammer, erfüllte ihn mit Vorfreude. Der Rest von ihm war gelähmt von der Angst, auch sie schließlich zu verlieren.

Er wusste nicht, ob es ein Risiko war, das er eingehen konnte.

KAPITEL SIEBZEHN

*L*UCY VERBRACHTE DEN TAG wie im Nebel. Sie schlief länger als sonst und wachte mit einem Gefühl völliger Zufriedenheit und Trägheit auf. Bis sie sich daran erinnerte, auf welche Weise Andrew gegangen war. Es war das Gegenteil von dem gewesen, was in Darent Hall passiert war, aber es fühlte sich genauso an.

Nein, es fühlte sich schlimmer an, weil sie jetzt wusste, dass sie ihn liebte.

Sie zog ihre Handschuhe an, während sie darauf wartete, dass Großmama herunterkam. Sie hatten vor, in den Park zu gehen, weil es voraussichtlich der schönste Tag in einem bisher eher erbärmlichen Frühling war.

Zum hundertsten Mal sagte sie sich, sie sei ein Narr gewesen, weil sie gestern Abend Andrews Reizen erlegen war, und zum hundertsten Mal hielt sie dagegen, dass sie nichts anderem erlegen war, als ihrem eigenen Herzenswunsch. Und sie weigerte sich, es zu bereuen.

Sie band entschlossen ihren Hut unter ihrem Kinn fest. Nichts hatte sich geändert. Sie war kein bedauernswertes Fräulein, das wegen eines Mannes in Stücke zerfallen würde.

Großmama kam die Treppe hinunter, sie war für ihren Spaziergang im Park zurechtgemacht. Lucy lächelte sie an und freute sich über die Gelegenheit, Andrew aus dem Kopf zu bekommen. »Du siehst bezaubernd aus, Großmama. Ich habe diesen Hut immer bewundert.« Er hatte ein wunderschönes violettes Band sowie eine Gruppe von künstlichen Veilchen, die absolut echt aussahen.

»Danke, meine Liebe.« Sie trat in den Flur und sah Lucy von Kopf bis Fuß an. »Du ebenso, aber ich wünschte, du hättest ein neues Spazierkleid.« Sie schüttelte den Kopf und machte ein schnalzendes Geräusch mit der Zunge. »Ich werde viel glücklicher sein, wenn du verheiratet bist und einen Mann hast, der sich um dich kümmert, so wie du es verdienst.«

Lucy wusste zu schätzen, dass ihre Großmutter das Beste für sie wollte – sie waren sich nur nicht einig, was das war. »Ein neues Kleid wird mich nicht glücklich machen.«

Großmama schürzte ihre Lippen. »Das sagst du. Ich kann deine Idee eines eigenständigen Daseins nicht verstehen. Ich weiß, dass du nicht mit dem besten Beispiel für Männlichkeit aufgewachsen bist.« Sie atmete aus. »Dein Vater, Gott sei seiner Seele gnädig, hat seinen Lastern erlaubt, die Kontrolle über ihn zu übernehmen. Du wirst keinen Mann wie ihn heiraten.« Sie sah Lucy ernsthaft an. »Du weißt, dass nicht alle Männer sind wie er – oder wie dein Großvater?«

Das tat sie, aber wie sie aus ihren Erfahrungen mit Andrew gelernt hatte, hatten sie wahrscheinlich alle das eine oder andere Problem. Die Frage war, ob sie damit etwas zu tun haben wollte. Verflucht, nun hatte sie wieder an ihn gedacht.

»Ich weiß, Großmama. Bist du bereit?« Lucy hoffte, dass das Gespräch ein schnelles Ende finden würde.

»Ja, machen wir uns auf den Weg.«

Burton öffnete die Tür und ein Lakai half ihnen in ihre

Kutsche, ein altmodisches Vehikel – altmodisch, da mindestens zwanzig Jahre alt – das übermäßig knarrte und wackelte. Der Lakai hatte versucht, sie zu reparieren, aber die Mechanik ging über sein Fachwissen hinaus. Er war nicht einmal ein Kutscher, aber sie konnten sich so etwas nicht leisten.

Sobald sie im Inneren untergebracht waren und das Fahrzeug sich taumelnd in Bewegung gesetzt hatte, lehnte Großmama sich zu ihr herüber. »Wen hoffst du heute Nachmittag zu sehen? Edgecombe? Oder vielleicht Dartford? Ich mag ihn.«

Es schien, dass Lucy heute nicht in der Lage sein würde, ihn zu vergessen. Sie hätte es besser wissen müssen. Auch, ohne dass Großmama nach ihm fragte, ging er ihr fortwährend im Kopf herum.

»Ich würde es vorziehen, einfach mit meinen Freundinnen spazieren zu gehen.« Lucy erwartete, dass sie Aquilla sehen würde, wusste aber nie genau, ob Ivy da sein würde. Lady Dunn und sie hielten sich weniger an einen vorhersehbaren Zeitplan, ähnlich wie Lucy und ihre Großmutter.

Großmama seufzte. »Es ist kein Wunder, dass du nicht verheiratet bist. Du musst dich mit diesen Gentlemen einlassen, sonst wirst du noch eine alte Jungfer.«

Lucy biss sich auf die Zunge, damit sie nicht darauf hinwies, dass sie bereits eine alte Jungfer *war*. »Ich muss nicht heiraten und ich will es auch nicht. Ich habe einen ausgezeichneten Plan, um uns nach Bath zu bringen. Ich habe heute ein charmantes Cottage gefunden und ich habe bereits an den Besitzer geschrieben.«

Großmama runzelte die Stirn. »Wie sollen wir uns das nur leisten können? Ich habe dir bereits gesagt, dass ich nicht genug habe, um dich zu unterhalten.«

»Ich weiß, aber ich habe genug von meinem eigenen Geld gespart und ich werde eine kleine Summe investieren.

Ich werde keine Spazierkleider kaufen können, aber ich brauche sie sowieso nicht.«

Großmama lehnte sich auf dem Sitz zurück, ihre Hand flatterte zu ihrer Brust. »Meine Liebe, ich kann nicht glauben, dass du das über eine Zukunft mit einem Mann wie Dartford stellen würdest. Manchmal frage ich mich, wie wir verwandt sind, aber dann erinnere ich mich, wer deine Mutter war.«

Lucy wusste, dass ihre Großmutter das nicht als Beleidigung meinte. Großmutter und ihre Mutter hatten sich nicht nahegestanden, aber Großmama hatte die Wahl ihres Sohnes respektiert und sie hatte sogar geäußert, dass es gut für ihn gewesen war, eine so starke Frau zu heiraten. Tatsächlich hatten sie und Lucy bei einigen Gelegenheiten darüber gesprochen, dass, wenn Lucys Mutter nicht gestorben wäre, das Glücksspiel ihren Vater nicht verzehrt hätte. Es war tragisch, wie der Tod den Lebenslauf eines Menschen verändern konnte. So, wie er auch Andrews Leben beeinflusst hatte. Wenn er seine Familie nicht verloren hätte, hätte er Lucy vielleicht nicht von sich gestoßen. Zweimal.

Für immer.

Ihre Kehle fühlte sich eng an, als sie in den Park fuhren. Sie wollte nicht an ihn denken, aber sie konnte nicht anders. Sie vermutete, dass es so war, wenn man sich verliebt hatte.

Der Lakai fuhr sie dorthin, wo die Kutschen standen. Lucy hielt Ausschau nach ihren Freundinnen und war begierig darauf, auszusteigen und einen zügigen Spazlergang zu machen, um ihre innere Unruhe zu lindern. Großmama würde in der Kutsche bleiben und mit vorbeikommenden Bekannten Konversation betreiben.

Obwohl sie Aquilla oder Ivy nicht sah, stieg Lucy aus dem Fahrzeug. Zumindest Aquilla würde bald kommen, da war sie sich sicher. Sie drehte sich zum Tor hin, um auf ihre Ankunft zu achten.

»Schau, Lucy«, sagte Großmama aus dem Inneren der Kutsche und deutete hinter Lucy. »Dort kommt Dartford.«

Lucy drehte sich um und sah, dass Andrew direkt auf sie zukam. Worum ging es ihm *jetzt* zum Teufel? Wut und Frustration brodelten zusammen mit Sehnsucht und Schmerz. Sie wollte ihn nicht sehen. Schon gar nicht hier, in einem eher öffentlichen Rahmen, wo sie ihm nicht sagen konnte, er solle sie in Ruhe lassen.

Nun, sie *könnte*, nur nicht in dem Umfang, wie sie es sich wünschen würde.

Als er auf sie zukam, fiel ihr der Morgen im Park ein, als sie mit ihm in seinem Phaeton an dem Rennen teilgenommen hatte. Wie herrlich und berauschend das gewesen war. Sie lächelte fast bei der Erinnerung, bis sie sich ins Gedächtnis rief, dass sie sich über ihn ärgern wollte.

»Miss Parnell«, sagte er und blieb vor ihr stehen. Er blickte mit einem breiten, anziehenden Lächeln auf die Kutsche. »Lady Parnell. Es ist sicher ein zu schöner Tag, um drinnen zu bleiben?«

Großmama winkte ihm mit der Hand zu und kicherte. »Kümmern Sie sich nicht um mich. Nehmen Sie meine Enkelin mit auf einen Spaziergang.«

»Ich würde mich geehrt fühlen.« Er bot Lucy seine Hand und sah auf sie herunter. »Darf ich?«

Lucy wollte nein sagen, aber wenn sie mit ihm ginge, könnte sie ihm sagen, dass er sie in Ruhe lassen sollte – für immer. Dann könnte sie Großmama sagen, dass sie mit ihren Versuchen, sie zu verkuppeln, aufhören solle.

»Ja.« Sie zischte das Wort regelrecht und nahm widerwillig seinen Arm.

Als sie auf dem Weg waren, sagte er: »Du bist wieder wütend auf mich.«

»Ich bin nicht wütend auf dich. Ich *mag* dich *nicht*. Das ist ein Unterschied.«

»Du magst mich nicht mehr?« Er klang überrascht.

»Gibt es einen Grund, warum dem nicht so sein sollte?«

Er schien einen Moment lang darüber nachzudenken, während sie mehrere Schritte auf dem Weg gingen. Sie kamen an einem anderen Paar vorbei und nickten ihnen zu.

»Nicht, dass ich wüsste, leider. Ich nehme an, es ist zu viel verlangt, zu erwarten, dass wir Freunde sind?«

»Andrew – Dartford – was willst du?« Es war nicht länger von Belang. »Schon gut. Es ist mir egal, was du willst. Ich möchte, dass du mich in Ruhe lässt. Frag mich nicht, ob ich einen Spaziergang mit dir mache. Bitte mich nicht, mit dir zu tanzen. Und tauch *nicht* uneingeladen in meiner Schlafkammer auf.« Sie fühlte, wie er zusammenzuckte, als sie Letzteres sagte.

»Du bereust unsere gestrige Nacht.« Er äußerte es nicht als Frage.

»Tue ich nicht, aber ich sollte eine Wiederholung bereuen.« Sie sehnte sich danach, ihn zu beschimpfen. Mit jedem Schritt wurde sie daran erinnert, wie sehr sie es genoss, mit ihm zusammen zu sein, wie bereit sie war, eine Zukunft zu wagen, die sie nicht erwartet hatte, haben zu wollen, daran, wie schmerzhaft sie ihn liebte.

Und, dass er keines dieser Gefühle erwiderte.

Er zog sie von dem Weg hinunter, sodass sie aus der Hörweite der anderen Leute, aber dennoch zu sehen waren. Er drehte sich zu ihr um und sah ihr in die Augen. Wenn sie es nicht besser wüsste, würde sie sagen, dass er nervös aussah. Oder verunsichert. Oder ängstlich.

»Lucy, was würdest du sagen, wenn ich dich bitten würde, mich zu heiraten?«

Sie starrte ihn an, unfähig, einen klaren Gedanken zu fassen. Oder ein Wort herauszubringen. Oder irgendeine Art von Reaktion.

Sie musste ihn falsch verstanden haben. »Wie bitte?«

»Ich weiß, dass du gesagt hast, du wolltest nicht heiraten, aber es scheint so, als hättest du deine Meinung geändert.«

Er hatte recht, aber sie wollte es nicht zugeben. Seine Frage war seltsam. Sie versuchte zu erkennen, was hinter seinen dunklen Augen vor sich ging. Sie nahm ihre Hand von seinem Arm. »Ist das ein Heiratsantrag?« Sie war sich überhaupt nicht sicher, ob es das war.

Er zögerte, aber nur einen Moment. »Ja.« Er umklammerte ihre Finger mit seinen. »Ich möchte, dass du meine Gräfin wirst.«

Sie war einen weiteren Moment vollkommen geschockt, Worte und Gedanken ließen sie wieder völlig im Stich. Ihr Atem stockte und dann flatterte ihr Herz, als die Freude sich in ihr ausbreitete. Ihr Verstand schien jedoch weiterhin nicht zu funktionieren. Sie begriff einfach nicht, warum er das jetzt fragte. »Warum? Wenn es an dem liegt, was gestern Abend passiert ist, brauchen wir nicht zu heiraten.«

»Was, wenn du ein Kind erwartest?«

Jetzt war sie an der Reihe, sich ängstlich zu fühlen. »Du hast Vorsichtsmaßnahmen getroffen.«

»Nichts ist narrensicher.«

Sie gab das Gefühl der Angst zugunsten von Ärger auf. »Du fragst mich wegen der sehr kleinen Möglichkeit, dass ich ein Kind bekommen könnte. Nein, danke.«

Er atmete aus und drückte ihre Finger. »Ich frage, weil ich es will. Ich habe noch nie jemanden getroffen, der mich zweimal über die Ehe nachdenken ließ. Bis du mir begegnet bist.« Seine Augen huschten nach rechts und links. »Wenn nicht so verdammt viele Leute hier wären, würde ich dich in meine Arme nehmen und küssen, bis du einverstanden bist.«

Hitze durchdrang sie und jetzt wurde ihr Zorn von etwas weitaus Heißerem verdrängt – Begierde. Er wollte sie heiraten. Sie wusste ehrlich gesagt nicht, was sie sagen sollte.

»Du bringst mich um.« Seine Worte kamen wie ein Knurren heraus. »Wirst du mich weiter im Unklaren lassen?«

»Das sollte ich. Du hättest es verdient und noch mehr.«

Sein Daumen streichelte ihren Handrücken. »Da magst du recht haben. Du könntest den Rest unseres Lebens damit verbringen, mich leiden zu lassen.«

Sie konnte nicht anders. Sie lächelte. Bis ihre Wangen schmerzten. Sie liebte ihn so sehr. Er hatte nicht gesagt, dass er sie liebte, aber sie wusste, dass er sie zumindest mochte und bewunderte. Ein Echo aus der Vergangenheit warnte sie davor, vorsichtig zu sein, denn er könnte sie wie ihr Vater verletzen – aber sie brachte die warnende Stimme zum Schweigen. Die Zukunft, die sie sich nie vorgestellt hatte, lag jetzt vor ihr – und sie wollte sie.

»Ich werde dich heiraten.« Sobald sie diese Worte gesagt hatte, schwoll das schwindelerregende Glück in ihrer Brust an. Niemals hatte sie erwartet, dies zu sagen, und schon gar nicht zu einem Mann, den sie liebte.

Er brachte ihre Hand zu seinen Lippen und küsste die Innenseite ihres Handgelenks. »Danke.«

Er klang erleichtert. War er so glücklich wie sie? Ein Schatten kroch über ihren Freudentaumel.

»Dartford!«

Sie drehten beide die Köpfe beim Klang seines Namens. Es war Charles, der mit langen Schritten den Weg entlangkam und ihn dann verließ, um zu ihnen zu stoßen.

»Guten Tag, Charles«, sagte Andrew. Er hielt immer noch Lucys Hand. »Kennst du Miss Parnell?«

Charles neigte seinen Kopf zu ihr. Er sah ein wenig ungepflegt aus – sein Haar, das normalerweise toupiert und gestylt war, lag ziemlich flach am Kopf an und seine Krawatte saß schief. »Wir haben uns vor ein paar Jahren kennengelernt. Ich bin mir nicht sicher, ob sich Miss Parnell daran erinnert.«

Sie hatte es zuvor nicht getan, aber jetzt, da er es

erwähnte, entsann sie sich daran, dass sie auf einer Hausparty vorgestellt worden waren, die sie mit Aquilla und ihrer Familie besucht hatte. In der Tat war ihr so, als hätte er sie eingeladen, Blind Man's Bluff zu spielen und sie hatte sich dagegen und für das Reiten entschieden. Im Nachhinein war sie froh, dass er sie nicht erkannt hatte, während sie wie ein Mann gekleidet war. »Ich erinnere mich, Mister Charles. Wie schön, Sie wiederzusehen.«

Er runzelte die Stirn, bevor er seine Aufmerksamkeit auf Andrew richtete. »Ich hasse es, dieses Gespräch vor ihr zu führen, aber ich fürchte, ich bin ziemlich verzweifelt. Hast du die Nachricht von Mister Black erhalten?«

Andrews Hand umklammerte die ihre fester. »Ja. Was weißt du darüber?« Die Frage war messerscharf.

Charles' Lippen verzogen sich, seine Haltung wurde steif. »Ich muss leider sagen, dass ich Mister Black bin. Ich brauche das Geld, Dart.« Er rang seine Hände. »Warum hast du es nicht wie gefordert an den Club gesandt?«

Andrew ließ ihre Hand los und machte einen Schritt nach vorne. Er packte Charles' Revers. »*Du bist Black? Du hast sie bedroht?* Ich sollte dich herausfordern, du erbärmliches Stück Scheiße.«

Lucy umklammerte Andrews Unterarm – den Arm, mit dem er Charles nicht festhielt. »Andrew, hör auf! Das kannst du nicht hier im Park machen.«

»Du weißt nicht, was er getan hat.« Er ließ Charles nicht aus den Augen. »Ich gebe dir keinen Schilling.«

Charles' Blick schoss für einen Moment zu Lucy. »Dart, bitte. Ich will sie nicht bloßstellen.«

Lucy erstarrte. Sie starrte Andrew an, unfähig, Charles anzusehen. »Wovon redet er?«

Andrew warf ihr nur einen kurzen Blick zu. »Er drohte, dich als Smitty zu entlarven, es sei denn, ich gäbe ihm fünf-tausend Pfund.« Er knurrte Charles an und zog noch fester an seiner Jacke. »Du wirst nichts sagen. Ich werde sie zu meiner Gräfin machen – niemand wird glauben, was du sagst. Großer Gott, Mann, steckst du wirklich in einer solchen Notlage? Ich dachte, wir wären Freunde.«

Charles' Blässe nahm eine graue Färbung an und er schien zu schrumpfen. Andrew ließ ihn schließlich los und stieß ihn gegen die Brust.

Charles stolperte rückwärts, fing sich aber wieder. »Dann bin ich ein toter Mann«, flüsterte er.

Lucy beobachtete, wie das Licht in Charles' Augen erlosch und sie fühlte eine Welle des Mitgefühls. Sein übermäßiges Glücksspiel hatte sie dazu gebracht, ihn nicht zu mögen, aber jetzt bedauerte sie das. Er war in große Schwierigkeiten geraten – so wie ihr Vater. Sie dachte an all die Zeiten, in denen ihr Vater verschuldet war, und an die Dinge, die er verkaufen musste, um sich vor dem Gefängnis zu bewahren.

Sie sah Charles an. »Wirst du verhaftet?«

»Schlimmer noch. Ich habe mir Geld von einem gefährlichen Kerl geliehen. Anscheinend arbeitet er für Gin Jimmy.«

Andrew schüttelte den Kopf. »Zur Hölle, Charles.«

Lucy schaute zwischen ihnen hin und her, bevor sie sich an Andrew wandte. »Wer ist das?«

»Ein berüchtigter Verbrecher. Ich traf ihn einst, als ich mich nach St. Giles wagte. Es war ein weiteres meiner kühnen Abenteuer.«

»Das ist einer der gefährlichsten Orte in London.« Lucy hatte den Umfang seiner Aktivitäten nicht erfasst. Sie hatte gedacht, dass das Klettern auf die Kuppel von St. Paul's oder das Ballonfahren riskant genug wären, aber das Betreten von St. Giles war absolut tödlich. Oder hätte es sein können. »Du bist verrückt«, hauchte sie und verlor für einen Moment den Überblick über das aktuelle Gespräch.

»Er wird mich umbringen«, sagte Charles, »wenn ich ihm das Geld morgen nicht gebe.«

Andrew wischte sich mit einer Hand über das Auge und bewegte sich auf Charles zu. »Wir werden das klären. Triff mich in meinem Stadthaus.«

Charles nickte, dann sah er Lucy an. »Ich entschuldige mich, Miss Parnell. Ich bin nicht stolz auf das, was ich getan habe. Ich mag Sie. Vielmehr mochte ich Smitty.« Er ließ den Kopf hängen, als er sich umdrehte und wegging.

Andrew berührte ihre Hand, aber sie zog sie weg. »Wo wirst du heute Abend sein? Ich möchte dich sehen.«

Kalte Erkenntnis durchdrang sie. Mit seinem Heiratsantrag stimmte etwas nicht. »Nein. Bitte nicht.«

Er sah kurzzeitig verwirrt aus. »In Ordnung. Dann morgen?«

So sehr sie auch schätzte, was er zu tun versuchte, sie konnte so nicht weitermachen. Sie wusste nun, dass alte Dämonen ihn verfolgten. Er wollte keine Familie, nicht nachdem er seine verloren hatte. Und da sie einem potentiellen Ehemann gegenüber, der nicht besser als ihr Vater wäre, abgeneigt war – nicht, dass Andrew unbedingt ein solcher Mann war – verstand sie das. »Nein. Du willst mich nicht wirklich heiraten. Du hast es wegen dieser Drohung getan. Leugne es nicht, denn ich weiß, dass es wahr ist.«

Die Muskeln entlang seines Kiefers spannten sich an. »Ich dachte, es würde viele Dinge lösen, einschließlich unserer gegenseitigen Anziehungskraft. Ich meinte es ernst, als ich sagte, dass ich mir dich nicht gern einsam und allein vorstelle.«

Traurigkeit hüllte sie ein und zum ersten Mal verstand sie völlig, was die Einsamkeit für sie bedeuten würde. Nun, da sie einen Einblick bekommen hatte, wie es hätte sein können, ihr Leben mit jemandem zu teilen, den sie liebte, schien allein zu sein ein viel schlimmeres Schicksal als zuvor. Dennoch musste sie ihn gehen lassen.

»Doch das Alleinsein ist ein Zustand, der perfekt für dich ist, nicht wahr? Das hast du mehr als deutlich gemacht. Ich weiß es zu schätzen, dass du versuchst, mich zu beschützen.« Sie erlaubte sich ein kleines Lächeln, als die letzte ihrer Hoffnungen sie verließ. »Ich bin froh, dass du Charles helfen wirst. Es wird gut für dich sein. Vielleicht kannst du zu heilen beginnen.«

Seine Stirn zerfurchte sich und seine Augen verengten sich zu schmalen Schlitzen. Er sah aus, als ob er etwas sagen wollte, aber am Ende schwieg er.

»Auf Wiedersehen, Andrew.«

Sie drehte sich um und ließ ihn im Park zurück, zusammen mit dem größten Glück, das sie je erlebt hatte.

~

ANDREW BEOBACHTETE, WIE SIE davonging und konnte die Worte nicht finden, um sie zu bitten, zu bleiben. Er sollte sich erleichtert fühlen, dass er sie nicht heiraten musste. Stattdessen fühlte er sich wie betäubt.

Betäubt zu sein war gut, nicht wahr? Es war sicherlich besser als die Qualen zu erleiden, die der Verlust mit sich brachte.

Er ging durch den Park und hielt sich abseits der Wege, um nicht mit einem der Spaziergänger sprechen zu müssen, und machte sich auf den Weg zu seinem Stadthaus. Er würde sich zuerst um Charles kümmern. Dann würde er über Lucy nachdenken. Vermutlich. Ein Teil von ihm wollte das nicht. Der Teil von ihm, der sagte, es sei besser, ohne sie weiterzumachen. Allein. Wie er es stets geplant hatte.

Sein Gang verlangsamte sich, als er sich seinem Haus näherte. War er denn wahrhaftig allein? Er hatte so hart

daran gearbeitet zu verhindern, dass die Leute ihm zu nahe-
kamen, um die Beziehungen einfach und unkompliziert zu
halten. In der Schule hatte er sich nicht an eine feste Gruppe
von Freunden gebunden und er hatte versucht, dasselbe im
Erwachsenenalter zu tun. Er ging sogar so weit, regelmäßig
einen neuen Diener einzustellen. Wie kam er dann zu einer
Gruppe von Freunden und zu Lucy?

Weil es vielleicht an der Zeit war. Vielleicht hatte er lange
genug unter der Schuld und der Angst gelitten.

Möglicherweise. Aber seine Episoden waren in letzter
Zeit noch schlimmer geworden, was ihn dazu brachte, das
Gegenteil zu glauben. Er musste all diese Menschen aus
seinem Leben vertreiben.

Andrews Butler, Roland, öffnete die Tür. »Mylord. Mister
Charles ist im Salon.«

Andrew nickte, bevor er zur Treppe schritt und in den
ersten Stock stieg. Charles stand vor dem Fenster und starrte
auf die Straße. Er drehte sich um, als Andrew in den
Raum kam.

»Du siehst schrecklich aus«, sagte Andrew, bevor er zum
Sideboard ging und zwei Gläser Whiskey einschenkte. Er
ging zu Charles und gab ihm eines.

Charles blickte auf Andrews Glas. »Keinen Gin?«

Andrew zuckte mit den Schultern. »Mir steht der Sinn
nach etwas anderem.« Er wollte den Wandel zulassen und
mit der Wahl des Getränks zu beginnen, schien ein Schritt in
die richtige Richtung zu sein. Er hatte sich zu sehr mit den
Leuten angefreundet und sie zu nahe an sich herangelassen
und er gab seiner Selbstzufriedenheit die Schuld an der
Schwere und Häufigkeit seiner jüngsten Episoden.

Charles schüttete den Whiskey hinunter. »Danke. Es tut
mir wirklich leid wegen Miss Parnell.« Er sah gequält aus.
Verfolgt.

Andrew nippte an seinem Whiskey. Er war nicht

schlecht, aber er vermisste seinen Gin. »Wie bist du in diese missliche Lage gekommen?«

»Du kennst mich.« Er verzog den Mund zu einem halbherzigen Lächeln. »Ich kann nicht Nein zu einer Wette sagen.«

»Ist das in einer Hölle passiert?«

Er nickte. »Ich steckte eines Nachts tief in den Miesen und ein Kerl bot an, mir auszuhelfen. Irgendwie wurden es fünftausend.« Er blickte aus dem Fenster und seine Wangen wurden rot.

Andrew widersetzte sich dem Drang, ihn zu erwürgen. Wie oft hatte er versucht, Charles auf den richtigen Weg zu bringen? »Dein Vater hat keine Ahnung, nehme ich an.«

»Nein und ich kann ihn nicht fragen. Er wird mir gänzlich den Geldhahn zudrehen. Dann wird er mich in einem rückständigen Dorf so weit von London entfernt mit irgendeinem Dummerchen verheiraten, sodass ich vor Langeweile umkomme.«

»Wäre das nicht besser, als tatsächlich zu sterben, denn meiner Meinung nach besteht dieses Risiko in der Tat, wenn man bedenkt, was du im Park gesagt und was du zu tun gewagt hast? Gegen *mich*.« Andrew hatte sich nicht die Mühe gemacht, seine Verachtung zu verbergen. »Deinen angeblichen Freund.«

Charles zuckte zusammen. »Ich war verzweifelt. Du warst immer freundlich und hilfsbereit – ein wahrer Freund.«

»Wenn du also dieses Geld nicht bezahlst, wird dich einer von Gin Jimmys Bluthunden töten.«

»Das hat er gesagt, ja. Er ist der Mann, der mir das Geld geliehen hat.« Charles blickte auf das leere Glas in seiner Hand hinunter. »Ich bin verloren.«

Andrew wollte nicht, dass Charles starb. Ja, er hatte diesen Narren zu nahe an sich herangelassen, aber er konnte ihn nicht sterben lassen. »Ich werde dir das Geld geben, aber du wirst London verlassen. Sag deinem Vater, dass du dich selbst rehabilitieren musst – das wird er bewundern.«

Charles blinzelte. »Das würdest du tun? Aber wo soll ich hingehen?«

Andrew stählte sich gegen die Emotionen in Charles' Stimme – glücklicher Unglaube ob Andrews Angebot und Niedergeschlagenheit wegen dem, was er wahrscheinlich als Verbannung empfand. Ja, das war eine faire Charakterisierung, entschied Andrew. »Das liegt an dir und deinem Vater. Dafür werde ich nichts berappen, aber ich wage zu behaupten, dass er das tun wird, wenn es bedeutet, dass du dein Leben in Ordnung bringst. Erweitere deinen Horizont und komme nicht zurück, bis du der Versuchung widerstehen kannst.«

»Du hast natürlich recht.« Er klang resigniert, aber auch entschlossen. »Mein Vater wird erleichtert sein. Und zufrieden, glaube ich.«

»Da bin ich mir sicher.« Andrew spürte einen Hauch von Neid. Was würde er geben, um zu erfahren, was sein Vater jetzt von ihm halten würde. Ja, er versuchte das Schicksal von Zeit zu Zeit, aber insgesamt war er verantwortungsbewusst und verhielt sich mit Ehre und Anstand. Seine Mutter, das wusste er, wäre stolz. Sie würde es jedoch nicht gern sehen, dass er sich so abgesondert hielt. Mrs. Alder hatte ihm das schon oft gesagt.

Andrew beendete seinen Whiskey. »Ich lasse das Geld morgen früh anweisen. Ich brauche nur die notwendigen Angaben.«

Charles nickte. »Ich werde es für dich aufschreiben, bevor ich gehe. Ich schulde dir nachträgliche Glückwünsche zu deiner bevorstehenden Eheschließung. Ich war erstaunt zu hören, dass du dir eine Frau nimmst.«

»Gewissermaßen werde ich das doch nicht.« Andrews

Griff um das Glas wurde fester. »Wir haben entschieden, dass wir doch nicht zusammenpassen würden.«

Charles sah erschüttert aus. »Ist das meinetwegen? Du hast dich erst vor einer Stunde verlobt.«

»Nein.« Andrew wollte nicht über die Gründe sprechen. »Du solltest mit deinem Vater reden und morgen abreisen. Je früher du London verlässt, desto besser.«

»Du hast recht, da bin ich mir sicher.« Er legte für einen kurzen Moment eine Hand auf Andrews Schulter. »Ich kann dir nicht genug danken für das, was du tust. Du bist ein wahrer Freund.«

Andrew wollte seine Freundschaft nicht. Er wollte, dass er aus seinem Leben verschwand. Und er empfand das Gleiche für Beaumont und Greene und jeden anderen, der sich als sein Freund betrachten könnte. Er nahm Charles' Glas und stellte es zusammen mit seinem eigenen auf das Sideboard. »Komm mit in mein Büro, bevor du gehst.«

Andrew notierte die Angaben, wohin das Geld geschickt werden sollte, und Charles verließ sein Haus. Plötzlich erschöpft, sank Andrew in den Stuhl hinter seinem Schreibtisch und starrte für eine unbestimmte, aber wahrscheinlich lange Zeit, auf sein Tintenfass. Er wurde schließlich durch Tindalls Erscheinen unterbrochen.

»Mylord?«, fragte der Diener, als er die Schwelle überschritt.

Andrew sah auf. »Ja?«

»Ich wollte Ihnen mitteilen, dass ich heute ein Angebot für eine neue Position erhalten habe. Bei Lord Clare.«

Der Duke of Clare brauchte einen neuen Diener? »Hast du eine Ahnung, worauf du dich da einlässt?« Clare war ein berüchtigter Schwerenöter.

Tindall blinzelte. »Vielleicht wird ein wenig davon auf mich abfärben, Mylord.«

Andrew war sich nicht sicher, ob er ihn richtig

verstanden hatte, aber dann lachte er, als er erkannte, dass dem so war. »Möglicherweise. Ein zusätzlicher Vorteil der Position.«

»In der Tat, Mylord.«

So ausgedrückt, schien es eine ausgezeichnete Gelegenheit und eine Verbesserung gegenüber seiner aktuellen Arbeitssituation zu sein. Andrew war plötzlich traurig, dass er gehen würde. Hölle und Verdammnis, was war mit ihm los? All diese melancholischen Gefühle über Freunde und Diener und Frauen, *verflucht.*

Er nickte. »Wann wirst du gehen?«

»In zwei Wochen, wenn Ihnen diese Zeit ausreicht, um einen Ersatz zu finden.«

Es würde ausreichen müssen, denn es war notwendig. »Ja, danke. Und herzlichen Glückwunsch.«

»Danke, Mylord. Ich bereite Ihre Kleidung für heute Abend vor.« Er begann, sich umzudrehen.

»Dazu besteht keine Notwendigkeit«, sagte Andrew und ließ Tindall dadurch in seinen Bewegungen innehalten. »Ich werde nicht ausgehen.« Er wollte sich stattdessen mit einer Flasche Gin verkriechen. Die Veränderung, so schien es, würde einiges an Arbeit kosten.

Tindall nickte und ging.

Andrews Inneres zog sich zusammen. Er verlor Tindall und Charles. Er wollte Beaumont und die anderen aus seinem Leben entfernen. Und er hatte bereits Lucy verloren. Die dunkle Verzweiflung, die ihn so lange nach dem Tod seiner Familie erstickt hatte, überflutete ihn und signalisierte eine weitere Episode. Verdammt, er war es leid, sich dem Schmerz zu stellen. Es war seine eigene Schuld, dass er sich diesen Leuten geöffnet hatte.

Sein Blick fiel auf das letzte Schreiben, das er von Sadler über den Fallschirmsprung, der übermorgen stattfinden sollte, erhalten hatte. Darüber nachzudenken bot ein wenig

Erleichterung, ein wenig Hoffnung. Er las den Brief noch einmal und ließ sich von Gedanken an das Fliegen, die Höhe und ein weiteres erfolgreiches Abenteuer beruhigen.

Die Erinnerung an seinen letzten Ballonaufstieg drang in seine Gedanken und sein verräterischer Geist wanderte zurück zu Lucy – zu ihrem Gesicht, das Trost spendete, als er das Bewusstsein wiedererlangt hatte, ihrer Fürsorge, als sie ihm zum Haus geholfen hatte, ihrer Leidenschaft, als er sie zum Bleiben eingeladen hatte.

Er rang nach Luft, plötzlich atemlos, als Panik durch ihn strömte.

Hör auf, sagte er sich selbst. *Sie ist nicht tot. Sie wird weiterleben und ein glückliches Leben genießen. Nur nicht mit dir.*

Er erhob sich vom Stuhl und eilte direkt zu der Flasche Gin, die auf dem Tisch in der Ecke stand. Wenn er die nächste Woche betrunken verbringen würde, könnte er sie aus seinem Kopf vertreiben. Er musste es tun.

KAPITEL ACHTZEHN

*L*UCY STARRTE TROSTLOS auf die belebte Straße, als
die Kutsche sie zu Lady Satterfields Anwesen
brachte, um mit Aquilla und Ivy Tee zu trinken. Sie
hatte sich einen Tag lang erlaubt, den Verlust von Andrew zu
betrauern, so albern das auch war, aber nun war es bereits
zwei Tage her und sie fühlte sich immer noch gebrochen,
verdammt noch mal.

Großmama war sehr enttäuscht gewesen, als sie hörte,
dass er nicht mehr um sie werben würde. Aber heute Morgen
war sie bereits wieder dabei, sich für Edgecombe einzusetzen
und freute sich darauf, ihn auf dem Ball zu sehen, den sie an
diesem Abend besuchen wollten.

Lucy wollte nicht hingehen. Sie hatte genug von gesellschaftlichen Ereignissen, davon, so zu tun, als würde sie nach
einem Ehemann suchen, davon, sich so zu verhalten, wie es
jeder von ihr zu erwarten schien. Sie wollte Hosen anziehen,
im Hyde Park Rennen fahren und bei Manton's schießen. Sie
wollte zu Andrews Stadthaus gehen und ihn solange schüt-
teln, bis ihm der Kopf abfiel. Diese Vision gab ihr einen

Moment der perversen Befriedigung, bis die Traurigkeit wieder ihre Emotionen beherrschte.

Die Kutsche hielt vor Lady Satterfields Haus an und der Lakai half ihr hinaus. Sie ging hinein und der Butler geleitete sie in den Salon, wo Aquilla und Ivy bereits Platz genommen hatten.

Aquilla sprang auf und umarmte sie. »Wie geht es dir?«

Sie hatten von ihrem Spaziergang neulich mit Andrew gehört. Anscheinend war es an diesem Abend ein beliebtes Thema zum Tratschen gewesen, besonders nachdem Andrew unverkennbar wütend auf seinen Freund Charles gewesen war. Sowohl Ivy als auch Aquilla hatten Lucy Nachrichten geschickt, aber natürlich mit unterschiedlichem Ansinnen. Aquilla wollte wissen, was passiert war und hoffte, dass die Dinge mit Andrew vielleicht vorankamen. Ivy hingegen hatte ihre Hoffnung zum Ausdruck gebracht, dass Lucy ihren Plan weiterverfolgen und dass Andrew dabei keine Rolle spielen würde, weil sie ihn nicht brauchte. Keiner von ihnen wusste, was in der Nacht nach dem Ball passiert war. Sie hatte sie seitdem nicht mehr gesehen, aber selbst, wenn sie es getan hätte, war sie sich nicht sicher, ob sie es ihnen gesagt hätte.

Sie fühlte sich wie ein Narr, weil sie ihre Verbindung zu Andrew fortgesetzt hatte, besonders auf sexuelle Weise, und gab sich selbst die Schuld für die Wut und den Schmerz, die sie jetzt fühlte. Er war von Anfang an offen mit ihr gewesen. Es waren ihre Gefühle gewesen, die vom Weg abgekommen waren und ihren gesamten Plan aus dem Gleichgewicht gebracht hatten.

Sie gab ihm jedoch die Schuld, dass er ihr Hoffnung gemacht hatte. Sein Vorschlag war überraschend gewesen, aber als sie einen Moment lang Zeit hatte, sich damit zu befassen, war sie begeistert gewesen. Erfreut. Überwältigt vor Freude. Bis Charles aufgetaucht war und den wahren Grund für Andrews Antrag enthüllt hatte.

»Mir geht es gut«, antwortete sie und zwang ein Lächeln auf ihre Lippen. Sie setzte sich auf einen Stuhl und zog ihre Handschuhe aus.

Aquilla ließ sich auf dem Sofa neben Ivy nieder und tauschte einen besorgten Blick mit ihr. Lucy wappnete sich.

»Du siehst nicht gut aus«, sagte Aquilla. »Das war ein schwacher Versuch, ein Lächeln auf dein Gesicht zu zaubern.«

»Eigentlich war es ein ziemlich übermenschlicher Versuch, wenn du so willst.« Lucy wünschte, sie könnte das zurücknehmen. Sie wollte nicht rührselig sein oder weitere Gedanken an Andrew vergeuden. Er hatte es nicht verdient.

Ivy grinste. »Wie sehr ich deinen Witz bewundere.«

Der Kommentar erinnerte sie an etwas, was Andrew einmal gesagt hatte. Würde sie von nun an alles an ihn erinnern? Diese Unart, sich zu verlieben, war schrecklich. Sie hoffte, dass man mindestens genauso schnell darüber hinwegkommen konnte und mit wesentlich mehr Erfolg.

Aquilla blickte Lucy aufmerksam an. »Ich bin natürlich gespannt, was im Park passiert ist. Haben Dartford und du nur euren nächsten Ausflug geplant oder war da noch mehr?«

Lucy war ein Narr gewesen zu denken, dass sie es vermeiden könnte, heute über ihn zu sprechen, aber sie musste es zumindest versuchen. »Es gibt nichts mehr zwischen uns.«

Aquilla blinzelte. »Nichts?« Sie klang enttäuscht.

Ivy hingegen schien erleichtert. »Er hat dich auf dem Ball gestern Abend gesucht. Ich sagte ihm, er solle dich in Ruhe lassen. Es tut mir leid, dass er nicht auf mich gehört hat, aber es klingt so, als ob du ihn in seine Schranken verwiesen hast.«

Lucy schaute ruckartig in Ivys Richtung. »Was hat er gesagt?«

»Dass er dich nicht verdient hat. Ich stimme ihm zu, aber

andererseits habe ich es zuerst gesagt, und er hat mir lediglich recht gegeben.«

Wenn er das dachte, warum sollte er ihr dann einen Antrag machen? Weil er sie vor einem Skandal schützen wollte. Als diese Bedrohung nicht mehr existierte, hatte er die Freiheit gehabt, sie gehen zu lassen. Nur hatte er das nicht getan – sie hatte es. Er hatte gesagt, dass niemand außer ihr ihn zweimal über die Ehe hatte nachdenken lassen. Er hatte auch gesagt, dass es viele Probleme lösen würde, einschließlich ihrer gegenseitigen Anziehungskraft. Nein, er hatte die Liebe nicht erwähnt, aber als sie daran dachte, was sie über ihn wusste, fragte sie sich, ob diese Emotion ihn nicht zu Tode erschrecken würde.

Tod.

Was für eine schreckliche Wortwahl.

»Lucy, was ist los?«, fragte Aquilla. »Du siehst blass aus.«

Sie hielt ihre Hand kurz vor ihren Mund, bevor sie sie wieder fallen ließ und sich auf ihre Freunde konzentrierte. »Ich fürchte, ich habe einen schrecklichen Fehler gemacht.«

Ivys Augen verengten sich. »Was?«

Lucy ergab sich den Emotionen, die sie ergriffen. Sie wollte nicht traurig sein. Sie wollte glücklich sein. Nach allem, was sie durchgemacht hatte, hatte sie das verdient. Und Andrew auch. »Ich liebe ihn. Gott steh mir bei, aber ich liebe ihn. Und *ich glaube,* er liebt mich auch.«

Aquillas Augen erhellten sich, als sie grinste. »Wie wunderbar!«

»Warum solltest du das denken?« Ivy klang skeptisch und vorhersehbar pessimistisch.

»Er bat mich, ihn zu heiraten.«

Aquilla keuchte und presste ihre Hand auf ihre Brust. »Ich kann nicht glauben, dass du es uns nicht gesagt hast!«

Ivy sah sie scharf an. »Weil sie nein gesagt hat. Zumindest ist das meine Annahme, da du hier hereingekommen bist, um zu erklären, dass eure Verbindung beendet ist. Bereits zum zweiten Mal, möchte ich hinzufügen.«

Aquilla verdrehte die Augen und warf ihre Hände in die Luft. »Meine Güte, Ivy, musst du so schrecklich negativ sein?«

Lucy lächelte. »Es ist in Ordnung. Ivy hat ihre Gründe, so beschützend zu sein. So wie Andrew seine Gründe hat, vorsichtig zu sein. Ich habe euch gesagt, dass er seine ganze Familie verloren hat. Er leidet unter Albträumen und beunruhigenden Anfällen von ...« Sie sah sich um, als ob sie das Wort, das sie suchte, auf einem Tisch oder an der Wand finden könnte. »Angst, würde ich sagen. Oder Niedergeschlagenheit. Wahrscheinlich beides und noch viel mehr. Er hält sich von zwischenmenschlichen Beziehungen fern, glaube ich.«

»Faszinierend«, sagte Aquilla. »Was wirst du tun?«

Lucys Verstand raste, zusammen mit ihrem Puls. Es bestand die Möglichkeit, dass er sie nicht wollte – dass er ihr wirklich nur einen Antrag gemacht *hatte*, um ihren Ruf zu schützen, und dass er erleichtert war, als sie ihn ablehnte. »Ich bin mir nicht sicher. Aber ich muss mit ihm reden.«

»Du hast ein gutes Herz, Lucy«, sagte Ivy leise. »Ich hoffe, er merkt, was für einen Schatz er in dir hat.«

Lucy lächelte ihre Freundin an. »Danke. Ich glaube, das wird er.« Das hoffte sie jedenfalls.

Sie stand abrupt auf und zog ihre Handschuhe an. Jetzt, da sie wusste, was sie wollte, war sie begierig darauf, es zu verwirklichen. »Ich muss gehen.«

Aquilla sah zu ihr auf. »Wohin? Du kannst nicht einfach in seinem Stadthaus auftauchen.«

Nein, das konnte sie nicht – nicht, wenn sie ihren Ruf wahren wollte. Was kümmerte sie das, wenn sie doch heiraten würde? Weil sie vielleicht *nicht* heiraten würde. Ein kalter Schauer raste über ihre Wirbelsäule, als sie über eine

Zukunft ohne ihn nachdachte. Sie wusste, sie hatte sich selbst zu einem solchen Leben entschlossen, aber sie erkannte, dass sie noch immer ein wenig Hoffnung hatte, es könnte doch anders kommen. Ihre Freundinnen hatten sie gerade dazu gebracht, die Initiative zu ergreifen.

»Schick ihm eine Nachricht und bitte ihn, dich später im Park zu treffen«, sagte Ivy und überraschte Lucy mit ihrem Rat.

Aquilla sah sie an und blinzelte. »Ivy, unterstützt du das? Ich kann es kaum glauben.«

»Ich unterstütze das, was Lucy glücklich macht. Auch, wenn es ein Mann ist.« Ihre Lippen spreizten sich zu einem Lächeln, das ihre Augen zum Funkeln brachte.

»Du solltest das öfter tun«, sagte Aquilla. »Du bist wirklich wunderschön.«

Ivy rollte mit den Augen. »Bitte.«

Lucy hatte bereits daran gedacht, Andrew im Park zu treffen. Wie konnte sie sicherstellen, dass er kam? Da er sich Sorgen um ihren Ruf machte, würde sie drohen, in sein Haus zu kommen. Das sollte ihn dazu veranlassen, sie zu treffen. »Kann ich die Nachricht von hier aus losschicken?«, fragte sie.

»Natürlich.« Aquilla sprang vom Sofa auf. »Wir können nach unten in die Bibliothek gehen. Lord und Lady Satterfield sind zur Ballonfahrt gegangen.«

Lucy erstarrte. Sie hatte völlig vergessen, dass dieses Ereignis heute stattfand. Andrew würde in die Luft aufsteigen. Und dann würde er abspringen. Mit einem Fallschirm. Ihr Herz verkrampfte sich, als sie daran dachte, dass er zu Boden stürzen könnte. Neulich hatte es für ihn nicht so gut geendet. Er hatte keinen Schaden davongetragen, aber wie würde es heute sein?

»Weißt du, um wie viel Uhr der Aufstieg ist?«, fragte Lucy, ihr Herz bebte.

»Um drei, glaube ich«, sagte Aquilla.

Lucy blickte auf die Uhr auf dem Kaminsims. Das war in weniger als einer halben Stunde. Mit dem zu erwartenden Auflauf würden sie vielleicht nicht rechtzeitig starten können. »Wir müssen sofort zum Burlington House.«

Ivy erhob sich. »Warum?«

»Weil Andrew aus einem Ballon springen wird und ich ihm einen Grund geben möchte, nicht sein Leben zu riskieren.« Sie hoffte nur, dass dieser Grund gut genug wäre.

Aquilla ging sofort auf die Tür zu. »Ich lasse die Kutsche postwendend vorfahren.«

»Danke«, rief Lucy ihr hinterher. Sie wandte sich an Ivy. »Ich hoffe, wir kommen nicht zu spät.«

»Das wirst du nicht«, sagte Ivy lächelnd. »Du wirst ihn retten.«

Sie betete nur, dass er gerettet werden wollte.

～

ANDREW STAND MIT SADLER inmitten der brüllenden Menge auf dem Rasen vor Burlington House. Die Fallschirmvorrichtung, bestehend aus einem gerahmten Baldachin mit einem kleinen Korb, wurde am Ballon befestigt. Sobald sie auf der richtigen Höhe waren, würde Andrew aus der Gondel des Ballons in den Korb klettern und Sadler würde den Fallschirm freischneiden.

Das Gefühl aufgeregter Erwartung, das er vor seiner ersten Ballonfahrt empfunden hatte, war da, aber im Vergleich dazu auffallend gering. Es war nicht so, dass er nicht nach oben wollte. Es gab dieses Mal nur Dinge, die seine Begeisterung drosselten.

Er hatte sich vorgestern Abend erfolgreich bis zur Besinnungslosigkeit betrunken. So sehr, dass er die meiste Zeit des gestrigen Tages damit verbracht hatte, seine eigene Existenz zu verfluchen. Letzte Nacht hatte er Schlaf gefunden, aber er hatte auch geträumt. Lebhaft.

Von erotischen Begegnungen – und jede einzelne von ihnen beinhaltete Lucy. Bis sich die Dunkelheit eingeschlichen und ihn mit einem weiteren Albtraum geplagt hatte. Dieser war jedoch anders gewesen. Gewöhnlich sah er jeden in seiner Familie sterben, während er dort stand, hilflos und allein; die Leere in ihm wuchs mit jedem Tod, bis er sicher war, dass sie ihn ganz verschlingen würde.

Stattdessen hatte er Lucy gesehen. Sie war krank und er hatte ihre Hand gehalten, während das Leben aus ihrem Körper wich. Er war in Schweiß gebadet aufgewacht, kalt und mit einer verzweifelten Angst, die ihn packte und atemlos machte. Trotz des Schreckens hatte er sich nicht so verängstigt gefühlt wie nach seinen anderen Albträumen. Er hatte eine Weile darüber nachgesonnen – es war nicht so, dass er hätte wieder einschlafen können.

Die einzige Schlussfolgerung, die er gezogen hatte, war, dass Lucy noch am Leben war. Während er immer aus den Albträumen über seine Familie herausgekommen war mit dem Bewusstsein, dass sie für immer für ihn verloren waren, war Lucy immer noch hier. Sie war immer noch ein Traum, der wahr werden konnte. Wenn er sich selbst danach streben ließ.

Das bedeutete, sich seiner Angst zu stellen und die Tatsache anzuerkennen, dass er sie verlieren *könnte*. Es gab keine Versprechungen im Leben, außer denen, die sie sich gegenseitig machten.

Er dachte an die Versprechungen, die er Bertie gegenüber gegeben hatte. Bevor er gestorben war, hatte er geschworen, ihn zu beschützen, und er hatte versagt. Danach, in den letzten Jahren, hatte er Bertie versprochen, dass er für ihn fliegen würde. Heute wollte er dieses Versprechen einlösen und das Einzige tun, was er noch für seinen längst verstorbenen Bruder tun konnte.

Aber was war mit den Lebenden?

Er dachte an Charles, der auf dem Weg nach Nordengland war. Er hatte Andrew einen Brief geschickt, in welchem er ihm für seine Freundlichkeit und Großzügigkeit dankte. Er hatte geschrieben: »*Du hast mir das Leben gerettet, nicht nur, weil du Gin Jimmy daran gehindert hast, mich zu töten.*«

Andrew glaubte nun zu verstehen. Er hatte Bertie nicht gerettet, aber vielleicht, nur vielleicht, hatte er überlebt, damit er Charles retten konnte.

Er dachte auch an Tindall und dessen Mutter, die sich vollständig erholt hatte. Tindall würdigte Andrews Eingreifen und dankte ihm für seine Freundlichkeit und Großzügigkeit. Er hatte gesagt: »*Sie haben ihr das Leben gerettet – dessen bin ich mir sicher.*«

Zum ersten Mal war Andrew dankbar, dass er überlebt hatte, anstatt sich schuldig zu fühlen.

Das wiederum ließ ihn sich weniger schuldig fühlen, weil er froh war, dass er nicht gestorben war. Seit er Lucy getroffen hatte, hatte er begonnen, an eine Zukunft voller Liebe und Zufriedenheit zu glauben – eine Zukunft, von der er nicht gedacht hatte, dass er sie verdiente oder wollte. Er musste zugeben, dass er die Liebe erleben wollte, hatte aber das Gefühl, infolgedessen seine Familie zu entehren. Aber das war dumm. Seine Mutter, sein Vater und vor allem Bertie würden wollen, dass er glücklich war.

»Sind Sie bereit?«, fragte Sadler, seine dunkelgrauen Brauen wölbten sich nach oben unter dem Rand seines Hutes.

Andrew sah den Ballon an und sah dann Berties Gesicht vor sich. Der Lärm der Menge verblasste und in seinem Kopf hörte er die Stimme seines Bruders, so deutlich, als stände

Bertie neben ihm. Er sagte ihm, er solle gehen – aber nicht in die Luft.

Andrew ging auf Sadler zu und schüttelte den Kopf. »Nein. Ich werde nicht mitfliegen. Ich entschuldige mich. Ich muss etwas anderes erledigen.«

Sadler sah überrascht aus. »Wenn Sie sich sicher sind. Es wird keine weitere Chance geben. Zumindest nicht mit mir.«

Andrew wusste das. Sadler war jetzt über sechzig und stieg nicht mehr so oft auf wie früher. Seine Söhne teilten seine Leidenschaft und Andrew konnte wahrscheinlich mit einem von ihnen mit dem Ballon fahren. Er glaubte jedoch nicht, dass er das tun würde.

»Ich weiß.« Er fasste Sadlers Hand und schüttelte sie fest. »Ich danke Ihnen. Sie haben mir die Erfahrung meines Lebens ermöglicht. Und mich veranlasst, das Abenteuer zu verfolgen, das ich wirklich will.«

Lucy. Sie wäre sein größtes Risiko, aber auch eine äußerst erfüllende Belohnung. *Wenn* sie ihn wollte. Er hatte die Dinge ziemlich vermasselt und wäre nicht überrascht, wenn sie ihn komplett ablehnte.

Er trat von dem Ballon zurück und startete in die Menge. Beaumont stand in der Nähe des Startplatzes. Er packte Andrews Arm, als er vorbeikam. »Was ist los? Steigst du nicht auf?«

Andrew schüttelte den Kopf inmitten der Kakofonie aus Geräuschen um sie herum. »Nein. Warum gehst du nicht?« Er grinste seinen Freund an und klatschte ihm auf die Schulter. Ja, sie waren Freunde. »Bis später.«

Als er sich seinen Weg durch die Menge bahnte, durchströmte ihn die aufgeregte Vorfreude, die er ob des Fallschirmspringens *hätte* empfinden *sollen,* und trieb ihn dazu, sich noch entschlossener vorwärts zu kämpfen. Er konnte es kaum erwarten, Lucy zu begegnen.

Die Menschenmenge bewegte sich und der Lärm schwoll

an. Er drehte den Kopf und sah den Ballon aufsteigen. Das erschwerte seine Aufgabe, da er nun versuchen musste, sich entgegen der Richtung des Menschenstroms zu bewegen. Sie drängten alle vorwärts, während er versuchte, nach hinten zu gelangen.

Schließlich befreite er sich und blieb wie angewurzelt stehen. Da stand Lucy, den Kopf in den Nacken gelegt und starrte in den Himmel.

Er ging auf sie zu und sah ihren gequälten Gesichtsausdruck. »Lucy!«, rief er und fing an zu rennen.

Ihre beiden Freundinnen standen auf beiden Seiten neben ihr, aber er registrierte sie kaum. Sie senkte ihren Kopf und ihr Blick fand seinen, kurz bevor er vor ihr zum Stehen kam.

Er bemühte sich, Luft zu holen, entschied aber, dass er es nicht musste. Sie ließ sein Herz rasen und seine Brust sich verengen und er betete, dass er sich für den Rest ihres hoffentlich sehr langen Lebens so fühlen würde

»Andrew.«

»Lucy.« Er nahm ihr Gesicht in beide Hände, begierig darauf, sie zu küssen, ohne Rücksicht darauf, dass sie jemand sehen könnte. »Wenn du mir sagst, dass ich gehen soll, werde ich es tun, aber ich will bleiben. Bei dir. Für immer.«

Sie griff um ihn herum und schmiegte sich an ihn. »Küss mich.«

Er beanspruchte ihren Mund und küsste sie leidenschaftlich. Dass sie ihn mit gleicher Leidenschaft zurückküsste, erwärmte seinen Körper und befeuerte seine Seele. Er nahm seine Lippen von ihren, bewegte sich aber nicht weg. »Ich liebe dich, Lucy. Ich war ein Idiot.«

»Ja, das warst du. Aber ich verstehe warum.«

Jetzt zog er sich zurück und sah sie verwundert an. »Wirklich?«

Sie nickte. »Ich denke schon. Du bist immer noch

zutiefst getroffen durch den Tod deiner Familie. Und *ich glaube*, du hast Angst, dir zu erlauben, jemanden zu lieben.«

Er starrte sie verwundert an. »Wie kommt es, dass du mich so vollständig verstehst?«

»Weil ich lange Zeit genauso empfunden habe. Ich hatte Angst, jemanden wie meinen Vater zu heiraten, also dachte ich, es wäre das Beste, überhaupt nicht zu heiraten.« Sie berührte sein Gesicht, ihre behandschuhten Finger liefen über seine Schläfen und streichelten seinen Kiefer. »Ich hatte solche Angst, dass du bereits in den Ballon gestiegen wärest. Warum hast du es nicht getan?«

»Das musste ich nicht. Ich wollte nur für meinen Bruder fliegen – aber ich denke, er würde verstehen, dass ich dich mehr will. Ich habe über die Hälfte meines Lebens damit verbracht, vor Geistern zu fliehen und mich vor Verletzungen zu schützen, denen man nicht wirklich entkommen kann. Jemanden zu lieben bedeutet zu akzeptieren, dass man ihn verlieren könnte. Ich will dich nie verlieren, Lucy, aber das ist ein Risiko, das ich eingehen muss.«

Sie lächelte ihn an, ihre Augen waren voller Liebe. Wenigstens dachte er, sie seien voller Liebe. Sie hatte es nicht gesagt. »Ich bin so froh. Ich bin hergekommen, um dich zu überzeugen, dass du genau das tun solltest. Ich bin so froh, dass du erkannt hast, dass du mich liebst. Du hast meine Aufgabe so viel einfacher gemacht. Tatsächlich hast du sie mir vollständig erspart.«

»Heißt das, dass du mich auch liebst?«

Sie lachte und der Klang war wie ein heilender Balsam für seine verletzte Seele. »Wie kannst du daran zweifeln? Ich glaube, ich habe mich in dich verliebt, als du mich zum Schießen zu Manton's mitgenommen hast. Wie hätte ich mich auch nicht in dich verlieben können? Du hast mich immer mit Respekt und Bewunderung behandelt. Niemand, besonders kein Mann, hat mir je ein so besonderes Gefühl gegeben. Mich so geschätzt. Natürlich liebe ich dich. Von ganzem Herzen.«

Er küsste sie wieder und hielt sie fest an sich.

»Die Menge fängt an, in eure Richtung zu schauen«, sagte eine ihrer Freundinnen – wenn er raten müsste, würde er wetten, dass es Miss Breckenridge war – eindringlich.

Widerwillig zog er sich von Lucy zurück, aber er nahm ihre Hand in seine und brachte sie zu seinen Lippen. »Bedeutet das, dass du mich heiraten wirst?«

»So schnell wie möglich.«

»Ich weiß nicht, ob ich eine Sondergenehmigung bekommen kann, damit wir so schnell wie möglich in jeder beliebigen Kirche getraut werden können, aber ich werde mein Bestes tun.«

Sie sah ihn selbstbewusst an. »Du bist der Wagemutige Herzog. Niemand erwartet von dir eine konventionelle Hochzeit.«

Er kicherte. »Nein, ich nehme an, das tun sie nicht. Aber nennt mich wirklich jemand so, außer euch drei?«

Sie tauschte Blicke mit ihren Freundinnen aus und die beiden lächelten, sogar Miss Breckenridge. »Wahrscheinlich nicht.«

»Eigentlich bin ich mir ziemlich sicher, dass Nora das tut«, sagte Miss Knox. Sie sah Andrew an. »Lady Kendal. Sie ist unsere Mentorin. In gewisser Weise.«

»Ich verstehe.« Er sah, dass sich die Menge aufzulösen begann. »Sollen wir gehen?«

Lucy nahm seinen Arm, ihre Augen strahlten. »Ja. Lass uns zu unserem nächsten Abenteuer aufbrechen.«

Er legte seine Hand über ihre und drückte ihre Finger. »Ich kann es kaum erwarten.«

EPILOGUE

Lucy fixierte ihr Ziel – ihr bisher weitestes – und beruhigte ihren Arm, bevor sie den Abzug drückte. Die Kugel schoss hinaus, traf das Ziel genau und ließ den Block von seinem Standplatz herab auf den Boden fallen. Sie schrie vor Freude und wandte sich an Andrew, der sich ihr Werk besah.

»Du bist unglaublich«, sagte er und schüttelte den Kopf. »Ich bin dran.«

Sie trat zur Seite, als er auf dem Tisch seine Pistole lud. Sie beobachtete seine Hände und fragte sich, ob es seltsam war, dass sie den ganzen Tag dort stehen und ihn anstarren könnte.

Er hob die Waffe und zielte. Seine Kugel traf das Ziel neben dem, das sie heruntergeschossen hatte, aber er streifte es nur.

Er senkte seinen Arm und ließ seine Schultern sinken. »Du hast mich wieder vernichtend geschlagen. Offensichtlich liegt es am Schützen, nicht an der Waffe.«

Sie hatte ihn neulich mit seiner Purdey geschlagen, aber heute hatte sie ihre neue Manton genommen, die er ihr –

zusammen mit dem Schmuck ihrer Mutter, den er nicht verkauft, sondern nur beliehen hatte, damit er ihr eine Summe übergeben konnte – zur Hochzeit geschenkt hatte. Sie grinste ihn an, unfähig, ihre Freude zu verbergen. »Ich habe nur knapp gewonnen.«

Er runzelte seine Stirn ob ihrer Bemerkung. »Ich werde eine Revanche fordern.«

Lucy streichelte ihre Pistole. »Ich freue mich darauf.« Sie lachte, als sie die Waffe auf den Tisch legte.

Erneut schüttelte er den Kopf und beugte sich hinunter, um sie zu küssen. »Vielleicht war ich närrisch, eine so starke Frau zu heiraten.«

Sie zog sich gespielt beleidigt zurück. »Vielleicht war ich eine Närrin, wenn du nicht siehst, wie viel Glück du hast.«

Er schlang seine Arme um sie und drückte sie gegen sich. »Ich sehe ganz gut, danke. Aber nicht so gut wie du, wenn man diesem Ziel glauben will.«

»Oh, jetzt ist es meine Sehkraft, die anerkannt werden soll?«

»Du redest zu viel«, knurrte er, bevor er sie ausgiebig küsste.

Lucy seufzte in seinen Mund, sie liebte diesen Mann und fühlte sich glücklicher, als es erlaubt sein sollte.

Ein dicker Regentropfen fand seinen Weg zu ihrer Wange, spritzte dagegen und ließ sie aufspringen.

Andrew blinzelte. »Was? Ich habe dich nur geneckt.«

Sie zeigte nach oben. »Es fängt an zu regnen.«

Er neigte seinen Kopf nach hinten und nahm ihre Hand. »Es wird gleich anfangen zu schütten, fürchte ich.«

Sie schnappten sich ihre Pistolen und rannten zum Haus. Als sie die Terrasse erreichten, waren sie ziemlich nass, aber sie lachten beide.

Mrs. Alder begrüßte sie und sah entsetzt aus, weil sie den Teppich durchnässten. »Warum lachen Sie?«

Andrew warf Lucy einen provokanten Blick zu. »Warum nicht?«

Warum nicht, in der Tat. Lucys Körper erhitzte sich durch das Versprechen, das in diesem kurzen Blick gelegen hatte. »Ich denke, ich muss nach oben gehen und mich umziehen.«

»Ja, ich auch.« Andrew drückte ihre Hand, als sie an Mrs. Alder vorbei- und die Treppe hinaufrannten.

Die Haushälterin kicherte. »Dann machen Sie schon.« Sie lächelte vor sich hin und summte.

Sie, ihr Mann und der Rest des Personals waren überglücklich über die Eheschließung, die vor zwei Wochen stattgefunden hatte. Sie hatten schnell heiraten können, nachdem Lord Kendal – der Verbotene Herzog – Andrew geholfen hatte, eine Sondergenehmigung zu erwerben. Alle ihre Freunde waren zu ihrem Hochzeitsfrühstück gekommen, aber niemand war glücklicher gewesen als Lucys Großmutter. Sie hatte gesagt, sie habe immer gewusst, dass Lucy den ›Ehemann-Fluch‹ brechen und einen Mann heiraten würde, der sowohl würdig als auch zuverlässig war. Dass sie auch von Lucys Heirat profitiert hatte und nun in einem schönen Stadthaus im Herzen von Bath residierte, war ein unerwarteter Segen. Lucy war dankbar, dass Großmama sich niedergelassen hatte und glücklich war.

Tindall traf sie, als sie ihre Schlafkammer betraten. »Mylord, es scheint so, als seien Sie von einem Regenguss überrascht worden.«

Andrew deutete auf seine feuchte Kleidung. »Ja, wie deutlich zu sehen ist.«

»Ich lege Ihnen ein paar frische Kleider zurecht.« Er wandte sich an Lucy. »Ich glaube, Judith tut bereits das Gleiche für Sie.«

Lucy sah Andrew an und seufzte. »So eine brillante Effizienz. Ich habe fast Angst, dir zu sagen, dass wir eure Dienste im Moment nicht brauchen werden.«

»Das habe ich nicht«, sagte Andrew. Er blickte Tindall an, ließ Lucy aber nicht wirklich aus den Augen. »Bitte entschuldige uns, Tindall.«

»Gewiss, Mylord.« Der Diener verließ zügig den Raum.

»Gott sei Dank habe ich ihn überzeugen können, Clares Angebot abzulehnen«, sagte Andrew, während er seinen Hut in die Ecke segeln ließ.

Lucy öffnete die Schleife an ihrer Haube, bevor Andrew sie ihr von Kopf fegte. »Er ist ein ziemlich guter Diener. Ich kann nicht glauben, dass du ihn gehen lassen wolltest. Und dann ausgerechnet zum Herzog der Täuschung.«

»Der Herzog von was? Egal, es passt perfekt zu ihm.« Andrew drehte sie um und begann, sie auszuziehen. »Obwohl ich mich wohl eher für Unzucht statt Täuschung entschieden hätte.«

»Ivy nennt ihn manchmal so. Aber zurück zu deinem Punkt, ich bin so froh, dass du Tindall gebeten hast zu bleiben.«

»Wie du weißt, habe ich mich sehr darum bemüht zu verhindern, dass irgendwer für mich zu wichtig wird. Gerade weil er so unentbehrlich war, sollte er gehen.«

Sie verstand es. Sie hatten ausführlich über seine Ängste und die Albträume und Episoden gesprochen, die ihn seit dem Tod seiner Familie heimgesucht hatten. In ihrer ersten Nacht in Darent Hall hatte er einen weiteren Albtraum gehabt, aber anstatt sich von ihr zurückzuziehen, hatte er darüber gesprochen, was er gesehen und was er gefühlt hatte. Dann hatte sie mit ihm geschlafen und beide waren sich einig gewesen, dass es eine ausgezeichnete Möglichkeit war, mit den Dingen umzugehen.

»Stell dir vor, wenn ich mich nicht als Mann verkleidet

und in eine Spielhölle gegangen wäre, würden wir beide noch immer unser trauriges, einsames Leben führen.«

Er hatte ihr das Kleid ausgezogen und begann nun mit ihrem Korsett. Als es auf dem Boden lag, drehte er sie um. »Ich bin ziemlich ungeduldig. Mach du den Rest.« Er begann, seine eigenen Kleider auszuziehen.

Sie hob eine Augenbraue. »Die erste Person, die nackt ist, darf oben sein.«

Er starrte sie erst an und lachte dann. »Das ist nicht fair! Du hast einen Vorsprung, dank mir.«

Sie zuckte mit den Achseln, bevor sie ihre Schuhe auszog.

Er fluchte und versuchte, seinen Stiefel auszuziehen, ohne sich hinzusetzen, und fiel dabei fast um.

»Tu dir nicht weh!« Sie warf ihren Petticoat zur Seite. »Du musst für mich funktionieren.«

Er setzte sich auf einen Stuhl und zog seine Stiefel und Strümpfe aus. »Oh, ich werde funktionieren. Erinnerst du dich nicht mehr, wie ich nach dem Ballonabstieg *funktioniert habe*?«

»Ich erinnere mich an alles aus dieser Nacht. Soll ich es dir zeigen?«

Seine Augen verdunkelten sich und der Muskel in seinem Kiefer spannte sich an, als er schluckte. »Ja, *bitte*.«

Er riss den Rest seiner Kleidung herunter, als ob sie in Flammen stand, und Lucy musste sich beeilen, um ihn zu schlagen. Am Ende gewann sie und er eilte zu ihr, hob sie hoch und warf sie auf das Bett.

Sie kicherte, aber sie ernüchterte angesichts des Anblicks schroffen Begehrens in seinen Augen. Sie kniete sich nieder, griff nach seiner Brust und streichelte die nun vertraute Haut. »Auf den Rücken, Mylord.«

»Was immer du befiehlst, Mylady.« Er küsste sie, zuerst heftig und tief, seine Zunge tanzte mit ihrer in köstlichen, erregenden Bewegungen.

Er lag auf seinem Rücken und sie setzte sich rittlings auf ihn und streichelte seinen Schwanz, während sie ihn an ihren Eingang hielt. Ihr Atem ging schnell und ihre Vorfreude war fieberhaft heiß. »Ich bin bereit«, krächzte sie.

»Nimm mich«, sagte er und durchbohrte sie mit seinem hungrigen Blick.

Sie tat es und ritt ihn, bis sie beide nach Luft schnappten und völlig befriedigt waren.

Sie fiel auf ihn und küsste ihn, bevor sie unter die Decke rutschte und sich an seine Seite kuschelte.

Nach ein paar Minuten, als sie beide wieder Atem gewonnen hatten, streichelte er ihren Rücken und küsste ihre Stirn. »Ich nehme zurück, was ich gesagt habe. Jeder Mann sollte eine unabhängige Frau heiraten. Zu schade, dass Männer meistens dumm sind.«

»Das ist wahr. Wir müssen nur noch einen für Aquilla finden.«

»Was ist mit Ivy?«

»Sie wird niemals heiraten.« Lucy wanderte mit ihren Fingerspitzen über seine Brust. »Schade, denn das Eheleben ist so wunderbar.«

»Das sagst du *jetzt*.«

»So wie du.«

»In der Tat.« Er rollte abrupt zu ihr herum, begegnete ihrem Blick und lächelte. »Danke, dass du an diesem Tag zu mir gekommen bist.«

»Mir wurde klar, dass du mich liebst und du nur ein wenig Hilfe brauchtest, um dir dessen selbst bewusst zu werden.« Sie strich ihm das Haar aus der Stirn zurück. »Wie es der Zufall wollte, bist du ganz allein darauf gekommen.«

»Ich hatte mich so sehr bemüht, mein Leben mit Abenteuer und Ablenkung zu füllen, um die Liebe fernzuhalten. Sie hat jedoch einen Weg zu mir gefunden und es gibt keine Ablenkung in der Welt – nicht einmal aus einem Ballon zu

springen – die vergleichbar wäre.« Er küsste sie, seine Lippen
verweilten auf ihren. »Ich liebe dich, Lucy, meine wunderbare, aufregende, zielsichere Wagemutige Herzogin.«

Ein Glück, das Lucy sich nie vorgestellt hatte, drohte ihre
Brust zu sprengen. »Und ich liebe dich.«

**Vielen Dank, dass Sie Der wagemutige Herzog gelesen
haben. Ich hoffe, es hat Ihnen gefallen! Verpassen Sie
nicht Aquilla und Ivys Geschichten in Der Herzog der
Täuschung und Der Herzog der Begierde!**

Möchten Sie erfahren, wann mein nächstes Buch verfügbar
ist? Sie können sich für meinen Deutscher Newsletter
anmelden, mir auf Amazon.de folgen und meine Facebook-
Seite liken. Alle Newsletter-Abonnenten erhalten exklusive
Bonus-Geschichten, die sonst nirgends erhältlich sind, unter
anderem auch die einleitende Vorgeschichte zur Buchreihe
Der Phönix Club.

Rezensionen helfen anderen, Bücher zu finden, die für sie
geeignet sind. Ich schätze alle Bewertungen, ob positiv oder
negativ. Ich hoffe, dass Sie erwägen werden, eine Bewertung
bei Ihrem bevorzugten der Seite Ihres bevorzugten Internet-
Netzwerkes abzugeben.

Ich mag meine Leser so sehr. Danke!

**Sind Sie an weiterer Regency-Romantik interessiert?
Schauen Sie sich meine anderen historischen Serien an:**

Die Unberührbaren

Geraten Sie ins Schwärmen über zwölf der begehrtesten und schwer fassbaren Junggesellen der feinen Gesellschaft und die Blaustrümpfe, Mauerblümchen und Außenseiterinnen, die sie in die Knie zwingen!

Die Unberührbaren: Die Prätendenten

In der faszinierenden Welt der Unberührbaren spielend, handelt die Saga von einem Geschwistertrio, die sich darin auszeichnen, sich als jemand auszugeben, der sie nicht sind. Werden ein unerschrockene Bow Street Ermittler, ein niedergeschmetterter Viscount und eine desillusionierte Dame der feinen Gesellschaft es schaffen, ihre Geheimnisse zu lüften?

Regeln für Halunken

Als eine junge Lady ruiniert wird, schwören ihre Freundinnen, dass keine von ihnen sich jemals wieder von einem Herzensbrecher umgarnen lässt. Sie werden dem Charme eines jeden Gentleman widerstehen, selbst – und vor allem – wenn dies bedeutet, sich damit den Ruf zu erwerben, unmöglich zu erobern zu sein. Es braucht schon außergewöhnliche Herzensbrecher, um ihre Regeln zu brechen …_

Der Phönix Club

Die exklusivste Einladung der feinen Gesellschaft ...

Willkommen im Phönix Club, in dem Londons waghalsigste, anrüchigste und intriganteste Ladys und Gentlemen Skandale, Erlösung und eine zweite Chance finden.

Die Bräute von Marrywell

Kommen Sie nach Marrywell, im schönen England, denn

hier findet schon seit Hunderten von Jahren alljährlich das Maifest zur Partnerfindung statt, bei dem hoffnungsvolle Romantiker zusammenkommen. Die Herzöge und Halunken des Regency-Zeitalters begegnen hier temperamentvollen und bezaubernden Ladys, die ihnen ihre Herzen stehlen könnten.

Chroniken der Ehestiftung
Der Pfad der wahren Liebe verläuft niemals geradlinig. Manchmal ist eine Hausparty zur Ehestiftung vonnöten. Wenn Paare sich auf einer Hausparty kennenlernen, ereignen sich provokative Flirts, heimliche Rendezvous und Verliebtheit im Überfluss.

Ruchlose Geheimnisse und Skandale
Sechs unglaubliche Geschichten, die sich in den glamourösen Ballsälen Londons und den herrlichen Landschaften Englands abspielen.

Die Liebe ist überall
Herzerwärmende Nacherzählungen klassischer Weihnachtsgeschichten im Regency-Stil, die in einem gemütlichen Dorf spielen und von drei Geschwistern und dem besten Geschenk von allen handeln: der Liebe.

Der Club der verruchten Herzöge
Sechs Bücher, geschrieben von meiner besten Freundin, der New York Times Bestseller-Autorin Erica Ridley, und mir. Lernen Sie die unvergesslichen Männer von Londons berüchtigtster Taverne, dem Verruchten Herzog, kennen. Verführerisch attraktiv, mit Charme und Witz im Überfluss, wird eine Nacht mit diesen Wüstlingen und Filous nie genug sein ...

BÜCHER VON DARCY BURKE

Historische Romantik

Die Unberührbaren

Ein Earl als Junggeselle (prequel)

Der verbotene Herzog

Der wagemutige Herzog

Der Herzog der Täuschung

Der Herzog der Begierde

Der trotzige Herzog

Der gefährliche Herzog

Der eisige Herzog

Der ruinierte Herzog

Der verlogene Herzog

Der betörende Herzog

Der Herzog der Küsse

Der Herzog der Zerstreuung

Der unverhoffte Herzog

Der charmante Marquess

Der verwundete Viscount

Die Unberührbaren: Die Prätendenten

Geheimnisvolle Kapitulation

Ein skandalöser Pakt

Des Gauners Rettung

Der Phönix Club

ÜBER DIE AUTORIN

Darcy Burke ist die USA Today Bestsellerautorin für sexy, emotionale, historische und zeitgenössische Romantik. Darcy schrieb ihr erstes Buch im Alter von 11 Jahren – mit einem Happy End – über einen männlichen Schwan, der von der Magie abhängig war, und einen weiblichen Schwan, der ihn liebte, mit nicht sehr gelungenen Illustrationen. Schließen Sie sich ihr an newsletter!

Darcy, die in Oregon an der Westküste der Vereinigten Staaten geboren wurde, lebt am Rande des Wine Country mit ihrem auf der Gitarre spielenden Ehemann und ihren beiden ausgelassenen Kindern, die das Schreiben geerbt zu haben scheinen. Sie sind eine nach Katzen verrückte Familie mit zwei bengalischen Katzen, einer kleinen, familienfreund-lichen Katze, die nach einer Frucht benannt ist, und einer älteren, geretteten Maine Coon, die der Meister der Kühle und der fünf-Uhr-morgens-Serenade ist. In ihrer ›Freizeit‹ ist Darcy eine regelmäßige ehrenamtliche Mitarbeiterin, die in einem 12-stufigen Programm eingeschrieben ist, in dem man lernt, ›Nein‹ zu sagen, aber sie muss immer wieder von vorne anfangen. Ihre Lieblingsplätze sind Disneyland und das Labor Day Wochenende in The Gorge. Besuchen Sie Darcy online unter https://www.darcyburke.de.

facebook.com/darcyburkefans

instagram.com/darcyburkeauthor

pinterest.com/darcyburkewrites

goodreads.com/darcyburke

IMPRESSUM

Deutsche Erstausgabe von:
Darcy E. Burke Publishing
Zealous Quill Press
13500 SW Pacific Hwy., Ste. 58-419
Tigard, OR, 97223
USA

ISBN: 9781637261477

www.darcyburke.de

www.ingramcontent.com/pod-product-compliance
Lightning Source LLC
Chambersburg PA
CBHW050522110726
47899CB00005B/1559